Jack London

An der weißen Grenze

Jack London

An der weißen GRENZE

NAUMANN & GÖBEL

Mit freundlicher Genehmigung der Literatur-Agentur G. Korn
Schutzumschlag: Rincón Partners, Köln
Gesamtherstellung: Freiburger Graphische Betriebe, Freiburg
Printed in West Germany

ISBN 3-625-20054-6

1

»Es ist alles bereit, Miss Welse, aber ich bedaure, daß wir keines der Boote des Dampfers entbehren können.«

Frona Welse erhob sich rasch und trat an die Seite des Ersten Offiziers.

»Wir haben zu viel zu tun«, erklärte er, »Goldsucher sind eine leicht verderbliche Fracht – zumindest ...«

»Ich verstehe schon«, unterbrach sie ihn, »und ich benehme mich so, als sei ich ebenfalls leicht verderblich. Ich möchte mich für die Umstände entschuldigen, die ich Ihnen bereite, aber ... aber ...« Sie drehte sich schnell um und zeigte zum Ufer. »Sehen Sie dort das große Blockhaus? Zwischen dem Kiefernwäldchen und dem Fluß? Dort wurde ich geboren.«

»Wahrscheinlich hätte ich es da auch eilig«, murmelte er verständnisvoll, als er sie das belebte Deck entlangführte.

Jeder stand dem anderen im Wege, und es gab keinen, der dies nicht in höchster Lautstärke bekanntgab. Viele hundert Goldsucher forderten, daß ihre Ausrüstung sofort an Land gebracht werde. Alle Luken waren weit geöffnet, und aus ihren Tiefen hievten kreischende Winden die durcheinandergeratenen Ausrüstungsgegenstände ans Tageslicht. Auf jeder Seite des Dampfers nahmen lange Reihen von Schuten die fliegende Ladung auf, und auf jeder dieser Schuten ergriff ein Haufen schwitzender Männer die sich senkenden Netze und warf in fieberhafter Suche die Kisten und Ballen durcheinander. Einzelne winkten mit Ladepapieren und brüllten über die Reling hinunter. Andere erhoben Anspruch auf ein und denselben Gegenstand und stritten sich darum. Ein endloses Gerangel entstand, und jede Säge hatte sofort ein Dutzend Besitzer.

»Der Zahlmeister ist nahe daran, verrückt zu werden«,

sagte der Erste Offizier, als er Frona Welse über die Gangway zur Landungsbrücke hinüberführte, »und die Fracht-arbeiter haben die Ladung den Passagieren überlassen und die Arbeit niedergelegt. Aber wir sind nicht so schlimm dran wie die ›Stern von Bethlehem‹«, beruhigte er sie und zeigte auf ein Dampfschiff, das eine Viertelmeile entfernt vor Anker lag. »Die Hälfte ihrer Passagiere hat Packtiere, um nach Skaguay und zum Weißen Paß zu ziehen, und die andere Hälfte will über den Chilcoot. Jetzt hat die Besatzung gemeutert, und nichts geht mehr.«

»He, du dort!« rief er und winkte einem kleinen Ruderboot zu, das sich am äußeren Rand des Durcheinanders auf dem Wasser hielt.

Ein kleiner Schlepper, der beherzt einen großen Lastkahn im Schlepp hatte, versuchte, zwischen dem Dampfer und dem Boot durchzukommen; aber der Ruderer kreuzte seine Fahrrinne noch vor seinem Bug. Gerade in dem Augenblick, als er ihn passiert hatte, hatte sich sein Ruder unter Wasser verfangen, dadurch drehte sich das Boot und blieb schließlich stehen.

»Paß auf!« rief der Erste Offizier.

Zwei Kanus von siebzig Fuß Länge, beladen mit Ausrüstung, Goldsuchern und Indianern, und unter vollen Segeln, kamen aus der entgegengesetzten Richtung herunter. Eines von ihnen steuerte scharf zur Landungsbrücke hinüber, aber das andere schob das Ruderboot gegen den Schlepper. Zwar hatte der Ruderer mittlerweile sein Ruder freibekommen, aber das kleine Fahrzeug ächzte unter dem Druck und drohte zu kentern. Da sprang der Mann auf und wünschte in kurzen, nervösen Sätzen allen Kanufahrern und Schlepperkapitänen ewige Verdammnis. Ein Mann beugte sich von dem Schlepper hinunter und bedachte ihn mit scharfen und donnernden Flüchen, und die Weißen und Indianer in den Kanus lachten höhnisch.

»He, du Tölpel!« rief einer von ihnen. »Wieso lernst du nicht rudern?«

Die Faust des Ruderers traf den Kiefer des Spötters ganz vorne und warf diesen bewußtlos auf die aufgehäuften Waren. Von dieser zusammenfassenden Handlung noch nicht befriedigt, folgte der Ruderer seiner Faust in das andere Fahrzeug hinüber. Der Goldgräber, der ihm am nächsten war, riß wild an einem Revolver, der sich in seinem schimmernden Lederhalfter verklemmt hatte, und seine Weggefährten schauten lachend und abwartend zu. Das Kanu hatte jetzt wieder Fahrt aufgenommen, und als der indianische Steuermann den Ruderer mit der Spitze seines Paddels vor die Brust schlug, kippte der wieder rückwärts in sein Ruderboot.

Als die Flut von Flüchen und Lästerungen ihren höchsten Stand erreicht hatte und als gewalttätiger Angriff und schneller Tod kurz bevorstanden, warf der Erste Offizier einen verstohlenen Blick auf das Mädchen an seiner Seite. Er hatte erwartet, sie schockiert und erschrocken zu sehen, und war überhaupt nicht auf das tiefe und eifrige Interesse gefaßt, das sich in ihrem Gesicht zeigte.

»Sie müssen entschuldigen«, begann er.

Aber sie unterbrach ihn, als wäre sie verärgert über die Störung. »Nein, nein, überhaupt nicht. Ich habe jede Einzelheit genossen. Allerdings bin ich froh, daß der Revolver von diesem Mann festsaß. Sonst ...«

»... wären wir aufgehalten worden und später an Land gekommen.« Der Erste Offizier lachte und legte damit einen Beweis seines Taktgefühls ab.

»Dieser Mann ist ein Räuber«, fuhr er fort und zeigte auf den Mann im Ruderboot, der inzwischen seine Ruder ins Wasser getaucht hatte und der jetzt längsseits kam. »Er hatte sich bereit erklärt, Sie für nur zwanzig Dollar an Land zu bringen. Wäre es ein Mann, sagt er, würde er fünfundzwanzig verlangen! Er ist ein Pirat, glauben Sie mir, und eines Tages hängt er bestimmt. Zwanzig Dollar für eine halbe Stunde Arbeit! Wenn ich nur daran denke!«

»Langsam, Freund! Langsam!« beschwichtigte ihn der Mann, von dem die Rede war. Gleichzeitig stieß er hart an und ließ eines seiner Ruder ins Wasser fallen. »Sie haben kein Recht, mit Beschimpfungen um sich zu werfen«, fügte er herausfordernd hinzu und wrang seinen Hemdsärmel aus, der bei der Rettung des Ruders naß geworden war.

»Sie haben gute Ohren, lieber Mann«, begann der Erste Offizier.

»Und eine schnelle Faust«, fiel der andere ein.

»Und eine flinke Zunge.«

»Brauch' ich bei meinem Geschäft. Ohne kommt man unter euch Haien nicht weit. Ich bin ein Pirat, wie? Und Sie mit tausend Passagieren, die wie Sardinen gepackt sind? Die zahlen doppelte Erste-Klasse-Preise, bekommen Zwischendeckfutter, und untergebracht sind sie schlimmer als Schweine! Pirat, was? Ich?«

Ein Mann mit rotem Gesicht streckte seinen Kopf über das Geländer über ihnen und fing aus voller Kehle an loszubrüllen.

»Ich möchte meine Sachen an Land gebracht haben! Kommen Sie rauf, Mr. Thurston! Jetzt! Sofort! Meine fünfzig Lastponys fressen sich in Ihren dreckigen Ställen gegenseitig die Köpfe ab, und Sie werden eine schlimme Zeit erleben, wenn Sie die nicht so schnell an Land bringen, wie der Herrgott es Ihnen erlaubt! Ich verliere jeden Tag tausend Dollar, und das mach'e ich nicht mehr mit! Verstehen Sie? Ich mach' das nicht mehr mit! Seit wir in Seattle abgelegt haben, habt ihr mich von vorn und hinten beklaut, und, bei allen Pforten der Hölle, ich mache das nicht mehr mit! So wahr mein Name Thad Ferguson ist: Ich lasse diese Gesellschaft auffliegen! Haben Sie das kapiert? Ich bin Thad Ferguson, und Sie können gar nicht zu schnell zu mir raufkommen, wenn Ihnen Ihre Gesundheit etwas wert ist! Verstanden?«

»Pirat, was?« sagte der Mann im Ruderboot, ohne daß ihm jemand zuhörte. »Wer? Ich?«

Mr. Thurston winkte dem Mann mit dem roten Gesicht besänftigend zu und wandte sich dann an das Mädchen. »Ich würde sehr gerne mit Ihnen an Land gehen und Sie bis zum Laden begleiten, aber Sie sehen ja, wie beschäftigt wir sind. Auf Wiedersehen, und gute Reise. Ich werde sofort einige Männer abstellen und Ihr Gepäck heraussuchen lassen. Pünktlich morgen früh wird es im Laden oben sein.«

Sie nahm leicht seine Hand und trat ins Boot. Ihr Gewicht brachte das winzige Boot ins Schwanken, und zwischen den Bodenbrettern schwappte das Wasser bis zu ihren Schuhspitzen, was sie aber nicht weiter zu stören schien. Sie setzte sich auf die Bank im Heck und zog die Füße unter sich.

»Halt, halt!« rief der Offizier. »Das geht so nicht, Miss Welse. Kommen Sie zurück, ich lasse Sie so bald wie möglich von einem unserer eigenen Boote hinüberbringen.«

»Vorher schick' ich Sie in ... in den Himmel!« rief der Ruderer zurück und stieß ab. »Lassen Sie los!« drohte er.

Mr. Thurston hatte den Bootsrand fest gepackt; als Lohn für seine Ritterlichkeit erhielt er einen Schlag vom Ruderblatt über die Knöchel. Dann vergaß er sich selbst, und auch Miss Welse, und fing an zu fluchen; er konnte fürchterlich fluchen.

»Ich muß sagen, ich hatte mir unseren Abschied etwas würdiger vorgestellt«, rief sie ihm zu, und ihr Lachen perlte übers Wasser.

»Herrgott!« murmelte er und zog galant seine Kappe. »Das ist ein Weib!« Plötzliches Verlangen ergriff ihn, und er sehnte sich danach, immer sein Spiegelbild in Frona Welses grauen Augen zu sehen. Er war kein analytischer Denker; er wußte nicht, woher das kam; aber er wußte, daß er mit ihr bis ans Ende der Welt ziehen könnte. Er fühlte sich von seinem Beruf abgestoßen, und er verspürte die Versuchung, alles hinzuschmeißen und zum Klondike zu ziehen, wo sie auch hinging; dann blickte er die von geschäftigem Leben erfüllte Seite des Schiffes entlang, sah das rote Gesicht Thad Fergusons und vergaß den Traum, den er einen Augenblick lange geträumt hatte.

Platsch! Eine Handvoll Wasser von seinem emsigen Ruder traf sie voll ins Gesicht. »Ich hoffe, das macht Ihnen nichts, Miss«, entschuldigte er sich. »Ich tu' mein Bestes, und das ist nicht viel.«

»So scheint es«, antwortete sie gut gelaunt.

»Es ist nicht so, daß ich das Meer liebe«, fuhr er bitter fort; »aber ich muß irgendwie einige ehrliche Dollars verdienen, und dies scheint der beste Weg zu sein. Ich wäre jetzt schon in Klondike, wenn ich nur ein bißchen Glück gehabt hätte. Werd' Ihnen sagen, wie es war. Bei Windy Arm habe ich meine Ausrüstung verloren, auf halbem Weg, nachdem ich den Paß vorher schon ...«

Flitsch! Platsch! Sie schüttelte sich das Wasser aus den Augen und wand sich, während einige Tropfen ihren Rükken hinunterliefen.

»Sie werden's schaffen«, ermutigte er sie. »Sie sind der richtige Typ für dieses Land. Gehen Sie ganz hinein?«

Sie nickte fröhlich.

»Dann werden Sie's schaffen. Aber wie ich schon sagte, nachdem ich meine Ausrüstung verloren hatte, ging ich zur Küste zurück, weil ich kein Geld für eine neue hatte. Deshalb nehm' ich auch so hohe Preise. Und ich hoffe, Sie sind mir nicht böse, daß ich Sie soviel zahlen lasse. Ich bin nicht schlimmer als die andern. Für diese Wanne mußte ich hundert aufbringen; in den Staaten unten wäre sie keine zehn wert. Es ist überall dasselbe mit den Preisen. Drüben, auf dem Weg nach Skaguay, da ist ein Hufnagel so viel wert wie ein Vierteldollar. Ein Mann geht in die Bar und verlangt einen Whiskey. Ein Whiskey kostet einen halben Dollar. Gut, er trinkt seinen Whiskey, wirft zwei Hufnägel auf die Theke, und es ist okay. Es gibt keine Probleme mit Hufnägeln. Die nehmen sie als Wechselgeld.«

»Sie müssen ein mutiger Mann sein, daß Sie nach solchen Erfahrungen wieder ins Landesinnere wollen. Wollen Sie mir nicht Ihren Namen sagen? Vielleicht treffen wir uns da drinnen?«

»Wer? Ich? Oh, ich bin Del Bishop, Goldtaschensucher*. Und wenn wir uns jemals über den Weg laufen – denken Sie dran, daß Ihnen mein letztes Hemd gehört – ich meine, daß ich meine letzten Lebensmittel mit Ihnen teilen würde.«

»Danke schön«, antwortete sie mit einem reizenden Lächeln, denn sie war eine Frau, die alles liebte, was von Herzen kam.

---

* Jemand, der kleine Vertiefungen im Boden oder Felsen sucht, die Gold oder goldhaltiges Erz enthalten.

Er hielt inne, bis er in dem Wasser zu seinen Füßen eine alte Cornedbeefdose gefunden hatte.

»Sie schöpfen besser ein wenig«, befahl er und streckte ihr die Dose hin. »Seit diesem Zusammenprall leckt es mehr als je zuvor.« Frona lächelte leicht, raffte ihren Rock und beugte sich zu ihrer Arbeit. Bei jedem Bücken tauchten die gletscherbedeckten Berge wie große Wellen am Horizont auf und verschwanden wieder. Manchmal ruhte sie ihren Rücken aus und betrachtete den belebten Strand, den sie ansteuerten, und dann wieder den Meeresarm, in dem etwa zwanzig große Dampfschiffe vor Anker lagen. Von einem jeden floß zum Strand und zurück ein stetiger Strom von Schaluppen, Schuten, Kanus und jeder Menge kleinerer Fahrzeuge. Der Mensch, der unermüdliche Schaffer, der auf eine feindliche Umgebung reagiert, dachte sie, und ihre Gedanken gingen zu den Meistern zurück, deren Weisheit sie in Hörsälen und nächtlichen Studien geteilt hatte. Sie war ein gelehrtes Mitglied ihres Zeitalters, und sie wußte recht gut Bescheid über die materielle Welt und die Kräfte, die sie bewegen. Sie liebte die Welt und hatte tiefe Ehrfurcht vor ihr.

Eine Zeitlang hatte Del Bishop die Stille nur mit dem Platschen seiner Ruder unterbrochen; aber plötzlich durchfuhr ihn ein Gedanke.

»Sie haben mir Ihren Namen nicht gesagt«, sagte er vorsichtig.

»Ich heiße Welse«, antwortete sie. »Frona Welse.«

Aus seinem Gesicht sprach jetzt scheuer Respekt, und dieser Respekt wuchs sichtlich. »Sie … sind … Frona … Welse?« stammelte er. »Jakob Welse ist doch nicht Ihr Vater, oder?«

»Doch; ich bin Jakob Welses Tochter. Zu Diensten.«

Er schürzte die Lippen zu einem langen leisen Pfeifen und hörte auf zu rudern. »Sie klettern sofort ins Heck zurück und nehmen Ihre Füße aus dem Wasser da«, befahl er. »Und geben Sie mir diese Dose.«

»Schöpfe ich nicht ordentlich?« fragte sie beleidigt.

»Doch, Sie machen das schon richtig; aber … aber Sie sind …«

»Ganz genau dieselbe wie zuvor. Jetzt rudern Sie weiter, das ist Ihr Anteil an der Arbeit, und ich tu' meinen!«

»Oh, kein Zweifel!« murmelte er verzückt und beugte sich wieder zu den Rudern. »Und Jakob Welse ist Ihr alter Herr? Natürlich!«

Als sie die sandige Landzunge erreichten, die mit den verschiedenartigsten Waren übersät war und von Menschen nur so wimmelte, blieb sie noch einen Moment stehen, um ihrem Fährmann die Hand zu schütteln. Und obwohl so ein Verhalten seitens seiner weiblichen Kunden sicherlich unüblich war, erklärte Del Bishop sich diese Tatsache sehr einfach damit, daß sie eben Jakob Welses Tochter war.

»Vergessen Sie nicht, daß ich meinen letzten Proviant mit Ihnen teilen würde«, versicherte er ihr nochmals, wobei er noch immer ihre Hand hielt.

»Und auch Ihr letztes Hemd; denken Sie dran!«

»Also, Sie sind ein ... ein ... Pfundskerl!« brach es aus ihm mit einem letzten Händedruck heraus. »Wirklich!«

Ihr kurzer Rock hinderte ihre Beine nicht bei der Bewegung, und sie entdeckte erfreut, daß sie den schnellen, trippelnden Schritt des städtischen Asphalts verloren hatte, und daß sie jetzt mit den langen, schwingenden Schritten lief, die man nur bei langen Fußreisen erlernt, und die das Ergebnis vieler Mühe und Anstrengung sind. Mehr als nur ein Goldsucher warf einen bewundernden Blick auf ihre Knöchel und ihre mit grauen Gamaschen bekleideten Waden, wobei er Del Bishops Urteil bekräftigte. Und mehr als einer sah ihr ins Gesicht und sah nochmals hin, denn ihr Blick war frei wie unter guten Kameraden; in ihren Augen leuchtete immer ein lächelnder Schimmer, der nur in der Dämmerung etwas flackerte; und wenn die Betrachter lächelten, lächelten ihre Augen zurück. Dieser lächelnde Schimmer konnte häufig wechseln – fröhlich, verständnisvoll, glücklich, verschmitzt –, die Ergänzung zu dem Gefühl, durch das es hervorgerufen wurde. Manchmal breitete sich dieser Schimmer über ihr ganzes Gesicht, bis das Lächeln, das er angekündigt hatte, sich zeigte. Aber immer war es ein Lächeln in offener und freimütiger Kameradschaft.

Und es gab da vieles, was sie zum Lächeln veranlaßte, als sie durch die Menge eilte, die Landzunge überquerte und auf das Blockhaus zuging, das sie Mr. Thurston gezeigt hatte. Die Zeit war zurückgedreht, und von Dampf getriebene Züge und Transportmittel waren wieder in ihr erstes Stadium getreten. Männer, die noch nie mehr als ein Paket in ihrem Leben getragen hatten, waren jetzt zu Lastenträgern geworden. Sie wandelten nicht mehr in aufrechter Haltung unter der Sonne, sondern beugten den Körper vorwärts und senkten den Kopf zu Boden. Jeder Rücken war zum Packsattel geworden, und die von den Riemen wundgescheuerten Stellen wurden schon sichtbar. Sie stolperten unter der ungewohnten Anstrengung, die Beine wankten wie bei Betrunkenen und strampelten in verschiedene Richtungen, bis die Sonne unterging und Träger und Last neben dem Pfad niederfielen. Andere packten, innerlich triumphierend, ihre Lasten auf zweirädrige Karren und zogen munter los, bis sie bei den ersten größeren Felsbrocken nicht mehr weiterkamen. Daraufhin verfielen sie wieder auf die alten Prinzipien der Alaska-Reisen und luden den Karren ab, oder sie schoben ihn zurück an die Küste und verkauften ihn zu einem Phantasiepreis an den soeben Angekommenen. Neulinge machten sich tapfer mit zehn Pfund Revolvern, Munition und Jagdmessern um den Körper auf den Weg und krochen demütig zurück, wobei sie Revolver, Munition und Messer verzweifelt von sich warfen. Und so büßten diese Adamssöhne in Keuchen und bitterem Schweiß für Adams Sünden.

Frona fühlte sich durch diesen pulsierenden Schwarm goldbesessener Menschen auf unbestimmte Art gestört, und das alte Bild mit seinen sich aufdrängenden Erinnerungen schien von diesen wirbelnden Fremdlingen ausgelöscht zu werden. Sogar die alten Wahrzeichen der Gegend erschienen seltsam unvertraut. Es war alles dasselbe, und es war doch nicht dasselbe. Auf diesem grasigen Fleck hatte sie als Kind gespielt und war über den

Widerhall ihrer Stimme zwischen den Gletschern erschrocken, und jetzt trampelten zehntausend Männer unaufhörlich hin und her, wobei sie den zarten Pflanzenwuchs in Grund und Boden drückten und die steinerne Stille zerrissen. Ein Stückchen wegaufwärts waren zehntausend Männer, die hier vorbeigekommen waren, und jenseits des Chilcoot waren weitere zehntausend. Hinter ihnen, die ganze inselgesäumte Küste Alaskas hinunter, bis zum Horn, waren noch mal zehntausend, gegen Wind und Wasser kämpfend und von allen Enden der Erde herbeieilend. Der Dyea-Fluß toste wie früher wild ins Meer hinunter; aber seine früheren Ufer waren von den Füßen vieler Männer zerfurcht, und diese Männer arbeiteten in wogenden Reihen an den tropfenden Tauen, und die vollgepackten Boote folgten ihnen so, wie sie ihren Weg nach oben kämpften. Die Kraft der Männer rang mit der Kraft des Wassers; die Männer lachten den alten Dyea aus und zertrampelten seine Ufer noch tiefer für die, die noch kommen sollten.

Die Türöffnung des Ladens, durch die sie früher ein und aus gerannt war, und von wo aus sie scheu dem ungewöhnlichen Anblick eines vereinzelten Pelzjägers oder Fellhändlers gefolgt war, war nun von einer lärmenden Menschenmenge verstellt. Wo früher ein Brief, der auf einen Abholer wartete, etwas Außergewöhnliches war, sah sie jetzt, als sie durch das Fenster spähte, die Post vom Boden bis zur Decke angehäuft. Und es war diese Post, nach der die Männer so nachdringlich riefen. Vor dem Laden bei der Waage war noch eine andere Menge. Ein Indianer packte sein Bündel auf die Waage, der weiße Besitzer notierte das Gewicht in einem Notizbuch, und ein anderes Bündel wurde auf die Waage geworfen. Jedes Bündel war schon fertig gepackt für den Rücken des Trägers und für die unsichere Reise über den Chilcoot. Frona trat näher. Sie interessierte sich für Frachten, und sie erinnerte sich daran, daß in früheren Zeiten ein einsamer Goldsucher oder Händler sein Gepäck für sechs Cents transportiert bekam – einhundertzwanzig Dollar für die Tonne.

Der Neuling, dessen Gepäck gewogen wurde, zog seinen Führer zu Rate. »Acht Cents«, sagte er zu dem Indianer, worauf dieser verächtlich lachte und entgegnete: »Vierzig Cents!« In das Gesicht des Neulings trat ein leidender Ausdruck, und er sah sich hilfesuchend um. Fronas Augen fingen seinen Blick, und er sah sie interessiert an. In Wirklichkeit aber rechnete er im Kopf aus, wieviel drei Tonnen Ausrüstung kosteten, wenn der Zentner vierzig Dollar kosten sollte. »Zweitausendvierhundert Dollar für dreißig Meilen!« rief er. »Was soll ich tun?«

Frona zuckte die Schultern. »Es wird besser sein, Sie zahlen die vierzig Cents«, riet sie, »sonst nehmen sie ihre Riemen ab.«

Der Mann dankte ihr, aber anstatt sich zu beeilen, fuhr er mit seinem Feilschen fort. Einer der Indianer trat vor und nahm seine Riemen ab. Der Neuling wurde unsicher, aber gerade, als er nachgeben wollte, steigerten die Träger den Preis auf fünfundvierzig Cents. Er lächelte gequält und nickte mit dem Kopf als Geste des Aufgebens. Da trat ein anderer Indianer zu der Gruppe und flüsterte ihr aufgeregt etwas zu. Ein Jubelschrei stieg auf, und bevor der Weiße sich dessen gewahr wurde, hatten die Träger ihre Riemen abgenommen und liefen davon. Dabei verbreiteten sie die Neuigkeit, daß der Frachtpreis zum Lake Linderman fünfzig Cents betrug.

Plötzlich konnte man sehen, daß die Menge vor dem Laden sichtbar in Aufregung geriet. Jeder flüsterte mit dem anderen, und alle Augen waren auf drei Männer gerichtet, die den Weg heraufkamen. Sie sahen alle drei ganz gewöhnlich aus, schlecht gekleidet, sogar abgerissen. In einer Ortschaft mit längerer Tradition wären sie sofort vom Ortspolizisten bemerkt und wegen Landstreicherei eingesperrt worden. »Franzosen-Louis«, flüsterten die Wartenden und gaben die Auskunft weiter. »Dem gehören drei Eldorado-Claims an einer Stelle«, bekam Frona von ihrem Nachbarn anvertraut. »Ist mindestens zehn Millionen schwer.« Franzosen-Louis, der ein wenig vor seinen Begleitern ging, blickte sich nicht um. Unterwegs war ihm sein Hut abhanden gekommen, und er hatte statt dessen ein ausgefranstes seidenes Tuch um seinen Kopf geschlungen. Trotz seiner zehn Millionen trug er sein Gepäck auf den eigenen breiten Schultern. »Und der dort, der mit dem Bart, das ist Swiftwater-Bill, auch einer von den Eldorado-Königen.«

»Woher wissen Sie das?« fragte Frona zweifelnd.

»Woher ich das weiß?« rief der Mann aus. »Woher? Daher, daß sein Bild in den letzten sechs Wochen in allen Zeitungen war. Hier!« Er entfaltete eine Zeitung. »Es sieht ihm sehr ähnlich. Ich habe es so oft angesehen, daß ich seinen Schädel unter tausend anderen erkennen würde!«

»Wer ist dann der dritte?« fragte sie, indem sie ihn stillschweigend als Informationsquelle anerkannt hatte.

Der Mann stellte sich auf die Zehenspitzen, um besser sehen zu können. »Ich weiß nicht«, gab er beschämt zu und tippte dem Mann, der neben ihm stand, auf die Schulter.

»Wer ist der mit dem schmalen, glattrasierten Gesicht? Der mit dem blauen Hemd und dem Flicken auf dem Knie?«

In diesem Augenblick stieß Frona einen kurzen, fröhlichen Schrei aus und rannte nach vorne. »Matt!« rief sie. »Matt McCarthy!«

Der Mann mit dem Flicken schüttelte ihr herzlich die Hand, obwohl er nicht wußte, wer sie war, und aus seinen Augen blickte blankes Mißtrauen.

»Ach, du erkennst mich nicht!« plapperte sie. »Und sag' bloß nicht, daß du's doch tust! Wenn nicht so viele Leute zuschauen würden, würde ich dich umarmen, du alter Bär!« »Und so ging der große Bär nach Hause zu den kleinen Bären«, erzählte sie feierlich. »Und die kleinen Bären waren sehr hungrig. Der große Bär sagte: ›Ratet, was ich mitgebracht habe, meine Kinder.‹ Und einer der kleinen Bären tippte auf Beeren, einer riet Lachs, und der dritte Stachelschwein. Da lachte der große Bär: ›Hu! Hu!‹ und sagte: ›Einen schönen, großen, fetten Mann!‹«

Während Matt zuhörte, stieg die Erinnerung in ihm auf, und als sie geendet hatte, bekamen seine Augen kleine

Lachfalten, und er lachte mit einem sonderbaren, lautlosen Lachen.

»Klar, natürlich kenne ich dich«, erklärte er; »aber ich schwör's, daß ich nicht weiß, wo ich dich hinstecken soll!«

Sie zeigte auf den Laden und schaute ihn erwartungsvoll an.

»Jetzt hab' ich's!« Er trat zurück und betrachtete sie von oben bis unten, dann zeigte sein Gesicht Enttäuschung. »Das kann nicht sein. Ich hab' dich verwechselt. Du kannst doch niemals in dieser Hütte gewohnt haben«, sagte er und zeigte mit dem Daumen in die Richtung des Ladens.

Frona nickte heftig mit dem Kopf.

»Dann bist du es also tatsächlich? Der kleine, mutterlose Engel, mit dem goldenen Haar, aus dem ich so oft die Knoten 'rausgekämmt habe? Die kleine Hexe, die mit bloßen Füßen und nackten Beinen überall herumgerannt ist?«

»Ja, ja!« bestätigte sie freudig.

»Der kleine Teufel, der ein Hundegespann geklaut hat und damit mitten im Winter über den Paß fuhr, um zu sehen, ob auf der anderen Seite die Welt zu Ende ist, nur, weil der alte Matt McCarthy ihr Märchen erzahlt hat?«

»Oh Matt, lieber alter Matt! Erinnerst du dich noch, als ich mit den Siwash-Mädchen aus dem Indianerlager zum Schwimmen ging?«

»Und wie ich dich an den Haaren wieder rausgezogen habe?«

»Und dabei einen deiner neuen Gummistiefel verloren hast?«

»Ja, und wie ich mich daran erinnere! Eine höchst erschreckende und unanständige Sache war das! Und die Stiefel haben mich am Ladentisch deines Vaters zehn Dollar gekostet!«

»Und dann bist du fortgegangen, über den Paß, ins Landesinnere, und wir haben nie mehr ein Wort von dir gehört. Alle dachten, du wärest tot.«

»Ja, ich weiß es noch. Du hast in meinen Armen geweint und wolltest deinem alten Matt keinen Abschiedskuß geben. Aber am Ende hast du's doch getan«, rief er triumphierend aus, »als du gesehen hast, daß ich wirklich gehen wollte. Wie winzig du da noch warst!«

»Ich war erst acht.«

»Und jetzt sind zwölf Jahre vergangen. Zwölf Jahre war ich da drin, kein einziges Mal an der Küste. Dann mußt du jetzt zwanzig sein!«

»Und fast so groß wie du«, bestätigte Frona.

»Eine hübsche Frau ist aus dir geworden, groß und gut gewachsen und so.« Er sah sie kritisch an. »Aber ich denke, du könntest ein bißchen mehr Fleisch auf den Knochen haben.«

»Nein, nein«, wehrte sie ab. »Nicht mit zwanzig, Matt, nicht mit zwanzig. Faß mal meinen Arm an, dann siehst du's.« Sie winkelte den Arm ab, und der Bizeps trat hervor.

»Das sind Muskeln«, gab er zu, als er mit der Hand bewundernd über die Wölbung fuhr. »Gerade so, als hättest du hart für deinen Lebensunterhalt gearbeitet.«

»Oh, ich kann Keulen schwingen und boxen und fechten«, zählte sie auf, während sie nacheinander die typischen Haltungen einnahm, »und schwimmen, tauchen, zwanzig Klimmzüge und – und auf den Händen gehen. Hier!«

»Das hast du also gemacht? Ich dachte, du wärest zum Studieren fortgegangen«, sagte er trocken.

»Ja, aber sie haben jetzt neue Lernmethoden, Matt, und sie lassen dich nicht mit vollgestopftem Kopf fort ...«

» ... und mit dünnen Beinen, die das alles nicht tragen können! Gut, ich verzeih' dir die Muskeln.«

»Aber was ist mit dir selbst, Matt?« fragte Frona. »Wie waren diese zwölf Jahre für dich?«

»Schau her!« Er stellte sich breitbeinig hin, warf den Kopf zurück und streckte die Brust raus. »Hier siehst du Mister Matthew McCarthy, einen König aus der edlen Eldorado-Dynastie durch die Kraft seines eigenen rechten Armes. Mein Vermögen ist grenzenlos. In einer Minute bekomme ich jetzt mehr Goldstaub zusammen, als ich vorher in meinem ganzen Leben gesehen habe. Mein Ziel dieser Reise ist, in den Staaten nach meinen Ahnen zu forschen. Ich bin sicher, daß sie mal existiert haben. Im Klondike findest du gute Nuggets, aber keinen guten Whiskey. Deshalb habe ich auch die Absicht, von diesem guten Zeug etwas zu trinken, bevor ich sterbe. Danach bin ich fest entschlossen, zur Aufsicht über meine Besitztümer zurückzukehren. In der Tat, ich bin ein Eldorado-König, und wenn du ein bißchen was brauchst, dann werd' ich's dir leihen.«

»Das ist immer noch der alte, alte Matt, der nie alt wird«, lachte Frona.

»Und du bist eine echte Welse, mit deinen Preisboxermuskeln und deinem Philosophenhirn. Aber laß uns hineingehen wie Louis und Swiftwater. Andy führt immer noch den Laden, hat man mir erzählt, und wir werden sehen, ob ich noch in den Falten seiner Erinnerung stecke.«

»Und ich auch«, sagte Frona und nahm ihn bei der Hand. Es war eine Angewohnheit von ihr, die Hände derer zu ergreifen, die sie mochte. »Es ist zehn Jahre her, seit ich fortgegangen bin.«

Der Ire pflügte seinen Weg wie eine Ramme durch die Menge, und Frona konnte ihm bequem folgen. Die Goldgräber beobachteten sie ehrerbietig, denn für sie waren sie Götter des Nordens. Das Gemurmel der Gespräche erhob sich wieder.

»Wer ist das Mädchen?« fragte einer. Und eben als Frona durch die Tür trat, hörte sie den Beginn einer Antwort: »Jakob Welses Tochter. Noch nie von Jakob Welse gehört? Wo hast du denn gelebt?«

2

Sie trat aus dem glitzernden Birkenwald, und während die ersten Sonnenstrahlen ihr lang fallendes Haar aufleuchten ließen, überquerte sie mit leichten Schritten die taufeuchte Wiese. Der durch die überschüssige Feuchtigkeit fette Boden fühlte sich weich an, und die Tautropfen in dem dichten Pflanzenwuchs wurden von ihren vorbeistreifenden Knien in einen blitzenden Schwarm flüssiger Diamanten verwandelt. Auf ihren Wangen glühte das Morgenrot, und in ihren Augen spiegelte sich die Sonne, und so kam sie als Ebenbild von Jugend und Liebe einher. Weil sie an der Brust der Natur aufgezogen worden war – weil sie keine Mutter hatte –, liebte sie die alten Bäume und wuchernden grünen Dinge mit leidenschaftlicher Liebe; das leise Summen wachsenden Lebens zu hören, erfüllte sie mit Freude, und den feuchten Geruch der Erde empfand sie als den süßesten Duft, der ihr bekannt war.

Dort, wo das obere Ende der Wiese in einer dunklen und engen Waldschneise auslief, fand sie zwischen glattstieligem Löwenzahn und farbenkräftigen Butterblumen ein Büschel Alaskaveilchen. Sie warf sich in voller Länge zu Boden, preßte ihr Gesicht in die duftende Frische und bog die purpurroten Blüten zu einem glänzenden Kreis über ihren Kopf. Sie fühlte keine Scham. Sie hatte die Abgründe, den Schmutz und die sengenden Feuer der weiten Welt kennengelernt und war daraus einfach, rein und heil wiedergekehrt. Sie war froh darüber, als sie so dalag, daß sie in die alte Zeit zurückkehren konnte, als das Universum am Horizont begann und endete, und als sie über den Paß geklettert war, um das Ende der Welt zu finden.

Das Leben ihrer Kindheit war einfach, mit wenigen, aber harten Regeln. Diese konnten – so hatte sie später einmal gelesen – als der »Glaube an Brot und Decke« zusammengefaßt werden. Das war das Glaubensbekenntnis ihres Vaters gewesen, dachte sie, und erinnerte sich daran, daß alle Menschen mit Respekt von ihm sprachen. Und es war der Glaube, in dem sie aufgewachsen war, den sie in sich getragen hatte, als sie den Abgrund überschritten und in die Welt hinausgegangen war, in der sich die Menschen von der alten Wahrheit entfernt und sich Dogmen und Spitzfindigkeiten der feinsten Art entwickelt hatten; es war der Glaube, den sie mit sich zurückgebracht hatte, frisch, unversehrt und fröhlich. Sie überlegte sich, daß alles so einfach war: Warum sollten nicht alle so glauben wie sie – an »Brot und Decke«? Den Glauben des Pfades und des Jagdlagers? Der Glaube, mit dem starke, gerade Männer plötzlicher Gefahr und schnellem Tod im Feld und der Flut begegneten? Warum nicht? Der Glaube von Jakob Welse? Von Matt McCarthy? Von den indianischen Jungen, mit denen sie gespielt hatte? Von den indianischen Mädchen, die sie zum Krieg der Amazonen geführt hatte? Sogar von den Wolfshunden, die sich im Geschirr plagten und mit ihr über den Schnee flitzten? Dieser Glaube war gesund, wirklich und gut, dachte sie, und sie war glücklich.

Die muntere Melodie eines Rotkehlchens grüßte sie vom Birkenwald herüber und öffnete ihre Ohren für den beginnenden Tag. Ein Rebhuhn schwirrte tief im Wald auf, und ein Eichhörnchen schwang sich mit sicherem Sprung über ihrem Kopf in den freien Raum, von Ast zu Ast und von Baum zu Baum, während es ungnädig zeterte. Vom unsichtbaren Fluß herüber schallten die Rufe der Abenteurer, die schon erwacht waren und sich ihren Weg zum Nordpol suchten.

Frona stand auf, schüttelte ihr Haar und schlug wie früher den alten Pfad unter den Bäumen zum Lager von Häuptling George und dem Dyea-Stamm ein. Sie traf einen Jungen, nackt bis auf eine kurze Hose, mit einer Haut wie ein kupferner Gott. Er sammelte Holz und schaute sie frech über die Schulter an. Im Dyea-Dialekt wünschte sie ihm fröhlich einen guten Morgen; aber er schüttelte nur den Kopf und lachte höhnisch, dann hielt er in seiner Arbeit inne und schickte ihr Schimpfworte hinterher. Sie verstand das nicht, denn früher war das nicht so, und als sie an einem großen, finsterblickenden Sitkan-Indianer vorüberging, sagte sie kein Wort.

Am Waldrand stieß sie auf das Dorf, und sie erschrak. Es war nicht mehr wie früher ein kleines Lager aus 50 oder ein paar mehr Hütten, die sich auf der freien Fläche zusammendrängten, als ob sie gegenseitig Schutz suchten. Es war riesig. Es begann direkt am Waldrand, flutete zwischen den Baumgruppen der Ebene hindurch und ergoß sich hinüber und hinunter zum Flußufer, an dem die langen Kanus in Zehner- und Zwölferreihen vertäut lagen. Es war ein Sammelplatz aller möglichen Stämme, wie er in der Vergangenheit nie dagewesen war, und sie kamen von einem Umkreis von tausend Meilen die Küste hinauf und hinunter. Es waren alles fremde Indianer, mit Frauen, Hausrat und Hunden. Sie zwängte sich durch Juneau- und Wrangelindianer und wurde von wildblickenden Sticks von jenseits der Pässe angerempelt, traf auf kämpferische Chilcats und Bewohner der Queen-Charlotte-Inseln. Die Blicke, die sie auffing, waren finster und drohend außer denen, die sie – noch schlimmer – von den etwas aufgeschlosseneren Gemütern empfing, die ihr gönnerhaft ins Gesicht starrten und gleichzeitig Ausdrücke auf den Lippen trugen, die besser unausgesprochen blieben.

Diese Unverschämtheiten verschreckten sie nicht, sondern machten sie nur ärgerlich; sie verletzten sie und trübten die Freude des Wiedersehens. Trotzdem verstand sie sofort, was sie bedeuteten: die alte, patriarchalische Ordnung aus der Zeit ihres Vaters war zerbrochen, und ihre Stelle hatte in einem alles hinwegfegenden Windstoß die moderne Zivilisation eingenommen. Unter den hochgebundenen Bahnen eines Zeltes sah sie ausgemergelte Männer im Kreis auf dem Boden zusammenhocken. An der Zeltöffnung lagen zerbrochene Flaschen auf einem Haufen und zeugten von einer durchzechten Nacht. Ein Weißer mit gemeinem und schlauem Gesicht teilte Spielkarten aus, und Gold- und Silbermünzen häuften sich auf der Decke an. Einige Schritte weiter hörte sie das Klicken eines Glücksrades und sah, wie die Indianer, Männer und Frauen, ihr hart erarbeitetes Geld mit den wucherischen Einsätzen des Glückspiels verwetteten. Und aus Zelten und Hütten tönten die kratzigen und lauten Geräusche billiger Spieldosen.

Eine alte Squaw saß im Sonnenschein vor einem Zelt und schälte einen Weidenstock, und als sie Frona sah, hob sie den Kopf und stieß einen schrillen Schrei aus.

»Hii-Hii! Tenas Hii-Hii!« rief sie so laut und so verständlich, wie es ihr zahnloser Gaumen erlaubte.

Frona fuhr bei dem Ruf zusammen. Tenas Hii-Hii! ›Kleines Lachen‹! Das war ihr Name aus ihrer lange zurückliegenden Zeit mit den Indianern! Sie drehte sich um und ging zu der alten Frau hinüber.

»So schnell hast du das vergessen, Tenas Hii-Hii?« murmelte sie. »Und das mit deinen jungen und scharfen Augen! Nipusa vergißt nicht so schnell!«

»Du bist es, Nipusa?« rief Frona, und ihre Zunge stolperte über den seit Jahren nicht mehr ausgesprochenen Namen.

»Ja, es ist Nipusa«, erwiderte die alte Frau und zog sie ins Innere des Zeltes. Sie schickte einen kleinen Jungen mit einem eiligen Auftrag fort, dann setzten sie sich auf den Boden. Sie nahm Fronas Hand liebevoll in die ihre und tätschelte sie zärtlich, während sie ihr mit trübem und verschwommenem Blick ins Gesicht schaute.

»Ja, es ist Nipusa, die so wie alle unsere Frauen schnell alt geworden ist. Nipusa, die dich in den Armen gewiegt hat, als du klein warst. Nipusa, die dir deinen Namen gegeben hat, Tenas Hii-Hii. Die, die mit dem Tod gekämpft hat, wenn du krank warst, und die, die Knospen und Sprößlinge von den Gräsern und Bäumen der Erde gepflückt hat und davon Tee für dich gemacht hat. Aber ich sehe nicht viel Unterschied zu früher, denn ich habe dich sofort erkannt. Es war dein Schatten, der mich aufblicken ließ. Ja, ein kleiner Unterschied vielleicht. Du bist groß und schlank wie eine junge Weide, und die Sonne hat deine Wangen die Jahre hindurch heller geküßt. Aber du hast noch das Haar von früher, das wild flattert und die Farbe von braunem Seegras auf den Wellen hat. Und du hast noch den Mund von früher, der oft lacht und selten klagt. Und deine Augen sind so klar und ehrlich wie zu den Zeiten, als dich Nipusa ausschimpfte für etwas, das du falsch gemacht hast, und als du nichts Unwahres sagen wolltest. Ai! Ai! Die anderen Frauen, die jetzt ins Land kommen, sind nicht so wie du!«

»Und warum hat eine weiße Frau unter euch keine Ehre?« fragte Frona. »Eure Männer sagen böse Dinge zu mir, wenn ich durchs Lager gehe, und sogar die Knaben im Wald tun das. Früher, als ich mit ihnen spielte, gab es diese Schmach nicht!«

»Ai! Ai!« klagte Nipusa. »Das stimmt. Aber wirf es ihnen nicht vor. Sie können nichts dafür. Es liegt nur an diesen Frauen, die heute ins Land kommen. Sie zeigen auf irgendeinen Mann und sagen: ›Dieser Mann gehört mir!‹ So sollten Frauen nicht sein. Und sie schauen alle Männer an, mit frechen und schamlosen Augen, ihre Sprache ist schmutzig und ihr Herz schlecht. Deshalb sind sie für uns Frauen ohne Ehre. Die Knaben – sie sind eben Knaben. Und die Männer? Woher sollten sie wissen, daß du anders bist?«

Die Zeltbahnen wurden zur Seite gestoßen, und ein alter Mann kam herein. Mit einem kurzen Grunzer in Fronas Richtung setzte er sich. Nur die wache Aufmerksamkeit, die man ihm ansah, zeigte die Freude, die ihm ihre Gegenwart bereitete.

»Somit ist also Tenas Hii-Hii in diesen schlimmen Zeiten zurückgekommen«, geruhte er festzustellen. Seine Stimme zitterte.

»Wieso schlimme Zeiten, Muskim?« fragte Frona. »Können nicht die Frauen heute leuchtendere Farben tragen? Sind die Bäuche nicht voll von Mehl, Speck und der Nahrung der Weißen? Können die jungen Männer nicht mit ihren Trageriemen und ihren Paddeln großen Reichtum erwerben? Und wirst du nicht geehrt, indem dir wie früher Fleisch, Fisch und Decken gebracht werden? Wieso schlimme Zeiten, Muskim?«

»Es ist wahr«, antwortete er in seiner feinen, priesterlichen Art, und in seinem Blick leuchtete etwas von dem alten Feuer auf. »Es ist sehr wahr. Die Frauen tragen kräftige Farben. Aber sie haben den weißen Männern in die Augen gestochen, und deshalb sehen sie die jungen Männer ihres eigenen Stammes nicht mehr an. Deshalb wird der Stamm nicht mehr größer, und um unsere Füße spielen keine kleinen Kinder mehr. So ist das. Die Bäuche sind voll mit Lebensmitteln der Weißen, aber sie sind auch voll von dem schlechten Whiskey der Weißen. Es ist auch richtig, daß die jungen Männer großen Wohlstand erwerben; aber dafür sitzen sie nächtelang über den Karten und verspielen ihn wieder. Sie beschimpfen sich gegenseitig, schlagen sich, und so entsteht böses Blut zwischen ihnen. Was den alten Muskim betrifft – es gibt nur noch wenige Geschenke an Fleisch, Fisch und Decken, denn die jungen Frauen haben sich von den alten Wegen entfernt, und die jungen Männer ehren die alten Totems und die alten Götter nicht mehr. Deshalb sind das schlimme Zeiten, Tenas Hii-Hii, und sie lassen den alten Muskim voller Sorgen ins Grab sinken.«

»Ai! Ai! So ist es!« klagte Nipusa.

»Der Wahnsinn deines Volkes hat mein Volk wahnsinnig gemacht«, fuhr Muskim fort. »Dein Volk ist über das Salzwasser gekommen wie Wellen, und sie gehen – ah! Wer weiß wohin?«

»Ai! Wer weiß wohin?« jammerte Nipusa und schaukelte langsam vor und zurück.

»Immer wieder gehen sie in den Frost und die Kälte; und immer mehr kommen hinter ihnen her, Welle auf Welle!«

»Ai! Ai! In den Frost und die Kälte! Ein langer Weg, und er ist dunkel und kalt!« Sie schauderte, dann legte sie plötzlich ihre Hand auf Fronas Arm. »Gehst du auch?«

Frona nickte.

»Tenas Hii-Hii geht auch! Ai! Ai! Ai!«

Die Zeltbahn hob sich, und Matt McCarthy schaute herein.

»Bist du das, Frona? Da wartet seit einer halben Stunde das Frühstück auf dich, und der alte Andy wirbelt und fegt wie ein aufgeregtes altes Weib durch die Gegend. Guten Morgen, Nipusa«, sprach er Fronas Freunde an, »und dir auch, Muskim, auch wenn du dich wahrscheinlich nicht mehr an mich erinnerst.«

Das alte Paar grunzte etwas zur Begrüßung und saß dann stumm und unbeweglich da.

»Aber beeil dich, Mädchen«, wandte er sich wieder an Frona. »Mein Dampfer fährt um Mittag los, und ich sehe dich nur noch sehr kurze Zeit. Außerdem warten ein heißes Frühstück und ein heißer Andy auf dich – letzterer brennt vor Ungeduld!«

3

Frona winkte mit der Hand zurück, wo Andy stand, und nahm den Weg unter die Füße. Auf dem Rücken trug sie ihre Kamera und einen kleinen Touren-Rucksack, in der Hand Nipusas Weidenstock, den sie als Kletterhilfe benützte. Sie trug ein Bergkostüm mit kurzem Rock, das unter geringstem Materialeinsatz den größtmöglichen Bewegungsspielraum ließ. Die durchgehend graue Farbe ließ sie sehr bescheiden wirken.

Ihre übrige Ausrüstung war schon seit Stunden auf dem Rücken von einem Dutzend Indianer und unter der Oberaufsicht von Del Bishop unterwegs. Tags zuvor hatte sie bei ihrer Rückkehr mit Matt McCarthy aus dem Siwash-Lager am Laden Del Bishop vorgefunden, der auf sie wartete. Das Geschäft war schnell abgeschlossen, denn der Vorschlag, den er machte, war knapp und einfach. Sie wolle ins Landesinnere – er auch. Sie würde jemanden brauchen, der sie begleitete. Falls sie noch keinen ausgesucht habe – nun, er sei genau der Richtige. An jenem Tag, als er sie an Land brachte, habe er vergessen, ihr zu erzählen, daß er Jahre zuvor schon im Innern gewesen sei und sich dort genau auskenne. Es stimme wohl, daß er das Wasser hasse und es sei vorwiegend eine Reise zu Wasser, aber er fürchte sich nicht davor, denn er fürchte sich vor überhaupt nichts. Außerdem würde er für sie notfalls auch kämpfen. Was die Bezahlung anbetreffe, so würde es wohl nur einer kurzen Unterhaltung bedürfen, wenn sie nach Dawson kämen, damit er von Jakob Welse die Ausrüstung für ein Jahr erhalte. Nein, nein, keine Beteiligung, er lasse sich nicht binden! Später, wenn sein Goldsack ausgeklopft werde, wolle er für die Ausrüstung bezahlen. Gut; was sie davon halte?

Frona hielt etwas davon, denn bevor sie ihr Frühstück beendet hatte, war er draußen schon damit beschäftigt, die Träger zusammenzutrommeln.

Sie stellte fest, daß sie schneller vorankam, als der Rest ihrer Gefährten, die schwer beladen waren und alle paar hundert Schritte ihre Last absetzen mußten. Dennoch fand sie es nicht leicht, mit einer Gruppe von Skandinaviern vor ihr Schritt zu halten. Es waren große, kräftige Riesen mit blonden Haaren, jeder mit hundert Pfund auf dem Rücken und im Schlepptau einen leichten Wagen, der weitere sechshundert Pfund trug. Ihre Gesichter glichen lachenden Sonnen und sie strotzten vor Lebensfreude. Die Arbeit war für sie ein Kinderspiel und schien ihnen mühelos von der Hand zu gehen. Sie machten in einer unverständlichen Sprache Witze untereinander und mit denen, die ihnen begegneten, ihre Körper bebten unter dröhnendem Gelächter. Viele blieben stehen, um sie vorbei zu lassen, und sahen ihnen neidisch nach, denn sie nahmen die Steigungen des Weges im Lauf, und ratternd ging es die Gefälle hinunter, wobei die eisenbeschlagenen Räder hart über die Felsen rumpelten.

Nachdem sie ein dunkles Waldstück durchquert hatten, trafen sie an einer Furt auf den Fluß. Dort lag ein Ertrunkener auf dem Rücken auf der Sandbank und starrte in die Sonne. Ein Mann mit wirrem Blick fragte wieder und wieder: »Wo ist sein Kumpel? Hatte er denn keinen Kumpel?« Zwei andere Männer hatten ihre Bündel abgeworfen und fertigten gelassen ein Verzeichnis der Besitztümer des Mannes an. Einer nannte laut die einzelnen Gegenstände, die der andere auf einem Stück fleckigen Packpapiers notierte. Briefe und Quittungen bedeckten naß und weich den Sand. Auf einem weißen Taschentuch lag ein kleiner Haufen Goldmünzen. Die anderen Männer, die den Fluß in Kanus und Nachen überquerten, beachteten sie nicht.

Die Skandinavier blieben stehen, um die Szene zu betrachten, und für einen Augenblick wurden ihre Gesichter ernst. »Wo ist sein Kumpel? Hatte er keinen Kumpel?« fragte sie der verwirrte Mann. Sie schüttelten den Kopf. Englisch verstanden sie nicht. Sie stiegen ins Wasser und plantschten vorwärts. Irgend jemand rief ihnen von der gegenüberliegenden Seite aus eine Warnung zu, worauf sie stehenblieben und miteinander berieten. Dann gingen sie weiter. Die beiden Männer, die das Verzeichnis anfertigten, drehten sich um und sahen ihnen zu.

Die Strömung reichte ihnen kaum bis zur Hüfte, aber sie war stark und machte ihnen sehr zu schaffen. Immer wieder wurde der Karren vom Wasser zur Seite gedrängt. Das Schlimmste war schon vorüber, und Frona bemerkte, daß sie den Atem angehalten hatte. Die beiden vorderen Männer standen nur noch bis zu den Knien im Wasser, als bei einem der hinteren ein Riemen riß. Sein Gepäck schwang plötzlich zur Seite und brachte ihn aus dem Gleichgewicht. Sofort rutschte auch sein Nebenmann aus, und damit warfen sie sich gegenseitig um. Die nächsten zwei verloren den Stand, und der Karren kippte um, während er vom Grund der Furt in das tiefe Wasser getrieben wurde. Die beiden Männer, die schon fast aus dem Wasser waren, warfen sich zurück in die Zugseile. Eine mutige und heldenhafte Anstrengung, aber obwohl sie Riesen waren, war die Aufgabe doch zu groß, und Zoll um Zoll wurden sie abwärts und unter Wasser gezogen.

Ihr Gepäck hielt sie unter Wasser, bis auf den, dessen Riemen gerissen war. Dieser kämpfte sich heraus und versuchte, im Wasser vorwärts zu kommen, nicht zum Ufer hin, sondern flußabwärts, um seine Kameraden einzuholen. Einige hundert Fuß weiter unten wirbelte der Strom über ein zackiges Felsenriff; hier tauchten seine Kameraden eine Minute später auf. Der Karren, der immer noch beladen war, erschien als erstes; eines seiner Räder war zerschmettert – er kippte kopfüber in die nächste tiefe Stelle. Ihm folgten die Männer in einem Knäuel. Sie wurden gegen die Felsen unter der Wasseroberfläche geschleudert und, bis auf einen, weitergeschwemmt. Frona, die in einem Kanu saß (ein Dutzend Kanus eilten bereits zu Hilfe), sah, wie dieser eine mit blutenden Fingern verzweifelt nach dem Felsen griff. Sie sah sein weißes Gesicht – da aber löste sich sein Griff, und er wurde fortgerissen, gerade als sein entkommener Kamerad mit mächtigen Stößen heranschwamm und nach ihm griff. Außer Sicht tauchten sie wieder unter und kamen nur noch einmal kurz am flachen Ende des Gefälles zum Vorschein, immer noch kämpfend.

Ein Kanu fischte den schwimmenden Mann auf – alles

andere verschwand an einer Stelle, wo das Wasser glatt und schnell dahinfloß. Eine Viertelstunde lang suchten die Kanus noch nach ihnen, dann wurden die Toten am Grund eines Wirbels gefunden. Von einem nahenden Boot wurde ein Seil geliehen, von einem Frachtgespann am Ufer holten sie zwei Pferde, dann wurde das grausige Bündel an Land gezogen. Frona betrachtete die fünf jungen Riesen, die mit gebrochenen Gliedern im Schlamm lagen. Sie waren immer noch an den Karren angeschirrt, und die jetzt wertlosen Bündel hingen immer noch an ihren Rücken. Der sechste saß dazwischen, mit trockenen Augen und betäubt. Ein Dutzend Fuß entfernt floß der gleichmäßige Strom des Lebens vorbei; Frona verschmolz mit ihm und zog weiter.

Die dunklen, fichtenbedeckten Berge rückten im Dyea-Canyon näher zusammen, und die Füße der Goldsucher verwandelten die nasse Erde, die nie von der Sonne beschienen wurde, in Schlamm und Morast. Dann suchten sie neue Pfade, bis viele Wege kreuz und quer liefen. An einem dieser Wege traf Frona einen Mann, der sorglos im Schlamm lag. Er lag auf der Seite, die Beine gespreizt, einen Arm unter sich gezogen und von einem mächtigen Bündel auf dem Rücken am Boden gehalten. Seine Wange ruhte, wie auf einem Kissen, friedlich im Matsch, und sein Gesicht zeigte einen zufriedenen Ausdruck. Als er sie sah, strahlte er, und seine Augen zwinkerten freudig.

»Wird langsam Zeit, daß Sie kommen«, begrüßte er sie. Ich habe bald eine Stunde auf Sie gewartet.«

»So ist es recht«, fuhr er fort, als Frona sich über ihn beugte. »Einfach den Riemen aushängen. Das verflixte Ding! Ich konnte es die ganze Zeit über nicht richtig erreichen!«

»Sind Sie verletzt?« fragte sie.

Er schlüpfte aus seinen Riemen, schüttelte sich und betastete den verdrehten Arm. »Nee. Gesund wie ein Dollar, danke. Und blaue Flecken kann ich auch keine finden.« Er wischte seine schmutzigen Hände an den Zweigen einer kleinen Fichte ab. »Eben Pech gehabt; aber dafür bin ich jetzt gut ausgeruht, also warum soll ich mich groß beklagen? Sehen Sie, dort an der kleinen Wurzel bin ich gestolpert, und rutsch! glitsch! plumps! lag ich da, und an die Riemenschnalle kam ich nicht ran. Da lag ich eine verdammte Stunde lang, weil alle den unteren Weg gingen.«

»Aber warum haben Sie nicht gerufen?«

»Um sie hier den Hügel zu mir heraufsteigen zu lassen? Wo die alle genug mit sich selbst zu schaffen haben? Nie im Leben! So schlimm war es ja auch nicht. Wenn mich irgend jemand einen Hügel hatte raufsteigen lassen, nur weil er ausgerutscht war, dann hätte ich ihm zwar schon aus dem Schlamm geholfen, ja, aber dann hätte ich ihm ein paar versetzt und ihn in den Dreck zurückgestoßen. Außerdem wußte ich ja, daß früher oder später jemand auf diesem Weg vorbeikommen mußte.«

»Oh, Sie werden's schaffen!« rief sie mit Del Bishops Worten. »Sie sind der Richtige für dieses Land!«.

»Klar«, rief er zurück, während er sein Bündel aufnahm und mit leichten Schritten loslief. »Außerdem hab' ich mich gut erholt.«

Der Weg fiel jetzt durch tiefen Morast steil zum Flußufer ab. Eine schlanke Fichte lag quer über dem tobenden Gewässer und bog sich in der Mitte fast bis zum Wasser durch. Die Wellen überspülten immer wieder den spitz zulaufenden Stamm und versetzten ihn dadurch in eine sanfte, schwingende Bewegung, und die Füße der Träger hatten seine Oberfläche geglättet. Achtzig Fuß gefährlicher Unsicherheit. Frona trat auf ihn, fühlte, wie er sich unter ihr bewegte, hörte das Tosen des Wassers, sah die wahnsinnige Strömung – und trat zurück. Heimlich öffnete sie den Knoten ihrer Schnürsenkel und tat so, als müsse sie sie mit großer Sorgfalt wieder binden, denn eine Gruppe Indianer trat soeben oben aus dem Wald und kam durch den Morast herunter. Drei oder vier junge Männer gingen voraus, und ihnen folgten viele Squaws, die gebückt unter den schweren Lasten, an den Kopfriemen gingen. Dahinter kamen die Kinder, jedes entsprechend seinem Alter beladen, und am Schluß lief ein halbes Dutzend Hunde, das mit hechelnden Zungen unter seinen Lasten vorwärtsdrängte.

Die Männer sahen sie von der Seite an, und einer von ihnen sagte etwas in abschätzendem Ton. Frona konnte es nicht hören, aber das Kichern, das die Reihe entlanglief, trieb ihr die Scham ins Gesicht und war deutlicher als Worte. Ihr Gesicht glühte, denn sie fühlte sich in ihren eigenen Augen entwürdigt; trotzdem reagierte sie nicht.

Der Anführer der Indianer trat zur Seite, und einer nach dem andern trat den gefährlichen Übergang an. In der Mitte drückte ihr Gewicht den Stamm unter Wasser, und sie mußten mit den Füßen den nächsten Schritt ertasten, während sie bis zu den Knöcheln im eiskalten, reißenden Fluß standen. Sogar die kleinen Kinder gingen ohne Zögern hinüber, und die Hunde winselten zwar und zögerten, aber der Mann trieb sie vorwärts. Als der letzte drüben war, drehte er sich zu Frona um.

»Der Pferdeweg«, sagte er und zeigte zum Berg hinüber. »Viel besser du nimmst den Pferdeweg. Viel weiter; viel besser.«

Aber sie schüttelte den Kopf und wartete, bis er auf dem gegenüberliegenden Ufer angekommen war. Sie fühlte sich nicht nur von ihrem eigenen Stolz, sondern auch vom Stolz ihrer Rasse gefordert; diese Verpflichtung war stärker als ihre eigene, so wie auch ihre Rasse stärker war als sie selbst. Deshalb setzte sie den Fuß auf den Stamm, und unter den Blicken der Fremden ging sie in die weißschäumenden Wirbel hinein.

Am Rand des Weges traf sie auf einen weinenden Mann. Sein Bündel lag schlecht geschnürt neben ihm. Er hatte einen Schuh ausgezogen, und sein nackter Fuß zeigte Blasen und Schwellungen.

»Was ist los?« fragte sie ihn und blieb vor ihm stehen.

Er sah erst sie an, dann hinunter, wo der Dyea das düstere Dunkel mit seinem silbernen Schein belebte. Die Tränen standen ihm noch immer in den Augen, und er zog die Nase hoch.

»Was ist?« wiederholte sie. »Kann ich Ihnen irgendwie helfen?«

»Nein«, antwortete er. »Wie sollten Sie helfen können? Meine Füße sind wund, und mein Rücken ist fast gebrochen. Ich bin völlig erschöpft. Was können Sie da schon machen?«

»Nun«, sagte sie einsichtig, »ich bin sicher, es könnte schlimmer sein. Denken Sie an die Männer, die eben erst am Ufer gelandet sind. Sie werden zehn oder vierzehn Tage brauchen, um ihr Gepäck überhaupt nur so weit zu bringen wie Sie.«

»Aber meine Kameraden haben mich zurückgelassen und sind weitergegangen«, stöhnte er mit Mitleid heischender Stimme. »Jetzt bin ich ganz allein, und ich kann keinen Schritt mehr weiter. Und meine Frau und Kinder? Ich habe sie in den Staaten gelassen. Ach, wenn sie mich doch nur jetzt sehen könnten! Ich kann nicht zu ihnen zurück, und ich kann nicht weitergehen. Es ist zuviel für mich. Diese Pferdearbeit halte ich nicht aus. Dafür bin ich nicht geboren. Ich werde sterben, das weiß ich, das fühle ich. Ach, was soll ich nur tun? Was soll ich tun?«

»Warum haben Ihre Kameraden Sie verlassen?«

»Weil ich nicht so stark bin wie sie, weil ich nicht so viel wie sie schleppen kann und auch nicht so weit. Sie haben mich ausgelacht und sind fortgegangen.«

»Haben Sie denn schon jemals unter harten, schwierigen Bedingungen gelebt?« fragte Frona.

»Nein.«

»Sie sehen jung und stark aus. Etwa hundertfünfundsechzig Pfund werden Sie wiegen?«

»Hundertsiebzig«, korrigierte er.

»Sie sehen nicht so aus, als hätten Sie mal Probleme mit Ihrer Gesundheit gehabt. Waren Sie mal ernstlich krank?«

»N-nein.«

»Und Ihre Kameraden? Haben die schon mal nach Gold gesucht?«

»Nein, noch nie. Wir haben im selben Geschäft gearbeitet. Das ist es, was es so hart macht, verstehen Sie? Wir kannten uns seit Jahren! Und dann gehen sie einfach fort und lassen mich zurück, nur, weil ich nicht mithalten konnte!«

»Mein Freund«, sagte Frona und wußte, daß aus ihr ihr ganzes Volk sprach, »Sie sind so stark wie jene. Sie können ebensohart arbeiten wie die und ebensoviel tragen. Aber Ihr Herz ist schwach. Dies ist kein Land für ein schwaches Herz. Sie können nicht wie ein Pferd arbeiten, weil Sie es nicht wollen. Deshalb kann dieses Land Sie nicht brauchen. Der Norden braucht starke Menschen – mit starkem Herzen, nicht mit starkem Arm. Der Körper zählt nicht. Also gehen Sie zurück in die Staaten. Wenn Sie weitergehen, werden Sie sterben, und was wird dann aus Ihrer Frau und den Kindern? Verkaufen Sie die Ausrüstung und gehen Sie zurück. In drei Wochen sind Sie zu Hause. Leben Sie wohl!«

Sie durchquerte den sogenannten »Schafstall«. Irgendwo oberhalb davon war ein mächtiger Gletscher durch eine unterirdische Druckverlagerung auseinandergebrochen und hatte Tausende von Tonnen an Eis und Wasser in die felsige Schlucht geschleudert. Der Weg war vom Schlamm noch rutschig, und zwischen den Resten umgestürzter Zelte und verschütteter Vorratslöcher stöberten untröstliche Menschen herum. Aber hier und dort arbeiteten sie in nervöser Hast, und die steifen Leichen an der Seite des Weges legten stummes Zeugnis ihrer Arbeit ab. Einige hundert Schritte weiter ging die Jagd nach dem Gold unvermindert weiter. Auf vorstehenden Steinen stellten Menschen ihre Lasten ab, tauschten beim Atemholen Berichte aus über ihr knappes Entkommen und stapften dann auf ihrem mühevollen Weg weiter.

Die Mittagssonne brannte auf die Felsen, die »Die Steinerne Waage« genannt wurden. Der Wald hatte hier den Kampf aufgegeben, und die betäubende Hitze prallte von den unbedeckten Steinen ab. Auf beiden Seiten ragten die eisgefurchten Erdwälle auf, die in ihrer Nacktheit den Eindruck der Lebendigkeit machten. Darüber thronte der sturmumbrauste Chilcoot. An seiner finsteren und rissigen Vorderseite kroch eine schmale Kolonne von Menschen empor. Es war eine endlose Kolonne. Sie entsprang am Rand des verkrüppelten Baumwuchses, zog eine schwarze Linie über eine blendend helle Eisfläche, passierte Frona, die am Wegrand saß und etwas aß, und zog weiter, den Abhang hoch, an dem sie kleiner und schmäler wurde, bis sie sich wie eine Reihe Ameisen bog und krümmte und hinter dem Scheitel des Passes verschwand.

Gerade, als sie hinaufsah, wurde der Chilcoot von wallendem Nebel und wirbelnden Wolken eingehüllt, und ein Hagelschauer mit stürmischem Wind prasselte auf die emsigen Zwerge nieder. Das Tageslicht erlosch, düstere Dämmerung brach herein, aber Frona wußte, daß irgendwo dort oben die lange Reihe von Ameisen weiterkletterte und sich ihren Weg himmelwärts suchte. Bei diesem Gedanken durchfuhr sie ein Schauer, und das ewige Streben der Menschheit nach Beherrschung der Natur zwang sie dazu, sich in die Kolonne einzureihen, die hinter ihr aus dem Sturm heraustrat und vor ihr im Sturm verschwand.

Ein Wirbel aus weißem Nebel schob sich durch die Lücke des Passes, und auf Händen und Füßen kletterte sie die vulkanischen Ruinen des mächtigen Kraters hinunter, der den Chilcoot beherrschte; dann stand sie an den öden Ufern des Kratersees. Der See war stürmisch und mit weißen Schaumkronen bedeckt. Über hundert Gepäckstücke warteten darauf, übergesetzt zu werden, aber keine Boote waren zu sehen. Ein gebrechliches Gestell aus Hölzern mit einer Hülle aus Segeltuch lag auf den Felsen. Frona ermittelte den Besitzer, einen jungen Burschen mit klarem, offenem Gesicht, scharfen schwarzen Augen und kräftigem Kinn. Ja, er sei der Fährmann, aber für heute habe er den Betrieb eingestellt. Zu stürmisch für die Fähre. Er nehme fünfundzwanzig Dollar pro Passagier, aber heute nehme er keine Passagiere an. Er habe doch gesagt, daß es zu stürmisch sei. Das sei der Grund.

»Aber mich nehmen Sie doch, nicht wahr?« fragte sie.

Er schüttelte den Kopf und blickte über den See. »Am anderen Ende ist es schlimmer als hier. Sogar die großen Holzboote würden es nicht schaffen. Das letzte, das es mit einer Gruppe von Trägern versucht hat, wurde ans Westufer getrieben. Wir konnten es genau sehen. Und weil es dort keinen Weg gibt, müssen sie dort lagern, bis der Sturm vorbei ist.«

»Aber die haben es besser als ich. Meine Lagerausrüstung ist in Happy Camp, und ich kann nicht sehr gut hier bleiben.« Frona lächelte gewinnend, aber in diesem Lächeln lag keine Bitte; es gab da keine weibliche Hilflosigkeit, die sich auf die Stärke und Ritterlichkeit des Mannes stützen wollte. »Überlegen Sie es sich noch einmal und setzen Sie mich über.«

»Nein.«

»Ich geb' Ihnen fünfzig.«

»Nein, sage ich.«

»Aber ich habe keine Angst, müssen Sie wissen.«

Die Augen des jungen Burschen versprühten ärgerliche Blitze. Er drehte sich schnell nach ihr um, aber er besann sich noch einmal und behielt die Worte, die ihm auf der Zunge lagen, für sich. Frona erkannte den unbeabsichtigten Vorwurf, den sie geäußert hatte, und wollte schon erklären; aber dann besann auch sie sich, denn sie konnte seine Gedanken erraten, und dachte, daß dies vielleicht der einzige Weg sei, ihr Ziel zu erreichen. So standen sie beide da, gegen den Sturm gelehnt wie Seeleute auf einem abfallenden Deck, und sahen sich, ohne mit der Wimper zu zucken, in die Augen. Seine Haare lagen ihm in nassen Locken in der Stirn, während ihr Haar ihr in langen Strähnen wild um den Kopf flog.

»Also, los, kommen Sie!« Er stieß das Boot mit einem ärgerlichen Tritt ins Wasser und warf die Riemen an Bord. »Klettern Sie rein! Ich bring' Sie rüber, aber nicht für Ihre fünfzig Dollar. Sie zahlen den regulären Preis, und Schluß!«

Eine Bö packte das kleine Boot und trieb es ein Stück weit breitseits ab. Das Wasser sprühte in einem ständigen stechenden Regen in das Boot, und Frona machte sich sofort mit der Schöpfdose ans Werk.

»Ich hoffe bloß, daß wir ans Ufer getrieben werden«, rief er, über die Riemen gebeugt. »Es wäre eine unangenehme Lage – für Sie!« Er sah ihr wild ins Gesicht.

»Nein«, korrigierte sie; »es wäre ziemlich schlecht für uns beide – eine Nacht ohne Zelt, Decken oder Feuer. Außerdem werden wir nicht ans Ufer getrieben.«

Sie betrat den schlüpfrigen Felsen und half ihm, das Segeltuchgefährt heraufzuziehen und das Wasser herauslaufen zu lassen. Auf beiden Seiten ragten nackte, nasse Felswände auf. Ständig fiel schwerer Hagel, durch den in der dichter werdenden Dunkelheit einige nasse Gepäckstücke glänzten.

»Sie beeilen sich besser ein bißchen«, riet er, nachdem er ihr für ihre Hilfe gedankt und sein Boot wieder ins Wasser gelassen hatte. »Zwei Meilen von hier, an einem steilen Weg, liegt Happy Camp. Bis dorthin gibt es kein Holz, also machen Sie sich besser auf den Weg. Leben Sie wohl.«

Frona streckte die Hand aus, ergriff die seine und sagte: »Sie sind ein mutiger Mann.«

»Ach, ich weiß nicht.« Er erwiderte den Händedruck kräftiger als üblich.

Happy Camp bestand aus einem Dutzend Zelte, die sich am äußersten Waldrand mit Mühe an ihren Pflöcken in den Boden krallten. Frona ging von Zelt zu Zelt, müde von den Anstrengungen des Tages. Ihre nassen Röcke hingen ihr schwer an den Gliedern, und der Wind beutelte sie kräftig hin und her. Einmal hörte sie durch das Segeltuch einen Mann kräftig fluchen und vermutete, daß es Del Bishop war. Aber ein Blick ins Innere zeigte ihren Irrtum; so wanderte sie vergebens weiter, bis sie das letzte Zelt des Lagers erreichte. Sie löste die Schlaufen des Eingangs und blickte hinein. Eine flackernde Kerze beleuchtete den einzigen Bewohner, einen Mann, der auf den Knien saß und kräftig in die Feueröffnung eines rauchenden Yukon-Ofens blies.

4

Sie löste die unteren Eingangsschlaufen und trat ein. Der Mann blies immer noch in den Ofen, ohne zu merken, daß er Gesellschaft bekommen hatte. Frona mußte husten, und da richtete er ein Paar rauchgeröteter Augen auf sie.

»Schon gut«, sagte er nebenbei. »Binden Sie den Eingang wieder zu und machen Sie es sich bequem.« Und darauf kehrte er wieder zu seiner langweiligen Aufgabe zurück.

»Wenigstens gastfreundlich«, dachte sie bei sich, während sie seinem Befehl folgte und dann zum Ofen kam.

Ein Bündel Zwergfichte, knorrig und naß, lag zu Ofenlänge gehackt auf der einen Seite. Frona kannte dieses Gewächs, das zwischen den angeschwemmten Felsen entlangkroch, sich drehte und wand und, anders als sein baumförmiges Gegenstück, selten mehr als einen Fuß hoch vom Erdboden aufragte. Sie blickte in den Ofen, sah, daß er leer war, und füllte ihn mit dem nassen Holz. Der Mann erhob sich, hustete, weil ihm der Rauch in die Lunge gekommen war, und nickte anerkennend.

Als er wieder zu Atem gekommen war, sagte er: »Setzen Sie sich hin und trocknen Sie Ihre Kleidung. Ich werde das Abendessen machen.«

Er stellte einen Kaffeekessel auf die Vorderklappe des Ofens, leerte den Eimer hinein und ging dann hinaus, um mehr Wasser zu holen. Als er ihr den Rücken kehrte, griff Frona nach ihrem Rucksack, und als er einen Augenblick später zurückkehrte, fand er sie in einem trockenen Rock, während sie den nassen auswrang. Während er in der Proviantkiste nach Tellern und Eßbesteck wühlte, spannte sie ein kleines Stück Schnur zwischen die Zeltpfosten und hing den Rock zum Trocknen auf. Die Teller waren schmutzig, und während er sich bückte und sie wusch, drehte sie ihm den Rücken zu und wechselte geschwind ihre Strümpfe. Ihre Kindheit hatte sie gelehrt, was gut gepflegte Füße auf der Reise wert waren. Ihre nassen Schuhe hing sie auf ein Bündel Holz an der Rückseite des Ofens und ersetzte sie durch ein Paar weicher, zarter indianischer Hausmokassins. Das Feuer war kräftiger geworden, und so konnte sie ihre Unterwäsche am Körper trocknen lassen.

Die ganze Zeit über hatte keiner von beiden ein Wort gesprochen. Nicht nur, daß der Mann still gewesen war; er ging seinen Tätigkeiten auch in einer so konzentrierten Art und Weise nach, daß Frona sicher war, daß er ihren

Erklärungen, wenn sie sie geäußert hätte, überhaupt nicht zugehört hätte. Sein ganzes Verhalten machte den Eindruck, als sei es die gewöhnlichste Sache der Welt, daß eine junge Frau aus Sturm und Nacht kommt und seine Gastfreundschaft in Anspruch nimmt. In gewisser Weise gefiel ihr das; aber weil sie es nicht verstand, verwirrte es sie auch. Ein- oder zweimal befeuchtete sie sich die Lippen, um etwas zu sagen, aber er schien ihre Gegenwart so sehr zu übersehen, daß sie innehielt.

Nachdem er mit dem Beil eine Büchse mit Corned beef geöffnet hatte, warf er ein halbes Dutzend dicker Speckscheiben in die Pfanne, nahm dann die Pfanne vom Feuer und kochte Kaffee. Der Proviantkiste entnahm er einen halben dicken Pfannkuchen, den er prüfend anschaute. Nach einem schnellen Blick auf Frona warf er das durchweichte Ding nach draußen. Dann schüttete er den Inhalt einer Dose Schiffszwieback auf ein Wachstuch. Der Zwieback war zu Krümeln und Bruchstücken zerfallen und kräftig vom Regen durchweicht und stellte jetzt eine matschige, pampige, schmutzigweiße Masse dar.

»Das ist alles, was ich anstelle von Brot habe«, murmelte er; »aber setzen Sie sich, und dann werden wir das Beste draus machen.«

»Einen Moment –«, und bevor er protestieren konnte, hatte Frona den Schiffszwieback auf den Speck und das Fett in die Bratpfanne gekippt. Dazu goß sie noch ein paar Tassen Wasser, und rührte das Ganze auf dem Feuer kräftig um. Nachdem es in der Hitze für einige Minuten geschmort und geblubbert hatte, schnitt sie das Corned beef auf und mischte es darunter. Und als sie es schließlich kräftig mit Salz und schwarzem Pfeffer gewürzt hatte, stieg aus der zusammengemischten Masse ein appetitlicher Geruch auf.

»Ich muß sagen, das ist ein ganz ordentliches Zeug«, sagte er mit dem Teller auf dem Knie und kostete es gierig. »Wie heißt es denn?«

»Goldgräberfrühstück«, antwortete sie kurz, und danach ging die Mahlzeit in Stille zu Ende.

Frona reichte ihm den Kaffee und betrachtete ihn dabei genau. Sie fand seine Gesichtszüge nicht nur angenehm, sondern auch willensstark. Nicht gerade jetzt, entschied sie, aber wenn es darauf ankommt. Ein Mann mit höherer Ausbildung, fügte sie hinzu, denn sie kannte die Augen von Studenten und den Ausdruck, den sie nach langen, durchlesenen Nächten haben – die Augen dieses Mannes hatten diesen Ausdruck. Es waren braune Augen, bemerkte sie weiter, und sie waren so hübsch, wie die Augen eines Mannes nur sein konnten. Aber als er seinen Teller noch einmal mit »Goldgräberfrühstück« füllte, war sie überrascht, denn seine Augen waren nicht im gewöhnlichen Sinne braun, sondern eher haselnußbraun. Bei Tageslicht, und wenn er bei bester Gesundheit war, so waren sie sicher grau, sogar fast blau-grau. Sie kannte diese Augen; ihre einzige und beste Freundin hatte solche Augen.

Seine Haare waren kastanienbraun und glänzten im Kerzenlicht wie Gold, und die Andeutung leichter Locken erklärte auch seinen deutlich abwärts gerichteten Schnurrbart. Was sein übriges Gesicht anging, so war es glattrasiert und sehr männlich geschnitten. Zuerst gefielen ihr die stark eingefallenen Wangen unter den stark hervortretenden Backenknochen nicht, aber als sie seinen gutgebauten, schlanken und muskulösen Körper, seinen tiefen Brustkorb und seine starken Schultern näher betrachtete, entdeckte sie, daß sie diesen hohlwangigen Menschentyp bevorzugte; auf jeden Fall machte er nicht den Eindruck, als ob es ihm an ausreichender Ernährung fehlte – der Körper widerlegte diese Vermutung, und das Gesicht andererseits strafte den Gedanken an Übergewicht Lügen. Etwa einen Meter achtzig groß, schätzte sie aus ihrer Erfahrung vom Sport, und zwischen fünfundzwanzig und dreißig Jahre alt, wahrscheinlich zur unteren Marke tendierend.

»Ich habe nicht viele Decken«, sagte er plötzlich, spülte seine Tasse aus und stellte sie auf die Proviantkiste. »Ich erwarte meine Indianer erst morgen vom Linderman-See zurück, und die haben alles mitgenommen bis auf ein paar

Säcke Mehl und eben die Lagerausrüstung. Ich habe aber einige dicke Mäntel, die werden schon reichen.«

Er drehte sich um, als erwarte er keine Antwort, und breitete eine gummiumhüllte Deckenrolle aus. Dann zog er zwei Mäntel aus einem Kleidersack und legte sie auf die Bettstatt.

»Ich nehme an, Sie sind Varieté-Künstlerin?«

Er fragte das so nebenbei, als sei er an keiner Antwort interessiert, und tatsächlich so, als wisse er die Antwort schon im voraus. Aber für Frona war die Frage wie ein Schlag ins Gesicht. Ihr fiel Nipusas Schelte der weißen Frauen, die ins Land kamen, ein, und sie erkannte, in welchem Licht sie ihm erscheinen mußte.

Aber bevor sie etwas sagen konnte, fuhr er fort: »Letzte Nacht waren zwei Varieté-Stars hier, und vorgestern drei. Nur hatten wir da mehr Bettzeug. Es ist komisch, nicht wahr, wie geschickt sie sind, wenn es ans Verlieren ihrer Ausrüstung geht. Und trotzdem konnte ich bisher noch nie irgendwas davon finden. Und alle waren sie Stars, so scheint es. Keine in einer kleineren Nummer oder auch nur im Hintergrundchor – nein, nein. Vermutlich sind Sie auch ein Star?«

Das Blut schoß ihr ins Gesicht, und das machte sie noch wütender; denn obwohl sie Herr ihrer Gefühle war, ließ ihr errötetes Gesicht eine Verwirrung vermuten, die sie in Wirklichkeit nicht verspürte.

»Nein«, antwortete sie kühl, »ich bin keine Varieté-Künstlerin.«

Er stieß einige Säcke Mehl zur einen Seite des Ofens, ohne ein Wort zu sagen, und machte aus ihnen eine Bettunterlage; mit den übrigen Säcken tat er dasselbe auf der anderen Seite.

»Aber irgendeine Art von Künstlerin sind Sie doch?« fragte er weiter, wobei das Wort »Künstlerin« eine eigenartige Bedeutung zu bekommen schien.

»Es tut mir leid, ich bin überhaupt keine Künstlerin irgendeiner Art.«

Er ließ die Decken fallen, die er gerade faltete, und streckte sich. Bis jetzt hatte sein Blick sie immer nur gestreift; aber jetzt betrachtete er sie sorgfältig, vom Kopf bis zu den Füßen und wieder zurück, jeden Zoll; den Schnitt ihrer Kleidung und die Art, wie sie ihr Haar trug. Er ließ sich Zeit dabei.

»Oh! Entschuldigung«, war sein Urteil, und wieder starrte er sie an. »Dann sind Sie eine sehr närrische Frau, die den Kopf voller Träume vom Glück hat und die Augen vor den Schwierigkeiten dieser Unternehmung verschließt. Nur zwei Arten von Frauen kommen in dieses Land: Die, die als verheiratete Frauen oder als ihre Töchter Respekt verdienen, und die, die keinen Respekt verdienen. Sie nennen sich Künstlerinnen und Varieté-Stars, um sich den Anschein von Anständigkeit zu geben, und aus Höflichkeit spielen wir mit. Ja, ja, ich weiß. Aber denken Sie daran, die Frauen, die diesen Weg gehen, müssen entweder von der einen oder von der anderen Sorte sein. Eine dritte gibt es nicht, und wer es trotzdem versucht, wird scheitern. Sie sind auf jeden Fall ein verrücktes Mädchen, und solange noch eine Möglichkeit besteht, drehen Sie besser um. Falls Sie bereit sind, es als Anleihe von einem Fremden anzusehen, will ich Ihnen die Schiffspassage zurück in die Staaten vorschießen, und morgen werde ich Ihnen einen Indianer mit auf den Weg nach Dyea geben.«

Frona hatte ein- oder zweimal versucht, ihn zu unterbrechen, aber mit einer herrischen Handbewegung hatte er sie zum Schweigen gebracht.

»Ich danke Ihnen«, fing sie an; aber er fiel ein: »Oh, keine Ursache, nicht der Rede wert.«

»Ich danke Ihnen«, wiederholte sie, »aber leider irren Sie sich – äh – Sie irren sich vollkommen. Ich bin gerade von Dyea herübergekommen und habe erwartet, daß meine Ausrüstung bereits hier in Happy Camp ist. Die Träger sind Stunden vor mir aufgebrochen, und ich weiß gar nicht, wie ich sie habe überholen können – oder doch, ich weiß es doch! Heute nachmittag ist ein Boot auf dem Kratersee ans westliche Ufer getrieben worden, und da müssen sie drin gewesen sein. Dort habe ich sie überholt. Was meine Rückkehr betrifft, so ehre ich die Motive, die Sie bewegen, aber mein Vater ist in Dawson, und ich habe ihn seit drei Jahren nicht gesehen. Außerdem bin ich von der Reise von Dyea hierher müde, und ich würde mich gerne etwas ausruhen. Wenn Sie also Ihre Gastfreundschaft noch etwas ausdehnen wollen, so gehe ich zu Bett.«

»Unmöglich!« Er stieß die Decken mit dem Fuß zur Seite, setzte sich auf die Mehlsäcke, und schaute sie direkt an.

»Sind – sind in den anderen Zelten irgendwelche Frauen?« fragte sie zögernd. »Ich habe keine gesehen, aber vielleicht sind sie mir entgangen.«

»Da war ein Mann mit seiner Frau, aber sie sind heute morgen aufgebrochen. Nein, es gibt keine anderen Frauen außer – außer zwei oder drei in einem Zelt, das – äh – für Sie nicht das richtige ist.«

»Glauben Sie vielleicht, ich fürchte mich vor ihrer Gastfreundschaft? Schließlich sagten Sie selbst, daß es Frauen sind!«

»Aber ich sagte auch, das es nicht das richtige für Sie ist!« antwortete er abwesend, starrte auf das Segeltuch und lauschte dem Sturm. »In einer solchen Nacht würde sogar ein Mann im Freien erfrieren!«

»Und die anderen Zelte sind bis oben vollgepfercht«, überlegte er weiter. »Zufällig weiß ich das. Alle haben ihre Vorräte ins Innere genommen, wegen des Wassers, und jetzt können sie sich nicht mal umdrehen. Außerdem sind noch ein Dutzend Fremde mit ihnen zusammengezwängt. Zwei oder drei haben gefragt, ob sie nicht ihre Decken heute nacht hier ausbreiten können, falls sie keinen anderen Platz finden. Anscheinend haben sie doch was gefunden; aber das heißt nicht, daß es jetzt noch irgendwo einen freien Platz gibt. Und überhaupt ...«

Hilflos brach er ab. Die Unausweichlichkeit der Situation wurde immer deutlicher.

»Ob ich wohl heute nacht noch bis zum Tiefen See komme?« fragte Frona, die sich plötzlich gemeinsam mit ihm den Kopf zerbrach. Dann wurde ihr bewußt, was sie tat, und sie brach in Lachen aus.

»Aber im Dunkeln kommen Sie nicht über den Fluß«,

sagte er und runzelte die Stirn, weil sie so fröhlich war. »Und dazwischen gibt es keine Lager mehr.«

»Haben Sie vielleicht Angst?« fragte sie mit ironischem Unterton.

»Nicht für mich.«

»Gut, dann denke ich, daß ich zu Bett gehe.«

»Ich werde wohl aufbleiben und nach dem Feuer sehen«, schlug er nach einer Pause vor.

»Kinkerlitzchen!« rief sie. »Als ob dadurch Ihre lächerlichen Grundsätze gerettet würden! Wir sind schließlich nicht in der Zivilisation! Wir sind auf dem Weg zum Pol! Gehen Sie schlafen!«

Er hob ergeben die Schultern. »Einverstanden. Was soll ich tun?«

»Natürlich helfen, mein Bett zu machen. Da liegen die Säcke kreuz und quer! Entschuldigen Sie, mein Herr, aber ich habe Knochen und Muskeln, die so etwas spüren. Hier – in dieser Richtung!«

Unter ihrer Anleitung legte er die Säcke in einer Zweierreihe nebeneinander. Dadurch entstand in der Mitte eine unangenehme Vertiefung mit klumpigen Sackenden, die sie mit der flachen Seite des Beiles breit schlug und glättete. So auch die zur Mitte abfallenden Seiten der Säcke. Dann faltete sie eine Decke dreifach in der Mitte und legte sie in die Vertiefung.

»Hm!« sprach er vor sich hin. »Jetzt ist mir klar, warum ich so schlecht geschlafen habe. So!« Und mit diesen Worten rückte er seine eigenen Säcke in die richtige Lage.

»Anscheinend sind Sie noch nie auf Goldsuche gewesen«, erklärte sie ihm, breitete die oberste Decke aus und setzte sich.

»Kann schon sein«, antwortete er. »Aber was verstehen Sie von diesem Leben unterwegs?« brummte er ein wenig später.

»Genug, um mich zurechtzufinden«, erklärte sie zweideutig, zog das trockene Holz aus dem Ofen und ersetzte es durch nasses.

»Hören Sie sich das an! Wie es stürmt!« sagte er. »Es wird schlimmer, wenn das überhaupt noch möglich ist.«

Das Zelt bäumte sich unter den Windstößen auf, wobei die Leinwand bei jedem Stoß ein hohles Dröhnen hören ließ. Regen- und Graupelschauer zogen über ihre Köpfe hinweg und gleichen Geschützfeuer, das sich von einem leichten Geplänkel in einen regelrechten Krieg ausweitet. In den Pausen, die der Sturm einlegte, konnten sie das Wasser mit dem Geräusch kleiner Wasserfälle an den Seiten herabströmen hören.

Er langte neugierig nach oben und berührte das nasse Dach. Ein Wassereinbruch folgte unmittelbar an der Berührungsstelle und überflutete die Proviantkiste.

»Das dürfen Sie nicht tun!« rief Frona und sprang auf. Sie drückte den Finger fest auf die Stelle und fuhr damit sorgfältig an der Leinwand herunter bis zur Seitenwand. Das Leck hörte sofort auf. »Das dürfen Sie niemals tun!« wiederholte sie.

»Bei Gott!« war seine Antwort. »Und Sie sind heute vom Dyea herübergekommen? Sie müssen steifgefroren sein!«

»Schon ein bißchen«, gab sie ehrlich zu, »und müde.«

»Gute Nacht«, wünschte sie ihm einige Minuten später, als sie ihren Körper behaglich in den warmen Decken ausstreckte. Und eine Viertelstunde später sprach sie ihn nochmals an: »Oh, sagen Sie! Sind Sie wach?«

»Ja«, tönte es gedämpft von der anderen Seite des Ofens. »Was gibt's?«

»Haben Sie die Späne gespalten?«

»Späne?« fragte er schläfrig. »Was für Späne?«

»Für das Feuer morgen früh, natürlich. Also stehen Sie auf und machen Sie das.«

Er gehorchte ohne Widerspruch; aber bevor er fertig war, war sie schon eingeschlafen.

Der Duft des allgegenwärtigen Specks erfüllte die Luft, als sie die Augen öffnete. Die Nacht war vorüber, und mit ihr der Sturm. Die Sonne schien aufmunternd auf die aufgeweichte Landschaft und die aufgeschlagenen Zeltöffnungen. Das Leben war schon in vollem Gange, und mehrere Gruppen bepackter Männer zogen vorbei. Frona drehte sich auf die Seite. Das Frühstück war schon fertig, und ihr Gastgeber hatte eben den Speck und die Bratkartoffeln in den Ofen geschoben. Jetzt war er damit beschäftigt, die Zeltleinwand mit zwei Stücken Feuerholz offenzuhalten.

»Guten Morgen«, begrüßte sie ihn.

»Den wünsche ich Ihnen auch«, entgegnete er, stand auf und ergriff den Wassereimer. »Ich brauche nicht zu fragen, ob Sie gut geschlafen haben, denn ich weiß, daß Sie es taten.«

Frona lachte.

»Ich gehe hinaus, um Wasser zu holen«, sagte er überflüssigerweise. »Und wenn ich zurückkomme, möchte ich Sie zum Frühstück bereit finden.«

Nach dem Frühstück, als sie sich von der warmen Sonne bescheinen ließ, sah Frona eine wohlbekannte Gruppe von Männern auf dem Pfad um den Gletscher herumkommen und auf den Kratersee zuhalten. Sie klatschte in die Hände.

»Dort kommt meine Ausrüstung, und Del Bishop ist wahrscheinlich so beschämt wie nur möglich, weil er es nicht geschafft hat, das Treffen einzuhalten.« Sie drehte sich zu dem Mann um und warf sich gleichzeitig die Kamera und den Rucksack über die Schulter. »Es wird also Zeit, Ihnen auf Wiedersehen zu sagen, wobei ich nicht vergessen will, Ihnen für Ihre Freundlichkeit zu danken.«

»Oh, nicht der Rede wert, wirklich nicht. Ist schon gut. Ich täte dasselbe für jeden ...«

»Varieté-Star!«

Er bemerkte den Spott, fuhr aber fort: »Ich weiß Ihren Namen nicht, und ich will ihn auch gar nicht wissen.«

»Nun, ich will nicht so grob sein, denn ich kenne Ihren Namen, Mister Vance Corliss! Ich habe ihn auf den Gepäckanhängern vom Schiff gesehen«, erklärte sie. »Und ich möchte, daß Sie mich in Dawson besuchen, wenn Sie dorthin kommen. Ich heiße Frona Welse. Auf Wiedersehen!«

»Ist Ihr Vater Jakob Welse?« rief er ihr nach, als sie leichtfüßig zum Pfad hinunterlief.

Sie drehte sich um und nickte.

Del Bishop war weder beschämt noch besorgt. »Bei einer Welse kannst du sicher sein, daß sie auf den Füßen und auf einem weichen Fleck landet«, hatte er sich selbst beruhigt, als er die Nacht zuvor eingeschlafen war. Aber verärgert war er – in seinem Jargon »stinksauer«.

»Guten Morgen«, begrüßte er sie. »Aus Ihrem Gesicht kann man ohne weiteres sehen, daß Sie eine angenehme Nacht hatten, und Sie brauchen sich bei mir nicht zu bedanken.«

»Sie waren doch nicht besorgt, oder?« fragte sie.

»Besorgt? Über eine Welse? Wer? Ich? Nie im Leben. Ich war viel zu sehr damit beschäftigt, dem Kratersee zu erzählen, was ich von ihm hielt. Ich hasse Wasser. Das habe ich Ihnen schon einmal gesagt. Und es spielt mir ständig gemeine Streiche – was nicht heißt, daß ich mich davor fürchte. Heh, Pete!« wandte er sich an die Indianer »Auf geht's! Bis Mittag müssen wir bei Linderman sein!«

»Frona Welse?« wiederholte Vance Corliss immer wieder. Das Ganze kam ihm wie ein Traum vor, und er versicherte sich, indem er sich umdrehte und ihrer kleiner werdenden Gestalt nachschaute. Del Bishop und die Indianer waren schon hinter den Felsen außer Sicht. Frona bog eben um die Ecke. Die Sonne beschien sie voll, und sie stand strahlend vor dem dunklen Hintergrund der Wand auf der anderen Seite. Sie schwang ihren Bergstock, und als er die Mütze zog, ging sie um die Ecke und verschwand.

5

Die Stellung von Jakob Welse war sicherlich ungewöhnlich. Er war Großkaufmann in einem Land ohne entwikkelten Handel und ein ausgereiftes Produkt des neunzehnten Jahrhunderts in einer Gesellschaft, die so primitiv war wie die der Vandalen. Ein Industrieboß und einzigartiger Monopolist, der Menschen beherrschte, die mit einem ungeheuren Willen nach Unabhängigkeit aus den verschiedenen Ecken der Erde zusammengekommen waren. Ein Missionar der Wirtschaft, ein Sankt Paulus des Handels, der die Lehre von Zweckmäßigkeit und Gewalt predigte. Ein Mann, der an die natürlichen Rechte des Menschen glaubte, ein Kind der Demokratie, und doch unterwarf er alle Menschen seiner absoluten Herrschaft. Die Herrschaft des Jakob Welse, zum Wohle des Jakob Welse und für alle durch Jakob Welse – das war sein ungeschriebenes Evangelium. Mit eigenen Händen hatte er ein Reich geschaffen, das so groß war wie ein Dutzend Provinzen des alten Rom. Auf sein Kommando hin strömte die Bevölkerung hierhin oder dorthin, und auf ein Wort von ihm entstanden Städte und verschwanden wieder.

Trotzdem war er ein einfacher Mann. Die Luft dieser Erde atmeten seine Lungen zum erstenmal in der offenen Prärie beim Platte-Fluß, mit blauem Himmel über ihm, und unter ihm grünes Gras, das er sanft in seiner Nacktheit spürte. Zuerst erblickten seine Augen Pferde, die noch gesattelt um ihn herum standen und leicht erstaunt dieses Wunder der Geburt eines neuen Menschen anstarrten. Denn sein Vater, ein Fallensteller und Pelzjäger, war nur kurz vom Weg abgewichen, um seiner Frau etwas Ruhe zu gönnen und die Geburt zu ermöglichen. Nach ungefähr einer Stunde saßen die zwei, die jetzt drei waren, wieder im Sattel und überholten ihre Reisegruppe; die Reise war nicht verzögert und keine Zeit verloren. Am Morgen bereitete seine Mutter das Frühstück über dem Lagerfeuer und verbrachte den Tag mit einem Fünfzigmeilenritt in den nächsten Sonnenuntergang.

Sein Vater stammte von den stämmigen Walisern ab, die schon früh aus dem überfüllten Osten nach Ohio eingesickert waren, und seine Mutter war eine nomadisierende Tochter der irischen Siedler in Ontario. Beide Seiten brachten die Wanderlust ins Blut, das Fieber, das vorwärtstreibt und bis zum Äußersten drängt. Schon in seinem ersten Lebensjahr, noch bevor er den Gebrauch seiner Beine erlernt hatte, war Jakob Welse auf dem Pferderücken schon tausend Meilen durch die Wildnis gewandert und hatte den Winter in einer Jagdhütte an den

Quellen des nördlichen Red River verbracht. Sein erstes Schuhwerk waren Mokassins und sein erster Leckerbissen das ausgelassene Talg eines Elches. Seine ersten allgemeinen Erkenntnisse waren, daß die Welt aus riesigen Wüsten und weißen Flächen bestand und von Indianern und weißen Jägern wie seinem Vater bevölkert war. Eine Stadt war eine Gruppe von Zelten aus Tierhäuten; eine Handelsstation war der Inbegriff von Zivilisation, und ihr Vorsteher war Gottvater persönlich. Flüsse und Seen gab es nur, damit der Mensch darauf reisen konnte. Unter diesen Gesichtspunkten betrachtet, gaben die Berge ihm Rätsel auf; aber er reihte sie einfach unter »Unerklärliches« ein und kümmerte sich nicht weiter um sie. Manchmal starben Menschen. Aber ihr Fleisch war nicht eßbar und ihre Haut ohne Wert – vielleicht, weil ihnen kein Fell wuchs. Pelze dagegen waren wertvoll, und für wenige Ballen konnte ein Mann die ganze Welt kaufen. Tiere waren dazu da, gejagt und gehäutet zu werden. Wozu die Menschen waren, wußte er nicht, außer daß vielleicht der Handelsstationsleiter sie brauchte.

Als er älter wurde, änderten sich diese Ansichten, aber dieser Wandel war ein Prozeß ständiger naiver Erkenntnis und des Erstaunens. Erst als er zum Mann herangewachsen war und schon die Hälfte aller Städte der Staaten durchreist hatte, verschwand dieser Ausdruck kindlicher Verwunderung aus seinen Augen und hinterließ sie mutig und wachsam. Beim ersten Kontakt des Jungen mit den Städten verallgemeinerte er erneut, als er seine Auffassung der Dinge veränderte. Menschen, die in Städten lebten, waren verweichlicht. Sie trugen keine Kompaßnadeln in ihren Köpfen und verirrten sich leicht. Deshalb wählten sie das Leben in der Stadt. Weil sie sich erkälten könnten und Angst vor der Dunkelheit hatten, schliefen sie unter einem Dach und schlossen nachts ihre Türen ab. Ihre Frauen waren zart und hübsch, aber mit einem Schneeschuh kamen sie nicht weit. Alle redeten zu viel. Deshalb logen sie und konnten mit ihren Händen nicht richtig arbeiten. Und schließlich gab es eine neue menschliche Kraft, den »Bluff«. Ein Mensch, der bluffte, mußte sich todsicher sein oder aber gut darauf vorbereitet, zurückstecken zu müssen. Ein Bluff war eine sehr gute Sache – wenn er heimlich benutzt wurde.

Später erkannte er, obwohl er sein Leben vorwiegend in den Wäldern und den Bergen verbrachte, daß die Städte nicht insgesamt schlecht waren; ein Mann konnte in der Stadt wohnen und trotzdem ein Mann bleiben. Da er gewohnt war, mit den Kräften der Natur zu kämpfen, wurde er vom wirtschaftlichen Kampf der sozialen Kräfte angezogen. Die Meister der Auktionen und Börsen blendeten ihn, aber sie machten ihn nicht blind. Er studierte sie und versuchte, hinter das Geheimnis ihrer Stärke zu kommen. Überdies nahm er, als Beweis dafür, daß aus einer Stadt auch Gutes kommen kann, in der vollen Blüte seiner Männlichkeit eine Frau aus der Stadt zum Weib. Aber immer noch drängte es ihn, an die Grenzen der Dinge vorzustoßen, und die Hefe in seinem Blut arbeitete so lange, bis sie die Stadt verließen und oberhalb der Bucht von Dyea am Waldrand den großen Handelsposten als Blockhaus erbauten. Und hier bekam er im Lauf der Zeit den richtigen Blick für die Dinge. Er ordnete in seiner Vorstellung die Phänomene der Gesellschaft ebenso, wie er immer die Phänomene der Natur geordnet hatte. Es gab nichts auf der einen Seite, das nicht mit den Kategorien der anderen ausgedrückt werden konnte. Beide unterlagen denselben Prinzipien; in beiden lagen dieselben Wahrheiten. Wettbewerb war das Geheimnis der Schöpfung. Kampf hieß das Gesetz und der Weg des Fortschritts. Die Erde war für die Starken gemacht, und nur die Starken konnten sie erben, und das alles ruhte in ewiger Gerechtigkeit. Ehrlich sein hieß: stark sein. Schwach werden war Sünde. Einen ehrlichen Menschen zu bluffen war unehrenhaft. Einen Bluffer zu bluffen hieß, das Werkzeug der Gerechtigkeit zu sein. Die primitive Stärke lag im Arm, die moderne Stärke im Gehirn. Obwohl der Kampfgrund gewechselt hatte, war der Kampf selbst derselbe geblieben. Wie früher kämpften die Menschen auch heute um die Beherrschung der Erde und ihrer Freuden. Aber das Schwert hatte dem Kassenbuch Platz gemacht und der gepanzerte

Ritter dem weichgekleideten Industrieboß. Das Zentrum kaiserlicher Macht war den Handelszentren gewichen. Der moderne Wille hatte die Wilden des Altertums beseitigt. Die dumpfe Erde wich nur der Gewalt. Das Hirn war mächtiger als der Körper. Der Mensch mit Hirn konnte am besten die primitiven Dinge besiegen.

Erziehung im gewöhnlichen Sinn hatte er nicht viel erhalten. Schreiben, Lesen und Rechnen hatte ihm seine Mutter am Lagerfeuer und bei Kerzenlicht beigebracht, und er hatte hin und wieder zufällig in irgendeinem Buch gelesen; aber man konnte nicht sagen, daß ihn das, was er wußte, belastete. Trotzdem erfaßte er die Tatsachen des Lebens leicht, und er hatte die Nüchternheit, die aus der Erde kommt, und den klaren Blick, den hartes Arbeiten verleiht.

So kam es, daß Jakob Welse eines schönen Tages den Chilcoot überquerte und in der unbekannten Weite verschwand. Ein Jahr später sah man ihn bei den russischen Handelsstationen rund um die Yukonmündung an der Bering-See. Er war dreitausend Meilen weit auf einem Fluß gereist, hatte viel gesehen und viel geträumt. Aber er hielt den Mund und ging ans Werk, und eines Tages grüßte die aggressive Dampfpfeife eines Heckraddampfers die Mitternachtssonne über dem dunkelfeuchten Fluß bei Fort o'Yukon. Es war ein einzigartiges Unternehmen. Wie es zustande kam, weiß nur Jakob Welse; aber indem er Unmögliches mit Unmöglichem verband, fügte er Dampfschiff zu Dampfschiff und Unternehmen zu Unternehmen. Tausende von Meilen des Flusses und seiner Nebenflüsse entlang errichtete er Handelsstationen und Warenlager. Er zwang die Axt des weißen Mannes in die Hände der Eingeborenen, und in jedem Dorf und zwischen den Dörfern wuchsen die Feuerholzstapel für seine Dampfkessel. Auf einer Insel in der Bering-See, dort, wo sich Fluß und Ozean treffen, errichtete er einen großen Warenumschlagsplatz, und den Nordpazifik ließ er von großen Dampfern befahren. In den Büros in Seattle und San Francisco hielten unterdessen Dutzende von Angestellten Ordnung und System in seinen Geschäften.

Ab jetzt strömten die Menschen ins Land. Bisher hatte der Hunger sie fortgetrieben, aber jetzt gab es Jakob Welse und seine Proviantlager; also überwinterten sie in der Kälte und stocherten im gefrorenen Schlamm nach Gold. Er ermutigte sie, versorgte sie mit Lebensmitteln und führte sie in seinen Büchern. Seine Dampfschiffe trugen sie den Koyokuk hinauf bis zu den Vorläufern von Arctic City. Wo immer Geld zu erwarten war, baute er ein Warenhaus und ein Lager. Die Stadt folgte bald. Er forschte, er spekulierte und entwickelte. Unermüdlich und unbezähmbar war er überall und tat alles mit stählernem Glanz in den Augen. Bei der Eröffnung einer neuen Flußroute war er an der Spitze, und gleichzeitig war er am Ende des Zuges, um den Proviant nach vorne schaffen zu lassen. Nach außen entwickelte er vielfältige Aktivitäten, um Handelskombinate zu bekämpfen, gleichzeitig aber selbst Verbindungen zu anderen Gesellschaften zu knüpfen und den großen Speditionen Vorzugstarife abzuzwingen. Seine Aktivitäten im Innern umfaßten den Verkauf von Mehl, Decken und Tabak; er baute Sägemühlen und steckte Baugrund für die Städte ab, er suchte Lagerstätten von Kupfer, Eisen und Kohle; und damit die Goldgräber gut ausgerüstet waren, durchsuchte er die ganze Arktis bis weit nach Sibirien hinein nach Schneeschuhen, Handschuhen und Parkas.

Er trug das ganze Land auf den Schultern, kümmerte sich um dessen Bedürfnisse und tat dessen Arbeit. Jedes Gramm Goldstaub, jede Postkarte und jeder Schuldbrief lief durch seine Hände. Er hatte das Bankwesen und die Börse unter seinem Kommando, er transportierte die Post und verteilte sie. Er runzelte die Brauen, wenn er Konkurrenz erspähte, er drängte Spekulationskapital hinaus, er bluffte militante Syndikate, und wenn sie Widerstand leisteten, war sein Bluff plötzlich Wahrheit, und das brach sie. Bei all dem fand er immer noch Zeit und Raum, um an sein mutterloses Töchterchen zu denken, es zu lieben und auf das vorzubereiten, was er für es vorgesehen hatte.

6

»Ich denke also, Hauptmann, wir sind uns darüber einig, daß wir den Ernst der Lage stark übertreiben müssen.« Jakob Welse half seinem Besucher in den Winterpelz und fuhr fort. »Nicht, weil sie nicht schon ernst wäre, sondern damit sie nicht noch ernster wird. Wir beide, Sie und ich, wir haben schon früher mit Hungersnöten zu tun gehabt. Wir müssen sie abschrecken, und zwar jetzt, bevor es zu spät ist. Angenommen, fünftausend Mann verlassen Dawson, dann gibt es für den Rest genug zu essen. Wenn diese fünftausend die Kunde von der Hungersnot nach Dyea und Skaguay tragen, hindern sie andere fünftausend daran, über das Eis nach Dawson zu kommen.«

»Ganz recht! Sie können auf die tatkräftige Mitarbeit der Polizei rechnen, Mr. Welse.« Der Sprecher war ein untersetzter Mann mit harten Gesichtszügen, grauen Haaren und militärischer Haltung. Er legte eine Hand auf den Türgriff. »Ich sehe schon jetzt, daß Neuankömmlinge ihre Ausrüstung verkaufen und dafür Hunde erwerben. Der Himmel weiß, was für ein Sturm das werden wird, sobald sich das Eis auf dem Fluß schließt! Und jeder, der tausend Pfund an Lebensmitteln verkauft und geht, bedeutet ein leerer Magen weniger und füllt einen anderen, der zurückbleibt. Wann fährt die ›Laura‹ ab?«

»Heute morgen, mit dreihundert Mann ohne Proviant an Bord. Ich wünschte, es wären dreitausend!«

»Amen! Und übrigens, wann kommt Ihre Tochter an?«

»Sie kann jeden Tag hier sein.« Jakob Welses Augen wurden weich. »Ich möchte, daß Sie zum Essen kommen, wenn sie hier ist, und daß Sie eine Schar von jungen Burschen aus den Baracken mitbringen. Ich kenne ihre Namen nicht, aber Sie können sie in meinem Namen einladen. Ich habe mich bisher nicht sehr um das soziale Leben gekümmert; hatte keine Zeit. Aber ich werde schauen, daß sie sich wohlfühlt. Sie kommt direkt aus den Staaten und aus London und fühlt sich schnell einsam. Sie verstehen mich?«

Jakob Welse schloß die Tür, kippte den Stuhl nach hinten und legte die Füße auf das Schutzgitter des Ofens. Für eine halbe Minute sah er in der tanzenden Luft über dem heißen Ofen die verschwommene Gestalt eines Mädchens, das sich plötzlich in eine Frau des hellen, angelsächsischen Typs verwandelte.

Die Tür öffnete sich. »Mr. Welse, Mr. Foster schickt mich und läßt fragen, ob er damit weitermachen soll, unterschriebene Bestellungen einzulösen?«

»Selbstverständlich, Mr. Smith. Aber sagen Sie ihm, er solle alles um die Hälfte kürzen. Wenn jemand eine Bestellung über tausend Pfund Lebensmittel hat, geben Sie ihm fünfhundert.«

Er zündete sich eine Zigarre an und kippte seinen Stuhl wieder nach hinten.

»Kapitän McGregor möchte Sie sprechen, Sir.«

»Schicken Sie ihn herein.«

Kapitän McGregor trat ein und blieb vor seinem Dienstherrn stehen. Seit seiner Kindheit hatte er die rauhe Hand der Neuen Welt verspürt; aber unbedingte Aufrichtigkeit sprach aus jedem seiner tief eingegrabenen Gesichtszüge, und ein vorspringendes Kinn verkündete dem Betrachter, daß Ehrlichkeit die beste Politik sei – jedenfalls für den Betrachter, falls er mit dem Besitzer des Kinns ins Geschäft kommen wollte. Diese Warnung wurde durch die gebrochene und seitwärts verschobene Nase und durch eine lange Narbe, die über die Stirn bis ins graumelierte Haar lief, noch verstärkt.

»In einer Stunde machen wir die Leinen los, Sir. Deshalb bin ich auf ein letztes Wort zu Ihnen gekommen.«

»Gut.« Jakob Welse drehte seinen Stuhl herum. »Kapitän McGregor.«

»Jawohl, Sir.«

»Ich hatte ursprünglich für Sie in diesem Winter andere Aufgaben vorgesehen. Ich habe aber meine Pläne geändert und Sie ausgewählt, mit der ›Laura‹ hinunter zu fahren. Erraten Sie, weshalb?«

Kapitän McGregor verlagerte sein Gewicht von einem Fuß auf den anderen, und in seinen Augenwinkeln zeigte sich ein schlaues Lächeln. »Es wird Ärger geben«, brummte er.

»Und dafür hätte ich keinen besseren Mann finden können. Mr. Bally wird Ihnen noch genaue Anweisungen geben, sobald Sie an Bord gehen. Aber lassen Sie mich eines sagen: Falls wir nicht genügend Leute dazu bringen können, das Land zu verlassen, wird jedes Pfund an Lebensmitteln in Fort Yukon benötigt werden. Verstehen Sie?«

»Jawohl.«

»Also keine Verschwendung. Sie nehmen dreihundert Personen mit hinunter. Es ist wahrscheinlich, daß noch zweimal so viele hinuntergehen werden, sobald der Fluß zufriert. Sie werden den ganzen Winter über tausend Mäuler zu füttern haben. Setzen Sie sie auf Rationen, und sorgen Sie dafür, daß sie arbeiten. Feuerholz, sechs Dollar pro Klafter, am Ufer gestapelt, wo die Dampfer anlegen können. Ohne Arbeit bekommen sie keine Lebensmittelration. Verstanden?«

»Jawohl.«

»Tausend Mann können unangenehm werden, wenn sie nichts zu tun haben. Sie können aber auch so unangenehm werden. Passen Sie auf, daß sie nicht die Vorratslager stürmen. Wenn sie es versuchen, dann – tun Sie Ihre Pflicht.«

Der andere nickte grimmig. Unbewußt ballte er die Fäuste, und die Narbe auf der Stirn nahm eine lebhafte Färbung an.

»Fünf Dampfer stecken im Eis. Machen Sie sie sicher, damit sie den Eisbruch im Frühjahr überstehen. Aber zuerst bringen Sie die ganze Ladung in ein einziges großes Lager. Sie können es dann besser verteidigen und uneinnehmbar machen. Schicken Sie einen Boten nach Fort Burr, und bitten Sie Mr. Carter um drei seiner Männer. Er braucht sie nicht. In Circle City gibt es nicht viel zu tun. Auf Ihrem Weg flußabwärts machen Sie halt und nehmen die Hälfte von Mr. Burdwells Männern mit. Sie werden sie brauchen. Es wird genügend Bewaffnete geben, mit denen Sie sich herumschlagen müssen. Bleiben Sie hart. Behalten Sie alles von Anfang an unter Kontrolle. Denken Sie daran, daß der, der zuerst schießt, auch Sieger bleibt. Und behalten Sie die Lebensmittel im Auge.«

»Und die Waffen«, brummte Kapitän McGregor zurück, als er zur Tür hinausging.

»John Melton – Mr. Melton, Sir. Haben Sie Zeit für ihn?«

»Hören Sie, Welse, was soll das heißen?« John Melton folgte dem Büroangestellten auf den Fersen; er rannte ihn fast über den Haufen, während er ein Stück Papier wie eine Fahne vor dem Firmenoberhaupt hin- und herschwenkte. »Lesen Sie das! Was steht da drauf?«

Jakob Welse überflog es und blickte gelassen auf. »Eintausend Pfund Lebensmittel.«

»Das sage ich auch, aber dieser Bursche in Ihrem Laden sagt nein – fünfhundert sei alles, was ich dafür bekomme!«

»Er sagt die Wahrheit.«

»Aber ...«

»Es steht zwar eintausend Pfund darauf, aber im Laden ist es nur fünfhundert wert.«

»Ist das Ihre Unterschrift?« fragte Melton und hielt dem andern das Papier unter die Nase.

»Ja.«

»Und was werden Sie nun machen?«

»Ich werde Ihnen fünfhundert geben. Und was werden Sie machen?«

»Sie ablehnen.«

»In Ordnung. Dann brauchen wir nicht weiter darüber zu reden.«

»Jawohl! Ich werde meine Geschäftsverbindungen mit Ihnen abbrechen! Ich bin reich genug, um meine Fracht allein über die Pässe zu schaffen, und das werde ich nächstes Jahr tun. Unsere Geschäfte hören hier und heute auf.«

»Ich kann Sie nicht daran hindern. Sie haben für dreihunderttausend Dollar Goldstaub bei mir deponiert. Gehen Sie zu Mr. Atsheler und lassen Sie sich alles auszahlen.«

Der Mann stapfte hilflos auf und ab. »Kann ich nicht die anderen fünfhundert auch bekommen? Großer Gott, Mann! Ich habe dafür bezahlt! Sie haben doch nicht vor, mich verhungern zu lassen?«

»Schauen Sie, Melton.« Jakob Welse hielt inne und klopfte die Zigarrenasche ab. »Was tun Sie im Augenblick? Was wollen Sie erreichen?«

»Eintausend Pfund Lebensmittel.«

»Für Ihren eigenen Magen?«

Der Bonanza-König nickte.

»Sehen Sie.« Die Falten auf Jakob Welses Stirn traten stärker hervor. »Sie versuchen, Ihren eigenen Magen zu füllen. Ich versuche, die Mägen von zwanzigtausend zu füllen.«

»Aber gestern haben Sie Tim McReady noch tausend Pfund gegeben.«

»Die Rationierung ist erst seit heute in Kraft.«

»Aber warum soll gerade ich davon betroffen sein?«

»Warum sind Sie nicht gestern gekommen und Tim McReady heute?«

Melton setzte ein verblüfftes Gesicht auf, und Jakob Welse beantwortete seine eigene Frage mit einem Schulterzucken. »So stehen die Dinge, Melton. Keine Bevorzugung. Wenn Sie mich für Tim McReady verantwortlich machen, dann mache ich Sie verantwortlich, weil Sie nicht gestern gekommen sind. Es ist besser, wenn wir beide es auf die Vorsehung schieben. Sie haben die Hungersnot von Forty Mile mitgemacht. Sie sind Weißer. Der Besitz einer Goldmine oder mehrerer Goldminen berechtigt Sie nicht dazu, auch nur ein Pfund mehr zu bekommen, als der ärmste der alten Goldgräber oder als das jüngste neugeborene Baby. Solange ich noch ein Pfund an Lebensmitteln habe, sollen Sie nicht verhungern. Reißen Sie sich zusammen. Reichen Sie mir die Hand. Machen Sie ein fröhliches Gesicht, und versuchen Sie, das Beste draus zu machen.«

Immer noch zornig, aber sichtlich ruhiger, schüttelte der Bonanza-König Jakob Welses Hand und stürmte aus dem Zimmer. Bevor sich die Tür hinter ihm schließen konnte, schlurfte ein schlaksiger Yankee herein, angelte sich mit einem mokassinbewehrten Fuß einen Stuhl und setzte sich.

»Sagense«, begann er in vertraulichem Ton. »Die Leute wer'n wohl ziemlich sauer sein über die Sache mit'n Lebensmitteln. Vermut' ich.«

»Hallo, Dave, du bist's?«

»Denk schon. Aber wie ich gesagt hab', da wirds 'ne richtige Stampede geb'n, nach drauß'n, wenn der Fluß friert.«

»Glauben Sie?«

»Mhmm.«

»Das freut mich. Das ist es, was das Land braucht. Gehen Sie mit?«

»Nie im Leben.« Dave Harney warf den Kopf mit selbstzufriedener Gebärde zurück. »Ich hab schon gestern meine Fracht zur Mine geschafft. Und nicht zu früh, nee. Aber sagen Se ... Dem Zucker is' was passiert. War alles auf'm letzt'n Schlitten, und grad wo der Weg vom Klondike weggeht ins Goldgebiet, was macht der Schlitten? Bricht ins Eis ein! Is' mir noch nie passiert – der letzte, und mit' m ganzen Zucker! Hab' ich gedacht, ich schau mal rein und hol'n paar hundert Pfund, oder so. Weiß oder braun, is' mir egal.«

Jakob Welse schüttelte den Kopf und lächelte, aber Harney rückte mit dem Stuhl näher.

»Der Bursche von Ihnen hat gesagt, er weiß nich', und weil ich keine Lust hab', mich mit ihm zu streiten, hab' ich mir gedacht, ich geh' direkt zu Ihn'n. Is' mir egal, wasses kostet, machen Se runde hundert, soll mir recht sein.«

»Sagen Se«, fuhr er in leichtem Ton fort, als er die entschieden negative Haltung des anderen sah. »Ich bin ziemlich versessen auf süße Sachen; bin ich. Wissen Se noch, damals, wie ich am Preacher Creek die Karamelbonbons gemacht hab? Ich muß schon sagen! Wie die Zeit vergeht! 'S is' mindestens schon sechs Jahre her. Noch länger, klar. Sieben, Jessas! Aber wie ich schon gesagt hab' – ich würd' lieber ohne Whiskey als ohne Zucker leben. Na, wie isses? Hab' die Hunde draußen. Soll'n wir nich gleich zum Laden gehn und ihn hol'n? Gute Idee, wie?«

Aber er sah, wie sich das »Nein« auf Jakob Welses Lippen formte, und fuhr fort, bevor es ausgesprochen werden konnte.

»Naja, ich will Se nich' bedrängen. Nie im Leben. Wenn Se vielleicht nich so viel dahab'n, ich könnt' auch mit fünfundsiebzig auskomm'n ...« (er beobachtete das Gesicht des anderen), »und sogar mit fünfzig. Ich hab Respekt vor Ihn'n, ich bin kein so mieser Meckerer ...«

»Wozu so viele Worte, Dave? Wir haben kein einziges Pfund Zucker übrig ...«

»Hab' ja schon gesagt, daß ich nicht drängle, und weil Sie's sind, werd ich sogar mit fünfundzwanzig auskommen ...«

»Keine Unze!«

»Nich' das kleinste Körnchen? Gut, gut, nich' aufregen. Vergess'n Se einfach, daß ich Se gefragt hab', und ich werd'n andermal wiederkommen. Bis dann! Sagen Se ...« Er schob das Kinn zur Seite und schien die Ohren aufzustellen, als er lauschte. »Das is' die Pfeife von der ›Laura‹. Sie fährt bald. Geh'n Se hin? Kommen Se.«

Jakob Welse zog seinen Bärenfellmantel und seine Handschuhe an, und dann gingen sie durch die Vorderbüros in das Hauptgeschäft. Es war so groß, daß die zweihundert Käufer vor den Ladentischen sich fast verloren. Viele hatten eine ernste Miene, und mehr als einer blickte den Geschäftsinhaber finster an, als dieser vorüberging. Die Angestellten verkauften alles außer Lebensmitteln, und eben die waren gefragt. »Halten es zurück, bis die Preise steigen. Hungerwucher«, höhnte ein rothaariger Goldsucher. Jakob Welse hörte es, nahm aber keine Notiz davon. Er würde noch mehr davon hören müssen und noch unangenehmere Dinge, bevor alles vorüber war.

Auf dem Bürgersteig blieb er stehen und las die Anschläge, die an der Seitenwand des Gebäudes befestigt waren. ›Hunde verloren, gefunden und zu verkaufen‹ – das nahm einigen Raum ein; den meisten Platz beanspruchten aber die Anschläge, mit denen Ausrüstung zu verkaufen war. Die Zaghaften wurden langsam verängstigt. Ausrüstung von fünfhundert Pfund Gewicht wurde zu einem Dollar pro Pfund angeboten, ohne Mehl; andere, mit Mehl, zu eineinhalb Dollar. Jakob Welse sah, daß Melton mit einem besorgtblickenden Neuling sprach, und die Befriedigung, die sich auf seinem Gesicht spiegelte, zeigte, daß es ihm gelungen war, seinen Wintervorrat zu vervollständigen.

»Wieso suchen Sie sich dort nicht den Zucker heraus, Dave?« fragte Jakob Welse und deutete auf die Anschläge.

Dave Harney hörte den Vorwurf heraus. »Glauben Sie, ich hab das nich' versucht? Ich hab meine Hunde ruiniert auf'm Weg von Klondike City bis zum Krankenhaus. Es gibt nichts, nich' für Geld und nich' für gute Worte.«

Sie gingen einen Häuserblock weiter, den Bürgersteig entlang, an den Geschäften und den großen Rudeln von Schlittenhunden vorbei, die gemütlich zusammengerollt im Schnee lagen. Es war dieser Schnee, der erste, der diesen Herbst länger liegenblieb, der die Goldsucher von flußaufwärts davon abgehalten hatte, ihre Fracht hinaufzutransportieren.

»Verrückt, nich'?« Dave machte einen neuen Versuch, während sie über die Straße zum Flußufer gingen. »Ziemlich verrückt – da hab' ich zwei fünfhundert Fuß große Goldclaims und noch ein bißchen mehr, fünf Millionen wert, wenn ich richtig gerechnet hab', und hab' kein' Zukker für mein' Kaffee oder mein' Brei. Ach, is' mir doch gleich! Dies' Land kann meinetwegen zum Teufel gehn! Ich verkauf'! Ich hau' ab! Ich – ich – ich geh' in die Staaten zurück!«

»Oh nein, das werden Sie nicht tun«, antwortete Jakob Welse. »Ich habe Sie schon früher reden hören. Ein Jahr lang, oben am Stuart River, haben Sie's ausschließlich mit Fleisch ausgehalten. Oben am Tanana haben Sie Lachsmagen und Hunde gegessen, von den beiden Hungersnöten ganz zu schweigen. Und trotzdem haben Sie diesem Land nicht den Rücken gekehrt. Und das werden Sie nie tun. Sie werden hier sterben, so sicher, wie das die Planke von der ›Laura‹ ist, die an Bord gezogen wird. Ich warte zuversichtlich auf den Tag, wenn ich Sie in einer mit Blei ausgeschlagenen Kiste zurückschippern werde und es der Niederlassung in San Francisco überlassen werde, Ihren Nachlaß zu regeln. Sie gehören hier zum Inventar, und das wissen Sie.«

Während er sprach, wurde er ständig von Entgegenkommenden gegrüßt. Diejenigen, die ihn kannten, waren zumeist alte, erfahrene Goldsucher, und er kannte von allen den Namen; es gab aber auch kaum einen Neuling, dem sein Gesicht nicht vertraut war.

»Möcht' wetten, daß ich 1900 in Paris bin«, protestierte der Eldorado-König schwach.

Aber Jakob Welse hörte nicht zu. Glocken läuteten, als McGregor ihn von der Brücke grüßte und die ›Laura‹ vom Ufer ablegte. Die Männer am Ufer füllten die Luft mit Glückwünschen und letztem Rat, aber die dreihundert, die ohne Nahrung ihren goldenen Träumen den Rücken kehrten, waren trübsinnig und entmutigt und reagierten kaum auf die Wünsche. Die ›Laura‹ fuhr rückwärts durch eine Fahrrinne hinaus, die ins Eis geschlagen war, drehte in der Strömung und entfernte sich nach einem letzten Pfiff mit voller Kraft voraus.

Die Menge zerstreute sich und ging ihren Geschäften nach, nur Jakob Welse blieb inmitten einer Gruppe von einem Dutzend Männer zurück. Sie sprachen über die Knappheit, aber mit den Worten ernsthafter Männer. Sogar Dave Harney vergaß, das Land wegen seiner Zuckerknappheit zu verfluchen, und zog spöttisch über die Neulinge her – die ›chechaquos‹, wie er sie in der Sprache der Siwash-Indianer nannte. Und mitten in seinen Bemerkungen fiel sein Blick auf einen kleinen, schwarzen Fleck, der im von Eisschollen bedeckten Fluß trieb. »Schaut euch das an!« rief er. »Ein Peterborough-Kanu kommt da durchs Eis!«

Mit Drehen und Wenden, hier ein Rudern, dort ein Fernhalten von Eisschollen, so arbeiteten sich die beiden Manner im Kanu an den Eisrand des Ufers. Dort ließen sie sich entlangtreiben und warteten eine Öffnung ab. Als sie an die Öffnung kamen, die vom Dampfer gebrochen worden war, fuhren sie mit ihren Paddeln tief ins Wasser und schossen wie ein Pfeil in den stillen Kanal. Die wartende Gruppe empfing sie mit offenen Armen, half ihnen ans Ufer und zog ihr Kanu an Land. Am Boden lagen zwei lederne Postsäcke, ein paar Decken, eine Kaffeekanne, eine Bratpfanne, und ein kärglicher Lebensmittelsack. Was die Männer angeht, so waren sie so durchgefroren und von der Kälte benommen, daß sie kaum stehen konnten. Dave Harney schlug ihnen Whiskey vor und wollte sie sofort mit sich fortschleppen; aber einer von ihnen blieb lange genug stehen, um mit steifen Fingern Jakob Welse die Hand zu schütteln.

»Sie kommt«, verkündete er. »Vor einer Stunde haben wir ihr Boot überholt. Müßte jede Minute um die Biegung kommen. Ich hab Briefe für Sie, aber ich komme erst später zu Ihnen. Muß erst etwas in mich hineinkippen.« Er drehte sich um, um mit Harney mitzugehen, blieb dann plötzlich stehen und deutete flußaufwärts. »Da kommt sie. Kommt gerade hinter dem Vorgebirge vor.«

»Lauft los, Jungs, und holt euch euern Whiskey«, ermahnte Harney ihn und seinen Gefährten. »Sagt ihnen, es gehe auf meine Rechnung, doppelte Ration, und entschuldigt, daß ich nicht mit euch trinke; ich muß hierbleiben.«

Auf dem Klondike trieb eine schwere Eismasse, zum Teil als Brei, zum Teil als feste Schollen. Durch sie wurde das Boot in die Flußmitte getrieben. Vom Ufer aus konnten sie den Kampf deutlich verfolgen – vier Männer standen und stakten dem Boot einen Weg durch die angehäuften Schollen. Von einem »Yukon«-Ofen an Bord stieg eine blaue Rauchsäule auf, und als das Boot näherkam, konnte man sehen, daß am Heck eine Frau an dem langen Steuerruder stand. Bei diesem Anblick blitzten Jakob Welses Augen auf und leuchteten voller Stolz: Das war das erste Omen, und es war ein gutes Omen, dachte er. Sie war eine Welse geblieben, eine Arbeiter- und Kämpfernatur. Die Jahre der Zivilisation und Bildung hatten sie nicht verweichlicht. Obwohl sie es genossen hatte, das erste Mal von der Erde fortzukommen, auf der sie aufgewachsen war, kehrte sie selbstverständlich und freudig zu ihr zurück.

Darüber dachte er nach, bis das Boot, reifbedeckt und angeschlagen, an den Eisrand herüberkam. Der eine der Weißen sprang heraus, mit der Fangleine in der Hand, um das Boot zu verlangsamen und in den Kanal hineinzulenken. Aber der Eisrand hatte sich erst in der Nacht gebildet, die dünne Kante brach ab und kippte mit ihm zusammen in die Strömung. Der Bug des Bootes scherte unter dem Druck einer schweren Scholle aus, so daß er am Heck wieder auftauchte. Der Arm der Frau schoß über den Bootsrand und packte seinen Kragen, und zur gleichen Zeit rief ihre Stimme scharf und befehlend den indianischen Ruderern zu, rückwärts zu rudern. Während sie noch immer den Kopf des Mannes über Wasser hielt, warf sie ihren Körper gegen das Steuer und drückte das Boot mit dem Bug voraus in die offene Rinne. Noch ein paar Ruderschläge, und schon waren sie am Ufer. Sie ließ Dave Harney den Kragen des vor Kälte zitternden Mannes ergreifen; der zog ihn heraus und schickte ihn den beiden Postmännern nach.

Frona stand auf, ihre Wangen glühten durch die rasche Arbeit. Jakob Welse zögerte. Obwohl er in Reichweite der Reling stand, war ein Abgrund von drei Jahren zwischen ihnen. Diese Weiblichkeit von zwanzig Jahren zusammen mit dem Mädchen von siebzehn, das sie einmal war, machte eine Summe, die überwältigender war, als er erwartet hatte. Er wußte nicht, ob er dieses strahlende junge Wesen in die Arme nehmen oder ihre Hand nehmen und ihr an Land helfen sollte. Aber keiner bemerkte sein Zögern, denn schon war sie neben ihn gesprungen und lag in seinen Armen. Die Umstehenden wandten die Blicke ab, bis die beiden Hand in Hand vom Ufer heraufkamen.

»Gentlemen, meine Tochter.« Sein Gesicht leuchtete voll Stolz.

Frona bedachte alle mit einem kameradschaftlichen Lächeln, und jeder Mann hatte das Gefühl, daß sie für einen Augenblick gerade ihm tief in die Augen geblickt hatte.

7

Daß Vance Corliss von dem Mädchen mehr sehen wollte, mit dem er die Decken geteilt hatte, braucht nicht besonders betont zu werden. Er war nicht so schlau gewesen, eine Kamera mitzuschleppen, aber er hatte trotzdem, durch einen feineren Vorgang, ein Sonnenbild bewahrt, das irgendwo in seiner Hirnrinde eingebrannt war. Es war das Werk eines Augenblicks. Licht- und Farbwellen, die Erregung und Verschmelzung von Molekülen, ein feiner, aber nachhaltiger Faltungsprozeß in einem entfernten Winkel des Gehirns – und da war es, ein vollkommenes Abbild! Glänzendes Sonnenlicht vor einer dunklen Wand; eine schlanke, graue Silhouette, die sich strahlend aus der Zone löste, in der sich Licht und Dunkel trafen; ein frisches und junges Lächeln am Morgen, umhüllt von einer leuchtend goldenen Flamme.

Es war ein Bild, das er oft betrachtete. Und je öfter er es betrachtete, desto größer wurde sein Verlangen, Frona wiederzusehen. Diesem Ereignis sah er mit einem freudigen Schauer entgegen, mit dem Hochgefühl, das mit dem Wechsel einhergeht und allem Leben eigen ist. Sie war etwas Neues, eine Frau, die keiner glich, die er bisher kennengelernt hatte. Aus dem fesselnden Unbekannten heraus lächelten ein Paar haselnußbraune Augen in die seinen, und eine Hand, die sanft berühren und fest zugreifen konnte, winkte ihm. Und über all dem lag eine Verlokkung, die er als die Verlockung der Sünde erkannte.

Nicht, daß Vance Corliss ein unwissender Narr gewesen wäre, oder daß er bislang ein Einsiedlerdasein geführt hätte; aber seine Erziehung hatte seinem Leben eine eher puritanische Note gegeben. Die erwachende Intelligenz und erworbenes Wissen hatten den früheren Einfluß einer strengen Mutter zwar gemildert, aber nicht völlig beseitigt. Er ruhte noch tief in ihm, sehr dunkel zwar, aber er war noch immer ein Teil von ihm. Er konnte nicht davon loskommen. Alle seine Vorstellungen wurden, wenn auch noch so gering, davon beeinflußt. Seine Wahrnehmung bekam etwas Schiefes, und oft, wenn es um das weibliche

Geschlecht ging, bestimmte das seine Urteile. Er war stolz auf seine Toleranz, wenn er zugestand, daß es drei Arten von Frauen gab. Seine Mutter hatte nur zwei gelten lassen. Aber davon hatte er sich gelöst. Es gab keinen Zweifel, daß es drei Arten gab – die Guten, die Schlechten und die teils Guten, teils Schlechten. Er glaubte fest daran, daß die letzteren gewöhnlich schlecht wurden. Schon von Natur aus konnte ein solcher Zustand nicht andauern. Es war ein Übergangsstadium auf dem Weg von oben nach unten, vom Besten zum Schlechtesten.

All das mochte richtig sein, und sogar so, wie er es sah; aber wenn man als Ausgangspunkt eine willkürliche Festlegung nimmt, kann die Schlußfolgerung nur dogmatisch werden. Was hieß *gut* und was hieß *schlecht*? Das war der springende Punkt. Das war es, was seine Mutter ihm jetzt mit ihren toten Lippen zuflüsterte. Nicht nur seine Mutter, sondern ganze Generationen, bis zurück zu jenem stämmigen Vorfahren, der als erster sich vom Boden erhoben und von oben nach unten geblickt hatte. Denn Vance Corliss war schon viele Generationen von jenen entfernt, die noch den Boden bestellt hatten, und obwohl er es nicht wußte, war in seinem Innern der Drang, dorthin zurückzukehren, damit er nicht unterginge.

Nicht etwa, daß er Frona gemäß seiner ererbten Maßstäbe in eine Schublade steckte. Er vermied es, sie überhaupt irgendwie einzuordnen. Das wagte er nicht. Er zog es vor, später ein Urteil zu fällen, wenn er mehr Anhaltspunkte gesammelt haben würde. Und hierin lag die Verlockung, in diesem Sammeln von Fakten für ein Urteil; dieser kritische Punkt, an dem die Reinheit eine träumende Hand zum schwarzen Pech ausstreckt, aber sich weigert, es Pech zu nennen – bis sie sich damit beschmutzt. Nein; Vance Corliss war nicht etwa ein Mensch mit schlechtem Charakter; und Reinheit ist nur ein relativer Begriff – er war auch nicht rein. Daß unter seinen Fingernägeln kein Pech haftete, lag nicht daran, daß er sie gesäubert hatte, sondern daran, daß er einfach noch keine Gelegenheit gehabt hatte, in Pech zu fassen. Er war nicht gut, weil er gut sein wollte oder weil Übel abstoßend war.

Er war gut, weil er noch keine Gelegenheit gehabt hatte, schlecht zu werden. Aber daraus darf umgekehrt nicht geschlossen werden, daß er schlecht geworden wäre, wenn er dazu Gelegenheit gehabt hätte.

Er war das Ergebnis einer behüteten Jugend. Er hatte seine Tage in sauberer und hygienischer Umgebung verbracht; die sanitären Anlagen waren ausgezeichnet. Die Luft, die er atmete, war zumeist künstlich mit Sauerstoff angereichert; bei schönem Wetter ließ man ihn sonnenbaden, und wenn es regnete, brachte man ihn ins Trockene. Als er das Alter erreicht hatte, in dem er selbst Entscheidungen fällen konnte, war er zu sehr beschäftigt, um von dem geraden Weg abzuweichen, auf dem seine Mutter ihm beigebracht hatte, erst zu krabbeln und dann zu tapsen, und den er jetzt weiterhin mit aufrechtem Gang beschritt, ohne an die Dinge links oder rechts einen Gedanken zu verschwenden.

Lebenskraft kann nicht überstrapaziert werden. Wenn sie auf eine Sache ausgerichtet ist, bleibt nichts für die andere Seite. So war es auch mit Vance Corliss. Das mühsame Lernen an der Schule und die gesunden körperlichen Übungen seiner College-Tage hatten alle Energie aufgezehrt, die seine normale Verdauung aus einer bekömmlichen Nahrung für Allesfresser ziehen konnte. Wenn er je ein bißchen überflüssige Energie entdeckte, so verwendete er sie in der Gesellschaft, mit der seine Mutter sich umgab, mit ihren herkömmlichen Gedanken und steifen Teeparties. Das Ergebnis: ein sehr netter junger Mann, dessentwegen sich keine Mutter mit einer Tochter zu sorgen braucht; ein sehr starker junger Mann, dessen Kraft nicht durch ein ausschweifendes Leben vergeudet war; ein sehr gebildeter junger Mann mit einem Diplom als Bergbau-Ingenieur und einem Diplom der Geisteswissenschaften von der Yale-Universität; und schließlich: ein sehr von sich überzeugter und an sich selbst denkender junger Mann.

Seine größte Tugend aber war, daß er in der Form, die von seinen verschiedenen Vorfahren geformt und in die er durch die Hände seiner Mutter gepreßt worden war, nicht verhärtet wurde. Bei seiner Zeugung war ein gewisser Atavismus am Werke gewesen, und etwas von jenem Vorfahren war in sein Blut geraten, der sich voller Kraft aufgerichtet hatte. Aber bis jetzt war dieser Teil seines Erbes verschüttet gewesen. Er hatte sich einfach in eine bestehende Umgebung eingefügt. Es hatte noch keinen Ruf gegeben, der seine Anpassungsfähigkeit, die er besaß, geweckt hätte. Aber wann auch immer dieser Ruf kommen würde, so war klar, daß er sich dem ungewohnten Druck einer unbekannten Umgebung, neuen Bedingungen, würde stellen und ihnen entsprechend würde handeln können. Das Sprichwort von dem rollenden Stein, der voller Unruhe immer weiterrollen muß, ohne je anhalten zu können, mag Wahrheit enthalten; aber dessen ungeachtet ist die Unfähigkeit, sich festzulegen und zu verhärten, eines der größten Güter und für die Wechselfälle des Lebens eine ausgezeichnete Eigenschaft. Diese Unfähigkeit war das wertvollste Besitztum, das Vance Corliss sein eigen nennen konnte, auch wenn er davon noch keine Ahnung hatte.

Aber zurück zum Ausgangspunkt. Er blickte mit großer Freude dem Treffen mit Frona Welse entgegen, und in der Zwischenzeit betrachtete er oft das Sonnenbild, das er von ihr mit sich trug. Obwohl er bei seiner Reise über den Paß und hinunter zu den Seen und zum Fluß eine Menge Geld hinter sich hatte (die Londoner Konzerne sind bei solchen Unternehmungen nie geizig), schlug ihn Frona auf dem Weg nach Dawson um vierzehn Tage. In seinem Fall war es Geld, das letztlich etwaige Hindernisse überwinden half, in ihrem Fall aber war der Name Welse ein größerer Schatz als Gold. Nach seiner Ankunft vergingen einige Wochen, in denen er damit beschäftigt war, eine Hütte zu erwerben, seine Empfehlungsschreiben zu präsentieren und sich einzurichten. Für alles aber kommt die richtige Zeit, und so richtete er eines Abends, nachdem der Fluß zugefroren war, seine Schritte zu Jakob Welses Haus. Mrs. Schoville, die Frau des staatlichen Goldagenten, beehrte ihn mit ihrer Begleitung.

Corliss traute seinen Augen nicht. Dampfheizung am Klondike! Aber im nächsten Augenblick schon hatte er die Halle durchquert und war durch die schweren Vorhänge in den Salon getreten. Und was das für ein Salon war! Seine Elchleder-Mokassins sanken tief in den weichen Teppich, und seine Augen wurden von einem Sonnenaufgang, von Turner gemalt, an der gegenüberliegenden Wand angezogen. Es gab noch andere Bilder und Statuen aus Bronze. In zwei holländischen Kaminen brannten große, schwarze Fichtenscheite. Es gab ein Klavier, und jemand sang. Frona sprang vom Stuhl auf, ging auf ihn zu und begrüßte ihn mit beiden Händen. Er hatte gedacht, daß sein Sonnenbild perfekt sei, aber dieses Feuerbild, dieses junge Geschöpf voll warmen Lebens übertraf es bei weitem. Es war ein betäubender Augenblick, als er ihre beiden Hände in den seinen hielt, einer jener Momente, in denen eine unvorstellbare Erregung das Herz schneller schlagen und den Kopf schwindeln läßt. Obwohl er die ersten Worte nur von weitem hörte, brachte ihn Mrs. Schovilles Stimme wieder zu sich.

»Oh!« rief sie. »Sie kennen ihn!«

Und Frona antwortete: »Ja, wir haben uns auf dem Trail, dem Dyea-Weg, getroffen; und wer sich dort trifft, kann das nie vergessen.«

»Wie romantisch!«

Die Frau des Goldhändlers schlug die Hände zusammen. Obwohl sie dick und vierzig Jahre alt war und eher phlegmatisch, war sie in wachem Zustand zwischen Ausrufen und Händeklatschen vorwiegend explosiver Natur. Ihr Ehemann behauptete im geheimen, daß, falls Gott sich dazu herabließe, ihr von Angesicht zu Angesicht gegenüberzutreten, sie ihre plumpen Hände zusammenschlagen und »Wie romantisch!« ausrufen würde.

»Wie geschah das?« fuhr sie fort. »Hat er sie vor dem Absturz über einen Felsen oder irgend so was gerettet? Sagen Sie doch, daß er es getan hat! Und nie haben Sie ein Wort davon gesagt, Mr. Corliss! Erzählen Sie. Ich sterbe fast vor Neugier!«

»Oh, es war nichts dergleichen«, beeilte er sich zu antworten. »Da war nicht viel. Ich, das heißt wir ...«

Er fühlte einen Stich, als Frona ihn unterbrach. Nicht auszudenken, was dieses bemerkenswerte Mädchen erzählen könnte!

»Ich durfte seine Gastfreundschaft in Anspruch nehmen, das war alles«, sagte sie. »Und ich kann für seine Bratkartoffeln bürgen; was seinen Kaffee angeht, so ist er ausgezeichnet – falls man ihn braucht.«

»Undankbare!« brachte er heraus und erntete ein Lächeln dafür, bevor er einem gutgebauten Leutnant der berittenen Polizei vorgestellt wurde, der neben einem der Kamine stand und die Versorgungslage mit einem netten, kleinen Mann diskutierte, der in weißem Hemd und steifem Kragen nicht so recht hierherpaßte.

Dank der besonderen Nische der Gesellschaft, in die er hineingeboren worden war, konnte sich Corliss ohne Schwierigkeiten von Gruppe zu Gruppe bewegen, und er wurde dafür sehr von Del Bishop beneidet, der steif auf dem erstbesten Stuhl, den er gefunden hatte, saß und der geduldig auf die erste Person wartete, die sich verabschieden würde, damit er beobachten konnte, wie man das macht. In Gedanken hatte er sich das meiste schon vorgestellt; er wußte genau, wie viele Schritte es bis zur Eingangstür waren, war sich sicher, daß er sich von Frona verabschieden mußte, aber wußte nicht, ob er z. B. allen Anwesenden die Hand zu schütteln hatte. Er war nur vorbeigekommen, um Frona »Tschüs« zu sagen, wie er sagte, und da war er unvorhergesehen in Gesellschaft geraten.

Corliss, der eben ein kurzes Wortgeplänkel mit einer gewissen Miss Mortimer über die Dekadenz der französischen Symbolisten beendet hatte, sah sich unversehens Del Bishop gegenüber. Aber der Goldsucher erinnerte sich sofort an ihn, auch wenn er ihn nur aus den Augenwinkeln in der Zeltöffnung in Happy Camp hatte stehen sehen. Er sei ihm mächtig dankbar gewesen, daß er Frona für eine Nacht aufgenommen hatte, als er merkte, daß er selbst von seinem Weg abgebracht worden war; jede gute Tat für Miss Frona sei eine gute Tat für ihn; und er werde immer daran denken, solange er noch den Zipfel einer Decke besitze, den er über sich ziehen konnte. Er hoffe, daß es ihm keine Schwierigkeiten gemacht habe. Miss Frona habe erzählt, daß es zum Schlafen etwas eng gewesen sei, aber es sei ja keine kalte Nacht gewesen (mehr windig als frostig), deshalb glaube er, daß sie nicht zu sehr gefroren hätten. Dies alles schien Corliss ziemlich verfänglich, und deshalb verließ er ihn bei der ersten sich bietenden Gelegenheit.

Dave Harney allerdings, der nicht durch Zufall gekommen war, vermied es, auf dem ersten Stuhl sitzen zu bleiben. Als Eldorado-König fühlte er die Verpflichtung, in der Gesellschaft den Platz einzunehmen, zu dem ihn seine vielen Millionen berechtigten; und obwohl er Zeit seines Lebens keine anderen gesellschaftlichen Annehmlichkeiten gekannt hatte als das immer für alle offene Zelt und den Gemeinschaftskochtopf, hatte er sich zu seiner vollen Zufriedenheit als Salonlöwe bewährt. Aufmerksam und auf kleinste Winke achtend, machte er mit selbstsicherem Auftreten, das durch seine auffallende Kleidung und seinen weiten, schaukelnden Schritt noch verstärkt wurde, seine Runde und streute kurze und unzusammenhängende Bemerkungen hierhin und dorthin. Jene Miss Mortimer, die Pariser Französisch sprach, verblüffte ihn mit ihren Symbolisten, er glich die Sache aber wieder aus, indem er sie mit einer gehörigen Portion des französisch-englischen Sprachgemischs bedachte, das die kanadischen »voyageurs« sprechen, und als er ging, stand sie mit offenem Mund da und überdachte seinen Vorschlag, ihm fünfundzwanzig Pfund Zucker, weiß oder braun, zu verkaufen. Das war allerdings keine ungebührliche Bevorzugung ihrer Person, denn jedes Gespräch lenkte er direkt auf Lebensmittel, und das führte zum immer gleichen Vorschlag. »Zucker oder Pleite«, schloß er jedesmal fröhlich die Unterhaltung und ging zur nächsten Gruppe.

Aber er setzte seinem gesellschaftlichen Erfolg die Krone auf, als er Frona bat, das gemütvolle Lied »I Left My Happy Home For You« zu singen. Das war eines, das sie nicht kannte, aber sie brachte ihn dazu, die Melodie zu summen, so daß sie begleiten konnte. Seine Stimme klang eher angestrengt als süß, und das brachte Del Bishop, der endlich zu sich fand, dazu, rauh in den Refrain einzufallen. Danach fühlte er sich sehr viel besser, und so trennte er sich schließlich von seinem Stuhl, und als er endlich nach Hause kam, trat er seinen schläfrigen Zeltgenossen wach, um ihm zu erzählen, was für eine schöne Zeit er bei den Welses verbracht hatte. Mrs. Schoville kicherte und fand alles so einzigartig, und sie fand es noch viel einzigartiger, als der Leutnant der berittenen Polizei mit einigen seiner Landsleute röhrend »Rule Britannia« und »God Save the Queen« sangen, und als dann die Amerikaner mit »My Country, Tis of Thee« und »John Brown« antworteten. Dann rief der große Alec Beaubien, der König von Circle City, nach der »Marseillaise«, und die ganze Gesellschaft ging mit »Die Wacht am Rhein« in der frostigen Nacht auseinander.

»Kommen Sie nicht nur an solchen Abenden«, flüstere Frona Corliss beim Abschied zu. »Wir haben keine drei Worte miteinander gesprochen, und ich weiß, daß wir gute Freunde werden. Hat es Dave Harney geschafft, Ihnen Zucker abzuschwatzen?«

Beide mußten sie lachen, und Corliss ging unter dem Nordlicht nach Hause und versuchte, seine Eindrücke einigermaßen zu ordnen.

8

»Und warum sollte ich nicht stolz auf meine Abstammung sein?« Fronas Wangen waren erhitzt vor Eifer, und ihre Augen blitzten. Sie hatten über ihre Kindheit geredet, und sie hatte Corliss von ihrer Mutter erzählt, an die sie sich schwach erinnerte. Helle Haut und blonde Haare, typisch angelsächsisch, so hatte sie sie geschildert, wobei sie ihre Erinnerung vor allem mit Erzählungen ihres Vaters und des alten Andy vom Dyea-Posten aufgefrischt hatte. Das Gespräch hatte sich dann dem Thema der »Rasse« ganz allgemein zugewandt, und Frona hatte in der Hitze des Gefechts einiges gesagt, das den eher konservativen Überzeugungen von Vance Corliss als gefährlich und nicht von Tatsachen gestützt erschien. Er hielt sich selbst für über jeden Rassendünkel und jedes insulare Vorurteil erhaben, und deshalb hatte er Frona wegen ihrer unreifen Ansichten ausgelacht.

»Es ist ein gemeinsames Kennzeichen aller Völker, daß sie sich für besser als andere Rassen halten«, fuhr er fort, »– ein naiver, natürlicher Egoismus, ganz gesund und sehr gut, aber nichtsdestoweniger ganz offensichtlich falsch. Die Juden hielten sich selbst für Gottes auserwähltes Volk, und das tun sie immer noch ...«

»Und eben deshalb haben sie auf den Seiten der Geschichte deutlich ihre Spuren hinterlassen«, unterbrach sie ihn.

»Aber die Zeit hat nicht bewiesen, daß ihre Vorstellungen richtig waren. Außerdem müssen Sie auch die andere Seite betrachten: Ein überlegenes Volk muß einfach alle anderen Völker als minderwertig ansehen. Das kommt Ihnen bekannt vor, nicht? Ein Römer zu sein, war damals mehr, als der König irgendeines Volkes, und als die Römer in den germanischen Wäldern auf Ihre wilden Vorfahren stießen, zogen sie die Augenbrauen hoch und sagten: ›Ein minderwertiges Volk, Barbaren.‹«

»Aber wir sind jetzt hier. Wir sind hier, und die Römer gibt es nicht mehr. Die Zeit ist die Prüfung, und bis jetzt haben wir die Prüfung bestanden. Allen Anzeichen nach werden wir sie auch weiterhin bestehen. Wir sind einfach die fähigste Rasse.«

»Egoismus!«

»Aber warten Sie doch ab. Warten Sie die Prüfung ab.« Beim Sprechen streckte sie impulsiv ihre Hand aus und berührte die seine. Er spürte, wie sein Herz schneller schlug, wie ihm das Blut in den Kopf schoß und in den Schläfen pochte. Es war lächerlich, aber reizvoll, dachte er. Auf diese Weise hätte er mit ihr die ganze Nacht weiterreden können.

»Die Prüfung«, wiederholte sie und zog ihre Hand

ohne ein Zeichen von Verwirrung zurück. »Wir sind die Rasse, die etwas tut und kämpft, die Welteroberer und Grenzenerforscher. Wir schuften und mühen uns ab, und das machen wir auch, wenn es aussichtslos erscheint. Und außer daß wir widerstandsfähig und ausdauernd sind, können wir uns auch noch den unterschiedlichsten äußeren Bedingungen anpassen. Könnte der Indianer, der Neger oder der Mongole jemals die Europäer besiegen? Niemals! Der Indianer ist hartnäckig, aber nicht wandlungsfähig; wenn er sich nicht verändert, geht er unter, wenn er es versucht, geht er trotzdem unter. Der Neger hat die Fähigkeit der Anpassung, aber er ist unterwürfig und braucht Führung. Die Chinesen sind ausdauernd. Alles, was die anderen Rassen nicht haben, haben die Angelsachsen, oder wenn Sie so wollen, die Europäer. Alles, was die anderen Rassen nicht sind, sind die Europäer. Welche Rasse sollte sich erheben und uns überwältigen können?«

»Ah, Sie haben die Slawen vergessen«, warf Corliss schlau ein.

»Die Slawen!« Sie machte ein langes Gesicht. »Tatsächlich, die Slawen! Das einzige Bürschchen in dieser Welt der jungen Männer und grauen Bärte! Aber er wird erst in der Zukunft groß werden, und die Entscheidung liegt dort. In der Zwischenzeit bereiten wir uns vor. Es mag sein, daß wir einen solchen Vorsprung haben, daß wir ihn am Großwerden hindern können. Sie wissen, daß die Spanier die Azteken besiegt haben, weil sie geschickter in Chemie waren und wußten, wie man Schießpulver herstellt. Können nicht wir, die wir die Welt und ihre Rohstoffe in Besitz nehmen und uns alles Wissen aneignen, können wir die Slawen nicht schlagen, bevor sie über ihrem Erdloch ein Strohdach errichten?«

Vance Corliss schüttelte, nicht überzeugt, den Kopf und lachte.

»Oh! Ich weiß, daß ich absurd und zu feurig daherrede!« rief sie aus. »Aber trotzdem ist doch ein Grund dafür, daß wir das Salz der Erde sind der, daß wir den Mut haben, es zu sagen.«

»Ich bin sicher, daß sich Ihr Feuer ausbreitet«, antwortete er. »Sehen Sie, ich beginne schon selbst zu glühen. ›Wir sind nicht das auserwählte Volk Gottes, sondern der Natur, wir Angeln, Sachsen, Normannen und Wikinger, und die Erde gehört uns. Laßt uns aufstehen und voranschreiten!‹«

»Jetzt machen Sie sich über mich lustig, und nebenbei bemerkt: Wir sind schon vorangeschritten. Warum sonst wären Sie in den Norden gekommen, wenn nicht, um Ihren Besitzanspruch einzulösen?«

Sie wandte sich um, als sie Schritte hörte, die sich näherten, und rief als Begrüßung: »Ich wende mich an Sie, Hauptmann Alexander! Ich rufe Sie als Zeugen an!«

Der Polizeihauptmann lächelte auf seine ernste, aber freundliche Art, als er Frona und Corliss die Hand schüttelte.

»Als Zeugen?« fragte er. »Ah, ja! ›Bezeugt, Kameraden, ein harter Haufen, den ich hier seh', Diener des Ruders, doch Meister der See!‹«

Er zitierte den Vers mit einer wilden Feierlichkeit, die durch seine tiefe Stimme triumphierend hindurchklang. Dies und die Angemessenheit rissen Frona mit sich fort, und schon hielt sie seine beiden Hände in den ihren. Corliss bemerkte, wie er innerlich zusammenzuckte. Es war ihm unangenehm. Er mochte es nicht, daß sie mit ihren warmen, starken Händen so freigiebig war. Bedachte sie damit alle Männer, deren Worte oder Taten ihr gefielen? Er fand nichts dabei, wenn sie ihre Finger um seine legte, aber es schien ihm irgendwie wollüstig, wenn das sofort mit dem nächsten Ankömmling geteilt wurde. Als er mit seinen Überlegungen so weit gekommen war, hatte Frona den Streitpunkt erklärt, und Hauptmann Alexander nahm dazu Stellung.

»Ich weiß nicht viel über die Slawen und diese anderen Völker, außer daß sie gute Arbeiter und sehr stark sind; aber ich weiß, daß der weiße Mann der größte und beste auf der ganzen Welt ist. Nehmen Sie zum Beispiel den Indianer. Der Weiße kommt und schlägt ihn in allen Dingen, bei der Arbeit, bei der Nahrungssuche, beim Fischen und beim Jagen. Soweit sie zurückdenken können, haben die Alaska-Indianer ihre Lasten auf dem Rücken getragen. Aber sobald die Goldsucher ihre Tricks kennengelernt hatten, haben sie größere Bündel geschnürt und sie weiter getragen als die Indianer. Und zum Beispiel letzten Mai, am Geburtstag der Königin, da haben wir auf dem Fluß Wettkämpfe ausgetragen. Im Einer-Kanu, im Zweier, im Dreier, Vierer und Fünfer haben wir die Indianer geschlagen. Dabei sind sie mit dem Paddel in der Hand geboren, und die meisten von uns haben bis zum Erwachsenenalter kein Kanu gesehen.«

»Aber warum ist das so?« fragte Corliss.

»Ich weiß es nicht. Ich weiß nur, daß es so ist. Ich bezeuge es nur. Ich weiß nur, daß wir das tun, was sie nicht tun können, und das, was sie können, können wir besser.«

Frona nickte triumphierend mit dem Kopf. »Kommen Sie, geben Sie Ihre Niederlage zu, dann können wir zum Abendessen gehen. Jedenfalls eine momentane Niederlage. Die konkreten Tatsachen aus Paddeln und Packriemen haben Ihre dogmatischen Ansichten besiegt. Ich habe es mir gedacht. Mehr Zeit? Alle Zeit der Welt! Aber lassen Sie uns hineingehen. Wir werden sehen, was mein Vater darüber denkt – und Mr. Kellar. Ein Symposium über angelsächsische Überlegenheit!«

Kälte und körperliche Schwäche schließen sich gegenseitig aus. Die Länder des Nordens geben dem Blut eine Schärfe und Würze, die in wärmeren Breitengraden nicht vorkommt. Deshalb war natürlich die Freundschaft, die zwischen Corliss und Frona entstand, alles andere als flau. Sie trafen sich oft unter ihres Vaters Dach, und zusammen unternahmen sie viel. Sie fühlten sich angenehm zum anderen hingezogen und empfanden dabei eine Befriedigung, die von den Dingen, in denen sie nicht übereinstimmten, nicht beeinträchtigt werden konnte. Frona mochte den Mann, weil er ein Mann war. Auch in ihren wildesten Träumen konnte sie sich nicht vorstellen, mit einem Mann eine Verbindung einzugehen, der nicht männlich gebaut war, gleichviel, wie überragend er auf geistigem Gebiet war. Der Anblick starker männlicher Mitglieder ihrer Rasse erfüllte sie mit Freude, und entzückt betrachtete sie Körper, die Göttern glichen und geschwellte Muskeln, die Tatkraft und Fleiß versprachen. Ein Mann war in ihren Augen vor allem ein Kämpfer. Sie glaubte an natürliche und sexuelle Auslese und war sicher, daß die Möglichkeiten und Fähigkeiten, die der Mensch auf diese Weise erworben hatte, von ihm genutzt werden sollten und nur zu seinem Besten sein konnten. Das galt auch für Instinkte. Wenn sie sich zu einer Sache oder einer Person hingezogen fühlte, dann war es für sie selbst gut. Wenn sie Freude beim Anblick eines gutgebauten Körpers und eines wohlgeformten Muskels empfand, warum sollte sie diese unterdrücken? Warum sollte sie einen Körper nicht lieben und nicht ohne Scham lieben? Die Geschichte ihrer Rasse, aller Rassen, bewies, daß sie recht hatte. Zu allen Zeiten waren die schwachen und verweichlichten Männer untergegangen. Nur die Starken konnten die Erde in Besitz nehmen. Sie war unter den Starken geboren worden und hatte beschlossen, ihr Schicksal mit dem ihren zu verbinden.

Von allen Wesen war sie jedoch die letzte, die Augen und Ohren den geistigen Dingen versperrte. Aber was sie dem Geist abverlangte, mußte ebenfalls stark sein. Kein Schwanken, kein Stottern, zitterndes Warten oder kleinliches Jammern! Verstand und Seele mußten ebenso schnell, sicher und entschieden sein wie der Körper. Auch war der Geist nicht nur für unsterbliches Träumen geschaffen. Wie das Fleisch mußte auch er kämpfen und sich mühen. Er mußte ebenso handeln wie müßig genießen können. Es war für sie klar, daß ein Schwächling süß und sogar schön singen konnte, und insofern konnte sie ihn für seine Süße und Schönheit auch lieben; aber ihre Liebe wäre weit größer, hätte er auch einen starken Körper. Sie hielt sich für gerecht. Sie gestand sowohl dem Körper als auch dem Geist zu, was ihm zustand; aber darüber hinaus, und vor allem, entschied sie selbst, hatte sie ihr eigenes Ideal. Sie liebte es, wenn beides Hand in Hand ging. Philosophische Weisheit und Magengeschwüre schienen ihr keine glückliche Kombination zu sein. Ein starker Wilder und ein schwachbrüstiger Poet! Den einen konnte sie für seine Muskeln, den anderen für seine Lieder bewundern; aber sie zog es vor, wenn sie beides in einer Person vereint fand.

Somit kommen wir zu Vance Corliss. Zuerst, und als Wichtigstes, war da die körperliche Anziehung zwischen ihnen, die ihr die Berührung seiner Hand angenehm erscheinen ließ. Auch wenn die Seelen zusammenstreben wollen, so bleibt doch das Glück auf Sand gebaut und wacklig, wenn ein Körper den anderen Körper nicht ertragen kann. Zudem hatte Corliss die körperliche Kraft zum Helden, aber ohne Grobheit oder Brutalität. Seine Muskeln hatten sich mehr qualitativ als mengenmäßig entwikkelt, und das ist es, was dem Körper Schönheit verleiht. Ein Riese muß nicht in eine Form gepreßt werden, und eine Sehne muß nicht symmetrisch sein, um haltbar zu sein.

Und zu guter Letzt – zwar notwendig, aber doch zuletzt – war Vance Corliss weder dumm noch dekadent. Er kam ihr frisch, gesund und stark vor, so, als wäre er in den besseren Schichten aufgezogen worden, ohne die unteren Schichten zu verachten. Natürlich stellte sie diese Überlegungen nur im Unterbewußten an; ihre Schlüsse waren Gefühle, nicht Gedanken.

Obwohl sie in vielen Dingen uneins waren und sich stritten, lag dahinter doch eine beständige Einigkeit. Sie mochte die ernste Nüchternheit bei ihm und seinen feinen Humor. Ernsthaftigkeit und Spötterei schlossen sich nicht aus. Sie mochte seine Höflichkeit, die zum Gebrauch und nicht zum Spiel bestimmt war. Sie mochte die Einstellung, die hinter seinem Angebot bei Happy Camp lag, ihr einen indianischen Führer und Reisegeld in die Staaten mitzugeben. Er konnte sowohl handeln als auch reden. Sie mochte seine Weltanschauung, seine angeborene Freizügigkeit, auch wenn er oft in dem, was er sagte, engstirnig argumentierte. Sie mochte ihn wegen seines Verstandes. Zwar war dieser oft ziemlich »akademisch«, mit den neuesten scholastischen Ansichten gespickt, aber man konnte ihn trotzdem zu den »Intellektuellen« zählen. Er besaß die Fähigkeit, zwischen Gefühl und Verstand zu trennen. Falls er alle Faktoren berücksichtigte, konnte er nicht fehlgehen. Und hier, fand sie, lag sein Hauptfehler – in seiner Engstirnigkeit, die verhinderte, daß er eine Sache von allen Seiten betrachtete, und die seine Offenheit, die sie in ihm wußte, verdeckte. Aber es war ihr bewußt, daß dies kein irreparabler Mangel war, und daß das neue Leben, das er jetzt führte, sehr geeignet war, um ihn zu korrigieren.

Er war bis oben hin voller Kultur; was er brauchte, war ein bißchen mehr praktische Erfahrung.

Sie mochte ihn um seiner selbst willen, was ein großer Unterschied dazu ist, die einzelnen Teile, aus denen jemand gemacht ist, zu mögen. Denn es ist nicht überraschend, daß zwei Dinge, die zusammengefügt werden, nicht nur die Summe ihrer selbst, sondern etwas Neues, Drittes, bilden, das sich in keinem der beiden ursprünglichen Teile findet. So war es auch bei ihm. Sie mochte ihn wegen dieses Dings, das sich nicht als ein Teil oder die Summe mehrerer Teile bezeichnen ließ; wegen dieses Dings, das ein Eckstein des Glaubens ist und das seit jeher die Philosophie und die Wissenschaft verblüfft hat. Und außerdem hieß für Frona Welse »mögen« nicht »lieben«.

Was Vance Corliss zu Frona Welse hinzog, war in erster Linie der Aufruhr in seinem Innern, der ihn zurück zur Natur drängte. Die Elemente in ihm waren so verschiedenartig gemischt, daß es Frauen, die ausschließlich in der Zivilisation aufgewachsen waren, unmöglich war, in seinen Augen Aufmerksamkeit zu erwecken. Er hatte ständig solche Frauen getroffen, aber keine hatte sein Herz jemals zu einem schnelleren Schlag veranlaßt. Obwohl in ihm instinktiv das Gefühl wuchs, daß ihm etwas fehlte, um mit sich selbst ins reine zu kommen – was immer die Liebe zwischen Mann und Frau voraussetzt –, hatte es keine bisher vermocht, ihn so zu beeindrucken, daß sie diese Lücke hätte füllen können. Eine ganz besondere Anziehung, sexuelle Anziehung, oder was immer dieser unfaßbare Stoff ist, den man Liebe nennt, hatte er nie gespürt. Als er Frona traf, war sie sofort, in vollem Federkleid, in sein Leben getreten. Aber er verstand das ganz falsch und hielt es einfach für die Anziehung durch das Neue und Ungewohnte.

Viele Männer, die von vornehmer Geburt sind und eine gute Erziehung genossen haben, haben dem inneren Drängen zurück zur Natur nachgegeben. Sie haben dann ihren gesunden Verstand und ihre Moral Lügen gestraft und haben Bauernmädel oder Barfrauen geheiratet. Und jene, die dabei unglücklich geworden sind, neigten dazu, jenen Impuls, dem sie gehorcht hatten, zu verdammen. Dabei vergaßen sie, daß die Natur, ob sie das Individuum begünstigt oder zerstört, immer das Wohl der ganzen Rasse im Auge hat. Denn in jedem dieser Fälle war der Impuls richtig – einzig Ort und Zeit waren falsch, und der Zufall bestimmte, ob das Objekt der Wahl das Bauernmädel oder die Barfrau sein sollte.

Zum Glück waren Zeit und Ort für Vance Corliss günstig, und in Frona fand er die Kultur, ohne die er nicht leben konnte, und gleichzeitig den klaren, scharfen Klang der Erde, den er brauchte. Was ihre Erziehung und Kultur anbetraf, so war sie etwas Erstaunliches. Er hatte schon früher Frauen getroffen, die eine oberflächliche Kenntnis der Wissenschaften hatten, aber Frona wußte mehr als oberflächlich Bescheid. Darüber hinaus erfüllte sie alte Erkenntnisse mit neuem Leben, und ihre Ansichten über herkömmliche, gewöhnliche Dinge waren klar, lebhaft und neu. Obwohl sein anerzogener Konservativismus aufgeschreckt war und Alarm schlug, konnte er dem Charme ihrer Philosophiererei nicht kühl gegenüberstehen, wenn ihre wissenschaftlichen Erkenntnisse hinter ihrem Enthusiasmus völlig verschwanden. Er konnte zwar nicht allem zustimmen, was sie leidenschaftlich vertrat, aber er anerkannte die Ernsthaftigkeit und den Enthusiasmus, mit dem es vorgetragen wurde.

Ihr Hauptfehler in seinen Augen war ihre Ungezwungenheit. Eine Frau war für ihn etwas so unaussprechlich Heiliges, daß er nichts Positives darin sehen konnte, wenn eine Frau irgendwo ihren Fuß hinsetzte, wo es gefährlich war. Was immer so eine Frau unternahm, die die Grenzen ihres Geschlechts und ihres Standes überschritt, schien ihm von Übermut diktiert. Und Übermut dieser Art schien ihm verwandt mit ... Nun, er konnte in bezug auf Frona nicht behaupten, obwohl sie ihn mit ihren unklugen Handlungsweisen oft verletzte. Allerdings fühlte er sich nur dann verletzt, wenn er nicht mit ihr zusammen war. Wenn er bei ihr war und in ihre Augen sah, die immer zurückblickten, oder wenn er ihr bei der Begrüßung und beim Abschied die Hand drückte, die immer ehrlich den Druck erwiderte, schien es ihm sicher, daß in ihr nur Güte und Wahrheit wohnten.

Außerdem mochte er sie auf viele verschiedene Arten wegen vieler verschiedene Dinge. Er liebte ihre Spontaneität und ihre Leidenschaft, die immer besonders stark war. Und schon jetzt begann er, ihren Sinn für Kameradschaft zu mögen, der ihn am Anfang so schockiert hatte. Das kam von der Luft des Nordens. Es gab noch andere Dinge, die er gern hatte, zum Beispiel ihren völligen Mangel an Prüderie, den er, wie ihm eines Tages aufging, anfangs mit einem Mangel an Bescheidenheit verwechselt hatte. Und es geschah gerade einen Tag zuvor, daß er sich, bevor er sich's versah, mit ihr in eine Diskussion über »Camille« einließ. Sie hatte Sarah Bernhardt gesehen und schwelgte in dieser Erinnerung. Danach ging er nach Hause, in seinem Herzen nagte ein leiser Schmerz, und er versuchte, Frona dem Ideal anzugleichen, das ihm seine Mutter aufgezwängt hatte: daß Unschuld ein anderes Wort für Unwissenheit sei. Er hatte es am nächsten Tag verarbeitet, und die mütterliche Abhängigkeit hatte ein weiteres Band verloren.

Er liebte den Schimmer ihres Haares im Sonnenlicht, seinen Goldglanz im Schein des Kaminfeuers, seinen Eigensinn und die Fülle. Ihm gefielen ihre hübsch beschuhten Füße und die von grauen Gamaschen bedeckten Waden, die jetzt in Dawson von den langen Röcken leider bedeckt waren. Er mochte ihre schlanke, starke Figur; neben ihr zu gehen oder auch nur sie durch einen Raum oder über die Straße auf ihn zugehen zu sehen, mit langen, schwingenden Schritten, war eine schiere Freude. Die Freude am Leben, ja das Leben selbst war es, das durch ihre Adern pulste und jeden Muskel, jede Faser ausfüllte und abrundete. Das alles liebte er. Besonders hatte es ihm ihr Unterarm angetan, der fest und stark aus dem Ärmel ragte und sich nur allzu schnell wieder in ihm verbarg.

Daß ein Mann sowohl die körperliche wie auch die geistige Schönheit liebt, ist etwas ganz Normales, und bei Vance Corliss war es ebenfalls so. Er liebte das eine ebenso wie das andere. Er mochte Frona wegen beidem und um ihrer selbst willen. Und für ihn war mögen – obwohl er sich dessen nicht bewußt war – gleichbedeutend mit lieben.

9

Mit ausreichender Schnelligkeit gewöhnte sich Vance Corliss an das Leben im Norden, und er fand, daß vieles, an das er sich gewöhnen mußte, ihm leicht fiel. Zwar war seine Zunge den Schwefelbrand des Wortes Gottes nicht gewohnt, aber an die kräftige Sprache anderer Menschen gewöhnte er sich schnell, selbst in der gemütlichsten Unterhaltung. Carthey, ein kleiner Texaner, der eine Zeitlang für ihn arbeitete, eröffnete oder schloß im Durchschnitt jeden zweiten Satz mit dem milden Fluch »Verdammt!« Das war auch die unveränderliche Art, in der er Überraschung, Enttäuschung, Bestürzung oder irgendeine andere plötzliche Empfindung ausdrückte. Durch Lautstärke, Betonung und Melodie diente dieser gewöhnliche Fluch dazu, jedwede Funktion normaler Sprache einzunehmen. Zuerst war es für Corliss eine Quelle ständiger Irritation und Abneigung, aber es dauerte nicht lange, bis er es ertrug und schließlich begierig darauf wartete. Einmal, als Cartheys Leithund bei einem heftigen, kurzen Streit mit einem Hund von der Hudson-Bay ein Ohr verlor, und als der junge Kerl sich über den Hund beugte und den Verlust entdeckte, war die Mischung aus Mitleid und Wut, mit der das »Verdammt« seine Lippen verließ, für Corliss eine Offenbarung. Nicht alles außerhalb von Nazareth war schlecht, schloß er, und ebenso wie der alte Jakob Welse überprüfte er entsprechend sein Weltbild.

Es gab im gesellschaftlichen Leben von Dawson zwei Seiten. Oben, bei den Baracken, wo die Welses lebten, und an einigen anderen Plätzen, waren alle Männer mit gehobenem sozialem Status willkommen und wurden von der gesamten Weiblichkeit desselben Standes umsorgt. Es gab Tee- und Abendempfänge, Tanzabende und Wohltätigkeitsveranstaltungen und mehr von dieser Sorte von Vergnügungen. Dies alles jedoch ließ die Männer des Ortes irgendwie unbefriedigt. Unten in der Stadt gab es eine andere, aber ebenso populäre Art sozialen Lebens. Das Land war zu jung, um Klubs zu entwickeln, und so drückte der männliche Teil der Gemeinschaft seine Männlichkeit dadurch aus, daß er sich in Herden in den Saloons einfand, wobei die Pfarrer und Missionare die einzigen Ausnahmen waren. Geschäftliche Abschlüsse, Handelsabkommen, Unternehmen wurden hier geplant, abgeschlossen und durchgeführt; Klatsch übertragen, die neuesten Ereignisse diskutiert und eine allgemeine gute Freundschaft gehalten. Das ganze Leben stand hier Schulter an Schulter; Könige, Hundetreiber, alte Goldsucher und Neuankömmlinge trafen sich hier auf einer gemeinsamen Ebene. Und es hatte sich so ergeben, vielleicht weil Sägemühlen und Wohnraum knapp waren, daß hier auch die Spieltische standen und die Tanzböden glänzten. Hier ging Corliss' Gewöhnung am schnellsten vonstatten, denn man muß sich ja der Umgebung anpassen. Carthey, der ihn mochte, meinte dazu: »Für ihn ist nur das verdammt Beste gut genug, verdammt nochmal!«

Aber jede Gewöhnungsphase hat ihre schmerzlichen Seiten, und während Corliss' allgemeine Veränderung fließend vonstatten ging, war es im speziellen Fall von Frona anders. Sie hatte ihre eigenen Regeln, die denen der Gemeinde nicht im geringsten glichen, und wahrscheinlich glaubte sie auch, daß Frauen Dinge tun können, von denen selbst die Männer im Saloon schockiert wären. Und aus diesem Grund hatten Corliss und sie ihre erste unangenehme Meinungsverschiedenheit.

Frona liebte es, mit den Hunden durch die beißende Kälte zu fahren, mit prickelnden Wangen, pulsierendem Blut, den Körper nach vorne gebeugt, und mit Gliedmaßen, die sich regelmäßig im gleichen Rhythmus hoben und senkten.

An einem Novembertag, als der erste Frost eingefallen war und das Thermometer fünfundsechzig Grad Fahrenheit unter Null anzeigte, holte sie den Schlitten heraus, spannte ihre Schlittenhunde davor und flog auf der Spur den Fluß hinunter. Sobald sie die Stadt hinter sich gelassen hatte, sprang sie ab und rannte. Auf diese Weise, abwechselnd rennend und fahrend, durchquerte sie das Indianerdorf unter dem Steilufer, fuhr einen Kreis von acht Meilen über den Moose-hide-Bach und wieder zurück, überquerte den Fluß auf dem Eis und flog mehrere Stunden später das Westufer des Yukon gegenüber der Stadt empor. Sie wollte die Spur der Holzschlitten treffen, die dort vorüberlief, und auf ihr zurückkehren, aber eine Meile davon entfernt geriet sie in weichen, tiefen Schnee und mußte die keuchenden Hunde im Schritt gehen lassen.

Der Weg, den sie sich bahnen mußte, führte am Flußufer entlang und unter den überhängenden Felsen hindurch. Hier und dort machte sie einen Umweg, um die hervorspringenden Schuttkegel zu umfahren, und an anderen Stellen folgte sie dem Eis bis an die steilen Felswände, an die sie sich an den scharfen Biegungen dicht anschmiegte. So stieß sie, an der Spitze ihrer Schlittenhunde, plötzlich auf eine Frau, die im Schnee saß und über den Fluß auf das rauchumwölkte Dawson starrte. Sie hatte geweint, und das reichte aus, um Frona nicht weitergehen zu lassen. Auf ihrer Wange war eine gefrorene Träne, geformt wie ein Tropfen, zurückgeblieben, und ihre Augen waren getrübt und feucht; sie zeigten einen hoffnungslosen, schicksalsergebenen Schmerz.

»Oh!« rief Frona, hielt die Hunde an und ging zu ihr. »Sind Sie verletzt? Kann ich Ihnen helfen?« fragte sie, obwohl die Fremde den Kopf schüttelte. »Sie dürfen hier nicht sitzen. Es sind fast siebzig Grad unter Null, und in ein paar Minuten sind Sie erfroren. Ihre Wangen sind schon unterkühlt.« Sie rieb die Stellen kräftig mit einem Schneeball und sah dann zu, wie die Wärme zurückkam.

»Entschuldigen Sie.« Die Frau stand etwas steif auf. »Vielen Dank, aber mir ist ganz warm, sehen Sie« (sie zog ihren Pelzumhang mit einer kuschelnden Bewegung fester um die Schultern), »und außerdem habe ich nur für einen Augenblick hier gesessen.«

Frona bemerkte, daß sie schön war, und mit den Augen einer Frau sah sie sie von oben bis unten an, bemerkte die kostbaren Pelze, den Schnitt des Kleides und den Perlenschmuck der Mokassins, die darunter hervorsahen. Angesichts all dessen und eingedenk der Tatsache, daß ihr das Gesicht unbekannt war, fühlte sie den instinktiven Wunsch, einen Schritt zurückzutreten.

»Und ich bin nicht verletzt«, fuhr die Frau fort. »Es war nur eine Stimmung, als ich so über diese endlose, weiße Öde schaute.«

»Ja«, antwortete Frona und beherrschte sich selbst; »ich verstehe das. Es muß viel Trauer in dieser Landschaft liegen, aber ich verspüre sie nie. Ihre Nüchternheit und ihr Ernst sind es, die sich mir aufdrängen, aber nicht die Trauer.«

»Das kommt daher, daß unsere Lebenslinien an verschiedenen Orten begonnen haben«, sagte die andere nachdenklich »Es kommt nicht darauf an, wie die Landschaft ist, sondern wie wir sind. Wenn es uns nicht gäbe, würde die Landschaft zwar bleiben, aber ohne menschliche Bedeutung. Die legen wir erst hinein. ›Wahrheit liegt in uns selbst; sie kommt nicht von äußern Dingen, gleich, was du denkst.‹«

Fronas Augen leuchteten auf, und sie vervollständigte den Abschnitt: »›Es gibt einen innern Kern in uns allen, wo die volle Wahrheit liegt; und darum ...‹ Wie geht es weiter? Ich habe es vergessen.«

»›Wand um Wand; das derbe Fleisch umschließt ihn.‹«

Die Frau hielt plötzlich inne, und ihre Stimme schlug in

ein silbernes Lachen um, dessen bitterer, rücksichtsloser Klang Frona innerlich schaudern ließ. Sie machte eine Bewegung, als wolle sie zu ihren Hunden zurückgehen, aber die Hand der Frau machte eine ihr bekannte Geste – wie sie auch Frona machte –, die Fronas Herz sofort rührte.

»Bleiben Sie einen Moment«, sagte die Frau mit einem flehenden Unterton in der Stimme, »und reden Sie ein wenig mit mir. Es ist lange her, seit ich eine Frau getroffen habe, die ...« Sie machte eine Pause, während sie nach dem Wort suchte. » ... ›Paracelsus‹ zitieren kann. Sie sind – Sie sehen, ich kenne Sie – Sie sind Frona Welse, die Tochter von Jakob Welse.«

Frona nickte zur Bestätigung, zögerte und blickte die Frau mit heimlichem Interesse an. Sie spürte eine große und verzeihliche Neugier, eine Begierde nach größerem Wissen. Diese Frau war so ähnlich und doch so verschieden; so alt wie das älteste Geschlecht und so jung wie ein rosiger Säugling; so weit herumgekommen, wie die entferntesten Feuer der Menschen brannten, und so ewig wie die Menschheit selbst – wo lag der Unterschied zwischen dieser Frau und ihr selbst? Ihre fünf Sinne sagten ihr, daß es keinen gab; nach allen Gesetzen des Lebens nicht; nur die Grenzen der gesellschaftlichen Klassen und die soziale Weisheit machten, daß sie nicht gleich waren.

So dachte sie, während sie für einen Augenblick das Gesicht der anderen betrachtete. In dieser Situation empfand sie zunehmend ein unangenehmes Gefühl, wie man es empfindet, sobald der Schleier gelüftet und das göttliche Geheimnis sichtbar wird. Sie erinnerte sich: »Ihr Fuß findet Halt in der Hölle; ihr Haus ist der Weg zum Grab, er führt zur Gruft«, und im gleichen Moment sah sie vor sich wieder diese bekannte Geste, mit der die Hand der Frau stumm gefleht hatte. Sie sah zur Seite, über die weiße Fläche, und jetzt spürte sie ebenfalls die Trauer, die daraus entsprang.

Sie schauderte unfreiwillig, sagte aber mit natürlicher Stimme: »Kommen Sie, wir wollen weitergehen und das Blut wieder in Bewegung bringen. Ich hatte keine Ahnung, wie kalt es ist, bis ich stillstand.« Sie drehte sich zu den Hunden um: »Los! King! He, Sandy! Auf!« Und wieder zu der Frau gewandt, sagte sie: »Ich bin ganz durchgefroren, und Sie, Sie müssen ...«

»Mir ist natürlich ganz warm. Sie sind gerannt, und Ihre Kleider müssen ganz feucht auf Ihrem Körper liegen. Ich dagegen habe nur den notwendigsten Kreislauf in Bewegung gehalten, nicht mehr. Ich habe Sie gesehen, als Sie unterhalb des Hospitals vom Schlitten gesprungen und wie eine Schneegöttin am Fluß verschwunden sind. Wie sehr habe ich Sie beneidet! Sie müssen es genossen haben!«

»Oh, das habe ich!« antwortete Frona ganz einfach. »Ich bin mit den Hunden aufgewachsen.«

»Es erinnert an die alten Griechen.«

Frona antwortete nicht, und so gingen sie stumm weiter. Aber Frona wünschte, obwohl sie es sich nicht einzugestehen wagte, daß sie ihrer Zunge freien Lauf lassen könnte und aus der bitteren Lebensweisheit der anderen, um ihrer eigenen Seele und Gesundheit willen, die allgemeinen Wahrheiten menschlichen Lebens ziehen könnte, die sie besitzen wollte. Eine Welle von Mitleid und Qual überwältigte sie, und sie fühlte sich unbehaglich, denn sie wußte nicht, was sie sagen und wie sie die Gefühle ihres Herzens ausdrücken sollte. So empfand sie es als große Erleichterung, als die andere zu reden anfing.

»Erzählen Sie mir etwas«, forderte sie die Frau auf, etwas befehlend, etwas neugierig. »Erzählen Sie mir von sich selbst. Sie sind neu hier im Landesinnern. Wo waren Sie davor? Sagen Sie es mir!«

So war ihre schwierige Lage auf gewisse Weise gelöst, und Frona redete über sich selbst, wobei sie erfolgreich eine unschuldige Kindheit vorgab, so als ob sie die Frau nicht verstanden hätte, oder als ob sie erkannt hätte, wonach die andere gesucht hatte, und was Frona besaß.

»Hier ist die Spur, die Sie gesucht hatten.« Sie waren um die letzten Felsen gebogen, und Fronas Begleiterin zeigte geradeaus, wo die Wände sich zurückzogen und eine enge Schlucht bildeten, durch die die Schlitten das

Feuerholz von jenseits des Flusses nach Dawson zogen. »Ich werde Sie hier verlassen«, schloß sie.

»Aber gehen Sie nicht nach Dawson zurück?« fragte Frona. »Es ist schon spät, und Sie verlieren besser keine Zeit.«

»Nein ... ich ...«

Ihr schmerzvolles Zögern brachte Frona ihre eigene Gedankenlosigkeit zu Bewußtsein. Sie hatte aber diesen Schritt gemacht und wußte, daß sie ihn nicht rückgängig machen konnte.

»Wir werden zusammen zurückgehen«, sagte sie tapfer. Und voller Wissen um die Gedanken der anderen: »Es macht mir nichts aus.«

Hier schoß der Frau das Blut in das kalte Gesicht, und ihre Hand griff auf die altbekannte Weise nach dem Mädchen.

»Nein, nein, ich bitte Sie«, stammelte sie. »Ich bitte Sie ... ich ... ich ziehe es vor, noch ein Stück weiterzugehen. Sehen Sie! Da kommt jemand!«

Mittlerweile hatten sie die Holzbahn erreicht, und Fronas Gesicht glühte, wie das der anderen geglüht hatte. Ein leichter Schlitten mit Hunden im Trab kam aus der Schlucht gerade auf sie zu. Ein Mann lief neben dem Gespann her und auf die beiden Frauen zu.

»Vance!« rief Frona aus, als der Mann seinen Leithund in den Schnee warf und den Schlitten zum Halten brachte. »Was machen Sie denn hier drüben? Spekuliert das Syndikat jetzt auch in Feuerholz?«

»Nein, so schlimm sind wir nicht.« Sein Gesicht trug ein glückliches Lächeln über das Treffen, als er ihre Hand schüttelte. »Aber Carthey verläßt mich – er will irgendwo nach Gold suchen, am Nordpol, glaube ich –, und ich kam herüber, um Del Bishop zu suchen und ihn zu fragen, ob er in meine Dienste treten will.«

Er drehte den Kopf und sah erwartungsvoll auf ihre Begleiterin, und Frona sah, daß die Freude aus seinem Gesicht verschwand und Zorn aufstieg. Frona bemerkte hilflos, daß sie die Situation nicht unter Kontrolle hatte, und obwohl in ihrem Innern irgend etwas gegen die Grausamkeit und Ungerechtigkeit rebellierte, konnte sie nur zusehen, wie die kleine Tragödie sich rasch zuspitzte. Die Frau erwiderte seinen Blick mit einem leichten Zurückschrecken, wie vor einem angedrohten Hieb, und mit einem weißen Gesichtsausdruck, der Mitleid hervorrufen mußte. Aber er sah sie lange und kalt an, dann drehte er ihr bewußt den Rücken zu. Als er das tat, sah Frona, daß das Gesicht der Frau müde und grau wurde. Die Härte und Rücksichtslosigkeit ihres Lachens zeigte sich hier in groben Tönen, und in ihre Augen kroch ein feuriges, teuflisches Leuchten. Es war offensichtlich, daß dasselbe teuflische Gefühl ihr heiß auf der Zunge brannte. Aber gerade da blickte sie Frona an, und außer der unendlichen Müdigkeit wurden alle Empfindungen aus ihrem Gesicht gelöscht. Sie lächelte dem Mädchen versonnen zu, drehte sich ohne ein Wort um und ging die Schlittenspur hinunter.

Ohne ein weiteres Wort sprang Frona auf ihren Schlitten und fuhr los. Die Spur war breit, und Corliss zog mit seinen Hunden auf die gleiche Höhe. Die glimmende Rebellion in ihrem Innern kann zum Ausbruch, und es schien, als ob sie etwas von der Rücksichtslosigkeit der Frau auf sich gezogen hatte.

»Sie Scheusal!« Die Worte kamen scharf und klar aus ihrem Mund und brachen die Stille wie ein Peitschenschlag. Die Plötzlichkeit und die Wildheit ließen Corliss sprachlos. Er wußte nicht, was er sagen oder tun sollte. »Oh Sie Feigling! Feigling!«

»Frona! Hören Sie doch ...«

Aber sie unterbrach ihn. »Nein. Kein Wort. Da ist nichts, was Sie sagen können. Sie haben sich abscheulich benommen. Ich bin enttäuscht von Ihnen. Es ist schrecklich! Schrecklich!«

»Ja, es war schrecklich ... es war schrecklich, daß sie mit Ihnen gehen konnte, mit Ihnen sprechen konnte und mit Ihnen gesehen werden konnte.«

»Bevor die Sonne sie nicht ausschließt, schließe ich sie auch nicht aus!« schleuderte sie ihm entgegen.

»Aber es gibt Dinge, die zueinander passen, und ...«

»Passen!« Sie drehte sich zu ihm um und ließ ihrem

Zorn freien Lauf. »Wenn sie nicht zu mir paßt, passen Sie denn zu mir? Wie können Sie mit Ihrer selbstgefälligen, scheinheiligen Art den ersten Stein werfen?«

»So können Sie mit mir nicht reden. Das lasse ich nicht zu.« Er packte ihren Schlitten, und trotz ihres Zorns bemerkte sie es mit einem freudigen Zucken.

»Nein? Sie Feigling!«

Er streckte die Hand aus, als ob er sie packen wollte, und sie hob ihre gewickelte Peitsche, um zuzuschlagen. Aber er zuckte nicht zurück; sein blasses Gesicht erwartete ruhig den Schlag. Dann bog sie den Hieb ab, und die Peitsche fuhr zwischen die Hunde. Unter wildem Peitschenschwingen erhob sie sich auf dem Schlitten auf die Knie und rief den Tieren wie wild zu. Ihr Gespann war besser, und so ließ sie Corliss rasch hinter sich. Sie wollte weg, nicht so sehr von ihm als von sich selbst, und sie trieb die Hunde zu immer schnellerem Lauf an. Das Flußufer nahm sie in voller Geschwindigkeit, und wie ein Wirbelwind schoß sie durch die Stadt und nach Hause. Noch nie zuvor in ihrem Leben war sie in einer solchen Verfassung; noch nie zuvor hatte sie solchen Zorn empfunden. Und sie war nicht nur beschämt, sondern erschreckt und ängstlich über sich selbst.

10

Am nächsten Morgen wurde Corliss, der noch schlief, von Bash, einem von Jakob Welses Indianern, aus dem Bett geholt. Er überbrachte eine kurze Nachricht von Frona, worin sie den Bergbauingenieur bat, sich, sobald wie möglich, mit ihr zu treffen. Das war alles, was darin stand, und er dachte lange darüber nach. Was konnte es sein, was sie ihm mitteilen wollte? Sie war für ihn immer noch eine unbekannte Größe, erst recht nach dem gestrigen Tag; er konnte es nicht erraten. Wollte sie ihm für immer den Laufpaß geben, auf einer bestimmten und unmißverständlichen Grundlage? Wollte sie ihr Geschlecht ausnützen und ihn noch tiefer demütigen? Ihm erzählen, was sie von ihm dachte, in kühlen, überlegten und scharfzüngigen Worten? Oder versuchte sie, voller Reue die unverdiente Härte, mit der sie ihn behandelt hatte, wieder gutzumachen? In der Nachricht fanden sich weder Zerknirschung noch Ärger, nichts außer dem in formelle Worte gekleideten Wunsch, ihn zu sehen.

Deshalb befand er sich in einem eher unruhigen und neugierigen Geisteszustand, als er sie am späten Vormittag besuchte. Er war weder besonders würdevoll noch besonders lässig. Seine Haltung war unverbindlich, und er wartete auf den Augenblick, an dem sie ihre eigene enthüllen würde. Aber ohne um den heißen Brei herumzureden, begann sie auf die Art und Weise, die er bei ihr so bewunderte, frank und frei auf den Grund ihres Wunsches zu sprechen zu kommen. Der erste Blick in ihr Gesicht und die erste Berührung ihrer Hand sagten ihm, noch bevor sie ein Wort gesprochen hatte, daß alles gut war.

»Ich bin froh, daß Sie gekommen sind«, begann sie. »Ich konnte keine Ruhe finden, bis ich Sie gesehen und Ihnen gesagt hatte, wie sehr es mir leid tut, was gestern geschehen ist, und wie beschämt ich ...«

»Na, na! So schlimm ist das nicht.« Sie standen noch, und er trat einen Schritt näher. »Ich versichere Ihnen, daß ich Ihren Standpunkt vollkommen verstehen kann, und, wenn man es theoretisch betrachtet, war es ein untadeliges Verhalten, das nur gepriesen werden kann. Allerdings wage ich zu sagen, daß es dabei vom ... vom ...«

»Ja?«

»... vom gesellschaftlichen Standpunkt aus viel zu erörtern gibt. Unglücklicherweise können wir diesen Gesichtspunkt nicht unberücksichtigt lassen. Aber wenn ich für mich persönlich sprechen darf, so haben Sie nichts getan, was Ihnen leid tun müßte oder wofür Sie beschämt sein sollten.«

»Das ist nett von Ihnen«, rief sie anmutig. »Aber es ist nicht wahr, und Sie wissen, daß es nicht wahr ist. Sie wissen, daß Sie sich untadelig verhalten haben; Sie wissen, daß ich Sie verletzt und beleidigt habe; Sie wissen, daß ich mich wie ein Fischweib benommen habe und daß ich Sie gehaßt habe ...«

»Nein, nein!« Er hob die Hände, wie um die Schläge abzuwehren, die sie gegen sich selbst richtete.

»Doch, doch. Und ich habe jeden Grund dazu, beschämt zu sein. Ich kann zu meiner Verteidigung nur eines sagen: Diese Frau hatte mich tief berührt – so tief, daß ich fast weinte. Dann tauchten Sie auf – Sie wissen ja, was Sie getan haben – und das Mitleid mit ihr erzeugte die Entrüstung über Sie, und – nun, ich hatte mich in einen solchen Zustand hineingesteigert, wie ich ihn nie zuvor im Leben je erlebt habe. Es war Hysterie, nehme ich an. Ich war nicht ich selbst.«

»Keiner von uns war er selbst.«

»Jetzt sagen Sie die Unwahrheit. Ich habe falsch gehandelt, aber Sie waren ebenso Sie selbst, wie Sie es jetzt sind. Aber setzen Sie sich doch. Wir stehen hier, als ob Sie beim ersten Anzeichen eines neuen Ausbruchs davonrennen wollten!«

»So schrecklich sind Sie dann doch nicht!« lachte er und zog seinen Stuhl in eine Position, daß das Sonnenlicht auf ihr Gesicht fiel.

»Ich glaube eher, daß Sie nicht so ein Feigling sind. Ich muß gestern fürchterlich gewesen sein. Ich ... ich hätte Sie fast geschlagen. Und Sie waren mutig, als die Peitsche über Ihnen hing. Sie haben ja nicht einmal die Hand gehoben und versucht, sich zu schützen.«

»Ich stelle fest, daß die Hunde, die von Ihrer Peitsche getroffen werden, trotzdem kommen und Ihre Hand lekken, um gestreichelt zu werden.«

»Ergo?« fragte sie frech.

»Ergo ist alles relativ«, antwortete er.

»Und, abgesehen davon, ist mir verziehen?«

»Wie ich hoffe, daß mir verziehen ist.«

»Dann bin ich froh – nur haben Sie nichts getan, wofür Ihnen vergeben werden müßte. Sie haben aus Ihrer Sicht gehandelt und ich aus meiner, nur muß ich zugeben, daß mein Verhalten größere Wellen schlägt. Ah, ich hab's!« rief sie aus und schlug die Hände zusammen. »Ich war nicht auf Sie böse gestern; auch habe ich mich Ihnen gegenüber nicht gemein benommen oder Ihnen gedroht. Es war völlig unpersönlich, das Ganze. Sie standen einfach für die Gesellschaft, für die Art, die meinen Ärger und meine Empörung hervorruft; und als ihr Repräsentant haben Sie alles abbekommen. Verstehen Sie nicht?«

»Ich verstehe schon, und das ist sehr schön ausgedacht. Aber während Sie der Anklage, mich gestern unfein behandelt zu haben, entfliehen, machen Sie genau das heute. Sie setzen mich mit allem gleich, was engstirnig, gemein und verabscheuungswürdig ist, und das ist sehr ungerecht. Vor ein paar Minuten erst habe ich zu Ihnen gesagt, daß Ihre Sichtweise vom theoretischen Standpunkt aus einwandfrei war. Aber wenn wir die Gesellschaft ins Spiel bringen, ist sie es nicht mehr.«

»Aber Sie haben mich mißverstanden, Vance. Hören Sie«, ihre Hand langte nach der seinen, und er hörte gerne zu, »ich war immer der Meinung, daß das, was ist, gut ist. Ich glaube, daß das vorherrschende gesellschaftliche Urteil weise ist. Obwohl ich es ablehne, glaube ich das: denn so ist der Mensch. Aber ich akzeptiere es nur in gesellschaftlicher Hinsicht; ich, als Individuum, ziehe es vor, die Dinge anders zu betrachten. Und warum sollte es zwischen Individuen, die so denken, nicht ebenso sein? Verstehen Sie? Jetzt, jetzt finde ich, daß Sie schuldig sind. Gestern, am Fluß, zwischen Ihnen und mir, haben Sie es nicht so betrachtet. Sie haben ebenso engstirnig reagiert wie es die Gesellschaft, für die Sie stehen, getan hätte.«

»Dann würden Sie also zwei Lehren vertreten?« gab er zurück. »Eine für die Auserwählten und eine für die Masse? Theoretisch sind Sie ein Demokrat und praktisch ein Aristokrat? Tatsächlich ist diese ganze Argumentation nichts mehr oder weniger als jesuitisch.«

»Ich vermute, daß Sie mit dem nächsten Satz sagen wollen, daß alle Menschen gleich und frei geboren sind, mit einer Reihe natürlicher Rechte obendrein? Sie wollen, daß Del Bishop für Sie arbeitet; durch welches freie, angeborene Recht wird er für Sie arbeiten, oder lassen Sie ihn arbeiten?«

»Nun«, sagte er, »ich müßte die Frage von Gleichheit und Rechten etwas modifizieren.«

»Und wenn Sie modifizieren, sind Sie verloren!« triumphierte sie. »Denn Sie könnten sie nur in Richtung meiner Position modifizieren, und die ist weder so jesuitisch noch so hart, wie Sie sie dargestellt haben. Aber wir wollen uns nicht in die Dialektik verirren. Ich möchte sehen, was ich sehen kann, also erzählen Sie mir etwas über diese Frau.«.

»Kein sehr geschmackvolles Thema«, wandte Corliss ein.

»Aber ich möchte es wissen.«

»Es kann kein gesundes Wissen sein.«

Frona klopfte ungeduldig mit dem Fuß und betrachtete ihn dabei. »Sie ist schön, sehr schön«, bot sie an. »Finden Sie nicht?«

»Teuflisch schön.«

»Aber trotzdem schön«, beharrte sie.

»Ja, wenn Sie so wollen. Und ebenso grausam, hart und hoffnungslos wie schön.«

»Aber trotzdem habe ich sie am Weg getroffen, mit weichem Gesicht und Tränen in den Augen. Und ich glaube, daß ich mit den Augen einer Frau eine Seite von ihr gesehen habe, für die Sie blind sind. Und die habe ich so genau gesehen, daß ich, als Sie erschienen, nichts mehr denken, sie nur noch bedauern konnte. Und sie ist ebenso wie ich eine Frau; ich habe gar keinen Zweifel, daß wir uns sehr ähnlich sind. Sie hat sogar Browning zitiert ...«

»Und letzte Woche«, unterbrach er sie, »hat sie bei einer einzigen Runde dreißigtausend verspielt, von Jack Dorseys Staub – Dorsey, der bereits zwei Hypotheken auf seinem Claim hat! Sie haben ihn am nächsten Morgen im Schnee gefunden; eine Kammer in seinem Revolver war leer.«

Frona gab keine Antwort. Statt dessen ging sie zur Kerze hinüber, hielt absichtlich ihren Finger in die Flamme und hielt ihn dann Corliss hin, damit er die angegriffene Haut sehen konnte, rot und erregt.

»Und daraus mache ich ein Gleichnis. Das Feuer ist etwas sehr Gutes, aber weil ich es mißbrauche, werde ich bestraft.«

»Sie vergessen«, wandte er ein, »daß das Feuer in blindem Gehorsam den Naturgesetzen folgt. Lucile kann frei handeln. Was sie sich vornimmt, kann sie tun.«

»Nein, Sie vergessen etwas, denn ebenso sicher war Dorsey frei in seinen Handlungen. Aber Sie sagten ›Lucile‹. Ist das ihr Name? Ich wollte, ich würde sie besser kennen.«

Corliss zuckte zusammen. »Nein! Tun Sie es nicht! Sie tun mir weh, wenn Sie so etwas sagen.«

»Und warum, bitte?«

»Weil ... weil ...«

»Ja?«

»Weil ich Frauen ehre. Frona, Sie haben immer eine Lanze für Offenheit gebrochen, und jetzt kann ich davon profitieren. Es tut mir weh, weil ich Sie verehre, und weil ich es nicht ertragen kann, Sie befleckt zu sehen. Als ich Sie und diese Frau zusammen am Weg gesehen habe, ich ... Sie können nicht wissen, wie sehr ich gelitten habe!«

»Befleckt?« Sie bemerkte nicht, daß sich ihre Lippen fester aufeinanderpreßten, und in ihren Augen glomm ein kaum bemerkbarer Siegestriumph.

»Ja, befleckt ... verseucht«, fuhr er fort. »Es gibt Dinge, die eine gute Frau besser nicht wissen sollte. Man kann nicht mit Schlamm spielen und sauber bleiben.«

»Das eröffnet ein weites Feld.« Sie faltete freudig ihre Hände. »Sie sagten, daß sie Lucile heißt; Sie erzählen mir Dinge über sie; Sie kennen sie; zweifellos halten Sie viel zurück, was Sie mir nicht zu sagen wagen; kurz, wenn man nicht mit Schlamm spielen und sauber bleiben kann, wie ist es dann mit Ihnen?«

»Aber ich bin ...«

»Ein Mann, natürlich. Sehr gut. Weil Sie ein Mann sind, können Sie mit der Seuche umgehen. Weil ich eine Frau bin, kann ich es nicht. Seuchen verseuchen, nicht wahr? Was tun Sie dann hier mit mir? Raus damit!«

Corliss hob lachend die Hände. »Ich geb's auf. Sie sind zuviel für mich mit Ihrer formalen Logik. Ich kann nur auf die höhere Logik zurückgreifen, die Sie nicht erkennen werden.«

»Und das wäre?«

»Stärke. Was ein Mann von einer Frau will, das wird er bekommen.«

»Ich begebe mich also auf Ihre Ebene«, eilte sie weiter. »Wie ist das mit Lucile? Was der Mann wollte, das hat er bekommen. Sie, und alle Männer, von Beginn aller Zeiten an. Auch der arme Dorsey hat es bekommen. Sie können darauf nicht antworten, darum lassen Sie mich etwas sagen, was diese höhere Logik betrifft, die Sie Stärke nennen. Ich bin ihr schon zuvor begegnet. Ich habe sie gestern in Ihnen erkannt, auf dem Schlitten.«

»In mir?«

»In Ihnen, als Sie zulangten und mich packten. Sie konnten diese primitive Leidenschaft nicht unterdrücken, und außerdem wußten Sie nicht, daß sie Ihnen überlegen war. Aber der Ausdruck auf Ihrem Gesicht ähnelte in meiner Vorstellung sehr dem eines frauenraubenden Höhlenmenschen. Noch ein Augenblick, und Sie wären gewalttätig geworden.«

»Dann bitte ich Sie um Verzeihung. Ich ahnte nicht ...«

»Hier, jetzt machen Sie wieder alles kaputt! Ich ... ich ... mir gefiel das ganz gut. Erinnern Sie sich nicht, daß ich auch ein Höhlenmensch war, als ich die Peitsche über Ihrem Kopf geschwungen habe?

Aber ich bin noch nicht fertig mit Ihnen, Herr Doppelgesicht, auch wenn Sie sich aus dem Schlachtfeld zurückgezogen haben.« Ihre Augen glänzten unheilverkündend, und auf ihren Wangen bildeten sich kleine Lachfältchen. »Ich habe vor, Ihnen die Maske herunterzureißen.«

»Ich bin wie Ton in der Hand des Töpfers«, antwortete er demütig.

»Dann müssen Sie mehrere Dinge bedenken. Zuerst, als ich ganz kleinlaut und bereuend war, haben Sie es mir leicht gemacht, indem Sie gesagt haben, Sie könnten mein Verhalten nur deshalb verurteilen, weil es gesellschaftlich unklug war. Wissen Sie noch?«

Corliss nickte.

»Dann, gleich nachdem Sie mich als Jesuit gebrandmarkt haben, brachte ich das Gespräch auf Lucile und sagte, daß ich das sehen will, was ich sehen kann.«

Wieder nickte er.

»Und genau wie erwartet, konnte ich es sehen. Denn innerhalb weniger Minuten fingen Sie an, von Befleckung zu reden, von Verseuchung und im Schlamm matschen. Und das alles in Beziehung auf mich. Sie haben von zwei Möglichkeiten gesprochen, Sir. Sie können nur eine befolgen, und ich bin sicher, Sie wählen die zweite. Nicht wahr, es stimmt? Sie tun es. Und geben Sie zu, daß Sie unernsthaft wären, wenn Sie mein Verhalten nur vom gesellschaftlichen Standpunkt aus unklug fänden. Ich mag Ernsthaftigkeit.«

»Ja«, begann er, »ich war unbewußt nicht ernsthaft. Aber das habe ich erst bemerkt, nachdem Sie mir die Sache weiter auseinandergesetzt haben. Ganz gleich, was Sie sagen, Frona, meine Vorstellung von einer Frau verbietet ihr, sich mit dem Laster zu befassen.«

»Aber können wir nicht wie die Götter sein, die auch Gut und Böse kennen?«

»Aber wir sind keine Götter«, sagte er und schüttelte traurig den Kopf.

»Nur die Männer also?«

»Das ist dieses neumodische Geschwätz der Frauen«, mißbilligte er. »Gleiche Rechte, Stimmrecht und so weiter.«

»Oh, nein!« protestierte sie. »Sie werden mich nicht verstehen, Sie können es nicht. Ich bin keine Frauenrechtlerin, und ich trete nicht für die ›neue Frau‹ ein, sondern für die neue Weiblichkeit. Denn ich glaube, ich bin ernsthaft. Ich will natürlich sein, aufrichtig und treu. Und weil ich mit mir selbst im Einklang bin, ziehen Sie es vor, mich mißzuverstehen und falsche Schlußfolgerungen daraus zu ziehen. Ich versuche, konsequent zu sein, und ich glaube, erfolgreich; aber Sie sehen in meiner Konsequenz weder Reim noch Vernunft. Vielleicht kommt es daher, daß Sie keine konsequenten, natürlichen Frauen kennen; denn wahrscheinlich kennen Sie nur diese Treibhauspflanzen, hübsche, hilflose, wohlgerundete und gutgepolsterte kleine Dinger, von gesegneter Unschuld und geradezu krimineller Unwissenheit. Sie sind weder natürlich noch stark, und sie können auch keine natürlichen und starken Menschen gebären.«

Sie hielt inne. Jemand betrat die Halle, und schwere, mokassinbewehrte Schritte kamen näher.

»Wir sind Freunde«, fügte sie schnell hinzu, und Corliss antwortete mit den Augen.

»Stör' ich, wie?« Dave Harney grinste voller Zweideutigkeit und blickte sich abschätzend um, bevor er ihnen die Hände schüttelte.

»Überhaupt nicht«, antwortete Corliss. »Wir haben uns gegenseitig gelangweilt und uns danach gesehnt, daß jemand hereinschauen würde. Hätten Sie's nicht getan, wären wir sicher bald in Streit geraten, nicht wahr, Miss Welse?«

»Ich glaube, er hat die Situation nicht zutreffend geschildert«, lächelte sie zurück. »Tatsächlich hatten wir bereits begonnen, uns zu streiten.«

»Sie sehen ein wenig nervös aus«, kritisierte Harney und ließ seinen schlaksigen Körper auf das Sofa fallen.

»Wie sieht es mit der Hungersnot aus?« fragte Corliss. »Gibt es schon öffentliche Hilfe?«

»Es wird keine nötig sein. Miss Fronas alter Herr war zu schnell. Hat ihnen höllische Angst gemacht, glaub ich. Dreitausend sind übers Eis und haben sich in Sicherheit gebracht, und halb so viel haben sich auf ihre Vorräte gestürzt. Grad so, wie Welse sich's gedacht hat: Alle haben drauf spekuliert, daß die Preise steigen und haben so viele Lebensmittel aufgekauft und gehortet wie möglich. Die, die nix hatten, haben Angst gekriegt un' sin' nach Salt Water abgehau'n, die ganze Sippschaft, mit allen Hunden. Sagen Sie«, er setzte sich feierlich hin, »was die Hunde angeht. Im Frühjahr, wenn die großen Transporte wieder angehen, werden sie unerhört im Preis steigen. Ich hab' schon hundert gesammelt, und ich rech'n mir aus, daß ich an jedem hundert Dollar verdien'.«

»Glauben Sie?«

»Glaub' ich. Bin ich sicher, ja. Unter uns drei'n, vertraulich, nächste Woche schick' ich 'n paar Kerle hinunter ins Flachland, um fünfhundert der besten Huskies zu kaufen, die sie finden können. Ich glaub', ja! Ich hab' meine Beine schon zu lang hier im Land, als daß man mich überraschen könnt'.«

Frona brach in Gelachter aus. »Aber beim Zucker haben Sie verloren, Dave.«

»Ach, ich weiß nich'«, erwiderte er selbstzufrieden. »Da fällt mir ein, daß ich 'ne Zeitung hab', erst vier Wochen alt, den ›Seattle Post-Intelligencer‹.«

»Haben die Vereinigten Staaten und Spanien ...«

»Nich' so schnell, nich' so schnell!« Der lange Yankee wedelte mit den Armen, um Frona zum Schweigen zu bringen, deren Frage der von Corliss auf dem Fuße folgen wollte.

»Aber Sie haben sie gelesen?« fragten sie beide.

»Un' wie, jede Zeile, Anzeigen un' alles.«

»Dann sagen Sie mir«, sagte Frona, »ob ...«

»Jetzt seien Sie still, Miss Frona, bis ich der Reihe nach erzählt hab'. Die Zeitung hat mich fünfzig Dollar gekostet – ich hab' den Mann abgefangen, als er oberhalb von Klondike City um die Kurve kam, und hab'se auf der Stelle gekauft. Der Dummkopf hätt' hundert dafür kriegen können, wenn er hätt' abwarten können, bis er in der Stadt is' ...«

»Aber was steht denn drin? Haben ...«

»Wie ich schon sagte, das Papier hat mich fünfzig Dollar gekostet. Es ist das einzige Exemplar, das hereinkommt. Alle kommen fast um vor Neugier. Drum hab' ich eine ausgewählte Gruppe hier zu Ihnen, Miss Frona, eingeladen, für heute abend. Das is' der einzige Ort, der in Frage kommt. Da können sie's laut vorlesen, abwechselnd, solange sie wollen, oder bis sie müde sind – das heißt, wenn Sie einverstanden sind, daß wir das hier machen.«

»Wieso, natürlich, sie sind willkommen. Es ist sehr freundlich von Ihnen ...«

Er wehrte ihr Lob ab. »Genau wie ich's gedacht hatt'.

Jetzt ist es also so, daß ich beim Zucker verloren hab', haben Sie gesagt. Heute abend aber muß jeder Mutter Sohn und Tochter, die einen Blick in die Zeitung werfen wollen, mit fünf Tassen Zucker auftauchen. Verstehn Se? Fünf Tassen – große Tassen, weiße oder braune, viereckige – ich nehm' auch ihre Schuldscheine an und schick morgen einen Jungen zu ihren Hütten, um es einzusammeln.«

Frona machte ein verdutztes Gesicht, als er das erzählte, dann begann sie zu lachen. »Wenn das kein Witz ist! Das gibt bestimmt ein Aufsehen! Heute abend, Dave? Bestimmt heute abend?«

»Bestimmt. Sie dürfen natürlich umsonst rein, weil Sie den Salon dafür hergeben.«

»Aber Papa muß seine fünf Tassen bezahlen. Darauf müssen Sie bestehen, Dave.«

Daves Augen zwinkerten zustimmend. »Ich werd's ihm heimzahlen, da können Sie sicher sein!«

»Und ich bringe ihn dazu«, versprach sie, »daß er hinter Dave Harneys Karren herläuft.«

»Zuckerkarren«, schlug Dave vor. »Un' morgen abend werd' ich die Zeitung in den Saloon mitnehmen. Dann is' se zwar nich' mehr frisch, dafür können se billig 'rein, eine Tasse wird wohl das richtige sein.« Er setzte sich auf und knackte prahlerisch mit den Knöcheln. »Seit der Fluß zu ist, hab' ich noch keinen Tag verloren; und selbst wenn Se die ganze Nacht aufbleiben, sin' Se am Morgen doch nicht früh genug dran, um Dave Harney zu überholen – nich' mal beim Zucker.«

11

In der Ecke lehnte Vance Corliss am Klavier und unterhielt sich mit Oberst Trethaway, der trotz seiner über sechzig Jahre und seiner weißen Haare eine jugendliche Erscheinung war – so scharfäugig, drahtig und schlank sah er aus. Er war ein Veteran unter den Bergbauingenieuren, mit einer Liste von erfolgreichen Unternehmungen, die ihn an die Spitze seines Berufes setzte. Er vertrat amerikanische Interessen, ebenso wie Corliss britische. Zwischen beiden hatte sich nicht nur eine herzliche Freundschaft entwickelt, sondern sie waren sich auch auf geschäftlichem Gebiet gegenseitig eine große Hilfe. Und es war gut, daß sie zusammenarbeiteten – ein Paar, das das mächtige Kapital in der Hand hatte und lenken konnte, das zwei Nationen zur Entwicklung des Landes am Pol beigesteuert hatte.

Der überfüllte Raum war von dicken Tabakschwaden durchzogen. Hundert oder mehr Männer, in Felle und Wolle mit warmen Farben gekleidet, standen an den Wänden und beobachteten die Szenerie. Aber das gedämpfte Murmeln ihrer Unterhaltung zerstörte das Absonderliche dieses Bildes und verlieh ihm den Ton allgemeiner Kameradschaft. Trotz der bizarren Äußerlichkeiten wirkte es eher wie das Wohnzimmer eines Hauses, wenn die Mitglieder des Haushalts nach der Tagesarbeit zusammenkommen. Kerosinlampen und Talglichter glommen schwach in der trüben Luft, und große Öfen glänzten weiß und rot voller Geschäftigkeit.

Auf der Tanzfläche hüpften etwa zwanzig Paare im Rhythmus der schwungvollen Walzermusik. Es gab hier keine gestärkten Hemden und Smokings. Die Männer trugen ihre Wolfs- und Biberfellmützen, die Ohrenklappen flogen frei um die Köpfe, und ihre Füße waren in Elch- und Walroßhäute gekleidet. Die eine oder andere Frau trug ebenfalls Mokassins, während die meisten in dünnen Tanzschuhen aus Seide und Satin tanzten. Am einen Ende des Saales erlaubte eine große, offene Flügeltür den Blick in einen anderen großen Raum, wo die Menge noch dichter stand. Aus diesem Raum konnte man in den Pausen der Musik das Knallen von Korken und Gläserklirren hören, begleitet von einem ständigen Klicken und Klappern von Chips und Roulette-Kugeln.

Die kleine Tür im Hintergrund öffnete sich, und eine Frau in Pelzmantel und Muff trat ein und brachte eine kalte Welle herein. Die Kälte formte sich in der Wärme zu einer nebligen Wolke, die dicht am Boden die Füße der

Tänzer verhüllte, wirbelte und sich wand, bis die Hitze sie aufgesogen hatte.

»Eine richtige Eiskönigin, meine Lucile«, sprach sie Oberst Trethaway an.

Sie schüttelte den Kopf und lachte, und während sie Cape und Straßenmokassins auszog, plauderte sie fröhlich mit ihm. Von Corliss nahm. sie keine Notiz, obwohl er nur einen Schritt von ihr entfernt stand. Ein halbes Dutzend Männer wartete geduldig in einer kleinen Entfernung, bis sie ihre Unterhaltung mit dem Obersten beendet hatte. Das Klavier und die Geige spielten die einleitenden Takte zu einem schottischen Tanz, und sie drehte sich um und wollte gehen. Ein plötzlicher Impuls ließ Corliss auf sie zutreten. Es war vollkommen ungeplant; nie hätte er sich träumen lassen, das zu tun.

»Es tut mir sehr leid«, sagte er.

Ihre Augen blitzten ihn ärgerlich an, als sie sich umdrehte.

»Es ist mir ernst«, sagte er und streckte die Hand aus. »Es tut mir sehr leid. Ich war ein Rüpel und ein Feigling. Wollen Sie mir vergeben?«

Sie zögerte, und mit der Klugheit, die aus der Erfahrung kommt, suchte sie nach dem Hintergedanken. Dann wurden ihre Züge weich, und sie ergriff seine Hand. Ein warmer Schimmer legte sich über ihre Augen. »Danke«, sagte sie.

Die wartenden Männer waren ungeduldig geworden, und sie wirbelte in den Armen eines hübschen Burschen mit einer auffallenden gelben Sibir-Wolfkappe über die Tanzfläche. Corliss kam zu seinem Gefährten zurück. Er fühlte sich auf unerklärliche Weise gut und wunderte sich über das, was er getan hatte.

»Es ist eine verdammte Schande.« Der Oberst folgte mit seinen Augen Lucile, und Vance sah, was er meinte. »Corliss, ich hab' meine sechzig Jahre schon gelebt, und gut gelebt, und wissen Sie was? Die Frauen sind für mich ein größeres Geheimnis als je zuvor. Schauen Sie, schauen Sie sie alle an!« Mit einem Blick umfaßte er die ganze Szene. »Schmetterlinge, Bruchstücke von Licht und Gesang und Lachen, und sie tanzen, tanzen hinunter bis in die letzte dunkelste Ecke der Hölle. Nicht nur Lucile, sondern alle. Schauen Sie sich May an, dort, mit dem Profil einer Madonna und der Sprache eines Rinnstein-Teufels. Und Myrtle – eine von Gainsboroughs alten englischen Schönheiten, die von der Leinwand heruntergestiegen ist, um das Jahrhundert hier in Dawson in Aufruhr zu beenden. Und Laura, dort drüben, würde sie nicht eine gute Mutter abgeben? Können Sie sich das Kind in ihrer Armbeuge vor dem Busen vorstellen? Natürlich sind sie das Beste aus der Suppe – ein neues Land zieht immer die Besten an –, aber irgendwas ist falsch, Corliss! Die Hitze des Lebens ist mit meinen Jahren vergangen, und mein Blick ist genauer und sicherer geworden. Es scheint mir, als müsse ein neuer Christus erscheinen und eine neue Heilslehre verkünden – wirtschaftlich oder gesellschaftlich – in diesen Tagen ist das egal, solange nur gepredigt wird! Die Welt braucht es.«

Der Raum wurde öfters von plötzlichen Menschenwellen erfaßt, und zwar besonders zwischen den Tänzen, wenn die Feiernden durch die große Tür dorthin strömten, wo die Korken knallten und die Gläser klirrten. Oberst Trethaway und Corliss folgten der nächsten Ebbe bis zur Bar, wo an die fünfzig Männer und Frauen standen. Sie kamen neben Lucile und dem Burschen in der gelben Wolfspelzmütze zu stehen. Er war ohne Zweifel hübsch, und sein Anblick gewann noch durch besonders rote Wangen und ein gewisses weiches Feuer in den Augen. Er war eigentlich nicht betrunken, denn er hatte seine Bewegungen unter vollkommener Kontrolle; aber sein Geist war deutlich vom Saft der Reben beflügelt. Seine Stimme war fröhlich und ein kleines bißchen lauter als gewöhnlich, seine Zunge schnell und witzig – er war genau in jenem unsicheren Zustand, wo sowohl Sünden als auch Tugenden sich ganz besonders stark auswirken.

Als er sein Glas hob, stieß der Mann neben ihm versehentlich an seinen Arm. Er schüttelte den Wein vom Ärmel und sagte, was er dachte. Es war kein freundlicher Ausdruck, sondern einer, mit dem unter normalen Umständen der Kampfgeist angeregt wird. Der des anderen Mannes wurde in der Tat angeregt, denn seine Faust landete mit genügender Kraft unter der Wolfspelzmütze, um deren Besitzer gegen Corliss taumeln zu lassen. Der Beleidigte stieß bei seinem Angriff sofort nach. Die Frauen glitten zur Seite und ließen den Männern freien Raum. Einige Männer waren fürs Eingreifen und einige fürs Platzmachen und faires Spiel.

Die Wolfspelzmütze tat nichts, um den Kampf fortzusetzen oder sich dem Zorn zu stellen, den er hervorgerufen hatte, sondern versuchte, indem er sein Gesicht mit den Händen schützte, sich zurückzuziehen. Die Menge rief ihm zu, sich zu stellen und zu kämpfen. Er zwang sich zu dem Versuch, gab aber nach, sobald der andere ihm näherkam, und duckte sich.

»Lassen Sie ihn. Er verdient es«, rief der Oberst Vance zu, als dieser Anstalten machte einzugreifen. »Er wird nicht kämpfen. Wenn er es täte, könnte ich ihm, glaube ich, fast vergeben.«

»Aber ich kann nicht zuschauen, wie er zusammengeschlagen wird«, entgegnete Vance. »Wenn er wenigstens aufstehen würde, dann würde es nicht so brutal aussehen.«

Das Blut lief ihm aus der Nase, und über einem Auge klaffte ein kleiner Schnitt, als Corliss dazwischensprang. Er versuchte, die beiden Männer auseinanderzuhalten, aber weil er sich zu stark gegen die wilde Person stemmte, brachte er ihn aus dem Gleichgewicht und warf ihn zu Boden. Jeder Mann hat Freude bei einer Schlägerei in einer Bar, und bevor Vance wußte, was geschah, wurde er von einem Schlag eines Freundes des Mannes, den er zu Fall gebracht hatte, ins Wanken gebracht. Del Bishop, der eingriff, ließ einen Schlag gegen den Mann los, der seinen Herrn angegriffen hatte, und der Kampf weitete sich aus. Die Menge ergriff sofort Partei und ging zu Werke.

Oberst Trethaway vergaß, daß die Hitze des Lebens vorüber war und tanzte, mit einem dreibeinigen Stuhl in der Hand, behende in den Streit. Zwei Mitglieder der berittenen Polizei, die Ausgang hatten, gesellten sich zu ihm, und zusammen mit einem halben Dutzend anderer schützten sie den Mann mit der Wolfspelzmütze.

Obwohl wild und lärmend, war es doch nur eine örtliche Störung. Am entfernten Ende der Theke schenkten die Kellner immer noch Drinks aus, und im nächsten Raum spielte die Musik, und die Tänzer vergnügten sich. Die Spieler ließen sich nicht stören, und nur an den vordersten Tischen kam ein leichtes Interesse an der Angelegenheit auf.

»Schlagt sie nieder und werft sie raus!« grinste Del Bishop, als er sich Schulter an Schulter mit Corliss ein wenig Raum geschaffen hatte.

Corliss grinste zurück, begegnete dem Angriff eines stämmigen Hundetreibers mit einem Klammergriff und lag plötzlich auf ihm, inmitten der stampfenden Füße. Er fühlte sich nähergezogen und spürte, wie sich die Zähne des Burschen in sein Ohr gruben. Wie ein Blitz sah er seine gesamte Zukunft vor sich und sah sich schon einohrig durch sein weiteres Leben gehen, und im selben Blitz, als wäre er vom ersten angefeuert, langten seine Daumen in die Augen des Mannes und drückten fest auf die Augäpfel. Männer fielen über sie und trampelten auf ihnen herum, aber es schien alles sehr gedämpft und weit entfernt. Er wußte nur, daß die Zähne des Mannes, als er mit seinen Daumen zudrückte, etwas nachließen. Er verstärkte den Druck (noch ein wenig, und der Mann wäre blind gewesen), und die Zähne gingen auseinander und gaben ihn frei.

Danach, als er aus dem Durcheinander herausgekrochen war und sich direkt an der Bar aufrichtete, hatte ihn alle Abneigung gegen das Kämpfen verlassen. Er merkte, daß er den anderen Männern glich, und der drohende Verlust eines Teils seiner Anatomie hatte zwanzig Jahre an Erziehung abgestreift. Spiel ohne Einsatz ist ein schales Vergnügen, und Corliss entdeckte ebenfalls, daß das warme Blut, das man sich in der sauberen Turnhalle verschaffen kann, etwas ganz anderes ist, als jenes, das durch die Adern pulst, wenn Sehne auf Sehne und Fleisch auf Fleisch treffen und das Leben oder Gliedmaßen der Einsatz sind. Als er sich mit Hilfe der Thekenstange auf die Beine zog, sah er, daß ein Mann in einem Eichhörnchenfell–Parka einen Bierkrug hob, um ihn auf Trethaway zu schleudern, der einige Schritt weit entfernt stand. Die Finger, die sonst mehr an Reagenzgläser und Wasserfarben gewöhnt waren, schlossen sich zur harten Faust, die den Krugschleuderer genau auf die Kinnspitze traf. Der ließ einfach den Krug und sich selbst zu Boden fallen. Vance stand einen Augenblick wie betäubt, dann wurde ihm klar, daß er zum ersten Mal in seinem Leben einen Mann bewußtlos geschlagen hatte, und ein freudiges Gefühl durchfuhr ihn.

Oberst Trethaway dankte ihm mit einem Blick und rief: »Raus! Zur Tür, Corliss, zur Tür!«

Es war noch ein ziemlicher Kampf, bevor die Feuerausgänge geöffnet werden konnten; aber der Oberst, der immer noch den dreibeinigen Hocker festhielt, zerstreute effektvoll die Gegner dieses Vorhabens, und die Stätte der Vergnügung spie ihren turbulenten Inhalt auf die Straße. Nachdem dies geschehen war, hörten die Feindseligkeiten auf, wie es bei solchen Kämpfen oft der Fall ist, und die Menge zerstreute sich. Die beiden Polizisten gingen hinein, um die Ordnung wiederherzustellen; der Rest ihrer Verbündeten begleitete sie. Corliss und der Oberst, gefolgt von der Wolfspelzmütze und Del Bishop, gingen die Straße hinauf.

»Blut und Schweiß! Blut und Schweiß!« rief der Oberst begeistert. »Da soll noch mal jemand sagen, ich sei alt und hätte keinen Schneid mehr! Ich bin zwanzig Jahre jünger geworden heute! Corliss, geben Sie mir ihre Hand. Ich beglückwünsche Sie, wirklich, von ganzem Herzen! Um die Wahrheit zu sagen, ich hätte nicht gedacht, daß das in Ihnen steckt. Sie sind eine Überraschung für mich, eine Überraschung!«

»Für mich selbst auch«, antwortete Corliss. Die Reaktion hatte eingesetzt, und er fühlte sich krank und schwach. »Und Sie selbst sind auch eine Überraschung. Wie Sie mit diesem Hocker ...«

»Ja, stimmt. Ich schmeichle mir, daß ich damit ganz gut

umgegangen bin. Haben Sie gesehen – na, schauen Sie ihn sich an!« Er hielt die fragliche Waffe hoch, die er immer noch in der Hand hielt, und stimmte in das Gelächter ein.

»Wem habe ich zu danken, meine Herren?«

Sie hatten an der Ecke angehalten, und der Mann, den sie verteidigt hatten, streckte die Hand aus.

»Ich heiße St. Vincent«, fuhr er fort, »und ...«

»Wie war das?« Del Bishop zeigte erhöhtes Interesse.

»St. Vincent, Gregory St. Vincent ...«

Bishops Faust schoß vor, und Gregory St. Vincent fiel schwer in den Schnee. Der Oberst hob instinktiv den Hocker, dann half er Corliss, den Goldgräber zurückzuhalten.

»Sie sind verrückt, Mann?« fragte ihn Corliss.

»Dieses Stinktier! Ich wollte, ich hätte ihn besser getroffen!« war die Antwort. Dann: »Ist schon gut. Lassen Sie mich los. Ich werd ihn nicht mehr schlagen. Lassen Sie mich, ich geh heim. Gute Nacht.«

Als sie St. Vincent auf die Beine halfen, hätte Vance schwören können, daß der Oberst kicherte. Er gab das später auch zu, als er erklärte: »Es war so komisch und unerwartet.« Aber er machte es damit gut, daß er sich erbot, St. Vincent nach Hause zu bringen.

»Aber warum haben Sie ihn geschlagen?« fragte Corliss unbeirrt zum vierten Mal, nachdem er seine Hütte betreten hatte.

»Dieses gemeine, kriechende Stinktier!« grummelte der Goldgräber unter seinen Decken. »Warum haben Sie mich zurückgehalten? Ich wollte, ich hätte ihn doppelt so stark getroffen!«

12

»Mr. Harney, ich bin erfreut, Sie kennenzulernen. Dave, glaube ich, Dave Harney?« Dave Harney nickte, und Gregory St. Vincent drehte sich zu Frona um. »Sehen Sie,

Miss Frona, die Welt ist nicht sehr groß. Mr. Harney und ich sind uns nicht fremd.«

Der Eldorado-König betrachtete prüfend die Züge des anderen, bis er sich plötzlich erinnerte. »Warten Sie«, rief er, als St. Vincent sprechen wollte, »ich habe den Finger drauf. Sie hatten damals keinen Bart. Moment ... '86, dann Herbst '87, Sommer '88 ... ja, da war's. Im Sommer 1888 kam ich mit einem Floß aus dem Stewart River, vollgepackt mit Elchhäuten, die ich im Flachland verkaufen wollte, bevor sie schlecht wurden. Ja, und Sie kamen den Yukon runter, in einem Linderman-Boot ... Und ich behauptete, es sei Mittwoch, und mein Partner sagte, es sei Freitag, und Sie haben uns auf die richtige Spur gebracht – Sonntag, glaub' ich, war es. Ja, Sonntag! Vor neun Jahren! Und dann haben wir Elchsteak gegen Mehl und Soda und ... und ... Zucker, ja, Zucker getauscht. Potzblitz! Ich bin froh, Sie zu sehen!«

Er streckte die Hand aus, und sie begrüßten sich erneut.

»Kommen Sie mal vorbei und besuchen Sie mich«, sagte Harney, als er sich zum Weitergehen wandte. »Ich hab' da ein hübsches kleines Hüttchen oben am Berg, und noch eins am Claim. Die Schnur ist immer lose. Kommen Sie, und bleiben Sie so lange, wie Sie wollen. Tut mir leid, daß ich's so eilig hab, aber ich muß zur Musikhalle und meine Steuern eintreiben – Zucker. Miss Frona wird's Ihnen erklären.«

»Sie sind eine Überraschung, Mr. St. Vincent«, kam Frona auf den Punkt ihres Interesses zurück, nachdem sie kurz Harneys Schwierigkeiten mit dem süßen Stoff erklärt hatte. »Das Land muß vor neun Jahren ja wirklich eine Wildnis gewesen sein, und wenn ich daran denke, daß Sie in jener frühen Zeit da durchgereist sind ... Erzählen Sie mir davon!«

Gregory St. Vincent zuckte die Schultern. »Da gibt es nicht viel zu erzählen. Es war ein unschöner Mißerfolg, mit vielen unangenehmen Dingen gefüllt, und es ist nichts dabei, worauf man stolz sein könnte.«

»Aber so erzählen Sie doch! Ich höre gerne solche

Dinge. Sie erscheinen einem näher und wahrer als die alltäglichen Ereignisse. Ein Mißerfolg, wie Sie es nannten, beinhaltet etwas, das man versucht hat. Was haben Sie versucht?«

Er bemerkte ihr offenes Interesse mit Befriedigung. »Nun, wenn Sie wollen, so kann ich in wenigen Worten alles erzählen, was es da zu erzählen gibt. Ich hatte die verrückte Idee im Kopf, einen neuen Weg um die Erde zu finden, und im Interesse von Wissenschaft und Journalismus – besonders Journalismus – schlug ich vor, Alaska zu durchqueren, die Bering-See auf dem Eis zu überqueren und durch Nordsibirien nach Europa zu reisen. Es war ein ausgezeichnetes Unternehmen, da das meiste jungfräuliches Gebiet war, aber leider habe ich es nicht geschafft. Ich bin gut über die Meerenge gekommen, aber in Ostsibirien habe ich Probleme bekommen – schuld ist nur der alte Tamerlan; jedenfalls ist das die Entschuldigung, die ich mir zurechtgelegt habe.«

»Ein Odysseus!« Mrs. Schoville klatschte in die Hände und faltete sie dann. »Ein moderner Odysseus! Wie romantisch!«

»Aber kein Othello«, warf Frona ein. »Seine Zunge ist ein Faulpelz. Sie läßt einen an der spannendsten Stelle mit einem rätselhaften Hinweis auf einen Mann eines vergangenen Zeitalters sitzen. Sie machen sich einen unfairen Spaß daraus, mit unserer Neugier zu spielen, und wir werden unglücklich sein, bis Sie uns erzählt haben, wie dieser Tamerlan Ihre Reise zu einem vorzeitigen Ende gebracht hat.«

Er lachte und bequemte sich dazu, von seinem Reisen zu erzählen. »Als Tamerlan mit Feuer und Schwert Ostasien überrannte, wurden Staaten zerrissen, Städte zerstört und Stämme wie Staub fortgeblasen. Tatsächlich wurden viele Völker in einer breiten Front über das Land getrieben. Sie flohen vor der wahnsinnigen Mordlust der Eroberer, schwenkten nach Norden und Osten, weit nach Sibirien hinein, und rahmten das Polarmeer mit einem Ring mongolischer Stammesniederlassungen ein – ich langweile Sie doch nicht?«

»Nein, nein!« rief Mrs. Schoville aus. »Es ist faszinierend! Was Sie erzählen, ist so lebendig! Es erinnert mich an ... an ...«

»An Macaulay«, lachte St. Vincent. »Sie wissen, daß ich Journalist bin, und er hat meinen Stil stark beeinflußt. Aber ich verspreche Ihnen, daß ich mich etwas zurückhalten werde. Jedenfalls, um wieder auf meine Reise zurückzukommen – gäbe es diese Mongolenstämme nicht, dann wäre ich nicht aufgehalten worden. Ich wäre nicht gezwungen gewesen, eine schmierige Prinzessin zu heiraten und mich in Stammesfehden und beim Rentierstehlen hervorzutun. Ich wäre statt dessen leicht und friedlich nach St. Petersburg gereist.«

»Oh, diese Helden! Sind sie nicht atemberaubend, Frona? Aber was war da mit dem Rentierstehlen und den schmierigen Prinzessinnen?«

Die Frau des Goldhändlers strahlte ihn an, und nachdem er Frona mit Blicken um Erlaubnis gebeten hatte, fuhr er fort.

»Die Menschen an der Küste waren Eskimos, frohe Naturen, glücklich und friedlich. Sie nannten sich selbst Ukilion oder Meeresleute. Ich kaufte bei ihnen Hunde und Proviant, und sie behandelten mich tadellos. Aber sie waren Untertanen der Chow Chuen oder Landleute, die als die Hirschleute bekannt waren. Die Chow Chuen waren eine wilde, unbezähmbare Rasse, mit der ganzen Wildheit des unzivilisierten Mongolen und der doppelten Bosheit. Sobald ich die Küste verließ, überfielen sie mich, nahmen meine Sachen weg und machten mich zum Sklaven.«

»Aber gab es da keine Russen?« fragte Mrs. Schoville.

»Russen? Unter den Chow Chuen?« Er lachte amüsiert. »Geographisch gesehen leben sie zwar im Reich des Zaren, nicht aber politisch. Ich bezweifle, daß sie je von ihm gehört haben. Bedenken Sie, daß das Innere von Nordostsibirien in der Polarnacht versteckt liegt, eine terra incognita, in das wenige Ausländer je gekommen sind, und von wo keiner zurückgekehrt ist.«

»Aber Sie ...«

»Ich bin vermutlich die einzige Ausnahme. Warum ich es überlebt habe, weiß ich nicht. Es geschah eben. Zuerst wurde ich übel behandelt, von den Weibern und Kindern geschlagen, in räudige, ungezieferbefallene Felle gekleidet und mit Abfällen ernährt. Sie waren völlig herzlos. Ich weiß nicht, weshalb ich nicht gestorben bin; aber ich weiß, daß ich immer wieder an Selbstmord gedacht habe. Was mich jene Periode durchstehen ließ, war die Tatsache, daß ich zu abgestumpft und tierisch wurde, um mir das Leben zu nehmen. Durch mein Leiden, den Hunger, halb erfroren, unter unzähligen Mißhandlungen und Härten, wieder und wieder bis zur Bewußtlosigkeit geschlagen, wurde ich selbst zum Tier.

Heute kommt mir vieles wie ein Traum vor. Es gibt Lükken, die meine Erinnerung nicht mehr füllen kann. Ich habe eine schwache Erinnerung daran, daß ich an einen Schlitten gebunden wurde und von Lager zu Lager, von Stamm zu Stamm geschleppt wurde. Vermutlich wurde ich als Ausstellungsstück so herumgezeigt, wie wir Löwen, Elefanten und Wilde ausstellen. Wie weit ich so in dem öden Land herumtransportiert wurde, weiß ich nicht, aber es müssen wohl Tausende von Meilen gewesen sein. Ich weiß nur, daß ich, als mein Bewußtsein wiederkehrte und ich wieder ich selbst wurde, volle tausend Meilen westlich von dem Punkt war, an dem ich gefangengenommen worden war.

Es war Frühling, und es kam mir vor, als würde ich plötzlich aus einer vergessenen Vergangenheit heraus meine Augen öffnen. Ein Riemen aus Rentierhaut war um meine Hüfte geschlungen und an das Ende eines Schlittens gebunden. Diesen Riemen packte ich mit beiden Händen wie der Affe eines Leierkastenmanns; mein Fleisch war wund und hatte sich entzündet, wo der Riemen eingeschnitten hatte.

Ich entwickelte eine niedrige Schläue und gab mich freundlich und unterwürfig. In dieser Nacht tanzte und sang ich, und ich tat mein Bestes, um sie zu unterhalten, denn ich war entschlossen, diese Mißhandlungen, die mich ins Dunkel gezwungen hatten, nicht länger zu ertragen. Zum Glück war es so, daß die Hirschleute mit den Meeresleuten handelten, und die wiederum mit den Weißen, besonders den Walfängern. Etwas später entdeckte ich, daß eine der Frauen ein Kartenspiel besaß, und mit einigen einfachen Kartentricks gelang es mir, die Chow Chuen zu verblüffen. Indem ich noch ein wenig feierlich tat, probierte ich an ihnen das aus, was ich an Taschenspielertricks kannte. Ergebnis: Ich wurde sofort geachtet, besser ernährt und besser gekleidet.

Um es kurz zu machen: Langsam wurde ich eine wichtige Person. Zuerst kamen die alten Leute und die Frauen zu mir und fragten mich um Rat und später die Häuptlinge. Meine geringen aber praktischen Kenntnisse in Medizin und Chirurgie kamen mir zustatten, und bald wurde ich unentbehrlich. Vom Sklaven arbeitete ich mich hoch zu einem Sitz im Rat der Weisen, und sobald ich ihre Sitten kennengelernt hatte, wurde ich eine unangefochtene Autorität.

Rentiere waren ihr Tauschmittel, ihre Werteinheit, und wir waren fast ständig damit beschäftigt, bei benachbarten Klans Vieh zu stehlen oder unser eigenes gegen die Überfälle der anderen zu schützen. Ich schaffte es, ihre Methoden zu verbessern, sie bessere Strategie und Taktik zu lehren, und ich brachte ein Tempo und eine Überraschung in ihre Aktionen, denen kein Nachbarstamm etwas entgegenzusetzen hatte.

Aber trotzdem, trotz meiner Macht, war ich meiner Freiheit kein Stück nähergekommen. Es war zum Lachen, denn ich hatte mich selbst übertroffen und mich zu kostbar gemacht. Sie behandelten mich jetzt mit nicht zu überbietender Freundlichkeit, aber gleichzeitig hüteten sie mich wie ihren Augapfel. Ich konnte kommen und gehen, wann ich wollte, und ich konnte ohne Einschränkung Befehle erteilen, aber wenn die Handelstrupps zur Küste gingen, durfte ich sie nicht begleiten. Das war die einzige Einschränkung meiner Bewegungsfreiheit.

An der Spitze ist es auch sehr wackelig, und als ich begann, ihre politischen Strukturen zu ändern, bekam ich wieder Schwierigkeiten. Beim Zusammenschluß von zwanzig oder mehr Stämmen, um Reibereien beizulegen, wurde mir die Oberherrschaft über den Bund übertragen.

Aber der alte Pi-Une war der mächtigste der Unterhäuptlinge – eine Art König –, und obwohl er seine Macht an die oberste Führung abgab, verweigerte er ihr die Ehrerbietung. Das mindeste, was ich tun konnte, um ihn zu versöhnen, war, daß ich seine Tochter Ilswunga heiratete. Er forderte es geradezu. Ich bot an, den Vorsitz über den Bund abzutreten, aber er wollte nichts davon hören. Und so ...«

»Und so?« fieberte Mrs. Schoville dem Fortgang der Ereignisse entgegen.

»Und so heiratete ich Ilswunga, was in der Chow-Chuen-Sprache ›Wilder Hirsch‹ heißt. Arme Ilswunga! Sie war wie Swinburnes Isolde von Britannien und ich wie Tristan! Das letzte, was ich von ihr sah, war, wie sie in der Mission in Irkutsk Solitär spielte und sich standhaft weigerte, ein Bad zu nehmen.«

»Oh, Hilfe! Es ist zehn Uhr!« rief Mrs. Schoville plötzlich, deren Ehemann es endlich geschafft hatte, quer durch den Raum ihren Blick zu erhaschen. »Es tut mir so leid, daß ich nicht bleiben und den Rest der Geschichte hören kann, wie Sie entkommen sind und so weiter. Aber Sie müssen mich besuchen! Ich sterbe vor Neugier!«

»Und ich habe Sie für einen Neuling gehalten, einen ›chechaquo‹«, sagte Frona leise, als St. Vincent die Ohrenklappen seiner Mütze band und den Kragen hochschlug, um zu gehen.

»Ich hasse es, etwas vorzuspielen«, antwortete er und traf genau ihren Ton. »Es schmeckt nach Unernsthaftigkeit; es ist in Wirklichkeit falsch. Und es ist nur zu leicht, da hineinzurutschen. Schauen Sie die ›old-timers‹ an – ›Sauerteig‹ nennen sie sich stolz, nur weil sie ein paar Jahre im Lande sind. Dann lassen sie sich Bärte wachsen, geben sich wild und rauh und lassen sich feiern. Sie möchten es nicht hören, aber es ist nur Pose. Insofern, als sie auffallende Eigentümlichkeiten entwickeln, kultivieren sie vor sich selbst Legenden und leben in Lügen.«

»Ich glaube nicht, daß Sie ganz gerecht sind«, sagte Frona, um ihre Helden zu verteidigen. »Ich finde richtig, was Sie über das Thema im allgemeinen sagen und über die Posen. Aber die meisten ›old-timers‹ wären in jedem Land eigentümlich, unter allen Umständen. Die Besonderheiten sind ihre eigenen; es ist ihre Art sich auszudrükken. Und ich bin sicher, daß es eben das ist, was sie in andere Länder gehen läßt. Die normalen Männer bleiben natürlich zu Hause.«

»Oh, ich bin ganz Ihrer Meinung, Miss Welse«, versuchte er Zeit zu gewinnen. »Ich meinte es nicht so allumfassend. Ich wollte diejenigen unter ihnen treffen, die posieren. In der Regel sind sie aufrichtig, ernst und natürlich.«

»Dann müssen wir uns ja nicht streiten. Aber, Mr. St. Vincent, bevor Sie gehen – würden Sie wohl morgen abend vorbeikommen? Wir möchten für Weihnachten ein Theaterstück einüben. Ich weiß, daß Sie uns eine große Hilfe sein können, und ich glaube, daß es für Sie nicht ganz unerfreulich wäre. Alle jüngeren Leute sind daran interessiert, die Angestellten, die Polizeibeamten, die Bergbauingenieure, die Nichtstuer und so weiter – von den jungen Damen gar nicht zu reden. Sie werden sie mögen.«

»Ich bin sicher, daß ich es tun werde«, sagte er, als er ihre Hand ergriff. »Morgen, sagten Sie?«

»Morgen abend. Gute Nacht.«

›Ein mutiger Mann‹, dachte sie, als sie die Tür schloß, ›und ein prächtiger Mensch‹.

13

Gregory St. Vincent spielte bald eine wichtige Rolle im gesellschaftlichen Leben Dawsons. Als Repräsentant der »Amalgamated Press Association« hatte er die besten Empfehlungen, und durch seine Einführungsbriefe konnte er auch gesellschaftlich gesehen die besten Voraussetzungen mitbringen. Es sprach sich langsam herum, daß er Reisender und Forscher von nicht geringem Kaliber war, und daß er das Leben und seine Tücken so ziemlich überall auf der Erde studiert hatte. Darüber hinaus war er so zurückhaltend und bescheiden, was seine Erlebnisse anging, daß niemand, auch keiner der Männer, sich über seinen Erfolg wunderte. Zufällig traf er verschiedene alte Bekanntschaften wieder. Jakob Welse hatte er in St. Michael im Herbst '88 getroffen, kurz vor seiner Überquerung der Bering-Straße. Einen Monat später oder so hatte Pater Barnum (der vom unteren Fluß hochgekommen war, um das Hospital zu übernehmen) ihn einige hundert Meilen nördlich von St. Michael getroffen. Hauptmann Alexander von der Polizei hatte ihm in der britischen Gesandtschaft in Peking die Hand geschüttelt. Und Bettles, ein anderer bekannter ›old-timer‹, hatte ihn vor neun Jahren in Fort Yukon getroffen.

So kam es, daß Dawson, das schnell dabei war, Neuankömmlinge scheel anzuschauen, ihn mit offenen Armen empfing. Besonders die Frauen hatten ihn in ihr Herz geschlossen. Er übernahm die Führung, was die Propagierung und Organisation von Vergnügungs- und anderen gesellschaftlichen Veranstaltungen anging, und es kam schnell so, daß ohne ihn keine Feier und Versammlung mehr stattfinden konnte. Er kam nicht nur, um bei dem Theaterstück zu helfen, sondern übernahm unmerklich und wie selbstverständlich die Anleitung. Frona war, wie Freunde stichelten, von Ibsen besessen, und so wählten sie »Nora und das Puppenhaus«, wobei sie die Rolle der Nora übernehmen sollte. Corliss, der eigentlich der Verantwortliche war, weil er derjenige war, der als erster vorgeschlagen hatte, ein Theaterstück aufzuführen, sollte Torwalds Rolle übernehmen; sein Interesse schien jedoch versiegt, jedenfalls bat er, wegen dringender geschäftlicher Verpflichtungen entlassen zu werden. So übernahm St. Vincent reibungslos diese Rolle. Corliss schaffte es, bei einer Probe dabeizusein. Mag sein, daß er nur müde war, weil er von einer vierzig Meilen langen Schlittenfahrt zurückgekommen war, und mag sein, daß Torwald öfters seinen Arm um Nora legen und spielerisch an ihrem Ohrläppchen zupfen mußte; sei dem wie ihm sei: Corliss kam nie mehr zu den Proben.

Ganz sicher war er beschäftigt, und wenn er nicht unterwegs war, so war er immer mit Jakob Welse und Oberst Trethaway bei geschäftlichen Besprechungen. Daß es ein gigantisches Unternehmen war, wird aus der Tatsache deutlich, daß Welses Interessen alleine mehrere Millionen Dollar betrugen. Corliss war in erster Linie ein Arbeiter der Hand, und als er entdeckte, daß seiner sorgfältigen theoretischen Ausbildung die praktische Erfahrung fehlte, fühlte er sich angespornt und arbeitete noch härter. Er wunderte sich sogar über die Dummheit der Leute, die ihn mit einer solchen Verantwortung ausgestattet hatten, nur weil er Beziehungen hatte, und er sagte das auch Oberst Trethaway. Dieser erkannte zwar Corliss' Mängel, mochte ihn aber wegen seiner Offenheit und seiner Fähigkeit, Dinge schnell aufzufassen und hart arbeiten zu können.

Del Bishop, der sich weigerte, mit anderen als seinen eigenen Karten zu spielen, hatte eingewilligt, für Corliss zu arbeiten, weil er so sein eigenes Spiel besser betreiben konnte. Er war praktisch ungebunden, gleichzeitig waren seine Möglichkeiten ungeheuer vergrößert. Ausgestattet mit dem besten Gerät und einem wundervollen Hundegespann, bestand seine Aufgabe vorwiegend darin, die verschiedenen Täler abzufahren und seine Augen und Ohren offenzuhalten. In erster und zweiter Linie und immer war er ein Goldgräber, war er für sich ständig auf der Suche nach Goldnestern, was nicht im geringsten mit seinen Aufgaben für seinen Auftraggeber kollidierte. Und während die Tage vergingen, ordnete er in seinem Kopf verschiedene Merkmale wie Fundstellen, Steinschichten und Wasserläufe, damit er im Sommer, wenn das Tauwetter und die Bäche es erlaubten, einer Spur vom Wasser zu einer Böschung und einer Goldtasche folgen konnte.

Corliss war ein guter Arbeitgeber. Er bezahlte gut und betrachtete es als selbstverständlich, daß die Leute, die für ihn arbeiteten, ebenso arbeiteten wie er selbst. Diejenigen, die für ihn arbeiteten, wurden dabei entweder stärker und blieben, oder sie kündigten und schimpften über ihn. Jakob Welse bemerkte diesen Charakterzug mit Wohlgefallen und wurde nicht müde, den Ingenieur ständig zu loben. Frona hörte das und war dankbar, denn sie mochte, was ihr Vater mochte; und es gefiel ihr sogar noch besser, weil es um Corliss ging. Aber durch die viele Arbeit sah sie Corliss weniger als früher, wogegen St. Vincent eine immer größere und wichtigere Rolle in ihrem Leben einnahm. Sein gesunder, optimistischer Geist gefiel ihr, und er entsprach gut ihrem Ideal des natürlichen und starken Mannes. Ihre ersten Zweifel – ob das, was er erzählte, stimmte – waren verschwunden. Aller Anschein sprach dafür, daß er die Wahrheit sagte.

Diejenigen, die zuerst in Frage stellten, ob all seine wunderbaren Erlebnisse tatsächlich stattgefunden hatten, steckten zurück, sobald sie ihn reden gehört hatten. Diejenigen, die sich etwas in dem Teil der Welt auskannten, über den er erzählte, konnten nur zugeben, daß er wußte, wovon er sprach. Young Soley, der »Bannock's News Syndicate« vertrat und Holmes von »Fairweather« erinnerten sich noch genau, wie er '91 in die Welt zurückgekehrt war, und welche Sensation das hervorgerufen hatte. Sid Winslow, ein Journalist von der »Pacific Coast«, hatte im »Wanderer's Club« seine Bekanntschaft gemacht, kurz nachdem er vom Zollkutter der Vereinigten Staaten aus dem Norden heruntergebracht worden war. Zudem trug er deutlich die Brandzeichen seiner Erfahrungen; sie zeigten sich bei allem, was er anpackte. Auch war das Ursprüngliche in seinem Charakter stark ausgeprägt, und er besaß einen leidenschaftlichen Stolz auf seine Rasse, der hervorragend zu dem Fronas paßte. In Corliss' Abwesenheit waren sie viel zusammen, fuhren häufig mit den Hunden aus, und lernten sich so sehr gut kennen.

All das war für Corliss nicht sehr angenehm, besonders wenn die kurzen Zeiten, die er mit Frona verbringen konnte, noch von dem Zeitungskorrespondenten unterbrochen wurden. Es war ganz natürlich, daß sich Corliss nicht zu ihm hingezogen fühlte, und andere Männer, die von dem Vorfall in der Bar gehört hatten, akzeptierten ihn auch nur unter Vorbehalten. Trethaway hatte die Indiskretion besessen, ein- oder zweimal abschätzig von ihm zu reden, da er aber von seinen Bewunderern so heftig verteidigt wurde, hielt der Oberst den Mund. Einmal, als Corliss einer außergewöhnlichen Lobrede auf St. Vincent zuhören mußte, die aus dem Munde von Mrs. Schoville kam, erlaubte er sich den Luxus, ein ungläubiges Lächeln zu zeigen; aber der rasche Farbwechsel in Fronas Gesicht und ihr Stirnrunzeln warnten ihn.

Bei einer anderen Gelegenheit war er unklug und verärgert genug, die Schlägerei im Saloon der Musikhalle zu erwähnen. Er ließ sich von seinem Ärger hinreißen, und was er sagen wollte, hätte weder zu St. Vincents noch zu seinem eigenen Lob beigetragen, aber da verschloß Frona unbewußt seine Lippen, ehe er noch richtig begonnen hatte.

»Ja«, sagte sie. »Mr. St. Vincent hat mir davon erzählt. Er hatte Sie dort das erste Mal getroffen, glaube ich. Sie haben zu ihm gehalten – Sie und Oberst Trethaway haben mutig an seiner Seite gekämpft. Er sprach voller Bewunderung und, um die Wahrheit zu sagen, sogar voller Begeisterung von Ihnen.«

Corliss machte eine abschätzige Handbewegung.

»Nein! Nein! So, wie er sagte, müssen Sie sich fabelhaft benommen haben. Und ich war sehr froh, das zu hören. Es muß toll sein, den brutalen Kerlen hin und wieder die Peitsche zu zeigen, und auch gesund, glaube ich. Toll für uns, die wir uns von der Natur so weit entfernt haben und bequem und krank geworden sind. Einfach alles Gekünstelte abzuwerfen und loszuwüten! Und doch, im Innern, hört man ernst und leidenschaftslos eine Stimme, die sagt: ›Das ist mein anderes Ich. Paß auf! Ich, der jetzt ohne Macht und Kraft ist, bin die Macht hinter allem und herrsche immer noch! Das andere Ich, das urtümliche, wilde, alte Ich tobt blind wie ein Tier, aber ich, der daneben sitzt, bin es, der ihm gebietet zu wüten oder aufzuhören!‹ Oh wäre ich doch ein Mann!«

Corliss konnte ein amüsiertes Lächeln nicht unterdrükken, und das brachte Frona sofort in Verteidigungsstellung.

»Sagen Sie, Vance, wie war es? Habe ich es nicht richtig

beschrieben? Waren das Ihre Gefühle? Standen Sie nicht abseits und haben sich selbst beobachtet?«

Er erinnerte sich an die momentane Betäubung, die ihn überfallen hatte, als er den Mann mit der Faust niedergeschlagen hatte, und nickte.

»Und Stolz?« bohrte sie weiter. »Oder Scham?«

»Etwas ... etwas von beidem, und mehr vom ersten als vom zweiten«, gab er zu. »Zuerst war ich überschwenglich, dann, hinterher, kam die Scham, und ich lag die halbe Nacht wach.«

»Und zum Schluß?«

»Stolz, vermute ich. Ich konnte nichts dagegen tun, konnte ihn nicht unterdrücken. Ich wachte am Morgen auf und hatte das Gefühl, meine Sporen verdient zu haben. Auf eine unterbewußte Art war ich ungeheuer stolz auf mich, und immer wieder ertappte ich mich dabei, im Geiste Faustschläge auszuteilen. Dann kam die Scham wieder, und ich versuchte, mich wieder zu einem vernünftigen Verhalten zu bringen. Und letztlich – Stolz. Der Kampf war fair und offen. Ich habe ihn nicht gesucht. Ich wurde dazu gezwungen, und mit den besten Absichten stieg ich ein. Es tut mir nicht leid, und ich würde es wieder tun.«

»Und zu Recht.« Fronas Augen funkelten. »Und wie hat Mr. St. Vincent sich geschlagen?«

»Er? ... Oh, ich vermute, ganz ordentlich. Ich war zu sehr mit mir selbst beschäftigt, um auf andere zu achten.«

»Aber er sah Sie.«

»Gut möglich. Ich gebe meine Nachlässigkeit zu. Ich hätte, wie die Dinge liegen, besser daran getan, mich darum zu kümmern, da es für Sie von Interesse ist – entschuldigen Sie, das ist nur mein albernes Gemüt. Die Wahrheit ist, daß ich zu unerfahren bin, um einen Gedanken an meinen Nachbarn zu verschwenden.«

Damit ging Corliss weg und war froh, daß er nichts gesagt hatte. Gleichzeitig bewunderte er St. Vincents Geschicklichkeit, mit der er abträglichen Bemerkungen vorgebeugt hatte, indem er die Geschichte mit seiner bescheidenen, zurückhaltenden Art erzählt hatte.

Zwei Männer und eine Frau! Die mächtigste Dreieinigkeit von Faktoren, die geeignet sind, menschliches Leid und menschliche Tragödie hervorzurufen. Wie es immer in der menschlichen Geschichte war, seit der erste Vater von seinem Baumnest hinabstieg und aufrecht ging, so war es auch hier in Dawson. Natürlich spielten dabei auch untergeordnete Faktoren eine Rolle, und einer – nicht der geringste – war Del Bishop, der in seiner offensiven Art eingriff und die Sache beschleunigte. Das geschah auf dem Weg zum Miller-Creek, wo Corliss eine große Anzahl von minderwertigen Claims zusammenkaufen wollte, deren Ausbeute sich nur in großem Maßstab lohnte.

»Wenn ich mal einen Volltreffer mache, dann werd' ich nicht lange rumsitzen und Kerzen vergeuden«, knurrte der Goldsucher zum Kaffee, den er mit einem Klumpen Eis aufsetzte. »Da können Sie Gift drauf nehmen!«

»Petroleum«, riet Corliss, der mit einer Speckschwarte die pfanne ausrieb und Teig einfüllte.

»Petroleum? Zum Teufel! Wenn ich mal meine Geldrolle im Sack hab, werd ich nur noch eine Staubwolke hinterlassen, und auf geht's in Gottes gutes Land, die Sonne in den Augen. Sagen Sie! Wie würde Ihnen jetzt ein gutes, saftiges Filetsteak schmecken, mit grünen Zwiebeln, Bratkartoffeln und Beilagen? Jesus, das wird der erste Handel sein, auf den ich mich einlassen werde. Dann ein Szenenwechsel – eine Woche Seattle oder Frisco, das ist mir wurscht, und dann ...«

»Geld weg und Arbeit suchen.«

»Bei mir nicht!« rief Bishop. »Ich hab' mein Säckchen sicher versteckt, bevor ich einen draufmache, Papa, und dann, danach, geht's nach Südkalifornien. Ich hab schon seit langem mein Auge auf eine Perle von Obstplantage geworfen – mit vierzigtausend gehört sie mir! Hab es schon lange ausgerechnet – Arbeiter, die die Farm betreiben, ein Manager und mir gehört das Ganze, und ich kann von den Zinsen leben. Ein Stall mit ein paar Bronchos, die bereitstehen, bereit, daß man die Packtaschen und den Sattel überwirft und auf und davon geht, wann immer das

Goldfieber wieder über einen kommt. Da gibt es viel, im Osten und entlang der Wüste.«

»Und kein Haus auf der Farm?«

»Klar! Mit Zuckererbsen, die an den Wänden hochwachsen, und hinter dem Haus einem Fleckchen für Gemüse – Stangenbohnen, Spinat, Rettiche, Gurken, Spargel, Rüben, Kürbisse, Kohl und so weiter; und einer Frau, die mich zurückhält, wenn ich wieder auf die Goldtaschen los will. Sagen Sie, Sie kennen sich doch bei der Goldsuche aus. Haben Sie jemals nach Goldtaschen gesucht? Nein? Dann lassen Sie die Finger davon. Das ist schlimmer als Whiskey, Pferderennen oder Kartenspiele. Wenn Frauen erst an zweiter Stelle kommen, dann ist's aus. Falls Sie jemals einen Drang verspüren sollten, auf Goldtaschen loszugehen, dann heiraten Sie sofort. Das ist das einzige, was hilft, und selbst das ist nicht sicher. Ich hätte es vor Jahren tun sollen. Ich hätte was werden können, wenn ich's gemacht hätte. Heiliger Strohsack! Wieviel Jobs hab' ich sausen lassen und was hab' ich sonst noch versäumt, nur weil ich auf Goldtaschen losgegangen bin. Sagen Sie, Corliss, Sie sollten heiraten, und zwar sofort. Ich sag's Ihnen geraderaus. Nehmen Sie meine Warnung an und bleiben Sie nicht länger Junggeselle als es unbedingt nötig ist!«

Corliss lachte.

»Wirklich, das ist mein Ernst. Ich bin älter als Sie, und ich weiß, wovon ich rede. Es gibt da ein kleines Ding in Dawson, da sollten Sie ihre Finger drauf legen. Sie sind füreinander gemacht, Sie beide.«

Corliss hatte sich längst abgewöhnt, Bishops Einmischungen als Unverschämtheit zu betrachten. Die gemeinsame Schlittenspur, die die Männer unter dieselben Decken zwingt und sie zu Brüdern macht, war, wie Corliss feststellen mußte, eine Kraft, die Unterschiede verwischte. Also wendete er nur den Pfannkuchen und hielt den Mund.

»Wieso steigen Sie nicht ein und gewinnen?« fragte Del und ließ nicht locker. »Gefällt sie Ihnen nicht? Ich weiß, daß sie Ihnen gefällt, sonst würden Sie nicht jedesmal, wenn Sie in die Hütte zurückkommen, nachdem Sie bei ihr waren, rumlaufen wie auf Wolken. Sie steigen besser ein, solange Sie noch eine Chance haben. Da war mal diese Emmy, ein hübsches Weibsbild, wies so schnell kein zweites gibt, und wir hatten Gefallen aneinander gefunden. Aber ich hab' diese Goldnester gesucht, und weiter gesucht und weiter, und dabei hab' ich es immer hinausgeschoben. Und dann fing so ein großer, schwarzer Holzfäller, ein Kanucke, an, um sie herumzuschleichen, und ich beschloß mit ihr zu reden – aber ich mußte noch nach einer Goldtasche suchen, nur einer einzigen, und als ich zurückkam, war sie Mrs. Sonstjemand.

Also hören Sie auf mich. Da ist dieser Schreiberling, dieses Stinktier, das ich vor dem Saloon niedergeschlagen habe. Er ist eingestiegen und macht es sich gemütlich; und Sie sitzen hier, genau wie ich damals, reisen in der Weltgeschichte herum und überlassen das Heiraten anderen. Denken Sie an meine Worte, Corliss! Eines schönen Frosttages kommen Sie zurück und finden die beiden beim Haushalteinrichten. Bestimmt! Und Ihnen bleibt vom Leben nichts mehr als die Goldsuche!«

Dieses Bild war Corliss so unangenehm, daß er sich böse umdrehte und Del Bishop sagte, er solle den Mund halten.

»Wer? Ich?« fragte Del so gekränkt, daß Corliss lachen mußte.

»Was würden Sie denn tun?« fragte er.

»Ich? Ich will es Ihnen sagen. Sobald Sie zurückkommen, besuchen Sie sie. Sie verabreden sich mit ihr so lange im voraus, daß Sie es sich aufschreiben müssen, um es nicht zu vergessen. Nehmen Sie ihre freie Zeit im voraus in Beschlag, so daß der andere Kerl keine freie Minute mehr findet. Kriechen Sie nicht im Staub vor ihr – sie ist keine von dieser Sorte –, aber tun Sie auch nicht zu hochmütig und gewaltig. Geradeso in der Mitte, verstehen Sie? Und dann, wenn Sie nach einiger Zeit merken, daß sie sich wohlfühlt, und wenn sie Sie auf diese Art anlächelt, wie nur sie es kann, dann los und um ihre Hand gebeten.

Natürlich kann ich nicht wissen, wie das ausgeht. Das müssen Sie selbst herausfinden. Aber warten Sie nicht zu lange damit. Lieber zu früh geheiratet als nie. Und wenn dieser Griffelspitzer auftaucht, dann schlagen Sie ihm in den Brotkorb und zwar hart! Das wird ihm einiges klarmachen. Oder noch besser, nehmen Sie ihn zur Seite und reden Sie mit ihm. Erzahlen Sie ihm, daß Sie ein gewalttätiger, schlechter Mensch sind, daß Sie diesen Claim abgesteckt haben, bevor er noch trocken hinter den Ohren war, und daß Sie, falls er darin herumsuchen sollte, ihm den Kopf abschlagen.«

Bishop stand auf, streckte sich und ging hinaus, um die Hunde zu füttern. »Vergessen Sie nicht, ihm den Kopf abzuschlagen. Und wenn Sie dazu zu weichherzig sind, dann rufen Sie nur mich. Ich werd' Sie nicht lang' warten lassen.«

14

»Ja, das Salzwasser, Miss Welse, das große Salzwasser und die großen Wellen, die großen Schiffe, die bei gutem und bei schlechtem Wetter fahren – das kenne ich gut. Aber Süßwasser und die kleinen Kanus, Eierschalen, Seifenblasen; ein Atemhauch, ein Seufzer, ein Herzschlag zu viel und puff! Weg. Soweit kenne ich mich aus.« Baron Coubertin lächelte selbstbedauernd und sprach weiter: »Aber es ist schön, wunderbar. Ich habe es beobachtet und beneidet. Eines Tages werde ich es lernen.«

»So schwierig ist es nicht«, warf St. Vincent ein. »Oder, Miss Welse? Es kommt nur auf die sichere und gefühlvolle Körper- und Geisteshaltung an ...«

»Wie ein Seiltänzer?«

»Oh, Sie sind unbelehrbar«, lachte Frona. »Ich bin sicher, daß Sie über Kanus genausogut Bescheid wissen, wie wir.«

»Und Sie kennen sich aus – eine Frau?« Obwohl der Franzose weitgereist war, waren die Unabhängigkeit und die Fähigkeiten der Yankee-Frauen für ihn immer wieder ein Wunder. »Wie kommt das?«

»Ich habe es gelernt, als ich als kleines Mädchen bei den Dyea-Indianern war. Aber nächstes Frühjahr, wenn das Eis vom Fluß verschwunden ist, werden wir Ihnen den ersten Unterricht geben, Mr. St. Vincent und ich. Sie werden also mit neuen Erfahrungen in die Zivilisation zurückkehren. Und Sie werden es bestimmt lieben.«

»Wenn ich eine so charmante Lehrerin habe ...«, sagte er leise. »Und Sie, Mr. St. Vincent, glauben Sie auch, daß ich so erfolgreich sein und es lieben werde? Lieben Sie es? Sie, der Sie sich immer im Hintergrund halten, wenig sagen, unergründlich, als ob Sie zwar mit der ewigen Weisheit tiefer Erfahrungen reden könnten, aber nicht wollen.« Der Baron wandte sich rasch zu Frona um. »Wir sind alte Freunde, habe ich Ihnen das erzählt? So darf ich ihn wohl, wie Sie als Amerikaner sagen, ›auf den Arm nehmen‹. Nicht wahr, Mr. St. Vincent?«

Gregory nickte, und Frona sagte: »Ich bin sicher, Sie haben sich an irgendeinem Ende der Welt getroffen.«

»Yokohama«, warf St. Vincent kurz ein; »vor elf Jahren, bei der Kirschblüte. Aber Baron Coubertin tut mir unrecht. Ich fürchte, wenn ich anfange zu erzählen, rede ich zuviel über mich selbst.«

»Ein Märtyrer seinen Freunden zuliebe«, sagte Frona versöhnlich. »Ein guter Geschichtenerzähler obendrein, den seine Freunde immer wieder bitten müssen.«

»Dann erzählen Sie eine Kanu-Geschichte«, bat der Baron. »Eine gute! Eine, die die Yankees ›a hair-raiser‹ nennen!« Sie setzten sich um Mrs. Schovilles dicken Holzofen, und St. Vincent erzählte von dem großen Wirbeltrichter im Box-Canyon, von dem schrecklichen »Korkenzieher« am Ende der ›White-Horse‹-Stromschnellen und seinem feigen Kameraden, der sie zu Fuß umging und es ihm alleine überließ, hindurchzufahren – vor neun Jahren, als der Yukon noch nicht mit Schiffen befahren wurde.

Eine halbe Stunde später platzte Mrs. Schoville mit Corliss im Schlepptau herein.

»Dieser Berg! Er kostet mich meinen ganzen Atem!«

keuchte sie und zog sich die Handschuhe aus. »So was ist mir noch nie passiert!« erklärte sie trotzdem entschieden im nächsten Augenblick. »Dieses Stück wird nie aufgeführt werden! Ich werde niemals die Mrs. Linden werden! Wie sollte ich auch? Krogstad ist mit den anderen im Goldrausch zum Indian-River, und keiner weiß, wann er wiederkommt!« (Zu Corliss:) »Krogstad ist Mr. Maybrick, wissen Sie. Und Mrs. Alexander hat Nervenschmerzen und kann sich nicht rühren. Also gibt es heute keine Probe, das ist klar!« Sie setzte sich in Pose und zitierte: »Ja, im ersten Schrecken! Aber ein Tag ist vergangen, und an diesem Tag habe ich in diesem Haus unglaubliche Dinge gesehen! Helmer muß alles wissen! Dieses unglückliche Geheimnis muß ein Ende haben! Oh Krogstad, du brauchst mich, und ich – ich brauche dich! Und du bist am Indian-River und lebst von Dauerbrot, und nie werd' ich dich wiedersehen!«

Sie applaudierten.

»Meine einzige Entschädigung dafür, daß ich draußen herumgestreunt bin und Sie alle warten ließ, ist, daß ich diesen lächerlichen Menschen hier getroffen habe.« Sie schob Corliss nach vorne. »Oh! Ich habe Sie noch nicht bekannt gemacht! Baron Coubertin, Mr. Corliss. Falls Sie die große Goldader finden, Baron, sollten Sie sie an Mr. Corliss verkaufen. Er hat die Geldsäcke von Krösus und wird alles kaufen, solange es gut aussieht. Und auch wenn Sie sie nicht finden, verkaufen Sie sie trotzdem. Er ist von Beruf Menschenfreund, müssen Sie wissen. Aber Sie würden es nicht glauben!« (Damit wandte sie sich an die anderen) »Dieser lächerliche Kerl hat mir angeboten, mich auf den Berg zu begleiten und mich auf dem Weg hierher zu unterhalten – unterhalten! –, obwohl er es rundweg abgelehnt hat hereinzukommen und bei der Probe zuzuschauen. Erst als sich herausstellte, daß sie nicht stattfindet, änderte er seine Meinung wie eine Wetterfahne. Hier ist er also; er behauptet, am Miller-Creek gewesen zu sein. Aber wir können natürlich nicht wissen, welche dunklen Taten ...«

»Dunkle Taten! Schauen Sie!« unterbrach Frona sie

und zeigte auf das Bernsteinmundstück einer Pfeife, das aus Vances äußerer Brusttasche lugte. »Eine Pfeife! Gratuliere!« Sie streckte die Hand aus, und er schüttelte sie gutgelaunt.

»Alles Dels Fehler«, lachte er. »Wenn ich vor dem großen weißen Thron stehen werde, wird er vor mich hintreten und die Verantwortung für diese spezielle Sünde auf sich nehmen müssen!«

»Trotzdem eine Verbesserung«, meinte sie. »Das einzige, was noch fehlt, ist hier und dort ein guter, kräftiger Fluch.«

»Oh, ich versichere Ihnen, darin bin ich nicht ganz ungeübt«, gab er zurück. »Kein Mensch kann auf andere Weise Hunde antreiben. Ich kann vom Frühstück bis zur Hölle schwören, verdammt und wieder zurück, falls Sie erlauben. Bei den Knochen von Pharao und dem Blut von Judas zum Beispiel, ist bei einer Gruppe Huskies ziemlich wirksam; aber die Krone meiner hundeantreibenden Sprache, zum Teufel, können Frauen nicht ertragen. Ich verspreche Ihnen jedoch, bei der Hölle und ihren Feuern, daß ...«

»Oh! Oh!« rief Mrs. Schoville aus und steckte die Finger in die Ohren.

»Madame«, hub Baron Coubertin mit ernster Miene an, »es ist eine Tatsache, eine beklagenswerte Tatsache, daß die Hunde des Nordens für mehr verlorene Männerseelen verantwortlich sind als alle anderen Gründe zusammen. Ist es nicht so? Ich überlasse das Urteil den Herren.«

Corliss und St. Vincent stimmten feierlich zu, und gemeinsam gingen sie daran, die Dame durch herzergreifende Hundegeschichten fast zum Weinen zu bringen.

St. Vincent und der Baron blieben, um mit der Gattin des Goldhändlers zu speisen, und Frona und Corliss gingen zusammen den Berg hinunter. In stillem Einverständnis, als ob sie den Abstieg verlängern wollten, schwenkten sie nach rechts und kreuzten die zahlreichen Fußwege und Schlittenspuren, die in die Stadt führten. Es war ein Tag

Mitte Dezember, klar und kalt. Die Mittagssonne, die sich mühsam hinter dem südlichen Horizont hochgearbeitet hatte, zögerte vor dem großen Anstieg zum Zenit und begann mit verschämtem Schein den Abstieg zur Erde. Ihre spärlichen Strahlen brachen sich in den Eispartikeln, die in der Luft schwebten und bildeten glitzernden Juwelenstaub – blendendes, glänzendes, blitzendes Licht und Schein, aber so kalt wie der Weltraum.

Sie gingen hinunter und über die funkelnde Zauberfläche, die ihre Mokassins bei jedem Schritt knirschend durchbrach, und ihr Atem wand sich geheimnisvoll in blassen Wolken aus ihren Lippen. Keiner von ihnen sprach ein Wort oder machte sich darüber Gedanken, so wundervoll war das alles. Zu ihren Füßen kauerte wie ein kleiner Fleck in der weiten weißen Leere die goldene Stadt unter dem Himmelsgewölbe – winzig und verkommen, wie ein schwacher Protest gegen die ungeheure Größe der Welt, die Herausforderung der Menschen an die Unendlichkeit!

Von irgendwo erreichten die Rufe und antreibenden Schreie von Männern ihre Ohren, und sie hielten an. Man hörte ein heftiges Keuchen, das Kratzen von Füßen, und dann kam ein Gespann von Wolfshunden, mit Eisbrocken im Fell, die heißen Zungen weit aus dem Maul und Geifer an den Kiefern, den Hang herauf und bog vor ihnen in die Schlittenspur ein. Eine lange und enge Kiste aus roh behauenen Fichtenbrettern machte das Wesen der Fracht deutlich. Zwei Hundetreiber, eine blind hinterherstolpernde Frau und ein schwarzberockter Priester vervollständigten den Trauerzug. Ein paar Schritte weiter wurden die Hunde wieder den Hang hinaufgelenkt, und mit Winseln, Rufen und Geklapper wurde die leere Menschenhülle zu ihrer ins Eis gehauenen Kammer am Berg geschafft.

»Ein Eroberer«, brach Frona die Stille.

Corliss merkte, daß seine Gedanken den ihren folgten und antwortete: »Diese Bekämpfer des Frostes und des Hungers! Ich kann es verstehen, daß die herrschenden Rassen immer aus dem Norden gekommen sind. Stark, mutig, ausdauernd, mit unendlichem Glauben und unendlicher Geduld; ist es da ein Wunder?«

Frona blickte ihn in beredtem Schweigen an.

»Wir kämpften mit unseren Schwertern«, sang er; »mir war so froh, als läge meine weiße Braut neben mir auf dem Bett. Ich ging mit meinem blutigen Schwert voraus, die Raben folgten. Heiß kämpften wir, das Feuer verschlang die Habe der Männer; wir schliefen im Blut derer, die die Tore bewachten.«

»Also fühlen Sie das auch, Vance?« rief sie und legte ihm die Hand auf den Arm.

»Ich glaube, ich beginne es zu fühlen. Der Norden hat es mich gelehrt und lehrt es mich noch. Die alten Dinge sehe ich jetzt mit neuen Augen an. Trotzdem bin ich mir nicht sicher. Es kommt mir wie ein ungeheurer Egoismus vor, wie ein wunderbarer Traum.«

»Aber Sie sind weder ein Neger noch ein Mongole, und Sie stammen auch nicht von ihnen ab.«

»Ja«, sagte er, »ich bin der Sohn meines Vaters, und die Linie geht zurück bis zu den Königen der Meere, die nie unter den rauchigen Balken eines Daches geschlafen oder das Bierhorn am ererbten Herd geleert haben. Es muß einen Grund für den toten Punkt geben, an dem die schwarze Rasse angelangt ist, genauso, wie es einen Grund dafür geben muß, daß die weiße germanische Rasse sich mehr als irgendeine andere Rasse vor ihr über die Erde ausgebreitet hat. Es muß da etwas im Erbgut einer Rasse geben, sonst würde ich ihren Ruf nicht hören.« »Es ist eine großartige Rasse, Vance. Die halbe Erde ist ihr Erbe, und das ganze Meer! In weniger als sechzig Generationen hat sie das geschafft – denk nur! Sechzig Generationen! Und heute ist sie dafür besser gerüstet als je zuvor. Kämpfer und Zerstörer unter den Nationen! Erbauer und Gesetzgeber! Oh, Vance, meine Liebe zu ihr ist leidenschaftlich, aber Gott wird mir vergeben, denn es ist eine gute Liebe. Eine starke Rasse mit großen Zukunftsaussichten; und falls sie untergehen sollte, wird sie prächtig untergehen! Kennen Sie die Stelle in der Edda, in der erzählt wird, wie Yggdrasils

Esche vom Weltenbrand vernichtet wird?« Und sie begann zu deklamieren. Wie eine pelzige Walküre stand sie vor dem funkelnden Hintergrund der südlichen Sonne, der Juwelenstaub stob gegen ihr Haar und Gesicht, und im Sonnenschein glühte sie in rotem Licht. Corliss erschien sie wie der Geist seiner Rasse. Die Traditionen, die in seinem Blut verborgen lagen, wurden an die Oberfläche gespült, und er fühlte sich eins mit allen weißen, blonden Riesen dieser Welt. Und während er Frona ansah, entstand vor seinen Augen ein Bild der mächtigen Vergangenheit, in der Nordwinde stürmten, Wellen wogten, Wikinger kämpften und die Länder des Südens von den Männern des Nordens erobert wurden. Seine Ohren klangen vom Schlachtlärm von zwanzig Jahrhunderten, und er fühlte den Drang, sich in diese Schlachten einzumischen. Leidenschaftlich ergriff er Fronas Hände.

»Sei meine ›weiße Braut‹, Frona! Die ›weiße Braut neben mir auf dem Bett!‹«

Sie schreckte zusammen und sah auf ihn hinunter, dann begriff sie, was er gesagt hatte, und unwillkürlich trat sie einen Schritt zurück. Die Sonne sandte einen letzten schwachen Schein über die Erde und versank dann. Das Feuer versickerte aus der Luft, und es wurde dunkel. Weit oberhalb von ihnen heulten klagend die Hunde des Leichenschlittens.

»Nein«, sagte er, als sich auf ihren Lippen die Antwort formte. »Sag nichts. Ich kenne die Antwort, Deine Antwort .... ich ... ich war ein Narr ... Komm, wir wollen gehen.«

Erst als sie den Berg hinter sich gelassen, die Ebene überquert und bei der Sägemühle den Fluß erreicht hatten, schien es ihnen das Hin und Her, Rennen und Schaffen des menschlichen Lebens zu ermöglichen, etwas zu sagen.

Corliss hatte beim Gehen seine Augen bedrückt zu Boden gerichtet; Frona blickte mit erhobenem Kopf nach links und rechts, und gelegentlich warf sie einen Blick auf Corliss. Wo die Straße die Schleifspur der Holzstämme der Sägemühle querte, war es rutschig, und als er sie vor dem Fall bewahrte, trafen sich ihre Augen.

»Ich ... ich bin bekümmert«, sagte sie zögernd. Und dann, wie in unbewußter Verteidigung. »Es kam so ... ich hatte es nicht erwartet ... nicht gerade da.«

»Sonst hättest du es verhindert?« fragte er bitter.

»Ja. Das hätte ich vermutlich. Ich wollte dir nicht weh tun.«

»Also hast du es erwartet, irgendwann?«

»Und gefürchtet. Aber ich hatte gehofft ... ich ... Vance, ich bin nicht an den Klondike gekommen, um zu heiraten. Ich mochte dich von Anfang an, und ich mochte dich immer mehr – nie so sehr wie jetzt –, aber ...«

»Aber du hast mich nie als möglichen Ehemann gesehen – ist es das, was du sagen willst?«

Als er das sagte, sah er sie von der Seite an, und als ihre Augen die seinen mit der gewohnten Offenheit trafen, konnte er den Gedanken, sie zu verlieren, nicht ertragen.

»Doch, das habe ich«, sagte sie sofort. »Ich habe dich in diesem Licht gesehen, aber es war auf irgendeine Weise nicht überzeugend. Ich weiß nicht, warum. Es gab so viel, was ich an dir mochte, so viel ...«

Er versuchte, sie mit einer abwehrenden Geste zu bremsen, aber sie fuhr fort.

»Ich bewunderte so viel an dir. Die ganze Wärme der Freundschaft, enger Freundschaft – um genau zu sein, einer wachsenden Vertrautheit, aber mehr nicht. Obwohl ich mehr auch nicht wollte, hätte ich es doch willkommen geheißen, wenn es gekommen wäre.«

»Wie man einen unwillkommenen Gast willkommen heißt.«

»Warum willst du mir nicht helfen, Vance, anstatt es schwerer zu machen? Natürlich ist es für dich hart, aber glaubst du, ich finde es schön? Ich habe das Gefühl, daß du wegen deines Schmerzes, und weil ich einen Freund nicht für einen Geliebten tauschen will, mich als Freund verlassen willst. Ich verlasse Freunde nicht leicht.«

»Ich verstehe; doppelt beraubt; beides, Freund und Geliebter. Aber beide sind leicht ersetzbar. Ich vermute, daß ich schon halb verloren hatte, bevor ich dich fragte. Hätte ich geschwiegen, wäre es ebenso gekommen. Die Zeit macht es einfacher; neue Bekanntschaften, neue Gedanken und Gesichter; Männer mit wunderbaren Abenteuern ...«

Sie unterbrach ihn. »Es ist nutzlos, Vance, gleich, was du sagst, ich werde mit dir nicht streiten. Ich verstehe, was du empfindest ...«

»Falls ich streitsüchtig bin, verlasse ich dich jetzt besser.« Er hielt inne, und sie stellte sich neben ihn. »Hier kommt Dave Harney. Er wird dich nach Hause begleiten. Es ist nicht weit.«

»Du tust weder dir noch mir einen Gefallen.« Sie sprach mit großer Entschiedenheit. »Ich lehne es ab, dies als das Ende zu betrachten. Es ist für uns beide zu früh, um es richtig verstehen zu können. Du mußt einmal zu mir kommen, wenn wir beide etwas Abstand haben. Ich lasse mich von dir nicht so behandeln. Es ist kindisch.« Sie warf einen hastigen Blick auf den näherkommenden Eldorado-König. »Ich glaube nicht, daß ich es aus deinem Munde verdiene. Ich lehne es ab, dich als Freund zu verlieren. Ich bestehe darauf, daß du kommst und mich besuchst, und daß wir auf der alten Grundlage miteinander umgehen.«

Er schüttelte den Kopf.

»Hallo!« Dave Harney führte den Finger an die Mütze und verlangsamte seinen schlaksigen Schritt. »Jetzt kann es Ihnen leid tun, daß Sie meinen Rat nicht angenommen haben. Der Preis für Hunde ist seit gestern um einen Dollar pro Pfund gestiegen, und er steigt weiter. Schön' Nachmittag wünsch' ich, Miss Frona und Mr. Corliss. Geh'n Sie in meine Richtung?«

»Miss Welse ja.« Corliss tippte an die Mütze und wandte sich halb zum Gehen um.

»Wo geh'n Sie hin?« fragte Dave.

»Hab' eine Verabredung«, log er.

»Denk' dran«, rief ihm Frona nach, »du mußt mich besuchen!«

»Zu beschäftigt, fürchte ich, gerade jetzt. Wiedersehen. Bis dann, Dave.«

»Jemine!« bemerkte Dave und starrte ihm nach; »das ist ein Schaffer! Immer bei der Arbeit – immer in großen Dingen. Ich frag' mich, wieso er nichts mit den Hunden gemacht hat?«

15

Corliss ging in der Tat zu ihr, um sie zu besuchen, und zwar schon bevor der Tag um war. Eine kurze, schmerzhafte Überlegung seiner Handlungsweise hatte schnell ergeben, daß er kindisch gewesen war. Der Stachel des Verlusts war spitz genug, aber der Gedanke, daß sie einander jetzt nichts mehr bedeuteten und daß ihr letzter Eindruck von ihm schlecht gewesen sein könnte, schmerzte fast ebenso, wenn nicht noch mehr. Außerdem war er, abgesehen von all dem, wirklich beschämt. Er dachte, daß er eigentlich eine derartige Enttäuschung etwas männlicher hätte hinnehmen können, vor allem angesichts der Tatsache, daß er sich von vornherein nicht besonders sicher gewesen war, daß er Erfolg haben würde.

Also besuchte er sie, ging mit ihr bis zu den Baracken hinauf und unterwegs gelang es ihm mit ihrer Hilfe, den unangenehmen Nachgeschmack, den der Morgen hinterlassen hatte, zu beseitigen. Er sprach vernünftig und zurückhaltend, was sie guthieß, und hätte sich rundherum entschuldigt, wenn sie ihn nicht davon abgehalten hätte.

»Es trifft dich nicht der geringste Makel«, sagte sie. »Wäre ich an deiner Stelle gewesen, hätte ich mich möglicherweise ebenso verhalten und sogar noch bedeutend abscheulicher. Denn du warst abscheulich, weißt du.«

»Aber du warst nicht an meiner Stelle, sondern ich war es«, antwortete er, mit einem leichten Versuch, es mit Humor zu nehmen.

Sie lächelte und war froh, daß er es weniger tragisch nahm.

»Unglücklicherweise erlaubt unsere gesellschaftliche Weisheit keine solchen Rückzieher«, fügte er hinzu, eher um etwas zu sagen.

»Ah!« lachte sie. »Hier kommt meine jesuitische Gesinnung wieder ins Spiel. Ich kann mich über die soziale Weisheit hinwegsetzen.«

»Du willst doch nicht etwa sagen, daß ...«

»Und schon wieder wie üblich schockiert! Nein, ich könnte nicht so gemein sein, aber ich könnte mit mehr ›finesse‹, wie ihr Whist-Spieler sagt, agieren. Dasselbe erreichen, aber mit größerer Vorsicht. Letztlich ist es eine Unterscheidung ohne Wert.«

»Das könntest du?« fragte er.

»Ich weiß, daß ich es könnte – falls die Gelegenheit es erfordert. Ich bin niemand, der das, was er für das Lebensglück hält, sich einfach aus den Fingern rutschen läßt. Das« (sagte sie spitzfindig) »kommt nur in Büchern und bei sentimentalen Leuten vor. Wie mein Vater ganz richtig sagt, gehöre ich zu den Kämpfern. Das, was mir heilig ist, verteidige ich, selbst wenn dann der Himmel über mir zusammenstürzt.«

»Du hast mich sehr glücklich gemacht, Vance«, sagte sie zum Abschied bei den Baracken. »Und es soll genauso wie früher weitergehen. Und denk daran, daß ich nicht weniger von dir sehen will, sondern eher noch ein wenig mehr.«

Aber nach einigen unverbindlichen Besuchen vergaß Corliss den Weg, der zu Jakob Welses Haus führte und stürzte sich völlig in seine Arbeit. Er machte sich sogar manchmal vor, daß er Glück gehabt habe, Frona entkommen zu sein, und malte sich düstere Bilder der Zukunft aus, die unweigerlich eingetroffen wären, wenn Frona und er sich zusammengetan hätten. Aber das geschah nur zwischendurch. In der Regel verspürte er, wenn er an sie dachte, Hunger, ähnlich körperlichem Hunger, und das einzige, was ihm einfiel, um diesen Hunger zu betäuben, war die Arbeit, und davon viel. Aber sogar dann gelang es ihm – durch Schlittenspur und Bach, Lager und Goldsuche – nur in den Stunden, in denen er wach war. Wenn er schlief, wurde er unwürdig überrumpelt, und Del Bishop, der viel mit ihm zusammen war, beobachtete seine Ruhelosigkeit und lieh seinen im Traum gemurmelten Worten bereitwillig sein Ohr.

Der Goldsucher zählte zwei und zwei zusammen, und aus den verschiedenen kleinen Dingen, die er bemerkte, zog er die richtigen Schlüsse. Dazu gehörte allerdings kein besonderer Scharfsinn. Die einfache Tatsache, daß er Frona nicht mehr besuchte, war Beweis genug für eine unvorteilhafte Wendung der Angelegenheit.

Aber Del machte noch einen weiteren Schritt und zog den Schluß, daß St. Vincent der Grund allen Übels war. Er hatte ihn mehrere Male mit Frona zusammen gesehen, hier und dort, und war darüber gebührend empört.

»Ich werd ihn noch erwischen!« brummelte er eines Abends im Lager bei Gold Bottom.

»Wen?« wollte Corliss wissen.

»Wen? Diesen Zeitungsmenschen mein' ich!«

»Weshalb?«

»Äh – einfach so. Wieso haben Sie mich damals vor der Musikhalle davon abgehalten, ihn zu erledigen?«

Corliss lachte, als er sich die Szene wieder vorstellte. »Wieso haben Sie ihn denn geschlagen?«

»Einfach so«, gab Del zurück und sagte nichts mehr. Aber Del Bishop vergaß nicht, trotz seines rachedürstenden Gedächtnisses, daß er hinter einer großen Sache her war, und auf der Rückreise, als sie an die Gabel des Eldorado und Bonanza kamen, hielt er an.

»Sagen Sie, Corliss«, begann er, »wissen Sie, was 'ne Ahnung ist?« Sein Arbeitgeber nickte zustimmend. »Gut, also ich hab' eine. Ich hab' Sie noch nie um einen Gefallen gebeten, aber jetzt möchte ich, daß wir bis morgen hier bleiben. Mir kommt es so vor, als wenn meine Obstplantage schon in Sicht ist. Ich kann schon fast die reifen Orangen riechen.«

»Sicherlich«, stimmte Corliss zu. »Aber besser wäre es doch, wenn ich schon mal nach Dawson hinunterführe, und Sie können nachkommen, wenn Sie ausgeahnt haben.«

»Halt!« wandte Del ein. »Ich sagte, es ist eine Ahnung; und ich möchte, daß Sie dabei mitmachen, verstehen Sie? Sie sind in Ordnung und haben eine Menge aus Büchern gelernt. Im Laboratorium und solchen Sachen sind Sie ein ganzer Kerl; aber es gehört einer dazu, wie ich es bin, um sich zu bücken und direkt aus der Natur zu lesen, ohne Brille. Ich hab' da so eine Theorie ...«

Corliss hob die Hände in gespieltem Schrecken, und der Goldsucher fing an ärgerlich zu werden.

»Gut so! Fangen Sie ruhig an zu lachen! Aber sie beruht auf Ihrer eigenen Lieblingstheorie von Erosion und verlagerten Flußläufen. Ich habe nicht umsonst bei den Mexikanern zwei Jahre lang Gold gesucht. Was glauben Sie, wo dieses Eldorado-Gold herkommt – roh und ungewaschen? Wie? Da braucht man jetzt die Brille! Die Bücher haben Sie kurzsichtig gemacht. Aber machen Sie sich nichts draus! Es geht hier nicht genau um Goldtaschen; aber ich weiß, wovon ich rede. Es ist ja nicht so, daß ich nur aus Spaß Buch führe über alle möglichen Spuren. Ich könnte euch Ingenieuren in einer Minute mehr über das Gelände und das Goldvorkommen am Eldorado-Creek erzählen, als ihr in einem Monat rausbekommen könntet! Aber das soll kein Angriff sein. Bleiben Sie mit mir hier, bis morgen, und dann können Sie sich neben meiner eine eigene Ranch kaufen.«.

»Also gut. Ich kann mich ausruhen und meine Notizen durchsehen, während Sie Ihren alten Flußläufen nachjagen.«

»Habe ich nicht gesagt, daß es eine Ahnung ist?«, fragte Del vorwurfsvoll.

»Und habe ich nicht zugestimmt, daß wir hierbleiben? Was wollen Sie denn noch mehr?«

»Ihnen eine Obstfarm verschaffen, das will ich! Sie kommen mit mir mit, und dann suchen Sie selbst ein bißchen rum, das ist alles.«

»Ich möchte keine von Ihren nicht existierenden Obstfarmen. Ich bin müde und habe Sorgen; warum können Sie mich nicht in Ruhe lassen? Ich finde, es ist mehr als fair, wenn ich Ihnen zuliebe hierbleibe. Sie können Ihre

Zeit damit totschlagen und rumschnüffeln. Ich bleibe hier. Verstanden?«

»Da soll ich doch gleich in die Hölle fahren, wenn das Dankbarkeit ist! Beim hüpfenden Methusalem! Ich kündige in den nächsten zwei Minuten, falls Sie mich nicht vorher rausschmeißen! Ich lieg' nächtelang wach und arbeite meine Theorie aus, überleg' mir, ob ich Sie mit hineinnehmen soll, während Sie vor sich hinschnarchen und ›Frona‹ hier und ›Frona‹ dort ...«

»Das reicht! Hören Sie auf!«

»Einen Dreck werde ich! Wenn ich bei der Goldsuche genau sowenig Bescheid wüßte wie Sie beim Hof machen ...«

Corliss wollte ihn packen, aber Del sprang zur Seite und nahm die Fäuste hoch. Dann duckte er sich nach links und rechts und sprang zur Seite, wo er auf dem festen Weg einen besseren Stand hatte.

»Moment mal«, rief er, als Corliss wieder auf ihn loswollte. »Sekunde! Wenn ich Sie besiege, kommen Sie dann mit mir auf den Berg?«

»Ja.«

»Und wenn ich es nicht schaffe, dann können Sie mich rausschmeißen. Das ist fair. Los.«

Vance hatte keine Chance, und Del wußte das wohl. Er spielte mit ihm, täuschte, griff an, zog sich zurück, tänzelte und verschwand immer wieder aus Vances Gesichtsfeld in einer Art, die diesen völlig erschöpfte. Wie Vance feststellen mußte, fehlte ihm das notwendige Zusammenspiel von Verstand und Körper, und das nächste, was er merkte, war, daß er im Schnee lag und langsam wieder zu sich kam.

»Wie ... wie haben Sie denn das gemacht?« stammelte er den Goldsucher an, der seinen Kopf auf den Knien hielt und seine Stirn mit Schnee abrieb.

»Oh, Sie sind schon in Ordnung!« Del lachte, während er ihm auf die wackligen Beine half. »Sie sind aus dem richtigen Holz. Ich werd' Ihnen irgendwann mal was beibringen. Sie müssen noch eine Menge lernen, und das werden Sie nicht in Büchern finden. Aber nicht jetzt. Jetzt müssen wir uns ’ranhalten und das Lager aufschlagen. Dann kommen Sie mit auf den Berg.«

»Ha ha!« lachte er später in sich hinein, als sie das Rohr am Yukon-Ofen befestigten. »Kurz und langsam mit den Augen, wie? Konnten mir nicht folgen, was? Aber ich werd Ihnen mal was beibringen, bestimmt, da können Sie was lernen!«

»Nehmen Sie ein Beil und kommen Sie mit!« befahl er, als das Lager fertig war.

Er führte ihn den Eldorado hinauf, lieh sich einen Pikkel, eine Schaufel und eine Schüssel an einer Hütte, an der sie vorbeikamen, dann gingen sie zwischen Uferbänken fast bis zur Mündung des French Creek weiter. Obwohl sich Vance noch etwas angeschlagen fühlte, lachte er im stillen über die Situation. Er übertrieb die Bescheidenheit, mit der er hinter seinem Bezwinger herging, und die übergroße Unterwürfigkeit, die er in seinem Gehorsam an den Tag legte, wurde von Del Bishop mit einem Grinsen registriert.

»Sie werden’s schaffen. Sie sind der richtige Typ dafür!« Del warf die Geräte auf den Boden und überflog die Schneeoberfläche mit den Augen. »Hier, nehmen Sie das Beil, klettern Sie den Hang rauf und schlagen Sie mir einige dicke, trockene Holzprügel.«

Als Corliss mit seinem letzten Armvoll trockenen Holzes zu Del Bishop zurückkehrte, hatte dieser an mehreren Stellen den Schnee und das Moos zur Seite geräumt, in der Form eines ungefähren Kreuzes.

»Von beiden Seiten werden wir es treffen«, erklärte er. »Vielleicht hier, oder dort, oder dort oben; aber falls an der Ahnung irgendwas dran ist, dann ist das hier der richtige Ort. Das Grundgestein ist oben ein bißchen eingebuchtet. Dort drüben ist es tiefer und wahrscheinlich auch reicher, aber das ist zuviel Arbeit. Hier ist der Rand des Schwemmsandes. Es können nur ein paar Fuß sein. Alles, was wir wollen, sind einige Anhaltspunkte; hinterher können wir es von der Seite her anbohren.«

Während er redete, machte er auf den blanken Stellen kleine Feuer. »Aber hören Sie, Corliss, ich möchte, daß

Ihnen klar ist, daß dies hier nicht die Suche nach Goldtaschen ist. Dies ist nur einfache Anfängerarbeit. Taschen suchen« – er richtete sich auf und wurde ehrfürchtig – »Nester suchen ist die höchste Wissenschaft und Kunst. Es geht dabei um Haaresbreiten und verlangt Hand und Augen, so ruhig und fest wie aus Stahl. Wenn Sie zweimal am Tage ihre Waschschüssel blauschwarz brennen müssen, um aus einer Schaufel voll Kies und Sand jenes winzige Goldflöckchen herauszuwaschen, auf das es ankommt – das ist dann die hohe Kunst des Goldtaschensuchens! Ich will Ihnen was sagen: Mir ist das wichtiger als Essen!«

»Und noch wichtiger als eines von beiden ist Ihnen kämpfen.«

Bishop überlegte. Er machte das so genau und bedächtig, als wolle er jetzt das letzte Goldflöckchen herauswaschen. »Nein, das ist es nicht. Ich würde zu jeder Zeit die Suche nach einer Goldtasche vorziehen. Es ist schlimmer als Rauschgift, Corliss, bestimmt. Wenn es Sie einmal gepackt hat, sind Sie verloren. Sie werden es nie wieder los. Schauen Sie mich an! Aber bei mir sind es keine Tagträume!«

Er ging zu den Feuern und trat eines mit den Stiefeln aus. Dann hob er die Hacke, die Spitze fuhr in den Boden und gab dabei einen metallischen Klang von sich, als würde sie durch soliden Zement aufgehalten.

»Noch keine zwei Zoll aufgetaut«, murmelte er, bückte sich und grub mit den Fingern in dem weichen Schlamm. Das Gras vom letzten Jahr war weggebrannt, aber er bekam etwas zu fassen und zog einige Wurzeln heraus.

»Zum Teufel!«

»Was ist?« fragte Corliss.

»Zum Teufel«, wiederholte er fast tonlos und klopfte die Wurzeln an der Schüssel ab.

Corliss ging zu ihm hinüber und beugte sich tiefer über die Stelle. »Hier!« rief er, nahm zwei oder drei Erdklumpen hoch und rieb sie mit den Fingern. Ein helles Gelb schimmerte durch.

»Zum Teufel!« wiederholte der Goldsucher immer wieder. »Die Katze ist aus dem Sack. Es fängt an den Wurzeln an und geht ganz hinunter.«

Den Kopf auf die Seite und aufwärts gedreht, mit geschlossenen Augen, zog er durch die Nase die Luft ein und stand plötzlich auf. Corliss sah ihn verwundert an.

»Ha!« rief der Goldsucher aus. Dann atmete er tief ein. »Können Sie jetzt die Orangen riechen?«

16

Der Goldrausch am French Hill fing in der Weihnachtswoche an. Corliss und Bishop hatten sich Zeit gelassen, von ihrem Fund zu berichten, denn sie hatten das Gelände erst sorgfältig abgesucht und ihre Claims abgesteckt. Einige enge Freunde weihten sie in das Geheimnis ein – Harney, Welse, Trethaway, einen holländischen ›chechaquo‹, der in der Kälte beide Beine verloren hatte, zwei Leute von der berittenen Polizei, einen alten Gefährten von Del, mit dem er in den Black Hills auf Goldsuche ausgegangen war, die Waschfrau von der Gabelung und zuletzt noch Lucile. Corliss hatte die Idee aufgebracht, und er steckte ihren Claim selbst ab, überließ es allerdings dem Oberst, ihr die Einladung zum Reichtum zu überbringen.

Entsprechend den Sitten jener Gegend boten diejenigen, die hinzugezogen worden waren, den beiden Entdekkern die Hälfte der Ausbeute an. Corliss nahm diesen Vorschlag nicht an. Del lehnte ebenfalls ab, wenn auch nicht aus moralischen Gründen. Er hatte auch so genug. »Meine Obstplantage hab ich längst zusammen, zweimal so groß, wie ich gedacht hatte«, erklärte er; »und wenn ich noch mehr hätte, wüßte ich nicht, was damit anfangen.«

Nach diesem Volltreffer hielt Corliss ganz selbstverständlich nach einem anderen Mann Ausschau, der für ihn arbeiten sollte. Aber als er eines Tages mit einem Kalifornier mit durchdringendem Blick ins Lager kam, war Del beleidigt.

»Nie im Leben«, tobte er.

»Aber Sie sind doch jetzt reich«, antwortete Vance, »und da müssen Sie doch nicht mehr arbeiten.«

»Reich! Zum Teufel!« gab der Goldsucher zurück. »Nach unserem Vertrag können Sie mich nicht rausschmeißen; und ich werde so lange bei diesem Job bleiben, wie ich dazu Lust habe. Verstanden?«

Am Freitagmorgen, ganz früh, erschienen alle beteiligten Parteien vor dem Büro des staatlichen Goldkommissars und ließen ihre Claims eintragen. Die Neuigkeiten verbreiteten sich sofort. Innerhalb von fünf Minuten waren die ersten Goldsucher auf dem Weg in das Gebiet. Nach einer halben Stunde war die ganze Stadt auf den Beinen. Um zu verhindern, daß mit ihren Claims irgend etwas geschah – Stöcke versetzt oder Erkennungsmarken verändert wurden –, beschlossen Vance und Del, nach der Registrierung sofort wieder zurückzukehren. Aber sie ließen es langsam angehen, da sie ja das Regierungssiegel in der Tasche hatten. Die anderen Goldsucher überholten sie nach und nach. Unterwegs sah Del über die Schultern und erblickte St. Vincent, mit der üblichen Goldsucher-Ausrüstung auf den Schultern, der mit leichten Schritten hinter ihnen herkam. Der Weg machte hier eine scharfe Biegung, und außer ihnen dreien war niemand in Sicht.

»Nicht mit mir sprechen. Tun Sie, als würden Sie mich nicht kennen«, gab Del scharfe Anweisungen, und gleichzeitig knöpfte er seinen Kinnriemen quer über das Gesicht, was ihm ein ganz anderes Aussehen gab. »Dort drüben ist ein Wasserloch. Legen Sie sich hin und tun Sie so, als würden Sie trinken. Dann gehen Sie allein zu den Claims; ich hab' hier noch was zu erledigen. Und bei der Seele Ihrer Mutter: Sagen Sie kein Wort zu mir oder zu dem Stinktier. Lassen Sie Ihr Gesicht nicht sehen.«

Corliss gehorchte verwundert, ging einige Schritte zur Seite und legte sich mit einer leeren Konservendose an das Wasserloch. Bishop kniete sich hin und tat so, als befestige er einen losen Bendel an seinem Mokassin. Gerade als St. Vincent ihn erreichte, hatte er den Knoten gebunden und lief mit der Hast eines Mannes los, der verlorene Zeit gutmachen will.

»He, warten Sie, guter Mann«, rief ihm der Journalist zu.

Bishop warf ihm einen hastigen Blick zu und eilte weiter. St. Vincent begann zu laufen, bis sie Seite an Seite waren.

»Ist dies der Weg ...«

»Zu den Ufern am French Hill?« unterbrach ihn Del. »Kannste Gift drauf nehmen. Das ist's, wo ich hinwill. Bis dann.«

Mit einem enormen Tempo eilte er weiter, und der Zeitungskorrespondent, der fast rennen mußte, blieb ihm auf den Fersen. Corliss, der immer noch am Wasserloch kniete, hob den Kopf und sah ihnen nach; als er den Goldsucher scharf nach rechts abbiegen und den Weg nach Adams Creek einschlagen sah, kam ihm die Erleuchtung, und er lachte leise vor sich hin.

Del kam spät in der Nacht ins Lager am Eldorado und war erschöpft, aber fröhlich.

»Kein Haar hab' ich ihm gekrümmt«, rief er, bevor er noch ganz im Zelt war. »Geben Sie mir was zu futtern« – wobei er nach dem Teebecher griff und eine heiße Flut die Kehle hinuntergoß – »Bratfett, Schlamm, alte Mokassins, Kerzenstümpfe, egal was!«

Dann fiel er auf die Decken und rieb sich die steifen Beinmuskeln, während Corliss Speck briet und die Bohnen auf den Teller tat.

»Was mit ihm ist?« brach es zwischen zwei Bissen aus ihm heraus. »Nun, Sie können darauf wetten, daß er den French Hill nicht erreicht hat. ›Wie weit ist es, guter Mann?‹« – er imitierte treffend den väterlichen Tonfall St. Vincents – »›Wie weit ist es?‹« (und das Väterliche war verschwunden). »›Wie weit noch bis zum French Hill?‹« schwächer, und dann mit einem tränenerstickten Tremolo: »›Wie weit ...‹«

Der Goldsucher brach in brüllendes Gelächter aus, das durch einen fehlgeleiteten Teestrom erstickt wurde und das ließ ihn hustend und sprachlos nach Atem ringen.

»Wo ich ihn verlassen habe?« fuhr er fort, nachdem er sich wieder erholt hatte. »Drüben an der Abzweigung zum

Indian-River, zerschlagen, erschöpft und erledigt. Gerade noch fähig, bis zum nächsten Lager zu kriechen, und das ist alles. Ich habe selbst fünfzig strenge Meilen hinter mir, deshalb leg' ich mich jetzt hin. Gute Nacht. Und wecken Sie mich nicht am Morgen.«

Er legte sich, wie er war, in die Decken, und während er eindöste, konnte ihn Vance noch hören: »›Wie weit ist es, guter Mann? Sagen Sie doch, wie weit?«‹

Was Lucile betrifft, so war Corliss enttäuscht. »Ich gestehe, daß ich sie nicht begreifen kann«, sagte er zu Oberst Trethaway. »Ich hätte gedacht, daß sie sich mit ihrem Anteil an dem Goldfeld von der Musikhalle hätte lösen können.«

»Man kann so einen Goldfund nicht an einem Tag heben«, gab der Oberst zu bedenken.

»Aber man kann auf diese Stelle Geld aufnehmen, wenn sie so vielversprechend aussieht wie ihre. Aber das habe ich sogar vorhergesehen, und deshalb habe ich ihr angeboten, ihr zinslos einige Tausend zu leihen, sie hat es abgelehnt. Sie sagte, sie brauche es nicht – um genau zu sein, sie war sehr dankbar, sagte, sie danke mir und bot mir an, daß ich jederzeit, wenn ich knapp bei Kasse sei, zu ihr kommen könne.«

Trethaway lächelte und spielte mit seiner Uhrkette. »Was wollen Sie? Sogar hier bedeutet ›leben‹ mehr als nur etwas zum Essen, eine Decke und einen Yukon-Ofen, und das gilt für uns alle, sogar für Lucile. Sie ist ebenso gesellig wie unsereins, vielleicht noch mehr, und wenn Sie sich vorstellen, daß sie die Musikhalle nicht mehr hat – was dann? Soll sie zu den Baracken hinaufgehen und mit der Gattin des Hauptmanns Konversation machen, oder soll sie zu Mrs. Schovilles Teestunden gehen oder mit Frona plaudern? Verstehen Sie? Würden Sie sie denn am hellichten Tag durch die Hauptstraße führen?«

»Würden Sie's tun?« fragte Vance.

»Ja«, sagte der Oberst ohne Zögern, »und mit großer Freude.«

»Das würde ich auch; aber ...« Er machte eine Pause und starrte düster ins Feuer. »Schauen Sie, wie sie mit

St. Vincent zusammenhockt. Wie die Diebe, und das die ganze Zeit.«

»Das wundert mich auch«, gab Trethaway zu. »Ich kann es aus der Sicht von St. Vincent verstehen. Viele Eisen im Feuer, und Lucile gehört immerhin ein Claim im zweiten Rang am French Hill. Glauben Sie mir, man kann ohne Zweifel voraussagen, an welchem Tag Frona zustimmen wird, in sein Bett und an seinen Herd zu kommen – falls sie überhaupt zustimmt.«

»Und wann wird das sein?«

»An dem Tag, an dem St. Vincent mit Lucile bricht.«

Corliss dachte darüber nach, und der Oberst fuhr fort.

»Aber Lucile verstehe ich nicht. Ich weiß nicht, was sie in St. Vincent sieht ...«

»Ihr Geschmack ist auch nicht schlechter als der von ... von vielen anderen Frauen«, unterbrach ihn Vance hitzig. »Ich bin sicher, daß ...«

»Frona kann wohl keinen schlechten Geschmack beweisen, wie?« Corliss drehte sich auf dem Absatz um und ging hinaus. Zurück blieb Oberst Trethaway, der grimmig in sich hineinlächelte.

Vance Corliss erfuhr niemals, wie viele Leute direkt oder indirekt in dieser Weihnachtswoche mit seinem Schicksal zu tun hatten. Zwei Menschen insbesondere kämpften, der eine für ihn und der andere für Frona. Pete Whipple, einer der ›old-timer‹ im Land, besaß einen Claim direkt unterhalb des French Hill, und er hatte eine Frau aus diesem Land zum Weib – einen dunkelhäutigen Mischling, deren indianische Mutter sich mit russischen Pelzhändlern vor dreißig Jahren in Kutlik am großen Delta getroffen hatte.

Bishop ging eines Sonntagmorgens zu Whipple, um mit ihm eine Stunde zu plaudern, aber er traf nur dessen Frau in der Hütte. Sie sprach ein englisches Mischmasch, das für die Ohren eine Qual war, und so beschloß der Goldgräber, eine Pfeife zu rauchen und, ohne unhöflich zu sein, wieder zu gehen. Aber er hatte ihre Zunge ins Plappern gebracht, und das in einem solchen Ausmaß, daß er dortblieb, viele Pfeifen rauchte und sie immer, wenn sie innehielt, drängte, weiterzureden. Er grunzte, schnitt Grimassen und fluchte leise vor sich hin, während er zuhörte, wobei er ihre Erzählung regelmäßig mit »Zum Teufel!« würzte, was ziemlich genau die vielen interessanten Punkte, die er in dem Erzählten fand, widerspiegelte.

Mittendrin fischte die Frau einen alten, ledergebundenen Band ganz unten aus einer wackligen Kiste, verschrammt und zerkratzt, und legte ihn auf den Tisch. Obwohl er nicht geöffnet wurde, nahm sie ständig mit Blicken und Gesten darauf Bezug, und jedesmal, wenn sie das tat, leuchtete in Bishops Augen ein gieriger Funke auf. Am Schluß, als sie nichts mehr sagen konnte und sich schon mehrere Male wiederholt hatte, zog er seinen Beutel heraus. Mrs. Whipple stellte die Goldwaage auf und legte Gewichte im Wert von einhundert Dollar darauf, was er mit ebensoviel Goldstaub aufwog. Dann machte er sich auf den Weg zurück zum Zelt, wobei er seinen Erwerb fest an sich preßte, und stieß auf Corliss, der auf den Decken saß und Mokassins flickte.

»Ich krieg' ihn noch«, bemerkte Del nebenbei, wobei er gleichzeitig das Buch tätschelte und es auf sein Bett warf.

Corliss sah fragend auf und öffnete es. Das Papier war gelb vom Alter und durch die Witterung der vielen Reisen brüchig, und der Text war auf Russisch. »Ich wußte gar nicht, daß Sie russisch gelernt haben«, neckte er ihn. »Ich jedenfalls kann kein Wort lesen.«

»Ich kann's auch nicht, und das ist schade; und Whipples Frau versteht es auch nicht. Ich hab's von ihm. Aber ihr alter Herr – er war echter Russe, müssen Sie wissen – hat es ihr immer laut vorgelesen. Und so weiß sie, was sie weiß und was ihr alter Herr wußte, und ich weiß es jetzt auch.«

»Und was ist es, was ihr drei wißt?«

»Oh, einiges«, antwortete Bishop zurückhaltend. »Aber warten Sie nur ab und haben Sie Geduld, bald werden Sie's auch wissen.«

Matt McCarthy kam über das Eis in der Weihnachtswoche, überblickte rasch die Lage, soweit sie Frona und St. Vincent betraf; sie gefiel ihm nicht. Dave Harney erzählte ihm alles weitere, und fügte noch hinzu, was Lucile ihm erzählt hatte, mit der er auf gutem Fuß stand. Vielleicht kam es daher, daß er so in den Genuß aller ihrer Vorurteile kam – auf jeden Fall rechnete er sich sofort zu denen, die den Journalisten mißgünstig ansahen. Keiner konnte sagen, wieso er den Mann nicht mochte, aber irgendwie hatte St. Vincent bei den Männern keinen Erfolg. Das wiederum konnte damit zusammenhängen, daß er bei Frauen derart brillierte, daß alle anderen Männer in seinem Schatten standen. Denn auf der anderen Seite bewies er beim Umgang mit Männern alle Qualitäten, die man sich wünschte. Er war nie überheblich oder schulmeisternd, zeigte aber kameradschaftliche Züge, die denen der anderen zumindest nicht nachstanden.

Trotzdem fällte Matt McCarthy schnell ein Urteil, das er anfangs zurückgehalten hatte, nachdem er mit St. Vincent eine Stunde in Jakob Welses Haus zugebracht hatte – obwohl das, was Lucile gesagt hatte, in gewisser Weise entwertet wurde durch den Grad ihrer Vertrautheit mit dem betreffenden Mann. Als guter Freund, mit offenem Herzen und rascher Hand, verlor Matt keine Zeit.

»Das werd' ich selbst in die Hand nehmen, wie sich's für ein Mitglied der edlen Eldorado-Dynastie ziemt«, sagte er zu sich selbst, als er zu einer Whist-Runde in Dave Harneys Hütte hinaufging. »Und vor allem«, fuhr er fort, »werde ich, wenn der Teufel die Seinen aus dem Auge verliert, selbst eines auf diesen Teufelssproß werfen.«

Aber mehr als einmal während des Abends entdeckte er, daß er sein eigenes Urteil in Frage stellte. Die Untersuchung, die er mit seinem unschuldigen Scharfsinn anstellte, verblüffte ihn. St. Vincent schien ohne Zweifel in Ordnung zu sein. Einfach, gutmütig, unkompliziert, Witze austeilend und einsteckend, demokratisch gesinnt – Matt konnte nicht das geringste Anzeichen von Falschheit entdecken.

»Da sollen doch die Hunde über mein Grab laufen«, sagte er zu sich selbst, während er seine Karten ansah, die von Trümpfen überliefen. »Kommt es vom Alter, das mein Blut abkühlt und meine Adern mit Frost füllt? So ein netter Kerl, und ich sollte ihm Unrecht tun, nur weil er bei den Damen einen Stein im Brett hat? Nur weil diese süßen Geschöpfe ihm Blicke zuwerfen und ihn anlachen? Leuchtende Augen und tapfere Männer! So ist das eben, wenn die Liebe die Oberhand gewinnt. Sie sind erschüttert und geschockt, wenn es um die grausamen und blutigen Kriegstaten geht, aber an wen verlieren sie hinterher ihr Herz: an den Metzgerjungen oder den Soldaten? Und warum auch nicht? Der Junge hat mutige Dinge vollbracht und die Mädchen lächeln ihn dafür nett an. Kein Grund, warum ich ihn einen Teufelsbraten schimpfen sollte. Schande über dich, Matt McCarthey. Du bist ein alter, verkrusteter Sauerteig, dem die wichtigsten Organe abgefroren sind und dem der Sommer aus dem Herzen entschwunden ist! Du bist verbohrt! Aber wart' ein bißchen, Matt, wart' ein bißchen«, fügt er hinzu. »Wart', bis du ihm mal richtig die Hand gedrückt hast!«

Die Gelegenheit dazu kam bald – als St. Vincent Frona gegenübersaß und alle dreizehn Stiche einheimste.

»Ein Schwarzer!« rief Matt. »Vincent, alter Junge, ein Schwarzer! Gib mir die Hand!«

Es war ein fester Druck, weder warm noch feucht, aber Matt schüttelte zweifelnd den Kopf. »Wozu sich Sorgen machen«, murmelte er vor sich hin, während er die Karten mischte. »Du alter Narr! Schau erst mal nach, wie's bei Frona steht, und wenn sie auch dafür ist, dann erst tu' was!«

»Oh, Matt ist 'n Lästermaul«, versicherte ihnen Dave Harney später, der St. Vincent zu Hilfe kam, welcher den Spott des Iren voll zu spüren bekam. Der Abend war vorbei, die Versammelten hüllten sich in ihre Tücher und zogen ihre Handschuhe an. »Von seinem Besuch in der Kathedrale hat er Ihnen nichts erzählt, oder? Das war, als er in den Staaten war. Nun, es war ungefähr so, jedenfalls hat er es so erzählt: Er ging während des Gottesdienstes in die Kathedrale, sah dort die Priester und Chorknaben in ihren Meßgewändern – er nannte sie ›Parkas‹ – und sah, wie sie ihren Weihrauch verbrannten. ›Und weißt du,

Dave‹, sagte er zu mir, ›die gingen da rein und machten einen Riesenqualm, obwohl keine einzige verdammte Mücke in der Nähe war.‹«

»Stimmt, jedes Wort stimmt.« Matt wurde nicht rot. »Und haben Sie je davon gehört, wie Dave und ich uns mit Kondensmilch besoffen haben?«

»Oh, schrecklich!« rief Mrs. Schoville. »Aber wie kam das? Erzählen Sie!«

»Es war während der ›Kerzen-Hungersnot‹ bei Forty Mile. Die Kälte beißt, und Dave kommt ’rüber in meine Hütte, um sich die Zeit zu vertreiben – da sieht er eine Kiste mit Kondensmilch bei mir. ›Wie würde dir ein Schluck von Morans gutem Whiskey schmecken?‹ sagt er, und dabei hat er ständig meine Kondensmilch im Auge. Ich gestehe, daß mir das Wasser im Mund zusammenläuft, als ich das höre. ›Aber was hab’ ich davon, wenn ich ihn mag, und mein Beutel ist leer?‹ fragte ich. ›Die Kerzen kosten jetzt zehn Dollar das Dutzend‹, sagt er, ›einen Dollar das Stück. Gibst du mir sechs Dosen Milch gegen eine Flasche von dem guten alten Zeug?‹ ›Wie willst du das schaffen?‹ frage ich. ›Laß mich nur machen‹, sagt er. ›Gib mir die Dosen. Draußen ist es kalt, und ich hab’ ein Paar Kerzenformen.‹ Und ich sag’ nur die nackte Wahrheit, und falls Sie Bill Moran treffen, wird er mir die Wahrheit bezeugen: denn Dave Harney hat mir tatsächlich die sechs Dosen abgeschwatzt, fror die Milch in seinen Kerzenformen und tauschte sie bei Bill Moran gegen eine Flasche von dem Feuerwasser!«

Sobald das Gelächter verstummt war, ergriff Dave Harney das Wort. »Es ist wahr, was McCarthey sagt, aber er erzählt nur die Hälfte, Kannst du den Rest nicht erraten, Matt?«

Matt schüttelte den Kopf.

»Weil ich selbst keine Milch hatte und auch nicht viel Zucker, hab’ ich drei der Dosen mit Wasser verdünnt. Und so nach und nach hatte ich genug Milch in meinem Kaffee für die nächsten paar Monate.«

»Es bleibt an mir hängen, Dave«, gab McCarthey zu. »Nur weil du mein Gastgeber bist, halte ich mich zurück, sonst würde ich die Damen mit deinen ständigen Frechheiten schockieren. Aber dieses Mal laß ich dich noch leben, Dave. Komm, verabschiede deine Gäste; wir müssen los.«

»Nein, das ist nichts für dich, du junger Specht«, fuhr er dazwischen, als St. Vincent Anstalten machte, Frona den Hügel hinunterzubegleiten. »Heute ist mal ihr alter Pate dran.«

McCarthey lachte still vor sich hin und bot Frona seinen Arm, während St. Vincent in das Gelächter über sich selbst einstimmte. Dabei fiel er zurück und gesellte sich zu Miss Mortimer und Baron Coubertin.

»Was sind das für Geschichten, die ich über dich und Vincent höre?« fragte Matt frei heraus, sobald sie sich von den andern getrennt hatten.

Er sah sie mit seinen klaren, grauen Augen an, aber sie erwiderte den Blick ebenso gerade.

»Woher soll ich wissen, was du gehört hast?« entgegnete sie.

»Wenn von einem Mädchen und einem Mann erzählt wird, und wenn sie hübsch und er nicht unansehnlich ist, wenn beide jung und nicht verheiratet sind, was wird dann wohl geredet?«

»Nun?«

»Es ist die wichtigste Sache der Welt.«

»Was?« Frona war ein wenig ärgerlich und machte keine Anstalten, ihm zu helfen.

»Heiraten natürlich!« brach es aus ihm heraus. »Es wird behauptet, daß es bei euch beiden danach aussieht.«

»Heißt das, daß es auch so ist?«

»Reicht es denn nicht, wenn es danach aussieht?«

»Nein, und du bist alt genug, es besser zu wissen. Mr. St. Vincent und ich – wir kommen gut miteinander aus, wie Freunde, das ist alles. Aber selbst wenn es so ist, wie du sagst, was ist dann?«

»Nun«, überlegte McCarthey, »es gibt da noch mehr Gerede. Es wird behauptet, Vincent tue dick mit einem Frauenzimmer drunten in der Stadt – Lucile nennen sie sie.«

»Und was bedeutet das?« Sie wartete, und McCarthey sah sie überrascht an. »Ich kenne Lucile, und ich mag sie«, fuhr Frona fort und unterbrach das Schweigen. »Kennst du sie denn? Magst du sie nicht?«

Matt wollte etwas sagen, räusperte sich und ließ es dann doch sein. Schließlich polterte er verzweifelt los: »Gib mir zwei Cents, Frona, und ich leg dich übers Knie!«

Sie lachte. »Das wagst du nicht. Ich laufe nicht mehr barfuß bei Dyea 'rum.«

»Nimm' mich nicht auf den Arm«, bat er.

»Ich zieh dich nicht auf. Magst du sie denn nicht? Lucile?«

»Und wenn schon?« fragte er kampflustig.

»Eben, das sag ich ja auch – wenn schon?«

»Dann laß dir etwas klar und deutlich von jemandem sagen, der alt genug ist, dein Vater sein zu können. Es ist verabscheuungswürdig, verdammt verabscheuungswürdig, wenn ein junger Mann Umgang mit einer jungen Dame hat ...«

»Danke schön«, lachte sie und knickste. Dann fügte sie fast bitter hinzu: »Es gibt andere, die auch ...«

»Zeig' mir den Mann!« rief er wild.

»Na, na, komm schon. Was hast du gesagt?«

»Daß es eine schreiende Schande ist, wenn ein Mann mit dir Umgang hat und gleichzeitig mit einer Frau wie der andern Händchen hält.«

»Und warum?«

»Weil er dann vor Schmutz triefend zu dir kommt und deine Reinheit bekleckert. Da fragst du noch warum?«

»Aber, Matt, warte doch. Wenn ich von deinen Voraussetzungen ausgehe ...«

»Ich weiß nichts von Voraussetzungen«, grummelte er. »Ich handle mit Tatsachen.«

Frona biß sich auf die Lippen. »Vergiß es. Nimm es wie du willst, aber laß mich zu Ende reden, und dann werde ich auch mit Tatsachen handeln. Wann hast du Lucile zum letztenmal gesehen?«

»Und warum fragst du?« wollte er mißtrauisch wissen.

»Kümmer' dich nicht darum. Wann?«

»Na gut, am Anfang des gestrigen Abends, und wohl bekomm's!«

»Und du hast mit ihr getanzt?«

»Einen gehüpften Virginia-Reel, nicht etwa eine Quadrille oder sowas. Ich tobe mich bei Square-Tänzen aus.«

Frona ging weiter und tat so, als denke sie angestrengt nach. Kein Laut war zwischen den beiden zu hören. Das einzige Geräusch verursachte der Schnee unter ihren Mokassins.

»Ja, und was ist jetzt?« fragte er und fühlte sich unwohl. »Und was ist schon dabei?« fragte er nach einer Weile wieder.

»Nichts«, antwortete sie. »Ich hab' mich nur eben gefragt, wer von euch beiden der schmutzigere ist, Mr. St. Vincent oder du – oder ich, der ich mit beiden schon Händchen gehalten habe.«

Leider war McCarthey in solchen Diskussionen nicht besonders gewandt, und obwohl er spürte, daß ihre Argumentation nicht stimmte, konnte er es nicht in Worten ausdrücken. Deshalb suchte er schwach, aber weise, einen Ausweg aus der gefährlichen Situation.

»Du bist ärgerlich über deinen alten Matt«, schmollte er, »dabei hab' ich immer nur dein Bestes im Sinn. Und du machst aus ihm einen Narren.«

»Nein, mache ich nicht.«

»Doch, du tust es.«

»Hier!« sagt sie, lehnte sich zu ihm hinüber und gab ihm einen Kuß. »Wie sollte ich mich an die Tage von Dyea erinnern und mich gleichzeitig über dich ärgern können?«

»Oh, Frona, mein Liebling, das hast du schön gesagt. Ich will der Staub unter deinen Füßen sein, und du kannst über mich hinwegtreten, solange du nur nicht böse auf mich bist. Ich würde mich für dich töten lassen, und ich würde selbst den Menschen umbringen, der dir Kummer bereitet. Dann würde ich mit einem Lächeln auf den Lippen und mit frohem Herzen in die Hölle fahren.«

Sie hielten vor ihrer Tür an, und sie preßte dankbar seinen Arm. »Ich bin dir nicht böse, Matt. Aber außer meinem Vater bist du der einzige, dem ich gestatte, auf diese Weise mit mir über diese – diese Sache zu reden. Und obwohl ich dich liebe, Matt, mehr als zuvor, wäre ich doch böse, wenn du sie noch mal erwähnst. Dazu hast du kein Recht. Das ist etwas, das nur mich alleine etwas angeht. Und du hast unrecht, wenn du …«

»Wenn ich dich davon abhalten will, mit offenen Augen ins Unglück zu rennen?«

»Wenn du es so nennen willst – ja!«

Er knurrte tief in der Kehle.

»Was hast du gesagt?« fragte sie.

»Daß du mir zwar den Mund verbieten, aber nicht meinen Arm festbinden kannst.«

»Aber du darfst das nicht, Matt, das darfst du nicht!«

Wieder antwortete er mit einem tiefen, inneren Knurren.

»Und ich möchte, daß du mir versprichst, daß du dich nicht in mein Leben einmischst, weder mit Worten noch mit Taten.«

»Ich verspreche dir gar nichts. Mach, daß du ins Bett kommst. Hier draußen auf der Treppe ist's zu kalt für dich. Gute Nacht, Frona.« Mit diesen Worten schob er sie zur Tür hinein und machte sich dann auf den Heimweg. Einige Male blieb er stehen und fluchte laut vor sich hin.

»Wie kannst du alter Esel dir einbilden, daß eine Welse nicht ihren Kopf durchsetzt, wenn sie sich etwas vorgenommen hat?«

Brummelnd ging er weiter. Sein alter Wolfshund kam knurrend hinter ihm her.

17

Der Weihnachtsabend mit seinen Freuden und Überraschungen war fast vorüber. Nachdem der letzte Gast das Haus verlassen hatte, fragte der alte Welse seine Tochter »Bist du müde, mein Kind?«

Frona sah ihren Vater mit strahlenden Augen an, als

danke sie ihm nochmals für alles Liebe und Gute, das sie von ihm empfangen hatte. Dann setzten sie sich in zwei bequeme Lehnstühle vor dem Kamin, in dem die letzten Scheite verglühten.

Nach einer Pause fing Jakob Welse an zu sprechen: »Was wird nächstes Jahr zu Weihnachten sein?« Die Frage galt nicht so sehr seiner Tochter; er fragte gewissermaßen in den Kamin hinein, als ob die sprühenden Funken Antwort geben könnten. »Diese zwei Monate, die du jetzt hier bist, waren die glücklichste Zeit meines Lebens. Wir hatten uns kaum gekannt, Frona. Die wenigen Wochen, die wir uns in Abständen immer wieder mal gesehen hatten, zeigten jedesmal die große Veränderung, die mit dir vorgegangen war. Trotzdem konnte ich mir dich immer als das kleine, wilde Geschöpf mit den wirren Haaren vorstellen – das konnte ich immer mit meiner Vorstellung einer Welse in Einklang bringen. Aber als Frona, die Frau, die du heute bist, so, wie du jetzt vor mir sitzt, wie du warst, seitdem du den Yukon heruntergekommen bist – es ist schwer. Ich kann mir nicht denken ... Ich ...« Er brach ab und hob hilflos die Hände. »Ich wünschte fast, ich hätte dir keine Ausbildung gegeben, sondern dich bei mir behalten, mit mir herumreisend und Abenteuer erlebend, Erfolg und Niederlage teilend. Dann hätte ich dich immer gekannt, auch jetzt, wo wir am Feuer sitzen. Jetzt kenne ich dich nicht. Zu dem, was ich kannte, ist etwas Neues hinzugekommen, irgendwie fremd, fein, umfassend – ich kann es nicht in Worten ausdrücken.

Nein.« Er ließ sie die Worte nicht aussprechen, die auf ihren Lippen lagen. Sie kam zu ihm herüber und kniete sich zu seinen Füßen nieder, legte den Kopf auf seine Knie und ergriff fest seine Hand. »Nein, es stimmt nicht. Ich weiß nicht, wie ich es sagen soll. Ich will es anders versuchen. Unter all dem, was du bist, trägst du unseren Familienstempel. Ich wußte, daß ich dich verlieren könnte, wenn ich dich fortschickte, aber ich hatte Vertrauen in die Bande des Blutes und ging das Risiko ein. Zweifel und Furcht überfielen mich, als du weg warst. Ich habe ohne Hoffnung gehofft und ketzerisch gebetet! Und schließlich kam der Tag, an dem du zurückkehren solltest. Als sie sagten, daß dein Boot komme, stand auf einer Seite von mir der Tod und auf der anderen das ewige Leben. ›Geglückt oder nicht, geglückt oder nicht?‹ Diese Worte durchfuhren ständig meinen Kopf, bis sie mich fast verrückt machten. Würde die Welse eine Welse geblieben sein? Würde das Blut stärker sein? Würde der junge Sproß gerade und hochgewachsen sein, voll mit grünem Saft und frisch? Oder würde er schlaff und leblos herunterhängen, von der Hitze der Welt außerhalb des Dyea verwelkt und versengt?

Es war der Tag der Tage, und doch war es eine Tragödie des Wartens, Schauens, Bittens. Du weißt, daß ich die meisten meiner Jahre alleine verbracht habe, alleine gekämpft habe und du, mein einziges Kind, warst fort. Falls es schiefgegangen sein sollte ... Aber da bog dein Boot um die Ecke und ich fürchtete mich, hinzuschauen. Noch nie hat mich einer einen Feigling genannt, aber in diesem Augenblick war ich dem Feigling näher als je zuvor. In diesem Augenblick hätte ich wohl leichter dem Tod ins Auge gesehen. Es war völlig närrisch, absurd. Wie konnte ich wissen, ob ich Glück oder Pech hatte, solange du noch ein kleiner Punkt draußen auf dem Fluß warst? Ich sah noch immer hinaus, und da begann das Wunder, denn plötzlich wußte ich Bescheid. Du standst am Steuer. Du warst eine Welse. Es scheint so wenig und doch bedeutete es so viel. Von einer normalen Frau konnte man das nicht erwarten, von einer Welse schon. Und als Bishop über Bord ging, als du die Situation ebenso sicher in die Hand genommen hast wie das Steuerruder, als deine Stimme den Indianern befahl, was sie zu tun hatten, und als sie ihre Rücken beugten – da war es der Tag der Tage für mich!«

»Ich habe mich immer bemüht und immer daran gedacht«, flüsterte Frona. Sie erhob sich, bis ihr Arm um seinen Hals und ihr Kopf an seiner Brust lag. Er legte leicht einen seiner Arme um ihren Körper und ließ ihr Haar wieder und wieder durch die Hände gleiten.

»Wie gesagt, der Stempel der Familie war nicht verwischt, und trotzdem war da ein Unterschied. Ich habe es beobachtet, untersucht und gelöst. Ich saß am Tisch, stolz auf dich neben mir, und trotzdem klein wie ein Zwerg. Wenn du von kleinen, unwichtigen Dingen gesprochen hast, konnte ich dir folgen. Sobald du von großen Dingen sprachst, war ich zu klein dazu. Ich kannte dich, hatte meine Hand auf dir, und plötzlich – peng! warst du fort. Wer seine Beschränktheit nicht kennt, ist ein Narr; ich war weise genug, meine zu erkennen. Kunst, Poesie, Musik – was versteh, ich schon davon? Und das waren die großen Dinge, von denen du gesprochen hast, die dir mehr bedeuteten als die kleinen Dinge, über die ich auch Bescheid weiß. Ich hatte blind, närrisch geglaubt, daß wir nicht nur körperlich, sondern auch geistig vom gleichen Schlag wären. Es war hart, aber ich habe es verstanden. Aber zu sehen, wie mein eigenes Blut mich verläßt, sich über mich hinaus erhebt, das ist schwer zu fassen. Es betäubt! Ich habe dich aus Browning lesen hören – nein! Nein! Sag nichts! –, und ich habe gesehen, wie sich dein Gesicht verändert hat, wie sich dein Gesicht leidenschaftlich erhellte, und die ganze Zeit über fielen die Worte über mich her, bedeutungslos, melodisch, aber ohne Sinn. Und Mrs. Schoville saß da, mit einem Ausdruck idiotischer Ekstase, und sie verstand so wenig wie ich. Ich hätte sie erwürgen können.

Nun, eines Nachts habe ich mich mit deinem Browning davongemacht und mich wie ein furchtsamer Dieb versteckt. Der Text war für mich sinnlos. Ich habe mir wie ein Wilder mit der Faust auf den Kopf gehauen, um etwas Verständnis hineinzuklopfen. Denn mein Leben ist immer in einer tiefen, engen Rinne verlaufen. Ich war im Geleise festgefahren. Ich hab' immer das getan, was getan werden mußte, und das habe ich gut getan. Aber das war vorbei, ich konnte die Zeit nicht zurückholen. Ich, der ich stark und beherrschend war, der das Schicksal vieler Menschen bestimmte, der Maler und Künstler mit Haut und Haaren zu Tausenden kaufen konnte, wurde von Worten, die auf Papier für wenige Cents standen, verblüfft!«

Einen Augenblick schwieg er und streichelte ihr Haar.

»Zurück zum Ausgangspunkt. Ich hatte das Unmögliche versucht und hatte versucht, gegen das Unvermeidliche anzukämpfen. Ich hatte dich fortgeschickt, damit du das bekommst, was ich nicht habe und glaubte, wir würden eins bleiben. Als ob man zwei und zwei zusammenfügen und trotzdem zwei behalten könnte! Kurz gesagt, du bist eine Welse geblieben, aber du hast eine fremde Sprache gelernt. Wenn du sie redest, bin ich taub. Und noch schlimmer, ich weiß, daß die neue Sprache die mächtigere ist. Ich weiß nicht, warum ich all das erzählt habe, warum ich meine Schwäche zugegeben habe ...«

»Oh Vater, mein Vater, du größter aller Menschen!« Sie hob den Kopf und lachte ihm ins Gesicht, wobei sie mit der Hand sein eisengraues Haar aus der Stirn strich. »Du, der du so viel erreicht hast, der mehr und Größeres getan hat als diese Maler und Künstler, der das Gesetz des Wandels so gut kennt! Würde nicht dein Vater, wenn er jetzt hier säße, sich ebenso beklagen, wenn er dich und dein Werk betrachtete?«

»Ja, ja. Ich habe schon gesagt, daß ich es weiß. Laß uns darüber nicht weiter reden ... es war nur eine kleine Schwäche. Mein Vater war ein großer Mann.«

»Meiner auch.«

»Ein Kämpfer bis zum Schluß. Er hat die große Schlacht geschlagen ...«

»Meiner auch.«

»Und ist kämpfend gestorben.«

»Das wird meiner auch, das werden wir Welses alle.«

Er schüttelte sie spielerisch, wie um die Fröhlichkeit zurückkehren zu lassen. »Aber ich werde verkaufen. Bergwerke, Gesellschaften, alles – und ich werde Browning studieren.«

»Immer noch der Kampf. Du kannst dein Blut nicht vergessen, Vater.«

»Wieso bist du kein Junge geworden?« fragte er plötzlich. »Du wärst ein Prachtkerl geworden. Als Frau mußt du irgendwann einmal von mir gehen – morgen, übermorgen, vielleicht nächstes Jahr. Ah! Jetzt weiß ich, in welche Richtung meine Gedanken gegangen sind. Du kennst diese Unausweichlichkeit ebensogut wie ich. Aber mit welchem Mann wirst du gehen, Frona?«

»Nicht«, sagte sie. »Erzähle mir von den Kämpfen deines Vaters, von dem letzten großen in Treasure City. Zehn zu eins stand es da, nicht wahr? Erzähl' mir's.«

»Nein, Frona. Weißt du, daß wir zum erstenmal in unserem Leben ernsthaft miteinander reden, wie Vater und Tochter – zum erstenmal? Du hattest keine Mutter, die dich beraten konnte. Dein Vater konnte dir auch keinen Rat geben, denn er hat auf das Blut vertraut, zu Recht, und hat dich in Ruhe gelassen. Aber es gibt eine Zeit, in der der Rat der Mutter vonnöten ist, und vor allem für dich, die du nie eine gehabt hast.«

Frona wartete auf das, was ihr Vater sagen wollte.

»Dieser Mann, St. Vincent – wie steht es zwischen euch beiden?«

»Ich ... Ich weiß nicht. Was meinst du?«

»Denk immer dran, Frona, daß du freie Wahl hast, daß du das letzte Wort hast. Trotzdem würde ich es gerne verstehen. Ich könnte ... vielleicht ... ich könnte dir vielleicht einen Rat geben. Mehr nicht. Aber vielleicht ...«

Sie spürte die nicht faßbare Heiligkeit seiner Worte, und doch fühlte sie ihre Zunge wie gebunden. Statt der einen, klaren Antwort flatterten ihr viele ineinander verwobene Gedanken durch den Kopf. Konnte er es denn verstehen? Gab es nicht eine Schwelle, die verhinderte, daß er ihre Beweggründe verstehen konnte, die für sie verpflichtend waren? Obwohl sie immer das Einfache und Ursprüngliche bevorzugte und dessen Wahrheit und Gesundheit verteidigte, zweifelte sie doch daran, daß die einfache Philosophie ihres Vaters dieselben Gedankengänge wie ihre an den Universitäten gelernte Philosophie nachvollziehen konnte. Dann aber wurde ihr bewußt, was sie tat, sie betrachtete all die Überlegungen, die sie anstellte, und verwarf sie, weil sie ihr zu sehr nach Verrat aussahen.

»Es ist nichts zwischen uns, Vater«, sagte sie fest. »Mr. St. Vincent hat nichts gesagt, absolut nichts. Wir sind gute Freunde, wir mögen uns, wir sind sehr gute Freunde. Ich denke, das ist alles.«

»Aber ihr mögt euch; du magst ihn. Magst du ihn auf eine Art und Weise, in der eine Frau einen Mann mögen muß, bevor sie ihr Leben mit ihm teilen kann, sich in ihm verlieren kann? Geht es dir wie der Ruth in der Bibel, so daß du sagen kannst, wenn die Zeit kommt: ›Dein Volk ist mein Volk, und dein Gott mein Gott‹?«

»Nein ... Es ist möglich; aber ich kann es nicht sagen, ich wage es nicht zu sagen oder zu denken – noch nicht. Das ist meine feste Überzeugung – wenn es kommt, muß es wie ein weißer Blitz kommen, ohne daß man weiß woher oder warum, wie eine Erleuchtung, die nichts verbirgt, sondern alles vollkommen enthüllt. Wenigstens stelle ich mir das so vor.«

Jakob Welse nickte mit dem Kopf in der langsamen Art von jemandem, der verstanden hat, hielt aber dann inne, um noch einmal zu überlegen und abzuwägen.

»Aber warum hast du gefragt, Vater? Warum hast du nach Mr. St. Vincent gefragt? Ich bin auch mit anderen Männern befreundet.«

»Aber bei den anderen Männern hatte ich nicht dasselbe Gefühl wie bei St. Vincent. Wir können aufrichtig zueinander sein, du und ich, und wir können die Schmerzen vergeben, die wir einander zufügen. Meine Meinung wiegt nicht schwerer als eine andere. Fehlbarkeit ist der verbreitetste Fehler. Ich kann auch nicht erklären, warum ich so fühle, wie ich fühle – vermutlich auf ähnliche Weise, wie du es von deinem großen weißem Blitz erwartest. In einem Wort: Ich mag St. Vincent nicht.«

»Ein sehr verbreitetes Urteil von Männern über ihn«, warf Frona ein, die unaufhaltsam in die Verteidigung getrieben wurde.

»Solche eine Übereinstimmung der Meinungen macht meine Position nur stärker«, gab er zurück, aber nicht streitsüchtig. »Allerdings muß ich bedenken, daß ich ihn betrachte, wie Männer auf andere Männer schauen. Seine Beliebtheit bei Frauen muß daher kommen, daß Frauen ihn anders betrachten als Männer, so wie sich Frauen auch körperlich und geistig von Männern unterscheiden. Es ist sehr kompliziert, zu schwierig, als daß ich es erklären könnte. Ich folge nur meiner Natur und versuche, gerecht zu sein.«

»Aber hast du nichts Genaueres?« fragte sie und machte den Versuch, seine Haltung besser zu verstehen. »Kannst du nicht ein bestimmtes Ereignis in Beziehung setzen zu deinem Gefühl?«

»Ich wage es kaum. Gefühle können selten in Worten ausgedrückt werden. Aber laß es mich versuchen. Wir Welses haben nie einen Feigling gekannt. Und wo Feigheit ist, hat nichts Bestand. Es ist, als ob man auf Sand baut, oder wie eine üble Krankheit, die rottet und fault, und man weiß nie, wann sie ausbricht.«

»Aber mir scheint, daß Mr. St. Vincent der letzte Mensch auf der Welt ist, dem man Feigheit vorwerfen könnte. Ich kann ihn jedenfalls nicht in diesem Licht sehen.«

Der Unmut in ihrem Gesicht schmerzte ihn. »Ich weiß nichts, was gegen St. Vincent spricht. Es gibt keinen Beweis, daß er etwas anderes wäre als das, als was er erscheint. Trotzdem fühle ich es, in meiner fehlbaren menschlichen Art. Es gibt allerdings eine Sache, die ich gehört habe, über eine gewöhnliche Rauferei in der Musikhalle. Versteh mich recht, Frona, ich sage nichts gegen die Rauferei oder den Ort – Menschen sind nun mal so –, aber es heißt, daß er sich damals nicht so verhalten hat, wie man sich verhalten sollte.«

»Du sagst ja selbst, Vater: Menschen sind so. Wir hätten sie gerne anders, denn dann wäre die Welt sicher besser, aber wir müssen sie nehmen wie sie sind. Lucile ...«

»Nein, nein, du hast mich falsch verstanden. Ich meinte nicht sie, sondern die Rauferei. Er hat sich nicht ... er war feige!«

»Aber du hast gesagt, daß das erzählt wird. Er hat mir auch davon erzählt, nicht lange danach, und ich glaube nicht, daß er das gewagt hätte, wenn da irgendwas ...«

»Es soll beileibe kein Vorwurf sein«, unterbrach sie Jakob Welse hastig. »Es ist nur Hörensagen, und die menschlichen Vorurteile sind Erklärung genug für diese Erzählung. Es spielt keine Rolle. Ich hätte davon nicht anfangen sollen, denn ich habe viele gute Männer gesehen, die mal Angst hatten – Lampenfieber haben sie es genannt. Und jetzt laß uns das vergessen. Ich wollte dir einen Rat geben, und ich fürchte, ich habe es verpfuscht. Aber vergiß nie, Frona, vor allem und über allem bist du meine Tochter, und ich bin der festen Meinung, daß dein Leben dir gehört, nicht mir, und daß du damit machen kannst, was du willst, im Guten und im Schlechten. Du mußt damit leben, und sobald ich es beeinflusse, ist es nicht mehr deines, dann hast nicht mehr du es bestimmt. Du wärest auch keine Welse, denn noch nie hat jemand aus der Familie Welse sich einem Diktat unterworfen. Sie wären lieber gestorben, oder sie gingen als Pioniere an die Grenzen der Erde.

Weißt du, wenn du die Tanzhalle für das angemessene und geeignete Mittel der Selbstverwirklichung halten würdest, wäre ich zwar im Augenblick traurig, aber am nächsten Tag würde ich es begrüßen, daß du in die Musikhalle gehst. Es wäre unklug, dich aufzuhalten, und außerdem ist das nicht unsere Art. Die Welses haben immer, auch in aussichtslosen Fällen und ohne Hoffnung, Seite an Seite und Schulter an Schulter gekämpft. Für Menschen wie uns sind Konventionen sinnlos. Sie sind gut für das Schwein, das sich ohne sie noch tiefer im Schlamm suhlen würde. Die Schwachen müssen sich unterwerfen oder werden zermalmt; die Starken nicht. Die Masse ist nichts; das Individuum ist alles; und es ist immer das Individuum, das die Masse befehligt und ihr Gesetze gibt. Ich pfeife drauf, was die Welt sagt! Wenn die Familie Welse einen Bastard hervorbringen sollte, dann wäre es noch immer ein Welse, und durch Himmel und Hölle und im Angesicht Gottes würden wir zusammenhalten. Wir sind vom selben Blut, Frona, du und ich!«

»Du bist größer als ich«, flüsterte sie und küßte seine Stirn. Die Berührung ihrer Lippen kam ihm vor wie ein Herbstblatt, das durch die stille Luft herabfällt.

Und während die Hitze des Raumes langsam schwächer wurde, erzahlte er von ihren und seinen Vorfahren, von ihren Kämpfen und von dem letzten Kampf, den die starken Welses in Treasure City führten und wo sie starben.

18

Das »Puppenhaus« war ein voller Erfolg. Mrs. Schoville ließ sich darüber in derart schwelgenden und übertreibenden Worten aus, daß Jakob Welse, der neben ihr stand, seine funkelnden Blicke auf ihren plumpen, weißen Hals richtete und unbewußt mit seinen Händen eine unsichtbare Luftröhre packte und zudrückte. Dave Harney verkündete überschwenglich, wie hervorragend die Aufführung gewesen war, stellte allerdings die Berechtigung von Noras Philosophie in Frage und schwor bei seinen puritanischen Göttern, daß Torwald der größte Esel unter der Sonnc war. Sogar Miss Mortimer gab zu, obwohl sie der ganzen Sache aus philosophischer Sicht nicht zustimmte, daß die Schauspieler zu loben seien; und Matt McCarthey verkündete, daß er der lieben Nora nichts vorzuwerfen habe. Er erzählte dem staatlichen Goldkommissar, unter vier Augen allerdings, daß ein Lied oder zwei und ein kleiner Cancan der Vorstellung nicht geschadet hätten.

»Natürlich hatte Nora recht«, vertrat er gegenüber Dave Harney, mit dem er hinter Frona und St. Vincent herging. »Ich würde gerne sehen ...«

»Gummi ...«

»Erzähl' das deiner Großmutter!« stieß Matt grimmig aus.

»Wie ich schon sagte«, fuhr Harney ungerührt fort, »Gummistiefel steigen ins Unendliche, sobald 's wieder ans Waschen geht. Drei Unzen fürs Paar, und darauf kannste wetten. Jetzt kriegst du 'se für eine Unze pro Paar, damit hast du zwei Unzen Gewinn. Eine Gelegenheit, Matt, todsicher!«

»Der Teufel soll dich und deine Gelegenheiten holen! Ich habe die ganze Zeit Nora im Kopf!«

Sie verabschiedeten sich von Frona und St. Vincent und gingen laut streitend in Richtung Saloon.

Gregory St. Vincent stieß einen hörbaren Seufzer aus. »Endlich!«

»Endlich was?« fragte Frona uninteressiert.

»Endlich habe ich die Gelegenheit, Ihnen zu sagen, wie gut Sie waren. Die letzte Szene haben Sie ganz wundervoll gespielt; so gut, daß es schien, als ob Sie tatsächlich für immer aus meinem Leben verschwinden wollten.«

»Wie schrecklich!«

»Es war fürchterlich!«

»Nein!«

»Aber ja! Ich habe die ganze Szene auf mich bezogen. Sie waren nicht Nora, sondern Frona, und ich nicht Torwald, sondern Gregory. Als Sie von der Bühne gingen, in Hut und Mantel und mit der Reisetasche in der Hand, kam es mir vor, als könnte ich nicht zurückbleiben und meinen Text zu Ende sprechen. Und als die Tür schlug und Sie fort waren, hat mich nur der Vorhang gerettet. Er brachte mich wieder zu mir, sonst wäre ich Ihnen vor dem ganzen Publikum nachgestürzt.«

»Es ist seltsam, welchen Eindruck eine gespielte Szene machen kann«, sagte Frona.

»Welche Erklärung gibt es dafür?« fragte St. Vincent.

Frona antwortete nicht, schweigend gingen sie weiter. Sie stand noch immer unter dem Eindruck des Abends, und die Hochstimmung, die sie als Nora verspürt hatte, war noch nicht verflogen. Außerdem hörte sie aus St. Vincents Worten etwas heraus, das sie mit jener Schüchternheit zur Kenntnis nahm, mit der Frauen reagieren, wenn sie einem Mann an der Grenze zu größerer Vertrautheit gegenüberstehen.

Es war eine klare, kalte Nacht – nicht zu kalt, kaum vierzig Grad Fahrenheit unter Null – und das Land lag in einem weichen, unbestimmten Licht, das weder von den Sternen noch vom Mond kam, sondern von einem blaßgrün schimmernden Rand stammte, der sich am südwestlichen Horizont entlangzog.

Plötzlich durchbrach ein weißes Licht wie ein Suchscheinwerfer diesen Schimmer. Für einen kurzen Augenblick wurde es gespenstisch hell, dann brach die Nacht wieder herein. Der grünlich glühende Rand war in Aufruhr, Blasen stiegen auf, er flimmerte, stieg höher, fiel wieder herab und sandte lange, körperlose Finger in die oberen Schichten der Hemisphäre. Ein zweiter weißer Strahl schoß wie eine Rakete über den Himmel, stieg vom Horizont zum Zenit und fiel wieder zum Horizont hinab. Aber die Helligkeit hielt nicht an, und hinter ihr drückte wieder die schwarze Nacht herein. Noch einmal schoß der Strahl über den Himmel, diesmal breiter, heller und mit weißen Fransen nach allen Seiten; dieses Mal hielt die Brücke und es blieb hell.

Nach diesem flammenden Triumph wurde die Stille der Erde plötzlich durchbrochen; Zehntausende von Hunden jaulten in langgezogenem Heulen ihren Kummer und ihre Sorgen zum Himmel. Frona schauderte, und St. Vincent legte seinen Arm um ihre Hüfte. Das Weibliche in ihr bemerkte die Berührung des Mannes, und sie verspürte einen leichten, freudigen Schauder. Sie leistete keinen Widerstand. Und als die Hunde zu ihren Füßen heulten und das Nordlicht über ihrem Kopf glühte, fühlte sie sich nahe zu ihm hingezogen.

»Muß ich dir noch etwas erklären?« flüsterte er.

Sie ließ den Kopf in ergebener Zustimmung an seine Schulter sinken, und so betrachteten sie gemeinsam das Schauspiel des Flammenhimmels, der die Sterne verblassen und verschwinden ließ. Ein gigantisches, geheimnisvolles Pulsieren durchzog den flammenden Himmel, und alle Farben des Regenbogens zogen nach unbekanntem Plan über das Firmament. Ohne Vorwarnung wurde die Helligkeit, die unter den glühenden Farben vorherrschte, von einem schwarzen Arm zerrissen, der über den Himmel wischte, die Farben hinter den Horizont schickte und endlich der ungeheuren, ruhigen Nacht den Weg ebnete. Die Sterne wurden nach und nach wieder sichtbar, die Hunde begannen von neuem zu heulen.

»Ich kann dir so wenig bieten, Liebes«, sagte der Mann

mit leichter Bitterkeit. »Das unsichere Schicksal des wandernden Zigeuners.«

Die Frau ergriff seine Hand, legte sie an ihr Herz und sagte, wie eine berühmte Frau vor ihr: »Ein Dach und eine Brotkrume mit dir, Richard.«

19

How-Ha war nur eine einfache Indianerfrau, die von einer langen Reihe fischessender, fleischverschlingender Vorfahren abstammte, und ihre moralischen Maßstäbe waren ebenso rauh und einfach wie ihr Blut. Durch langen Kontakt mit den Weißen hatte sie aber Einblick in deren Sichtweise gefunden und, obwohl sie innerlich mißbilligend brummte, verstand sie sehr gut ihre Handlungsweisen. Vor zehn Jahren hatte sie für Jakob Welse gekocht und ihm seitdem auf die eine oder andere Weise immer wieder geholfen. Als sie an einem trüben Januarmorgen die Türe öffnete, um auf das Klopfen zu antworten, wurde aber selbst ihre unerschütterliche Ruhe ins Wanken gebracht, als sie die Person erkannte. Ein durchschnittlicher Betrachter hätte sie nicht erkannt, aber How-Ha hatte eine harte Schule durchgemacht, in der Nachlässigkeit und Unaufmerksamkeit mit dem Tode bezahlt wurden, und so hatte sie gelernt, auf Kleinigkeiten und Einzelheiten zu achten.

How-Ha sah die Frau, die vor ihr stand, von oben bis unten an. Durch den schweren Schleier konnte sie kaum die Augen erkennen, die Kapuze des Parkas verbarg das Haar, und der Parka selbst verhüllte die genauen Umrisse des Körpers. Aber How-Ha blickte genauer hin. Etwas an der allgemeinen Erscheinung kam ihr bekannt vor. Sie sah sich den Kopf genauer an und erkannte die Haltung. Ihre Augen wurden trübe, während sie den Windungen ihres einfachen Gehirns folgte; sie untersuchte die Ablagen, wo ohne komplizierte Verbindungen und Theorien die einfachen Erfahrungen der Vergangenheit lagen, sauber geordnet und leicht wiederzufinden; sie wählte hier etwas und dort etwas, verknüpfte es in einem kurzen Prozeß der Erinnerung, dann fiel das Geheimnisvolle der Frau vor ihr ab. Sie kannte ihre Worte, Taten und Geschichte.

»Besser schnell-schnell weggehen«, sagte sie ihr.

»Miss Welse. Ich möchte sie sprechen.«

Die Fremde sprach in festen, gleichmäßigen Worten, die den Willen dahinter erkennen ließen, aber das beeindruckte How-Ha nicht.

»Viel besser gehen«, wiederholte sie unerschüttert.

»Hier, bring das Frona Welse, und – Ah! Laß das!« (Sie schob das Knie zwischen Tür und Rahmen.) »Laß die Tür offen!«

How-Ha machte ein finsteres Gesicht, nahm aber die Botschaft in Empfang; die zehn Jahre im Dienst der überlegenen Rasse waren nicht spurlos an ihr vorübergegangen.

›Kann ich Sie sehen? Lucile.‹ Das stand auf dem Papier. Frona sah die Indianerin erwartungsvoll an.

»Ist draußen«, erklärte How-Ha. »Ich sagen, schnell-schnell weggehen? Eh? Ja? Nix gut. Ist ...«

»Nein, hol' sie herein, bring' sie herauf.«

»Viel besser ...«

»Geh!«

How-Ha grunzte etwas vor sich hin und gehorchte. Während sie die Treppe zur Tür hinunterging, ging ihr unklar der Gedanke durch den Kopf, daß der Unterschied von weißer und dunkler Haut den Unterschied von Meister und Diener ausmachte.

Mit einem einzigen Blick fing Lucile die Umgebung ein – Frona, die lächelnd mit ausgestreckter Hand im Vordergrund stand, den zerbrechlichen Frisiertisch, den einfachen Schmuck, die vielen Anzeichen der Anwesenheit eines Mädchens, und als dies alles zusammen in ihr Bewußtsein drang, erinnerte sie sich an ihre eigene Kindheit, und das war keine schöne Erinnerung. Dann aber verschloß sie Augen und Ohren gegenüber ihrer Umgebung.

»Ich bin froh, daß Sie gekommen sind«, sagte Frona.

»Ich habe so sehr gewünscht Sie wiederzusehen und – aber bitte, legen Sie doch den schweren Parka ab. Wie dick er ist und welch schönes Fell und gute Verarbeitung!«

»Ja, er kommt aus Sibirien.« ›Ein Geschenk von St. Vincent‹, hätte sie am liebsten dazugesagt, aber sie verschluckte es und sagte statt dessen: »Die Sibirer haben noch nicht gelernt zu pfuschen.«

Sie sank in den niedrigen Schaukelstuhl und zeigte dabei eine Anmut, die dem ästhetisch geschulten Auge Fronas nicht entgehen konnte. Schweigend, aber mit stolz erhobenem Kopf lauschte sie Frona, während die Minuten verrannen, und beobachtete mit unpersönlicher Freude, wie Frona versuchte, das Gespräch nicht abreißen zu lassen.

»Wozu ist sie gekommen?« fragte sich Frona, während sie über Pelze, das Wetter und andere unwichtige Dinge sprach.

»Wenn Sie nicht bald etwas sagen, Lucile, werde ich nervös«, sagte sie schließlich verzweifelt. »Ist irgend etwas passiert?«

Lucile ging zum Spiegel hinüber und nahm eine kleine Miniatur auf, die zwischen den anderen Sachen auf dem Tisch lag. »Sind Sie das? Wie alt waren Sie da?«

»Sechzehn.«

»Ein Luftgeist, aber ein kalter aus dem Norden.«

»Das warme Blut kommt bei uns erst spät«, gab Frona zurück; »aber es ...«

»... es ist trotzdem warm«, lachte Lucile. »Und wie alt sind Sie jetzt?«

»Zwanzig.«

»Zwanzig«, wiederholte Lucile langsam. »Zwanzig« und setzte sich wieder. »Sie sind zwanzig. Und ich bin vierundzwanzig.«

»Kein großer Unterschied!«

»Aber unser Blut wird früh warm.« Lucile sprach mit einer Stimme, die deutlich machte, daß die Kluft zwischen ihnen größer war als nur vier Jahre.

Frona konnte kaum ihren Ärger verbergen. Lucile ging

noch einmal zu dem Bild hinüber, betrachtete es und kam wieder zurück.

»Was denken Sie über die Liebe?«, fragte sie plötzlich, und ein Lächeln machte ihr Gesicht unvermittelt weicher.

»Liebe?« Fronas Stimme zitterte.

»Ja, Liebe. Was wissen Sie von ihr? Was halten Sie davon?«

Eine Flut von glühenden und schwelgenden Definitionen drängte sich ihr auf die Zunge, aber Frona schob sie beiseite und antwortete: »Liebe ist Opfer.«

»Gut, also ein Opfer. Und macht es sich bezahlt?«

»Ja, es macht sich bezahlt. Natürlich macht es sich bezahlt. Wer kann das bezweifeln?«

Luciles Augen blitzten amüsiert.

»Warum lachen Sie?« fragte Frona.

»Schauen Sie mich an, Frona.« Lucile stand auf, ihr Gesicht leuchtete. »Ich bin vierundzwanzig. Weder eine Vogelscheuche noch ein Dummkopf. Ich habe ein Herz. Ich habe gutes, rotes und warmes Blut. Und ich habe geliebt. Ich weiß nicht mehr, was ich dafür bekommen habe. Ich weiß nur, daß ich bezahlen mußte.«

»Und indem Sie gaben, haben sie bekommen«, griff Frona eifrig auf. »Der Preis war die Belohnung. Auch wenn Liebe fehlbar sein kann, so haben Sie doch geliebt. Sie haben es getan, und Sie haben gedient. Was wollen Sie mehr?«

»Das ist Kinderliebe«, spottete Lucile.

»Oh! Sie sind unfair.«

»Ich bin gerecht«, bekräftigte Lucile mit fester Stimme. »Sie haben mir erzählt, daß Sie die Liebe kennen; daß Sie sie klar und unverhüllt gesehen haben; daß Sie, ohne mit mehr als den Lippen den Rand zu berühren, den Bodensatz gekostet haben, und daß sie gut schmeckt. Bah! Das ist Kinderliebe! Und, Frona, ich weiß es wohl: Sie sind eine Frau, und eine gebildete dazu; Sie hören nicht auf unwichtige Dinge. Aber«, hier tippte sie mit den Fingern leicht an die Stirn, »es ist alles hier. Es ist ein Gebräu, das zu Kopf steigt, und Sie haben schon zuviel von den Dämpfen eingeatmet. Aber trinken Sie bis zur Neige, drehen Sie das Glas um und sagen Sie dann, es schmecke gut. Nein, Gott helfe uns!« rief sie leidenschaftlich. »Es gibt echte Liebe. Sie sollten eine klare, helle und glühende kennenlernen, keine Maskerade.«

Frona griff zu ihrem alten Trick, ihrer beider Trick, und ließ ihre Hand über Luciles Arm gleiten, bis sie ihre Hand fassen konnte. »Sie sagen Dinge, von denen ich weiß, daß sie falsch sind, die ich aber nicht widerlegen kann. Doch, ich könnte es, aber ich wage es nicht. Ich wage nicht, nur Gedanken gegen Ihre Tatsachen zu setzen. Ich, die ich noch so wenig gelebt habe, kann nicht theoretisch Sie widerlegen, die so viel gelebt hat ... ›Der, der mehr Leben lebt als eines, stirbt mehr Tode als einen.‹«

Lucile zitierte diese Worte voller Schmerz, und Frona, die die Arme um sie gelegt hatte, schluchzte voller Mitgefühl an ihrer Brust. Die harte Falte zwischen Luciles Brauen wurde weicher und verschwand, und sie drückte einen leichten und heimlichen mütterlichen Kuß auf das Haar der anderen. Das dauerte nur einen kurzen Augenblick – dann entstand die Falte wieder, die Lippen preßten sich fest zusammen, und sie schob Frona von sich.

»Sie werden Gregory St. Vincent heiraten?«

Frona war bestürzt. Es war erst vierzehn Tage her, und niemand hatte davon erfahren. »Woher wissen Sie das?«

»Sie haben es beantwortet.« Lucile beobachtete Frona, auf deren offenem Gesicht alles klar zu lesen war, und sie fühlte sich wie ein geübter Fechter, der einem Anfänger mit schwachem Handgelenk gegenübersteht. »Woher ich das weiß?« Sie lachte rauh. »Wenn ein Mann plötzlich aus den Armen einer Frau schlüpft, die Lippen noch feucht von letzten Küssen, der Mund noch dampfend von letzten Lügen, dann weiß man das; vor allem, wenn er nicht in die Arme dieser Frau zurückkehrt.«

»Und?« Das Blut der Welse begann zu brodeln, trocknete wie eine heiße Sonne die Nebel in ihren Augen und ließ sie glänzend zurück. »Deswegen sind Sie also gekommen! Ich hätte es mir denken können, wenn ich an den Klatsch in Dawson gedacht hätte.«

»Es ist nicht zu spät dafür«, sagte Lucile spöttisch. »Und Sie sollten es tun.«

»Es ist mir bewußt. Was wollen Sie? Wollen Sie mir erzählen, was er getan hat, was er für Sie bedeutet hat? Lassen Sie mich versichern, daß das nutzlos ist. Er ist ein Mann, so wie Sie und ich Frauen sind.«

»Nein«, log Lucile und schluckte ihr Erstaunen hinunter. »Ich habe nicht geglaubt, daß irgendeine seiner Taten Ihnen etwas ausmachen könnte. Ich wußte, daß Sie darüber erhaben sind. Aber – haben Sie an mich gedacht?«

Frona hielt für einen Augenblick den Atem an. Dann streckte sie die Arme aus, als wollte sie mit Lucile um den Mann kämpfen.

»Das ist jetzt wieder Ihr Vater!« rief Lucile aus. »Oh, Ihr unmöglichen Welses!«

Sie fuhr fort: »Er ist Ihrer nicht würdig; meiner schon. Er ist kein netter Mann, oder ein großer. Auch kein guter. Seine Liebe kann mit Ihrer nicht Schritt halten. Bah! Er hat keine Liebe; bestenfalls kann er Leidenschaft von der einen oder anderen Art sein eigen nennen. Das wollen Sie nicht. Aber es ist das Höchste, was er Ihnen geben könnte. Und Sie selbst, was könnten Sie ihm geben? Sich selbst? Welche außergewöhnliche Verschwendung! Aber Ihr Vater ...«

»Hören Sie auf, oder ich höre nicht mehr zu. Sie haben unrecht.« Frona brachte sie zum Schweigen. Dann sagte sie frech: »Und was könnte Lucile ihm geben?«

»Einige wilde Augenblicke«, war die prompte Antwort; »einen flammenden Ausbruch von Glückseligkeit und anschließend höllisches Bedauern – was er ebenso verdient wie ich. So bleibt das Gleichgewicht erhalten, und alles ist in Ordnung.«

»Aber ... aber ...«

»Denn da ist ein Teufel in ihm«, fuhr sie fort, »ein höchst verlockender Teufel, der mich verführt, meine Seele verführt, und den Sie, Frona, hoffentlich nie kennenlernen werden. Denn Sie haben keinen Teufel in sich; meiner dagegen paßt zu seinem und wird mit ihm gemein. Ich bin so frei zu gestehen, daß das Ganze eigentlich nur auf körperlicher Anziehung beruht. Da ist nichts Beständiges drin, weder bei ihm, noch bei mir. Und das ist das Schöne daran, darin liegt das Gleichgewicht.«

Frona saß zurückgelehnt in ihrem Sessel und betrachtete träge ihre Besucherin. Lucile wartete, was sie sagen würde. Es war völlig still. »Nun?« fragte Lucile schließlich leise und neugierig; gleichzeitig stand sie auf, um in ihren Parka zu schlüpfen.

»Nichts. Ich warte.«

»Ich bin fertig.«

»Dann lassen Sie mich sagen, daß ich Sie nicht verstehe«, faßte Frona zusammen. »Irgendwie kann ich Ihre Motive nicht verstehen. Es klingt nicht echt. Auf jeden Fall bin ich mir bei einem sicher: Aus irgendeinem Grund haben Sie sich heute selbst widerlegt. Fragen Sie mich nicht, wann oder wo; aber ich bin sicher, daß es stimmt. Und ich weiß auch, daß Sie nicht die Lucile sind, die ich an der Holzbahn jenseits des Flusses getroffen habe. Das war die wahre Lucile, auch wenn ich wenig von ihr gesehen habe. Die Frau, die heute hier ist, ist eine Fremde. Ich kenne sie nicht. Hin und wieder dachte ich, es sei Lucile, aber nur ganz kurz. Diese Frau hat gelogen, mich angelogen und zwar über sich angelogen. Was den Mann betrifft, so mag das schlimmstenfalls eine Meinung sein. Möglicherweise hat sie mich über ihn genauso angelogen. Es ist sogar sehr wahrscheinlich. Wie denken Sie darüber?«

»Daß Sie ein sehr kluges Mädchen sind, Frona. Daß Sie manchmal mehr Wahres sagen als Sie denken und daß Sie zu anderen Zeiten weniger sehen als Sie ahnen.«

»Sie haben etwas an sich, das ich lieben könnte. Aber Sie haben es versteckt, und ich kann es nicht finden.«

Luciles Lippen zitterten, als wolle sie etwas sagen. Aber dann legte sie den Parka um sich und drehte sich um, um zu gehen.

Frona brachte sie bis zur Tür, und How-Ha dachte über die Weißen nach, die die Gesetze machen und doch über den Gesetzen stehen.

Als die Tür ins Schloß fiel, spuckte Lucile auf die Straße. »Pfui! St. Vincent! Ich habe meinen Mund mit

Deinem Namen verunreinigt!« Und noch einmal spuckte sie aus.

»Kommen Sie rein.«

Matt McCarthey löste die Schnur am Eingang, öffnete die Tür und schloß sie sorgfältig hinter sich.

»Oh, Sie sind's!« St. Vincent sah seinen Besucher zerstreut an, dann sammelte er sich und reichte ihm die Hand. »He, hallo, Matt, alter Knabe. Ich war in Gedanken Tausende von Meilen entfernt, als Sie hereinkamen. Nehmen Sie sich einen Stuhl und machen Sie es sich bequem. Neben Ihnen ist Tabak. Versuchen Sie ihn und sagen Sie, was Sie davon halten.«

›Glaub' ich wohl, daß er Tausende von Meilen weg war‹, dachte Matt bei sich; denn in der Dunkelheit hatte er auf dem Weg eine Frau getroffen, die verdächtig nach Lucile aussah. Aber laut sagte er: »Wohl Tagträumen nachgegangen. Wundert mich nicht.«

»Wieso?« fragte der Zeitungskorrespondent gutgelaunt.

»Weil ich ein Stück weiter unten auf dem Weg Lucile getroffen habe, und die Fersen ihrer Mokassins zeigten zu Ihrer Hütte. Man sagt ja, daß die Frauenzimmer dort hingehen, wo's was zu holen gibt«, scherzte Matt.

»Das ist das Schlimme dabei.« St. Vincent antwortete geradeheraus. »Da schaut sie ein Mann mal von der Seite her an, und sie wollen daraus gleich eine Ewigkeit machen.«

»Eine alte Liebe einfach zu vergessen ist nicht einfach, wie?«

»Wirklich nicht. Und Sie können das verstehen. Es ist leicht einzusehen, Matt, Sie haben zu Ihrer Zeit ja selbst einige Erfahrungen gesammelt.«

»Zu meiner Zeit? Sie können sicher sein, daß ich auch heute noch ein kleines Techtelmechtel nicht verachte.«

»Sicherlich, sicherlich, Das kann man an Ihren Augen sehen. Ein warmes Herz und ein räuberisches Auge, Matt!« Er schlug seinem Besucher mit einem herzlichen Lachen auf die Schulter.

»Aber ich habe Ihnen nichts voraus, Vincent. Sie sind ein verfluchter Kerl, Vincent, wie Sie mit den Frauen umgehen – das sieht man Ihnen schon an der Nasenspitze an. Sie haben bestimmt schon viele Küsse im Vorübergehen eingestrichen und viele Herzen gebrochen. Aber, Vincent, haben Sie schon mal das Richtige kennengelernt?«

»Was meinen Sie damit?«

»Das Richtige, das Richtige ... das ist, ... nun, sind Sie jemals Vater gewesen?«

St. Vincent schüttelte den Kopf.

»Ich auch nicht. Haben Sie denn einmal die Liebe eines Vaters verspürt?«

»Ich glaube nicht. Ich weiß es nicht.«

»Aber ich. Und das ist das Richtige, das Wahre. Das sag ich Ihnen, wenn ein Mann einmal ein Kind gewiegt hat, dann war ich das. Sie war noch ein Mädchen, jetzt ist sie erwachsen und, falls das möglich ist, liebe ich sie noch mehr als ihr eigener Vater. Außer ihr gab es nur noch eine einzige Frau, die ich je geliebt habe, und die hat einen anderen geheiratet. Niemand habe ich davon erzählt, auch ihr selbst nicht. Sie ist tot, Gott hab' sie selig.«

Sein Kinn sank auf seine Brust, er dachte zurück an eine blonde, angelsächsische Frau, die wie ein Sonnenstrahl am Ufer des Dyea-Flusses stand. Er blickte plötzlich auf und sah, daß St. Vincents Blick geradeaus auf den Boden gerichtet war, als dächte er an etwas anderes.

»Aber genug mit den Kindereien, Vincent.«

Der Korrespondent kehrte mit einem Ruck in die Wirklichkeit zurück und sah, daß der Ire seine kleinen, blauen Augen in ihn bohrte.

»Sind Sie tapfer, Vincent?«

Für den Bruchteil einer Sekunde versuchten beide, des anderen Seele zu erkunden. Und in diesem Zeitraum – Matt hätte es beschwören können – flackerte etwas in den Augen des anderen.

Mit einem lauten Krachen fiel seine Faust auf den Tisch. »Weiß Gott, Sie sind's nicht!«

Der Journalist zog die Tabakdose zu sich herüber und rollte sich eine Zigarette. Er rollte sie sehr sorgfaltig. Das zarte Reispapier knisterte in seinen ruhigen Händen. An seinem Hals stieg die Röte empor, wurde in den Vertiefungen der Wangen stärker und schwächer an den Jochbeinen, kroch höher und breitete sich aus, bis sein Gesicht in Flammen stand.

»Gut so. Wahrscheinlich erspart es meinen Fingern etwas Drecksarbeit. Vincent, Mann, das Mädchen, das zur Frau geworden ist, schläft heute nacht hier in Dawson. Gott helfe uns, Ihnen und mir, aber keiner von uns wird jemals das Kissen mit einem so ruhigen und reinen Gewissen berühren können. Vincent, lassen Sie sich einen guten Rat geben: Reichen Sie ihr nie die Hand zur Ehe und fassen Sie sie überhaupt niemals an!«

Der Teufel, den Lucile beschrieben hatte, richtete sich auf. Ein qualmender, sich verzehrender, irrationaler Teufel.

»Ich mag Sie nicht«, fuhr Matt fort. »Meine Gründe dafür behalte ich für mich. Sie reichen aus. Aber beherzigen Sie folgendes, und denken Sie immer daran: falls Sie so tollkühn sind und sie zu Ihrem Weib machen wollen, werden Sie das Ende des Hochzeitstages nicht mehr erleben und auch keinen Blick auf das Hochzeitsbett werfen können. Ha, Mann, ich könnte Sie mit meinen zwei Fäusten totschlagen, wenn es sein müßte. Aber ich denke, ich werde es nicht tun müssen. Halten Sie sich zurück. Ich warne Sie!«

»Sie irischer Teufel!«

Der Teufel war ausgebrochen. Es kam völlig überraschend für McCarthey, der sich plötzlich der Mündung eines Colt in Augenhöhe gegenübersah.

»Ist er geladen?« fragte er. »Ich nehm's fast an. Aber worauf warten Sie? Spannen Sie ihn!«

Der Zeigefinger des Zeitungskorrespondenten am Abzug bewegte sich, und ein leises Klicken ertönte.

»Jetzt drücken Sie ab! Abdrücken, sag' ich! Aber mit so einem Flackern in den Augen geht das wohl nicht.«

St. Vincent wollte den Kopf zur Seite drehen.

»Schauen Sie mich an, Mann!« kommandierte McCarthey. »Schauen Sie mich an, wenn Sie's tun!«

Ohne es zu wollen wandte St. Vincent den Kopf ihm wieder zu und sah ihm in die Augen.

»Jetzt!«

St. Vincent biß die Zähne zusammen und drückte ab – auf jeden Fall dachte er, er drücke ab; ganz so, wie man in Träumem manchmal etwas zu tun glaubt. Er wollte es, der Befehl wurde gegeben, aber seine Seele hielt ihn voller Angst zurück.

»Ist gelähmt, wie, der kleine zitternde Finger?« Matt grinste dem Gequälten ins Gesicht. »Jetzt drehen Sie ihn zur Seite, so, und jetzt lassen Sie ihn fallen, sanft ... sanft ... sanft.« Seine Stimme wurde zu einem leisen, schmeichelnden Flüstern.

Als der Hahn wieder entspannt war, ließ St. Vincent den Revolver aus der Hand fallen. Mit einem kaum hörbaren Seufzen sank er auf einen Stuhl. Er versuchte sich aufzurichten, fiel aber statt dessen auf den Tisch und verbarg den Kopf in den kraftlosen Händen. Matt zog seine Handschube an, während er voller Mitleid auf ihn hinunterblickte, ging hinaus und schloß leise die Türe hinter sich.

20

Wo die Natur ihre rauhe Seite zeigt, tun die Menschen es ihr gleich. Die angenehmen Seiten des Lebens entwickeln sich nur in Gegenden mit milden Klima, wo die Sonne wärmt und der Boden fruchtbar ist. Das feuchte und dunstige Klima Englands bringt die Menschen dazu, viel zu trinken; der rosige Orient verführt zu den wunderbarsten Lotos-Träumen. Die kräftigen, weißhäutigen Bewohner der nördlichen Länder sind grob und wild, bellen ihren Ärger ohne Zögern heraus und geben ihm mit einem harten Faustschlag in das Gesicht des Feindes Ausdruck. Die weichen Bewohner des Südens warten ab, mit seidigem Lächeln und trägen Gesten. Sie erreichen ihre Ziele von hinten, wo keiner sie sieht, mit Eleganz und ohne offene Aggression. Die Ziele sind dieselben. Der Unterschied liegt in den Mitteln, und hierbei spielen das Klima und der darin liegende verstärkende Effekt eine bestimmende Rolle. Beide sind sie Sünder, wie jeder Mensch, aber der eine begeht seine Sünden offen, im Angesicht Gottes, der andere – als wenn Gott das nicht sehen könnte – verbirgt seine Schlechtigkeit hinter schimmernden Fassaden, als wäre sie ein großartiges Geheimnis.

Das sind die Wege des Menschen, je nachdem, wie die Sonne ihn bescheint und der Wind ihm ins Gesicht bläst, je nach seiner Art, dem Erbe seines Vaters und der Milch seiner Mutter. Jeder ist das Ergebnis vieler Kräfte, die zusammen einen Druck ausüben können, der mächtiger ist als er selbst und der ihn in die vorbestimmte Form preßt. Mit gesunden Beinen mag er diesen Kräften davonlaufen; er wird dafür anderen Kräften ausgesetzt. Er mag immer wieder davonlaufen, jeder neue Druck stachelt ihn an, bis er stirbt, und seine letzte Form wird die sein, in die die vielen verschiedenen Kräfte ihn gepreßt haben. Werden Säuglinge ausgetauscht, so wird der tief unten geborene Sklave majestätisch seinen Purpur tragen und der junge Prinz so flehend um Almosen bitten oder so unterwürfig sich unter der Peitsche krümmen wie der gemeinste seiner Untertanen. Ein Herzog von Chesterfield wird sich mit leerem Magen ebenso wie das Schwein im nächsten Koben vollstopfen, wenn er etwas Eßbares findet. Und ein Epikureer wird entweder den Tran und den Walfischspeck in einem schmutzigen Eskimo-Iglu loben oder sterben.

So kommt es, daß in dem unerforschten Land des Nordens, das kalt, grausam und drohend den Einwanderern gegenübersteht, diese die Faulheit des Südens abgelegt und den Kampf aufgenommen haben. Sie haben dabei auch viel von dem äußeren Anstrich der Zivilisation abgelegt – ihre ganzen Verrücktheiten, die meisten ihrer Schwächen und vielleicht auch einige ihrer Tugenden. Das mag sein; aber sie haben die groben Traditionen behalten, leben zumindest frei und aufrichtig, und sie können sich gegenseitig in die Augen sehen.

Für Frauen, die südlich des dreiundfünfzigsten Breitengrades aufgewachsen sind, ist es nicht ratsam, sich in diesen Gegenden aufzuhalten, es sei denn, sie hätten viel Mut und könnten sich durchsetzen. Sie mögen auch sanft, weich und empfindsam sein, mit Augen, die noch nicht die Fähigkeit zu staunen verloren haben; aber sie müssen dabei ein gesundes und stabiles Verständnis des Lebens haben. Dann werden sie keinen Schaden nehmen. Haben sie das nicht, so werden sie Dinge sehen und hören, die ihnen wehtun. Sie werden leiden und den Glauben an die Menschheit verlieren – was das Schlimmste ist, das einem Menschen passieren kann. Diese Frauen sollten gut umsorgt werden, am besten von ihren Männern – je näher die Verwandtschaft, desto besser. Kurz gesagt: Es wäre zu empfehlen, eine Hütte auszusuchen, die auf einem Hügel oberhalb von Dawson steht, oder – noch besser – jenseits des Yukon auf dem Westufer. Laßt sie nicht alleine spazierengehen; der Hügel hinter der Hütte muß ausreichen, um die Glieder zu strecken und tief durchzuatmen; dort bleiben ihre Ohren auch verschont von den üblen Reden, die Männer führen, die sich vorgenommen haben, die Grenzen zu überschreiten.

Vance Corliss wischte den letzten Teller aus und stapelte ihn auf das Regal. Dann zündete er sich seine Pfeife an, legte sich auf den Rücken auf sein Lager und betrachtete das Dach seiner Hütte am French Hill mit dem Moos zwischen den Balken. Diese Hütte stand am letzten Abhang des Frech Hill zum Eldorado Creek hin, nahe der am meisten bereisten Spur, und sein einziges Fenster blinkte freundlich jenen zu, die noch spät unterwegs waren.

Die Tür wurde aufgestoßen, und Del Bishop stampfte mit einer Ladung Feuerholz herein. Sein Atem war ihm so im Gesicht gefroren, daß er nicht sprechen konnte. Ein derartiges Hindernis konnte dieser Mann nicht aushalten, deshalb hielt er sein Gesicht über den vor Hitze brüllenden Ofen. Innerhalb weniger Sekunden war der Frost wie weggeblasen, die tauenden Eisstücke fielen zischend auf die heiße Ofenplatte und verdampften.

»So werden wir Augenzeugen eines Phänomens, das

uns die drei verschiedenen Formen der Materie zeigt – fest, flüssig und verdampfend«, lachte Vance und machte den monotonen Tonfall eines wissenschaftlichen Experten nach. »Im nächsten Augenblick werden Sie noch das Gas erleben.«

»Ist ... ist ... ist schon gut«, prustete Bishop, der mit einem widerspenstigen Stück Eis an der Oberlippe kämpfte. Schließlich zersprang es auf dem Ofen.

»Wie kalt ist es wohl, Del? Fünfzig?«

»Fünfzig?« fragte der Goldsucher mit unverhülltem Spott zurück und trocknete sich das nasse Gesicht. »Das Quecksilber ist schon seit Stunden gefroren, und seitdem ist es noch kälter geworden. Fünfzig? Ich wette meine neuen Handschuhe gegen Ihre alten Mokassins, daß es kein Grad weniger als siebzig unter Null ist.«

»Glauben Sie?«

»Wollen Sie wetten?«

Vance nickte lachend.

»Celsius oder Fahrenheit?« fragte Bishop, der plötzlich mißtrauisch geworden war.

»Ach, wenn Sie so unbedingt meine alten Mokassins haben wollen«, spielte Vance mit und gab vor, durch das Mißtrauen des anderen verletzt zu sein, »dann können Sie sie auch ohne Wette haben.«

Del grunzte und warf sich auf das gegenüberliegende Lager. »Sie finden das lustig, wie?« Da er keine Antwort erhielt, nahm er dies als Zustimmung, rollte sich herum und begann die Ritzen im Gebälk zu studieren.

Fünfzehn Minuten dieser Beschäftigung waren ausreichend. »Lassen Sie uns eine Runde Cribbage spielen vor dem Schlafen«, forderte er sein Gegenüber heraus.

»Ich bin dabei.« Corliss stand auf, streckte sich und stellte die Petroleumlampe vom Regal auf den Tisch. »Ob das wohl ausreicht?« fragte er und betrachtete dabei den Flüssigkeitsspiegel im Glasbehälter der Lampe.

Bishop legte das Cribbagebrett und die Karten beiseite und schätzte den Petroleumrest mit den Augen ab. »Hab' vergessen nachzufüllen, nicht wahr? Ist jetzt zu spät. Mach' ich morgen. Diese eine Runde reicht es bestimmt.«

Corliss nahm die Karten auf, hielt dann aber beim Mischen inne. »Wir haben eine längere Reise vor uns, Del. Ungefähr in einem Monat, Mitte März, soweit ich es bis jetzt überblicken kann – den Stewart-River bis zum McQuestion, dann den McQuestion hinauf und wieder zurück, den Mayo hinunter; dann hinüber nach Mazy May, den Henderson Creek hinauf ...«

»Zum Indian-River?«

»Nein«, antwortete Corliss und teilte die Karten aus; »nur bis zu der Stelle, wo der Stewart-River in den Yukon fließt. Und dann zurück nach Dawson, bevor das Eis bricht.«

Die Augen des Goldsuchers glänzten vor Freude. »Sie halten uns in Trab. Aber, sagen Sie: Haben Sie denn etwas Bestimmtes vor? Haben Sie einen Tip, eine Vermutung?«

»Ich habe etwas über Parkers Gruppe am Mayo gehört, und auch McPherson am Henderson schläft nicht – Sie kennen ihn nicht. Sie verhalten sich ruhig. Natürlich kann man nichts Genaues sagen, aber ...«

Bishop nickte verstehend mit dem Kopf, während Corliss den Trumpf ausspielte, den er auf der Hand hatte. Die sichere Aussicht auf ein »Vierundzwanziger«-Blatt machte Del aufgeregt; da hörte man draußen plötzlich Stimmen, und jemand klopfte so stark an die Türe, daß sie in ihren Angeln erzitterte.

»Herein!« rief Bishop. »Und macht nicht so einen Aufruhr! Schauen Sie« – zu Corliss, dem er seine Karten zeigte – »fünfzehn-acht, fünfzehn-sechzehn, und acht sind vierundzwanzig. Pech gehabt!«

Corliss stand rasch auf. Bishop warf den Kopf herum. Zwei Frauen und ein Mann stapften schwerfällig durch die Tür und blieben einen Augenblick wie geblendet stehen.

»Bei allen Propheten! Cornell!« Der Goldsucher drückte die Hand des Mannes und zog ihn nach vorne. »Erinnern Sie sich an Cornell, Corliss? Jake Cornell, siebenunddreißig und ein halber Eldorado-König.«

»Wie hätte ich ihn vergessen können?« Der Ingenieur drückte ihm voller Freude die Hand. »Das war eine fürchterliche Nacht damals, im Herbst, ebenso fürchterlich wie das Elchsteak zum Frühstück gut war.«

Jake Cornell, von zottigem und magerem Aussehen, nickte zustimmend und stellte eine große Korbflasche auf den Tisch. Wieder nickte er mit dem Kopf und blickte sich wild um. Der Ofen sprang ihm ins Auge, und er machte zwei rasche Schritte zu ihm, hob die Klappe und spie einen Mundvoll braunen Safts hinein. Zwei Schritte und er war zurück.

»Natürlich erinnere ich mich an die Nacht«, brummte er, während die Eisklumpen aus seinem Bart fielen. »Und ich bin verdammt froh, Sie zu sehen, soviel ist sicher.« Er schien sich plötzlich an etwas zu erinnern und fügte etwas einfältig hinzu: »Um genau zu sein, wird sind alle verdammt froh, euch zu sehen, nicht wahr, Mädchen?« Er drehte den Kopf und winkte seine Begleiterinnen herbei. »Blanche, Liebling, Mr. Corliss ... ähem ... es ist mir ... ähem ... es ist mir eine große Freude, euch miteinander bekannt zu machen. Cariboo Blanche, mein Herr, Cariboo Blanche.«

»Sehr erfreut.« Cariboo Blanche streckte freundlich eine Hand aus und sah ihn von oben bis unten an. Sie war eine helle, blonde Frau, die früher einmal schön gewesen sein mußte. Jetzt aber zeigte ihr Gesicht tiefe Linien und Falten wie bei Männern, die viel im Freien gewesen waren.

Zufrieden mit seiner gesellschaftlichen Routine räusperte sich Jake Cornell und rief die zweite Frau nach vorn. »Mr. Corliss, die ›Jungfrau‹; ich möchte Sie miteinander bekanntmachen. Ähem!« sagte er, als er den fragenden Ausdruck in Corliss Blick bemerkte. »Ja, sie heißt ›die Jungfrau‹. Einfach ›die Jungfrau‹.«

Sie lächelte und neigte grüßend den Kopf, reichte ihm aber nicht die Hand.

›Ein feiner Pinkel‹, dachte sie bei sich über den Ingenieur, und ihre beschränkte Erfahrung hatte sie gelehrt, daß es nicht angemessen war, in dieser Gesellschaftsschicht Hände zu schütteln.

Corliss rieb nervös die Hände, dann verbeugte er sich

und sah sie neugierig an. Sie war hübsch, mit vollem, braunem Haar, einem schön geformten Körper, und wenn ihr Typ auch gewöhnlich wirkte, so konnte er sich doch nicht ihrer überschäumenden Vitalität, die sie ausstrahlte, entziehen. Sie schien vor Energie fast zu platzen, und jede Bewegung wirkte, als käme sie direkt aus der Tiefe ihres roten, schäumenden Blutes.

»Ein hübsches und gesundes Angebot, nicht wahr?« fragte Jake Cornell, der mit Befriedigung den Blicken seines Gastgebers gefolgt war.

»Dies ist nichts, was dich etwas angeht«, fuhr ihn die Jungfrau an und kräuselte für Corliss verführerisch die Lippen. »Es wäre angebrachter, schätze ich, wenn du dich etwas mehr um die arme Blanche kümmern würdest.«

»Stimmt, wir sind einfach total ausgepumpt«, sagte Jake. »Und Blanche ist dort unten ins Eis eingebrochen – ihre Füße müssen halb erfroren sein.«

Blanche lächelte, als Corliss sie zu einem Stuhl am Feuer bat, und ihr fester Mund zeigte kein Anzeichen der Schmerzen, die sie spüren mußte. Er wandte sich ab, als die Jungfrau sich anschickte, ihr die nassen Strümpfe auszuziehen, während Bishop irgendwo nach Socken und Mokassins suchte.

»Sie ist nur bis zu den Knöcheln eingebrochen«, erklärte Cornell, »aber für eine Nacht wie heute ist das viel.«

Corliss stimmte mit einem Kopfnicken zu.

»Wir haben euer Licht gesehen, und so ... ähem ... und so sind wir hergekommen. Macht Ihnen doch nichts aus, oder?«

»Nein, natürlich nicht ...«

»Wir stören nicht?«

Corliss legte ihm versichernd die Hand auf die Schulter und drückte ihn auf einen Stuhl. Blanche seufzte wohlig. Ihre nassen Socken hingen schon dampfend über dem Ofen, und ihre Füße steckten warm in Bishops Indianer-Socken. Corliss schob die Tabaksdose über den Tisch, aber Cornell zog eine Handvoll Zigarren aus der Tasche und reichte sie herum.

»Ziemlich schlechter Weg auf dieser Seite«, bemerkte er mit betont lauter Stimme und warf gleichzeitig einen beredten Blick auf die Korbflasche. »Das Eis ist ziemlich brüchig, und man merkt es nicht, bis man drinsteckt.« Er drehte sich zu der Frau um. »Wie fühlst du dich, Blanche?«

»Schwach«, antwortete sie, streckte sich faul und suchte für ihre Füße eine andere Stellung; »auch wenn meine Beine nicht mehr so lahm sind wie vorhin, als wir sie aus dem Fluß gezogen haben.«

Mit einem Zustimmung suchenden Blick auf seinen Gastgeber nahm Cornell die Korbflasche und füllte vier Blechtassen und ein leeres Marmeladenglas.

»Wie wär's mit einem Grog?« fragte die Jungfrau, »oder einem Punsch?«

»Haben Sie Zitronensaft?« fragte sie Corliss. »Wirklich? Toll!« Sie richtete ihre dunklen Augen auf Del. »Hier Meister! Nimm deine alte Pfanne da runter und häng den Kessel mit Wasser auf! Los! Mach schon! Jake gibt einen aus, und ich tu' noch einen drauf! Haben Sie Zucker, Mr. Corliss? Und Muskatnuß? Oder Zimt? Gut, das wird schon gehen. Also beeil dich, du Meisterkoch!«

»Ist sie nicht ein Schätzchen?« fragte Cornell Vance und beobachtete sie mit sanftem Blick, während sie das dampfende Gebräu umrührte.

Aber die Jungfrau richtete ihre ganze Aufmerksamkeit auf den Ingenieur. »Hören Sie nicht auf ihn, mein Herr«, empfahl sie ihm. »Er ist schon so gut wie halbtot, weil er ständig die Flasche am Mund hat.«

»Hör mal, meine Liebe ...«, protestierte Jake.

»Ich bin nicht ›deine Liebe‹«, gab sie bissig zurück. »Ich kann dich nicht leiden.«

»Warum nicht?«

»Weil ...« Sie goß den Punsch langsam in die Becher und dachte nach. »Weil du Tabak kaust. Weil du säufst. Was mir gefällt, sind hübsche junge Burschen.«

»Nehmen Sie es nicht ernst, was sie sagt«, sagte Cornell. »Sie macht es absichtlich, damit ich wütend werde.«

»So, fertig!« kommandierte sie. »Schnaps fassen! Auf geht's!«

»Auf wen trinken wir?« rief Blanche vom Ofen herüber.

Die erhobenen Becher hielten inne und zögerten.

»Auf die Königin, Gott segne sie!« brachte die Jungfrau einen Trinkspruch aus.

»Und auf Bill!« unterbrach Del Bishop.

Wieder zögerten die Becher.

»Was für einen Bill?« fragte die Jungfrau mißtrauisch.

»McKinley.«

Sie schenkte ihm ein Lächeln. »Danke, Koch, du bist ein As. So! Hoch die Tassen, meine Herren! In einem Zug. Auf die Königin. Gott segne sie, und auf Bill McKinley!«

»Aufstehen!« donnerte Jake Cornell, und die Becher gaben einen hell klingenden Ton von sich, als sie wieder leer auf die Tischplatte sanken.

Vance Corliss entdeckte, daß er amüsiert und neugierig war. Nach Fronas Worten, so überlegte er ironisch, war das »das Leben kennenlernen«, und so »allgemeine Erfahrungen über die menschliche Gesellschaft« sammeln. Das waren ihre Ausdrücke, und er sagte sie mehrmals leise vor sich hin. Dann fiel ihm wieder ihre Verlobung mit St. Vincent ein, und er bat die Jungfrau, etwas vorzusingen. Sie war schüchtern, und erst nachdem Bishop die vielen Verse von »Flying Cloud!« vorgetragen hatte, willigte sie ein. Ihre Stimme umspannte etwa eineinhalb Oktaven. Darunter geschahen mit ihr eigentümliche Veränderungen, und oberhalb davon klang sie falsch und zittrig. Trotzdem sang sie »Take Back Your Gold« mit viel Gefühl, und das brachte in die Augen Jake Cornells einen feuchten Schimmer. Er lauschte ihr gespannt und verspürte ungewohnte moralische Impulse in seinem Herzen.

Allgemeiner, großzügiger Applaus folgte dem Vortrag und Bishop brachte einen Toast auf sie aus, unterstützt von Jake Cornells »Aufstehen!«

Zwei Stunden später klopfte Frona Welse an die Tür. Es war ein kurzes, durchdringendes Klopfen, das den Lärm in der Hütte übertönte und Corliss zur Türe stürzen ließ.

Ein leiser, froher Ausruf kam über ihre Lippen als sie sah, wer öffnete. »Oh! Du bist es, Vance! Ich wußte nicht, daß du hier lebst!«

Sie reichten sich die Hand, aber Vance versperrte den Eingang mit seinem Körper. Hinter ihm hörte man die Jungfrau lachen und Jake Cornell zweideutige Lieder singen.

»Was ist passiert?« fragte Vance. »Etwas Ernstes?«

»Ich denke, du solltest mich hineinbitten.« Eine Spur von Ärger lag in Fronas Stimme, und sie setzte hinzu: »Ich bin im Eis eingebrochen, und jetzt hab' ich eiskalte Füße.«

»Oh Gott!« kam es in den überschwenglichen Tönen der Jungfrau über Vances Schultern geflattert. Dann hörte man, wie Blanche und Bishop ein spöttisches Gelächter über Cornell anstimmten, wogegen dieser wütend protestierte.

Corliss kam es vor, als sei sämtliches Blut aus seinem Körper in sein Gesicht gestiegen. »Aber du kannst nicht reinkommen, Frona. Hörst du sie nicht?«

»Aber ich muß«, bestand sie darauf. »Meine Füße frieren mir ab.«

Mit einer resignierenden Geste trat er zur Seite und schloß hinter ihr die Tür. Vom hellen Licht plötzlich geblendet, zögerte sie einen Moment, dann gewöhnte sie sich daran und überblickte die Situation. Die Luft war dick vom Rauch, und für jemanden, der aus der reinen, frischen Luft von draußen kam, muß sie erstickend gewesen sein. Auf dem Tisch stand der riesige, dampfende Punschkessel. Die Jungfrau verteidigte sich vor Cornells Verfolgungen mit einem großen Senflöffel. Indem sie ihm auswich und ihm entwischte, fuhr sie ihm mit der gelben Schmiere immer wieder über Nase und Wangen. Blanche hatte sich am Ofen umgedreht, um den Spaß verfolgen zu können, und Del Bishop, der einen Becher vor der Brust hielt, klatschte den Streichen der Jungfrau heftig Beifall. Alle hatten erhitzte Gesichter.

Vance lehnte sich nervös an die Tür. Die ganze Situation kam ihm völlig undenkbar vor. Ihn überkam ein unbändiges Verlangen, laut loszulachen, was in einen

Hustenanfall mündete. Aber Frona, die durch das zunehmende Absterben ihre Füße an den Grund ihres Hierseins erinnert wurde, trat vor.

»Hallo, Del!« rief sie.

Sein fröhliches Gesicht erstarrte beim Klang ihrer Stimme. Langsam und zögernd drehte er den Kopf, um sie anzusehen. Sie hatte die Kapuze ihres Parkas zurückgeschlagen, und ihr Gesicht erschien vor dem Hintergrund des dunklen Pelzes, rosig und klar durch Frost und Anstrengung, wie ein Sonnenstrahl, der in eine dunkle Kammer scheint. Alle erkannten sie, denn wer kannte schon Jakob Welses Tochter nicht? Die Jungfrau ließ mit einem erschreckten Aufschrei den Senflöffel fallen, während Cornell, der sich benommen mit der Hand über das Gesicht fuhr und damit die allgemeine Schmiererei vervollkommnete, auf dem nächsten Stuhl zusammensackte. Nur Cariboo Blanche behielt ihre Selbstbeherrschung und lachte leise.

Bishop schaffte es, »Hallo!« zu sagen, war aber unfähig, das Schweigen aufzulockern, das sich über die Gesellschaft gesenkt hatte.

Frona wartete einen Augenblick, dann sagte sie: »Guten Abend, alle zusammen!«

»Hier herüber, bitte.« Vance hatte sich wieder erholt und geleitete sie zu einem Stuhl am Ofen, gegenüber Blanche. »Es wird besser sein, du ziehst rasch deine Sachen aus. Aber sei vorsichtig mit der Hitze. Ich werde schauen, ob ich etwas für dich finde.«

»Ich brauche ein wenig kaltes Wasser, bitte«, sagte sie. »Das wird den Frost herausziehen. Del könnte es holen.«

»Ich hoffe, es ist nicht schlimm?«

»Nein.« Sie schüttelte den Kopf und lächelte ihn an; gleichzeitig versuchte sie, ihre eisverkrusteten Mokassins auszuziehen. »Es war nur kurz, so daß nur die Oberfläche erfroren ist. Schlimmstenfalls wird sich die Haut schälen.«

Eine unwirkliche Stille herrschte in der Hütte, nur unterbrochen durch Bishop, der eine Schüssel aus dem Eimer mit Wasser füllte und durch Corliss, der seine kleinsten und feinsten Hausmokassins und seine wärmsten Socken hervorkramte.

Frona rieb kräftig ihre Füße und hielt plötzlich inne. Sie sah auf und lachte: »Bitte laßt die Festlichkeiten nicht abkühlen, nur weil mir kalt ist. Macht weiter.«

Jake Cornell richtete sich auf und räusperte sich ausgiebig, und die Jungfrau blickte sehr würdevoll; Blanche aber kam herüber und nahm Frona das Handtuch aus der Hand.

»Ich habe meine Füße an derselben Stelle naß gemacht«, sagte sie, kniete nieder und rieb die erstarrten Füße, bis sie glühten.

»Ich vermute, irgendwie werden sie schon passen. Hier!« Vance schob die Hausmokassins und die wollenen Socken zu den beiden hin, und diese zogen sie unter leisem Lachen und vertrautem Geflüster an.

»Aber was in aller Welt hast du um diese Tageszeit allein auf dem Weg gemacht?« fragte Vance. Innerlich bewunderte er die Gelassenheit und Kühle, mit der sie mit dieser Situation umging.

»Ich wußte, daß du mich kritisieren würdest«, sagte sie, während sie Blanche half, die nassen Sachen über dem Ofen aufzuhängen. »Ich war bei Mrs. Stanton; aber zuvor muß ich erzählen, daß Miss Mortimer und ich für eine Woche bei Pentleys zu Besuch sind. Um auf Mrs. Stanton zurückzukommen: Ich wollte dort vor Einbruch der Dunkelheit losgehen, aber ihr Baby hatte etwas Petroleum geschluckt, und ihr Mann war in Dawson. Bis vor einer halben Stunde wußten wir nicht, ob das Kind es ohne Schaden überstanden hat. Mrs. Stanton wollte mich nicht alleine gehen lassen, aber ich hatte keine Angst. Nur das weiche Eis hatte ich an dieser Stelle nicht erwartet.«

»Wie haben Sie das Kind kuriert?« fragte Del, der das Gespräch nicht abreißen lassen wollte.

»Durch Tabakkauen.« Und als das Gelächter verstummt war, fuhr sie fort: »Es gab da keinen Senf, und das wäre das Nächstbeste gewesen. Außerdem hat Matt McCarthey mir einmal das Leben damit gerettet, als ich

Krupp hatte. Aber Sie hatten doch gesungen, als ich kam. Bitte machen Sie doch weiter.«

Jake Cornell plusterte sich auf: »Und mir wurde übel mitgespielt.«

»Del, singen Sie doch. Singen Sie ›Flying Cloud‹, wie damals, als Sie den Fluß herunterkamen.«

»Oh, das hat er schon gesungen«, sagte die Jungfrau.

»Dann müssen Sie singen. Ich bin sicher, Sie können das.«

Sie lächelte die Jungfrau an, was diese bewog, mit großer Kunstfertigkeit eine Straßenhändlerballade zu singen. Die Abkühlung, die durch Fronas Erscheinen eingetreten war, war schnell vertrieben, Gesang, Trinksprüche und allgemeines Vergnügen kehrten wieder ein. Frona war sich auch nicht zu gut, aus dem Marmeladenglas zu trinken. Sie steuerte sogar ihren Teil bei, indem sie »Annie Laurie« und »Ben Bolt« zum besten gab. Sie beobachtete heimlich Cornell und die Jungfrau, die von dem Getränk schnell benebelt wurden. Corliss, der widerwillig den Gastgeber spielte, tat ihr leid, aber es war für sie eine einzigartige Erfahrung, und sie freute sich darüber, dies zu erleben.

Corliss jedoch benötigte kein Mitleid. »Jede andere Frau ...«, dachte er immer wieder, wenn er Frona ansah und sich vorzustellen versuchte, wie jene Frauen, die er bei den Teekränzchen seiner Mutter getroffen hatte, sich verhalten hätten, wenn sie wie Frona an die Türe geklopft und hereingekommen wären. Und erst vor kurzem hätte es ihn noch verletzt, wenn Blanche Fronas Füße gerieben hätte, wie sie es eben getan hatte. Jetzt hingegen bewunderte er Frona, daß sie dies zuließ, und auch über Blanche dachte er etwas freundlicher. Vielleicht lag es nur am Alkohol, aber er schien in ihrem verlebten Gesicht neue Tugenden zu entdecken.

Frona hatte ihre trockenen Mokassins wieder angezogen und war aufgestanden. Jetzt lauschte sie geduldig Jake Cornell, der einen letzten, unzusammenhängenden Trinkspruch unter vielen Schluckaufs ausbringen wollte.

»Auf den ... hick! ... Mann«, nuschelte er mit lauter Stimme, »den Mann ... hick! ... der ... dies ... dies ...«

»Dies gesegnete Land geschaffen hat?« schlug die Jungfrau vor.

»Richtig, Liebling ... hick! Auf den Mann, der dies gesegnete Land geschaffen hat. Auf ... hick! ... Jakob Welse!«

»Und auf Jakob Welses Tochter!« rief Blanche.

»Jawohl! Aufstehen! Und ex!«

»Oh, she's a jolly good fellow ...«, begann Del Bishop zu singen, dessen Wangen vom Alkohol gerötet waren.

»Ich würde Ihnen gerne einmal die Hand drücken«, sagte Blanche leise, während die anderen in den Refrain einfielen.

Frona zog ihren Handschuh aus, den sie schon angezogen hatte, und sie tauschten einen festen Händedruck.

»Nein«, sagte sie zu Corliss, der seine Mütze aufgesetzt hatte und die Ohrenklappen festband. »Blanche hat mir gesagt, daß es zu den Pentleys nur eine halbe Meile ist. Der Weg ist eben und gerade. Ich möchte nichts von Begleitung hören!«

»Nein!« Dieses Mal sagte sie es so befehlend, daß er seine Mütze auf sein Bett warf. »Gute Nacht, alle zusammen!« rief sie mit einem Blick auf die Krakeeler.

Aber Corliss brachte sie zur Tür und trat nach draußen. Sie sah zu ihm auf, und ihr Gesicht strahlte verführerisch im Sternenlicht.

»Ich ... Frona ... Ich würde gerne ...«

»Keine Aufregung«, flüsterte sie. »Ich werde es niemandem erzählen, Vance.«

Er sah den spöttischen Blick, versuchte aber weiterzureden. »Ich würde dir gerne erklären ...«

»Nicht nötig. Ich verstehe es auch so. Aber gleichzeitig muß ich gestehen, daß ich deinen Geschmack nicht besonders bewundere ...«

»Frona!« Der Schmerz war deutlich in seiner Stimme zu hören.

»Oh, du Narr! Ich weiß doch Bescheid!« lachte sie.

»Hat nicht Blanche mir erzählt, daß sie sich ihre Füße naß gemacht hatte?«

Corliss neigte den Kopf. »Wirklich Frona, du bist die konsequenteste Frau, die ich je getroffen habe. Aber«, bei diesen Worten richtete er sich auf, und seine Stimme wurde fester, »dies war nicht das letzte Mal.«

Sie versuchte ihn zum Schweigen zu bringen, aber er fuhr fort. »Ich fühle, ich weiß, daß alles anders ausgehen wird. Um deine eigenen Worte zu gebrauchen: ›Nicht alle Faktoren sind berücksichtigt worden‹. Was St. Vincent angeht ... ich werde dich doch noch bekommen. Es ist nicht zu spät!« Er warf hungrig die Arme um sie, aber sie war schneller, wich ihm lachend aus und lief leichtfüßig den Weg hinunter.

»Komm zurück, Frona! Komm zurück!« rief er hinterher. »Es tut mir leid!«

»Nein, tut es nicht«, antwortete sie. »Und mir täte es leid, wenn es so wäre. Gute Nacht!«

Er sah sie in der Dunkelheit verschwinden, dann ging er in die Hütte zurück. Er hatte die Szene dort völlig vergessen und war beim ersten Blick überrascht. Cariboo Blanche weinte leise vor sich hin. Ihre Augen waren feucht und leuchtend, und als er sie ansah, stahl sich eine kleine Träne über ihre Wange davon. Bishops Gesicht war ernst geworden. Die Jungfrau hatte Kopf und Schultern zwischen umgekippten Bechern und nassen Pfützen auf den Tisch gebettet. Cornell stand über sie gebeugt und versuchte sie unter Schluckaufs zu trösten, indem er monoton wiederholte: »Ist schon recht, Liebling. Ist schon recht.«

Aber die Jungfrau war nicht zu trösten. »Oh Gott! Wenn ich dran denke, was jetzt ist und was war ... und ich hab' keine Schuld dran! Ich hab' keine Schuld, ich sag's Ihnen!« kreischte sie wild. »Wie bin ich geboren, frage ich. Was war mein Vater? Ein Säufer! Und meine Mutter? Das Getratsche von Whitehead! Wer hat mir was geschenkt? Wer hat mich erzogen? Wer hat sich um mich gekümmert? Wer?«

Plötzlich wurde Corliss von Abscheu überwältigt. »Halt den Mund!« befahl er ihr.

Die Jungfrau hob den Kopf, wobei ihr loses Haar wie bei einer Furie vom Kopf abstand. »Was ist sie?« schniefte sie. »Die Geliebte?«

Corliss wirbelte herum, mit weißem Gesicht und einer Stimme, die vor Aufregung zitterte.

Die Jungfrau kauerte sich zusammen und warf instinktiv die Hände hoch, um ihr Gesicht zu schützen. »Nicht schlagen, Sir!« winselte sie. »Nicht schlagen!«

Er erschrak über sich selbst und wartete, bis er sich wieder in der Gewalt hatte. »Gut«, sagte er dann ruhig, »ziehen Sie sich an und gehen Sie. Alle. Raus. Dalli.«

»Sie sind kein Mann, kein richtiger«, schimpfte die Jungfrau, als sie merkte, daß keine körperliche Gefahr drohte. Aber Corliss schob sie einfach zur Tür und achtete nicht darauf, was sie sagte.

»Damen rauszuschmeißen!« schniefte sie, als sie über die Schwelle stolperte.

»Wir wollten nichts Böses«, murmelte Jake Cornell friedfertig.

»Gute Nacht, Entschuldigung«, sagte Corliss zu Blanche, mit einem leichten, um Vergebung heischenden Lächeln, als sie an ihm vorbei zur Tür hinausging.

»Ein Stutzer! Das sind Sie, ein verdammter Stutzer!« rief die Jungfrau zurück, als er die Tür schloß.

Er sah Del mit leerem Blick an und betrachtete dann das Durcheinander auf dem Tisch. Dann ging er zu seinem Bett hinüber und warf sich darauf. Bishop stützte einen Ellbogen auf den Tisch und zog an seiner verstopften Pfeife. Die Lampe qualmte, flackerte und ging aus; aber Bishop blieb sitzen, füllte seine Pfeife neu und zündete ein Streichholz nach dem andern an.

»Del! Sind Sie wach?« fragte Corliss schließlich.

Del grunzte.

»Ich war ein Schurke, daß ich sie in den Schnee hinausgeschickt habe. Ich schäme mich.«

»Zu Recht«, war die Bestätigung.

Lange blieb es still. Del klopfte die Asche aus und erhob sich.

»Schlafen Sie?« fragte er.

Er erhielt keine Antwort, und so ging er hinüber und zog die Decken über den Ingenieur.

21

»Ja; was bedeutet das alles?« Corliss reckte sich faul und legte die Beine auf den Tisch. Er fand das alles nicht besonders interessant, aber Oberst Trethaway wollte unbedingt ein ernstes Gespräch führen.

»Es ist genau das! Die alte und immer wieder neue Forderung, die der Mensch dem Universum ins Gesicht schlägt.« Der Oberst suchte in den Zetteln in seinem Notizbuch. »Sehen Sie«, sagte er und hielt ein verschmutztes, mit der Schreibmaschine beschriebenes Blatt Papier hoch. »Ich habe das vor Jahren einmal abgeschrieben. Hören Sie. ›Was ist dieser Mensch für ein monströses Wesen. Eine Wucherung aus zusammengepapptem Staub, das abwechselnd ein Bein hebt oder vom Schlummer überwältigt daliegt; tötend, sich nährend, wachsend, und kleine Ebenbilder seiner selbst produzierend; mit Haaren wie Gras, mit glitzernden Augen im Gesicht – etwas, um Kinder zu erschrecken. Die armen Seelen, für nichts auf der Erde, von so vielen Schwierigkeiten und Kümmernissen geplagt, mit so vielen Wünschen und Begierden, die nicht erfüllt werden können. Von Wilden umgeben, von Wilden abstammend, unwiderruflich dazu verdammt, auf Kosten von seinesgleichen zu leben. Unendlich kindisch, mitunter bewundernswert edel, manchmal rührend freundlich; setzt sich hin, um über richtig und falsch zu dabattieren oder über die Attribute der Göttlichkeit; erhebt sich, um für ein Ei zu kämpfen oder für eine Idee zu sterben.‹ Und wofür das alles?« fragte er hitzig und warf das Papier zu Boden. »Diese Wucherung aus zusammengepapptem Staub!«

Corliss gähnte als Antwort. Er war den ganzen Tag mit dem Schlitten unterwegs gewesen und sehnte sich nach seinen Decken.

»Hier steh ich, Oberst Trethaway, an Jahren schon hübsch fortgeschritten, ganz gut erhalten, habe eine Stellung in der Gemeinschaft, ein bequemes Bankkonto, habe es nicht nötig, mich jemals wieder zu plagen, und trotzdem ertrage ich ein karges Leben und arbeite mit einer Energie, die eines Mannes würdig wäre, der halb so alt ist wie ich. Und wozu? Ich kann nur eine bestimmte Menge essen und trinken, und kann nur eine bestimmte Zeitlang schlafen, und dieser Abfallhaufen der Erde, den die Menschen Alaska nennen, ist in bezug auf Essen, Tabak und Decken der schlimmste Platz, den man sich denken kann.«

»Aber gerade dieses beständig anstrengende Leben ist es, was Sie hier hält«, warf Corliss ein.

»Das ist Fronas Philosophie«, spottete der Oberst.

»Und meine und Ihre.«

»Und die von diesem zusammengepappten Staubklumpen ...«

»Der von etwas beseelt wird, das Sie vernachlässigen – die Kraft der Pflicht, der Rasse, Gottes!«

»Und der Lohn?« fragte Trethaway.

»Jeder Atemzug, den Sie machen. Die Maifliege lebt nur eine Stunde.«

»Das verstehe ich nicht.«

»›Blut und Schweiß!‹ Das haben Sie nach jener Schlägerei in der Musikhalle gerufen, und jedes Wort davon haben wir gehört!«

»Fronas Philosophie.«

»Und Ihre und meine.«

Der Oberst zuckte die Schultern, und nach einer Pause gestand er: »Sehen Sie, ganz gleich was ich versuche – ich kann aus mir keinen Pessimisten machen. Wir bekommen alle einen Ausgleich für unsere Mühen, und ich mehr als andere. Wozu? Ich habe die Frage gestellt und die Antwort erhalten: Da wir nicht das letzte, endgültige Ziel erreichen können, dann das unmittelbar bevorstehende. Mehr Ausgleich – hier und jetzt!«

»Das ist ziemlich genußsüchtig.«

»Und vernünftig. Ich werde mich sofort darum kümmern. Ich könnte Lebensmittel und Decken für ein Dutzend Leute kaufen, aber essen und schlafen kann ich nur für einen. Also, warum nicht mit jemandem teilen?«

Corliss nahm die Füße vom Tisch und setzte sich aufrecht hin. »Mit anderen Worten?«

»Ich werde heiraten, und – dabei die Gemeinde schokkieren. Gemeinschaften lieben Schocks. Das ist ihr Ausgleich für das enge Zusammenleben.«

»Ich kann mir nur eine einzige Frau denken, die dafür in Frage käme«, tastete sich Corliss vor und streckte die Hand aus.

Trethaway schüttelte sie langsam. »Sie ist es.«

Corliss zog seine Hand zurück, und sein Gesicht zeigte seine böse Vorahnung. »Aber St. Vincent?«

»Ist für mich kein Problem, höchstens für Sie.«

»Und für Lucile?«

»Bestimmt nicht. Sie hat ein kleines Spiel gespielt, dabei zu hoch gewettet und es wunderschön vermasselt.«

»Ich ... ich verstehe das nicht ganz.« Corliss fuhr sich etwas benommen über die Augen.

Trethaway ließ ein überlegenes Lächeln um seine Lippen spielen. »Das ist auch gar nicht notwendig. Die Frage ist: Werden Sie für mich eintreten?«

»Sicherlich. Aber wie lang und umständlich Ihr Weg war! Das ist nicht Ihre übliche Methode.«

»Die Ihre auch nicht«, erklärte der Oberst und zwirbelte stolz seine Schnurrbartenden.

Ein Hauptmann von der »Nordwestlichen Berittenen Polizei« kann kraft seines Amtes in schwierigen Zeiten Trauungen vornehmen und Recht sprechen. So kam es, daß Hauptmann Alexander von Oberst Trethaway gebeten wurde, ihn aufzusuchen, und nachdem er gegangen war, notierte er sich eine Verabredung für den nächsten Morgen. Dann ging der zukünftige Bräutigam zu Frona. Nicht Lucile habe die Bitte ausgesprochen, erklärte er rasch, aber – nun, sie kenne nicht viele Frauen, und außerdem wisse er (der Oberst), wen sie fragen würde, wenn sie es wagte. Also mache er es auf eigene Verantwortung. Und wenn es eine Überraschung sei, sei sicher, daß es sie freuen würde.

Frona war verblüfft, weil es so schnell ging. Erst vor kurzen hatte Lucile noch um St. Vincent gestritten, und jetzt war es der Oberst. Natürlich war es irgendwie eigenartig gewesen, aber jetzt kam es ihr doppelt falsch vor. Konnte es sein, daß Lucile im Auftrag gehandelt hatte? Diese Gedanken schossen ihr durch den Kopf, während der Oberst gespannt ihr Gesicht beobachtete. Sie wußte, daß sie schnell antworten mußte, aber ihre Aufmerksamkeit wurde durch die unwillkürliche Bewunderung seines Muts abgelenkt. Deshalb folgte sie gezwungenermaßen der Stimme ihres Herzens und stimmte zu.

Das Ganze war aber ziemlich anstrengend und verlief in gespannter Atmosphäre, als die vier sich am nächsten Tag in Hauptmanns Alexanders privatem Büro trafen. Ein dunkler Schatten lag über ihnen. Lucile schien den Tränen nahe und zeigte eine mühsam unterdrückte Verwirrung, die bei ihr ganz ungewohnt war; während andererseits Frona, auch wenn sie es versuchte, nicht auf ihre gewohnte Sympathie gegenüber Lucile zurückgreifen konnte, um die Kälte zwischen ihnen zu überbrücken. Das hatte wiederum einen entsprechenden Effekt auf Vance und veranlaßte ihn zu einer distanzierten Haltung, die ihn sogar vom Oberst fernbleiben ließ.

Oberst Trethaway schien zwanzig Jahre von seinen aufrechten Schultern abgeworfen zu haben, und die Unangemessenheit dieser Verbindung, die Frona zuerst gefühlt hatte, verschwand, als sie ihn ansah. »Er hat seine Jahre gut verbracht«, dachte sie und unwillkürlich richtete sie ihre Blicke auf Corliss. Aber wenn der Bräutigam zwanzig Jahre abgeworfen hatte, so stand Vance ihm darin nicht nach. Seit ihrem letzten Treffen hatte er der Kälte seinen braunen Schnurrbart geopfert, und sein glattes Gesicht, das vor Gesundheit und Energie strotzte, sah ungewohnt jungenhaft aus. Allerdings zeigte seine nackte Oberlippe eine Festigkeit und Entschlossenheit, die bisher verborgen war, und seine Augen, die bisher weich und fest zugleich ausgesehen hatten, bezeugten jetzt eine zusätzliche Härte, die daher kommt, daß schnell und entschlossen Entscheidungen gefällt und Dinge angepackt werden müssen. Das ist der Stempel, den alle Männer, die so handeln, aufgedrückt bekommen, ob sie nun Hunde treiben, die See durchpflügen oder Politik machen.

Als die einfache Zeremonie vorüber war, küßte Frona Lucile; aber Lucile fühlte, daß eine Kleinigkeit fehlte, und ihre Augen füllten sich mit unvergossenen Tränen. Trethaway, der Fronas Zurückhaltung von Anfang an gespürt hatte, nützte die Gelegenheit, als sich Hauptmann Alexander und Corliss mit Mrs. Trethaway unterhielten, um Frona unter vier Augen sprechen zu können.

»Was ist los, Frona?« fragte er direkt. »Ich hoffe, Sie sind nicht unter Protest gekommen. Es tut mir leid, nicht für Sie, denn mangelnde Offenheit verdient das nicht, aber für Lucile. Es ist ihr gegenüber nicht fair.«

»Von Anfang an war da ein Mangel an Offenheit.« Ihre Stimme zitterte. »Ich habe es versucht – ich dachte, ich würde es schaffen – aber ich kann nicht vortäuschen, was ich nicht fühle. Es tut mir leid, aber ich ... ich bin enttäuscht. Nein, ich kann es nicht erklären, und Ihnen am allerwenigsten.«

»Lassen Sie uns die Karten auf den Tisch legen, Frona. Geht es um St. Vincent?«

Sie nickte.

»Und ich kann meinen Finger direkt in die Wunde legen. Erstens«, er sah zur Seite und sah, wie Lucile ihm einen besorgten Blick zuwarf, »erstens: erst neulich hat sie Ihnen etwas über St. Vincent vorgesungen. Zweitens, und deshalb denken Sie, ihr Herz sei bei dieser Verbindung nicht dabei, daß sie nichts für mich empfindet, kurz – daß sie mich wegen meiner gesellschaftlichen Stellung und wegen meines Geldes heiratet. Ist es das?«

»Und ist das nicht genug? Oh, ich bin enttäuscht, Oberst Trethaway, bitter enttäuscht, über Lucile, Sie und mich selbst.«

»Sie reden wie eine Närrin! Und ich mag Sie zu sehr, als daß ich das zulasse. Es ist nur alles zu schnell gegangen für Sie. Hören Sie. Wir haben darüber nichts gesagt, aber sie gehört zu den Auserwählten am French Hill. Ihr Claim verspricht die höchste Ausbeute. Die bisherige Schätzung beläuft sich auf mindestens eine halbe Million. Auf ihren eigenen Namen, und ohne Bedingungen. Könnte sie das nicht nehmen und irgendwo hingehen, um sich niederzulassen? Also könnten Sie eher annehmen, daß ich sie heiraten will, um davon etwas abzubekommen. Frona, sie liebt mich, und sie ist zu gut für mich. Ich hoffe, daß ich das in der Zukunft wettmachen kann. Aber denken Sie jetzt nicht darüber nach – jetzt ist nicht die richtige Zeit dafür.

Sie machen sich Gedanken über ihre plötzliche Zuneigung? Lassen Sie mich Ihnen erklären, daß wir uns seit der Zeit, als ich in dieses Land gekommen bin, aneinander gewöhnt und einander liebgewonnen haben. St. Vincent? Ach, das habe ich die ganze Zeit gewußt. Sie hatte sich in den Kopf gesetzt, daß er nicht halb so viel wert ist wie Ihr kleiner Finger, und deshalb versuchte sie, Sie beide auseinanderzubringen. Sie werden nie erfahren, was sie alles unternommen hat, um das zu erreichen. Ich sagte ihr, sie kenne die Welses nicht, und sie gab es hinterher auch zu. Das ist es; glauben Sie es oder nicht.«

»Aber was halten Sie von St. Vincent?«

»Was ich denke, ist jetzt nebensächlich; aber ich sage Ihnen ehrlich, daß ich ihr Urteil teile. Darum geht's jetzt aber nicht. Was wollen Sie jetzt damit anfangen?«

Sie antwortete nicht, sondern ging zu der wartenden Gruppe zurück. Lucile sah sie kommen und sah sie an.

»Hat er Ihnen erzählt ...?«

»Daß ich eine Närrin war«, antwortete Frona. »Und ich glaube, er hat recht.« Lächelnd sagte sie: »Ich glaube es ihm. Ich kann es nicht begründen, aber ...«

Hauptmann Alexander fiel in diesem Augenblick gerade ein Witz über die Hochzeitsnacht ein, und weil er ihn dem Oberst erzählen mußte, ging er zum Ofen hinüber. Vance folgte ihm, um die Frauen allein zu lassen.

»Es ist das erste Mal«, sagte Lucile, »und für mich bedeutet es mehr als für ... die meisten anderen Frauen. Ich habe Angst. Es ist etwas Fürchterliches, was ich da tue.

Aber ich liebe ihn, wirklich!« Und als der Witz gebührend belacht und verdaut worden war und die Männer zurückkamen, weinte sie: »Liebe, liebe Frona.«

Genau im richtigen Augenblick, er hätte nicht besser gewählt sein können: mit Mütze und Handschuhen, ohne anzuklopfen, kam Jakob Welse herein.

»Der nichtgeladene Gast«, begrüßte er die Anwesenden. »Ist alles vorüber? Ja?« Und er begrub Lucile in seinem dicken Bärenfellmantel. »Oberst, geben Sie mir die Hand, entschuldigen Sie, daß ich so hereinschneie, und entschuldigen Sie sich bei mir, daß Sie mir davon nichts gesagt haben. Hallo, Corliss! Guten Tag, Hauptmann Alexander.«

»Was habe ich getan?« klagte Frona, die die übliche Umarmung des Bären empfing und seine Hand so lange drückte, bis es fast schmerzte.

»Ich mußte das Ganze unterstützen«, flüsterte er, und dieses Mal schmerzte der Händedruck wirklich.

»Nun, Oberst, ich kenne Ihre Pläne nicht, und ich kümmere mich auch nicht um sie. Sagen Sie alles ab. Ich habe einen kleinen Imbiß bei mir zu Hause vorbereiten lassen, und in meinem Besitz befindet sich die einzige Kiste mit echtem Champagner diesseits des Polarkreises. Natürlich kommen Sie auch, Corliss, und ...« Sein Auge streifte Hauptmann Alexander, ohne bei ihm zu verweilen.

»Natürlich«, kam die Antwort wie aus der Pistole geschossen, obwohl der oberste Verwaltungsbeamte des Nordwestens genügend Zeit gehabt hatte, sich die möglichen Folgen eines derart ungewöhnlichen Verhaltens auszumalen. »Haben Sie einen Schlitten?«

Jakob Welse lachte und hob einen Fuß im Mokassin.

»Gehen – hören Sie auf!« Der Hauptmann lief schon zur Tür. »Bevor Sie fertig sind, stehen die Schlitten bereit. Drei, mit vielen Glöckchen!«

Trethaways Vorhersage erfüllte sich, denn Dawson hielt sich für seine Provinzialität schadlos, indem es sich die Augen rieb, als drei Schlitten mit drei scharlachrot gekleideten Polizisten die Hauptstraße hinunterfuhren. Es rieb sich noch mal die Augen, als es sah, wer darin saß.

»Wir werden zurückgezogen leben«, sagte Lucile zu Frona. »Der Klondike ist nicht die ganze Welt, und das Beste kommt erst noch.«

Aber Jakob Welse hatte andere Pläne. »Wir müssen dafür sorgen, daß das läuft«, sagte er zu Hauptmann Alexander, und dieser sagte, daß er nicht gewohnt sei, von einem Unternehmen in voller Fahrt abzuspringen.

Mrs. Schoville war die erste, die den Unmut der Stadt formulierte. Sie sammelte die anderen Frauen um sich und konnte von da an nicht mehr als zuverlässig betrachtet werden.

Lucile ging nirgendwohin, außer zu Frona. Aber Jakob Welse, der sonst selten außer Hause ging, war jetzt oft an Oberst Trethaways Kamin zu finden, und nicht nur das, er brachte sogar oft noch jemanden mit. »Heute abend schon was vor?« fragte er oft, wenn er zufällig jemanden traf. »Nein? Dann kommen Sie mit.« Manchmal sagte er es voller lammfrommer Unschuld, manchmal mit einer versteckten Drohung, und selten hatte er damit keinen Erfolg. Diese Männer hatten auch alle Ehefrauen, und so wurde in die Reihen der Gegner der Keim der Zersetzung gepflanzt.

Hinzu kam, daß bei Oberst Trethaway mehr geboten wurde als dünner Tee und oberflächliches Gerede; und so kam es, daß die Zeitungskorrespondenten, die Ingenieure und die Herren überhaupt in Scharen in diese Richtung strömten. Die Hütte Trethaways wurde zum Zentrum der Dinge, und da sie wirtschaftlich, finanziell und offiziell unterstützt wurde, mußte sie auch gesellschaftlich aufsteigen.

Der einzige Nebeneffekt war, daß Mrs. Schovilles Leben und das verschiedener anderer Angehöriger ihres Geschlechts eintöniger wurde und daß diese den Glauben an einige altersgraue und inkonsequente Prinzipien verloren. Außerdem war Hauptmann Alexander als höchster Beamter einer der wichtigsten Leute im Land, und Jakob Welse war die Handelsgesellschaft. Es gab da einen Aberglauben, daß es nicht klug sei, sich mit der Handelsgesellschaft anzulegen. Und so dauerte es nicht lange, bis nur noch ein knappes halbes Dutzend von Leuten abseits stand, und die galten sowieso als verloren.

22

Im Frühjahr setzte in Dawson eine größere Abwanderung ein. Einige gingen, weil sie ein Vermögen gemacht hatten und andere, weil sie keines gemacht hatten, weshalb sie die letzten verfügbaren Hunde kauften und übers Eis nach Dyea reisten. Zufällig stellte sich heraus, daß es Dave Harney war, dem die meisten dieser Hunde gehörten.

»Gehen Sie auch fort«, fragte Jakob Welse eines Tages, als die Mittagssonne das erste Mal die nackte Haut ein wenig wärmte.

»Nein, ich denke nicht. Ich mache bei jedem Paar Mokassins, das ich verkaufe, drei Dollar gut. Von den Gummistiefeln will ich gar nicht reden. Sagen Sie, Welse, nicht daß ich meiner Nase nicht trauen könnte, aber bei dem Zucker haben Sie mich doch elend reingelegt, nicht wahr?«

Jakob Welse lächelte.

»Natürlich bin ich reingelegt worden! Haben Sie eigentlich noch Gummistiefel?«

»Nein; die sind schon seit Anfang des Winters ausverkauft.«

Dave kicherte leise. »Und ich bin derjenige, der sie jetzt hat.«

»Nein, nicht Sie. Ich habe den Angestellten eingeschärft, sie nicht bündelweise zu verkaufen.«

»Das stimmt. Ein Paar pro Mann und ein Mann pro Paar und davon ein paar hundert. Aber es war mein Goldstaub, den sie in die Waage geworfen haben und niemandes anderen sonst. Wollen Sie einen mit mir trinken? Machen Sie sich nichts draus. Nehmen Sie's leicht. Nennen Sie es Revanche, ich kann es brauchen. – Fortgehen? Dieses Jahr nicht, glaube ich. Erst kommt noch der Goldrausch.«

Mitte April wurde am Henderson-River Gold gefunden, und dieser Fund schien vielversprechend zu sein. St. Vincent zog daher in diese Richtung. Etwas später kam Jakob Welse, der sich für den Gallagher-Gulch interessierte und ein Auge auf die Kupferminen am White River geworfen hatte, in dieselbe Gegend und mit ihm Frona, für die es mehr Urlaub als Arbeit war. Inzwischen hatten Corliss und Bishop eine Rundreise von einem Monat über den Mayo und in die Gegend um McQuestion unternommen und waren jetzt zur linken Gabelung des Henderson-Rivers gekommen, wo einige Claims in Augenschein genommen werden sollten.

Aber im Mai war der Frühling schon so weit fortgeschritten, daß die Fahrt auf den Bächen und Flüssen gefährlich wurde, und auf dem letzten tauenden Eis reisten die Goldsucher abwärts zu der Inselgruppe unterhalb der Mündung des Stewart-Rivers, wo sie vorübergehend Quartier aufschlugen oder die Gastfreundschaft derer nutzten, die dort Hütten besaßen. Corliss und Bishop ließen sich auf der »Trennungsinsel« nieder, die ihren Namen von den Reisegruppen hatte, deren Wege sich hier trennten. Dort hatte sich Tommy McPherson gemütlich eingerichtet. Einige Tage später kamen Jakob Welse und Frona von einer gefährlichen Reise über den White River zurück und schlugen ihre Zelte auf dem höher gelegenen Grund am oberen Ende der Trennungsinsel auf. Einige Neulinge, die mit dem ersten Frühlingslüftchen gekommen waren, kamen völlig erschöpft an und schlugen ihr Lager auf, bis das Eis brechen würde. Es gab auch immer noch einige Männer, die, durch das weiche Eis aufgehalten, ans Ufer kamen, um Stocherkähne zu bauen oder mit den Anwohnern um Kanus zu feilschen. Einer unter diesen war Baron Coubertin.

»Ah! Wundervoll! Überwältigend! Stimmt das nicht?«

Hier traf ihn Frona am nächsten Tag. »Was?« fragte sie und reichte ihm die Hand.

»Sie! Sie!« rief er und nahm seine Mütze ab. »Welche Freude!«

»Ich bin sicher …« hob sie an.

»Nein! Nein!« Er schüttelte heftig seinen Haarschopf. »Nicht Sie. Schauen Sie!« Er wandte sich einem Peterborough-Kanu zu, für das ihm McPherson das Dreifache seines Wertes abgenommen hatte.

»Dieses Kanu! Ist es nicht das, was ihr Yankees ein ... ein ... Goldstück nennt?«

»Oh! Das Kanu«, wiederholte sie und wirkte verletzt.

»Nein! Nein! Pardon!« Er stampfte ärgerlich mit dem Fuß auf. »So ist es nicht. Es geht nicht um Sie. Es geht nicht um das Kanu. Es geht um ... Ah! Jetzt fällt es mir ein! Ihr Versprechen! Eines Tages, vielleicht erinnern Sie sich, haben Sie mir versprochen, bei Madame Schoville, als wir von Kanus sprachen und meiner Unkenntnis, die wirklich traurig war, und Sie haben mir versprochen, Sie haben mir gesagt ...«

»Daß ich Ihnen die erste Unterrichtsstunde geben würde?«

»Und ist das nicht wundervoll? Hören Sie? Hören Sie es? Wie es ganz tief unten rumpelt? Bald ist das Wasser offen, und hier ist das Kanu! Hier treffen wir uns! Der erste Unterricht! Entzückend! Entzückend!«

Die nächste Insel unterhalb der Trennungsinsel war »Roubeaus Insel«, und sie war von der erstgenannten durch einen schmalen Kanal getrennt. Hier kam St. Vincent an, als auf der Schlittenspur schon der Boden durchbrach und die Hunde mehr schwammen als liefen. Er war der letzte, der in diesem Winter auf der Spur kommen sollte. Er ging in die Hütte von John Borg, einem düsteren, schweigsamen Menschen, der sich am liebsten von allen anderen Menschen absonderte. Es sollte der unglückseligste Zufall in St. Vincents Leben sein, daß er ausgerechnet Borgs Hütte als Aufenthaltsort ausgesucht hatte.

»In Ordnung«, sagte der, als er gefragt wurde. »Werfen Sie Ihre Decken in die Ecke. Bella wird den Müll aus der freien Koje räumen.«

Erst am Abend sprach er wieder: »Sie sind alt genug, um für sich selbst zu kochen. Wenn die Frau am Herd fertig ist, können Sie loslegen.«

Die Frau, oder Bella, war eine hübsche Indianerin, jung

und die schönste, die St. Vincent je gesehen hatte. Statt der gewöhnlichen, fettigen, schwarzen Haut hatte sie eine helle, leicht bronzefarbene Haut, und sie war etwas weicher geformt als die übrigen ihrer Rasse.

Nach dem Abendessen saß Borg mit beiden Ellbogen auf dem Tisch und mit dem Kopf in die Hände gestützt da und rauchte stinkenden Indianertabak. Er starrte direkt vor sich hin. Es hätte nachdenklich sein können, wenn seine Augen sanfter geblickt hätten, oder wenn er hin und wieder gezwinkert hätte. So aber sah sein Gesicht aus, als wäre er in Trance.

»Sind Sie schon lange im Land?« fragte St. Vincent, um etwas Konversation zu machen.

Borg richtete seine tiefschwarzen Augen auf ihn und schien in ihn hinein, durch ihn hindurch und weit hinter ihn zu schauen. Er nahm ihn überhaupt nicht wahr, sondern schien ein großes und wichtiges Problem zu wälzen.

Vielleicht denkt er über seine Sünden nach, überlegte der Journalist nervös und rollte sich eine Zigarette. Als die gelbe Stange sich in kräuselnden Rauch aufgelöst hatte und er daran dachte, sich eine zweite zu drehen, sagte Borg plötzlich etwas.

»Fünfzehn Jahre«, sagte er und kehrte anschließend zu seinen Überlegungen zurück.

Daraufhin studierte St. Vincent für die nächste halbe Stunde sein Gegenüber und dessen unergründliche Haltung. Vor allem der Kopf erregte seine Aufmerksamkeit. Er war riesig, schwer und klobig, und nur der massive Hals ermöglichte es überhaupt, daß er blieb, wo er war. Er-war in einem Anfall von materieller Großzügigkeit gegossen worden, denn jede Einzelheit war massiv und übergroß ausgebildet. Die Haare rankten sich dick und ungekämmt, hier und dort von schmutzigem Grau durchzogen, und an anderen Stellen drehten sie sich zu Locken, die schwarz und glänzend schwarzen Haken glichen. Der lange Backenbart wies stellenweise Löcher auf, hing aber wie büscheliges Büffelgras bis auf die Brust, wobei er es nicht schaffte, die hohlen Wangen oder den schiefen Mund zu verdecken. Dieser Mund war dünnlippig und grausam – aber grausam ohne Leidenschaft. Das Beeindruckendste war die Stirn, die dem unregelmäßig ausgebildeten Gesicht widersprach, denn sie war perfekt, breit und voll, und sie erhob sich majestätisch über den Augen. Sie hätte der Sitz und die Festung einer umfassenden Intelligenz sein können; die Allwissenheit mochte hier ihr Domizil nehmen.

Bella, die das Geschirr abwusch und auf das Regal hinter Borgs Rücken räumte, ließ einen schweren Blechbecher fallen. In der Hütte war es sehr leise, das laute Klappern kam ohne Vorwarnung. Im gleichen Augenblick warf Borg mit einem heiseren Schrei den Stuhl um, sprang auf und stand da mit glühenden Augen und verzerrtem Gesicht. Bella stieß einen undeutlichen, tierähnlichen Schrei aus und kauerte sich furchtsam zu seinen Füßen nieder. St. Vincent spürte, wie ihm das Haar zu Berge stand, und ein unheimlicher Schauer, wie ein Strahl kalter Luft, lief ihm das Rückgrat hinauf und hinunter. Dann richtete Borg den Stuhl auf und sank in seine alte Haltung zurück, mit dem Kinn auf die Hände gestützt und dumpf vor sich hinbrütend. Kein Wort wurde gesprochen. Bella räumte gleichmütig des Geschirr weiter ein, während sich St. Vincent zitternd eine Zigarette rollte und sich fragte, ob er das nur träume.

Jakob Welse lachte, als der Journalist ihm das erzählte. »So ist er«, sagte er. »Sein Verhalten ist ebenso wie sein Aussehen ungewöhnlich. Er ist ein ungeselliger Mensch. Er ist schon mehr Jahre im Land als er Bekannte hat. Um die Wahrheit zu sagen: Ich glaube nicht, daß er auch nur einen einzigen Freund in ganz Alaska hat, nicht einmal unter den Indianern, und mit denen ist er oft und lange zusammen. ›Johnny Querkopf‹ nennen sie ihn, aber sie könnten ihn genausogut ›Johnny Bruchkopf‹ nennen, denn er hat ein wildes Temperament und eine starke Hand. Temperament! Irgendwann gab es einmal eine kleine Meinungsverschiedenheit zwischen ihm und meinem Agenten in Arctic City. Er hatte recht, der Agent hatte einen Fehler gemacht, aber es führte dazu, daß er ab sofort die Gesellschaft boykottierte und ein Jahr lang nur noch von Fleisch lebte. Zufällig traf ich ihn dann bei der Tanana-Station, und nach gebührenden Entschuldigungen erklärte er sich bereit, wieder bei uns zu kaufen.«

»Das Mädchen hat er oben vom White-River mitgebracht«, erzählte Bill Brown. »Welse glaubt, daß er dort in der Gegend auf Goldsuche geht. Aber Borg könnte ihm die Karten und Spaten geben und trotzdem noch gewinnen. Er ist schon seit Jahren dort oben. Ja, ein eigenartiger Geselle. Würde mich nicht dazu drängen, die Koje mit ihm zu teilen.«

Aber St. Vincent machte sich nichts aus den Absonderlichkeiten des Mannes, denn die meiste Zeit verbrachte er mit Frona und dem Baron auf der Trennungsinsel. Eines Tages jedoch gerieten sie unbeabsichtigt aneinander. Zwei Schweden, die auf der Jagd nach Eichhörnchen waren, waren vom anderen Ende der Roubeau-Insel herübergekommen und kehrten bei ihnen ein, um nach Streichhölzern zu fragen und ein wenig in der warmen Sonne zu plaudern. St. Vincent und Borg spielten die Gastgeber, letzterer vorwiegend unter einsilbigen Ausdrücken. Hinter ihnen, an der Hüttentür, wusch Bella die Wäsche. Die Wanne war selbstgemacht und sperrig und, halb mit Wasser gefüllt, war sie für eine gewöhnliche Frau zu schwer. Der Journalist bemerkte, wie sie sich damit abmühte und ging zu ihr hin, um ihr zu helfen.

Die Wanne zwischen sich gingen sie zu der Seite der Hütte, wo der Grund abfiel, um sie auszuleeren. St. Vincent rutschte im tauenden Schnee aus, und das Seifenwasser spritzte heraus. Dann rutschte Bella aus, und beide fielen hin. Bella kicherte und lachte, St. Vincent lachte zurück. Der Frühling lag in der Luft und schäumte in ihrem Blut. Es war ein schönes Gefühl, am Leben zu sein. Nur ein völlig abgestorbenes Herz konnte an so einem Tag nicht lachen. Bella rutschte wieder aus, versuchte, sich auf den Beinen zu halten, rutschte mit dem anderen Fuß aus und setzte sich abrupt hin. Fröhlich lachend reichte der Journalist ihr die Hände, um sie wieder hochzuziehen. Mit einem Satz und einem Schrei war Borg zwischen ihnen. Ihre Hände wurden auseinandergerissen und St. Vincent nach hinten geschleudert. Er stolperte einige Schritte rückwärts und fiel dabei fast hin. Dann wiederholte sich die Szene aus der Hütte. Bella kauerte sich zu seinen Füßen im Dreck, und ihr Herr stand drohend über ihr.

»Hören Sie«, sagte er in halberstickten kehligen Lauten und wandte sich an St. Vincent. »Sie schlafen in meiner Hütte und Sie kochen da. Das ist genug. Lassen Sie meine Frau in Ruhe.«

Danach gingen die Dinge weiter, als sei nichts passiert; St. Vincent machte einen weiten Bogen um Bella und schien ihre Existenz vergessen zu haben. Aber die Schweden gingen zu ihrem Ende der Insel zurück und lachten über dieses Ereignis, das sich noch als bedeutungsvoll herausstellen sollte.

23

Der Frühling war wie ein Wunder gekommen; mit weichen, warmen Händen wartete er verträumt die Zeit ab, da es Sommer werden sollte. Der Schnee war in den Tälern und tiefergelegenen Stellen verschwunden und lag nur noch auf den nördlichen eisschründigen Zinnen. Die Gletscher schmolzen, und aus jedem Bach wurde ein reißender Strom. Jeden Tag ging die Sonne früher auf und später unter. Morgens um drei schon begann die Morgendämmerung, und erst um neun wurde es wieder dunkel. Die Weiden und Espen waren schon aufgeblüht und bedeckten sich jetzt mit frischem jungem Grün, und ihre Zweige füllten sich mit Saft.

Mutter Natur war mit einem Seufzer erwacht und machte sich an ihre kurze Arbeit. Grillen sangen nachts um die stillen Hütten, Mücken krochen unter hohlen Bäumen hervor und kamen aus den gemütlichen Ritzen der Felsen – große, lärmende, harmlose Gesellen, die das Jahr zuvor geschlüpft waren, den Winter tiefgefroren überstanden hatten und jetzt wiedergeboren wurden, um durch ein kurzes Greisenalter zu baldigem Tod zu schwirren. Alle möglichen Arten kriechenden, krabbelnden, flatternden Lebens kam aus der warmen Erde und beeilte sich, zu reifen, zu zeugen und wieder zu sterben. Nur eine Brise wohltuend warmer Luft und dann wieder langer, kalter Frost – sie wußten es und verloren keine Zeit. Uferschwalben gruben ihre gewohnten Tunnel in die weichen Lehmböschungen, und Rotkehlchen sangen über den kieferbestandenen Inseln. Oben klopften eindringlich die Spechte, und in den tiefen Wäldern huschten Rebhühner plötzlich auf, die Hähne in voller, stolzer Pracht.

Aber der Yukon beteiligte sich nicht an dieser nervösen Hast. Viele tausend Meilen lang lag er kalt, nüchtern und tot. Wildgänse, die in Pfeilformation von Süden kamen, hielten inne, spähten vergeblich nach offenem Wasser und zogen nach Norden weiter. Von Ufer zu Ufer erstreckte sich das Eis. Hier und dort war das Wasser schon durchgebrochen und floß darüber, aber in den kalten Nächten gefror es wieder. Die Überlieferung berichtet, daß der Yukon schon drei Sommer hintereinander tiefgefroren gewesen sei, und wenn man an seinem Ufer steht, kann man sich Erzählungen vorstellen, die weniger glaubhaft sind.

Der Sommer wartete auf freies Wasser, der träge Yukon streckte sich faul und krachte in den steifen Gelenken. Jetzt entstand ein Wasserloch, das größer und größer wurde; dort drüben bildete sich ein Riß, wurde breiter und vergaß wieder zuzufrieren. Dann riß sich das Eis vom Ufer los und hob sich auf über Mannshöhe an. Aber der Fluß war noch nicht bereit, es loszulassen. Es war eine lange, schwierige Arbeit, und der Mensch, der gewohnt ist, Wasserfälle und Quellen zu beherrschen und zu kontrollieren, stand machtlos vor den Millionen Tonnen kalten Eises, das sich weigerte, flußabwärts in die Bering-See zu schwimmen.

Auf der Trennungsinsel war alles für die Eisschmelze vorbereitet. Die Wasserstraßen waren schon immer die wichtigsten Verkehrswege gewesen, und der Yukon war die wichtigste Straße in diesem Land. Und so richteten diejenigen, die flußaufwärts gefangen waren, ihre Boote und beschlugen ihre Stocherstangen mit Eisen, während diejenigen, die flußabwärts saßen, sich mit Beilen und scharfen Messern neue Riemen und Steuerruder fertigten. Jakob Welse genoß das Nichtstun und Frona sah, wie gut es ihm tat. Nur Baron Coubertin machte die Verzögerung nervös. Sein Blut stieg nach der langen Winterpause wieder empor, und die warme Sonne erweckte in ihm viele Gelüste.

»Oh! Oh! Es wird niemals brechen! Niemals!« Und er stand am Rand des festgefügten Eises und bedachte es mit höflich formulierten Flüchen. »Es ist eine Verschwörung, armes ›La Bijou‹, eine Verschwörung!« Er liebkoste ›La Bijou‹ mit der Hand, als wäre es ein Pferd, denn so hatte er sein Peterborough-Kanu getauft.

Frona und St. Vincent lachten und predigten ihm Geduld. Coubertin schluckte das und beschloß, nicht darauf zu reagieren. Er wurde erst von Jakob Welse unterbrochen.

»Schauen Sie, Coubertin! Dort drüben, südlich von der Felsnase. Können Sie dort irgendwas sehen? Bewegt sich da was?«

»Ja, ein Hund.«

»Für einen Hund ist es zu langsam. Frona, hol das Fernglas.«

Coubertin und St. Vincent sprangen auf, um es zu holen. St. Vincent brachte es triumphierend heraus. Jakob Welse setzte das Glas an die Augen und sah gespannt auf den Fluß hinaus. Es war eine gute Meile von der Insel bis zu dem Felsen, und der Sonnenglanz auf dem Eis machte es nicht leicht, etwas zu sehen.

»Es ist ein Mensch.« Er reichte das Fernglas dem Baron und rieb sich die Augen. »Es muß etwas passiert sein.«

»Er kriecht!« rief der Baron. »Der Mensch kriecht, auf Händen und Füßen! Schauen Sie nur!« Er streckte das Fernglas mit zitternden Händen Frona hin.

Es war schwierig, über diese schimmernde Fläche hinweg ein dunkles Objekt von dieser Größe auszumachen, vor allem wenn es vor einen ebenfalls dunklen Hintergrund von Erde und Büschen war. Aber Frona konnte den

Menschen ganz gut erkennen, und als sie sich an die Anstrengung gewöhnt hatte, konnte sie jede Bewegung verfolgen. Jetzt kam er an eine umgestürzte Kiefer. Sie sah schmerzvoll zu. Zweimal versuchte er, krabbelnd und drehend, das Hindernis zu überwinden, und zweimal fiel er wieder zurück. Beim dritten Versuch schaffte er es nach ungeheurer Anstrengung, aber nur, um auf der anderen Seite hilflos nach vorne zu fallen und mit dem Gesicht in das dornige Unterholz zu sinken.

»Es ist wirklich ein Mensch.« Sie gab das Glas an St. Vincent weiter. »Er bewegt sich sehr langsam. Er ist gerade auf dieser Seite des Stammes heruntergefallen.«

»Bewegt er sich noch?« fragte Jakob Welse, und als St. Vincent den Kopf schüttelte, holte er sein Gewehr aus dem Zelt. Er feuerte rasch hintereinander sechs Schüsse ab.

»Er bewegt sich!« Der Journalist beobachtete ihn angestrengt. »Er kriecht zum Ufer. Ah! ... Nein, Moment ... Ja! Er liegt am Boden und hebt seinen Hut oder etwas anderes auf einem Stock. Er winkt.« (Jakob Welse feuerte noch mal sechs Schüsse.) »Er winkt wieder. Jetzt läßt er es fallen und liegt still.«

Alle drei blickten fragend auf Jakob Welse. Der zuckte die Schultern. »Wie soll ich wissen, wer er ist? Es kann ein Weißer sein oder ein Indianer; wahrscheinlich am Verhungern, oder verletzt.«

»Aber vielleicht stirbt er«, flehte Frona, als ob ihr Vater, der schon viel getan hatte, alles könnte.

»Wir können nichts tun.«

»Ah! Terrible! Fürchterlich!« Der Baron rang die Hände. »Vor unseren Augen, und wir können nichts tun! Nein!« rief er mit plötzlicher Entschlossenheit aus, »es darf nicht sein! Ich werde übers Eis gehen!«

Er wäre sofort ans Ufer gestürzt, hätte Jakob Welse ihn nicht zurückgehalten.

»Nicht so eilig, Baron. Behalten Sie Ihren kühlen Kopf!«

»Aber ...«

»Nichts aber. Will der Mensch etwas zu essen, oder Medizin, oder etwas anderes? Warten Sie. Wir werden es zusammen versuchen.«

»Ich bin auch dabei«, sagte St. Vincent sofort, und Fronas Augen leuchteten auf.

Während sie im Zelt ein Bündel mit Lebensmitteln zusammenschnürte, holten die Männer sechzig oder siebzig Fuß eines leichten Seils und banden es sich um. Jakob Welse und St. Vincent gingen an den beiden Enden, der Baron kam in die Mitte. Er bestand darauf, die Lebensmittel zu tragen und band sie sich auf den breiten Rücken. Frona sah ihnen vom Ufer aus zu. Die ersten hundert Schritt gingen leicht, aber sie sah sofort, daß es schwerer wurde, sobald sie den Gürtel des festen Ufereises verlassen hatten. Ihr Vater führte unbeirrt, indem er mit seinem Stock vor und neben sich herumstocherte und immer wieder die Richtung wechselte.

St. Vincent, der am Ende des straffen Seiles ging, war der erste, der einbrach, aber er hielt seinen Stock quer und blieb so über Wasser. Zwar zerrte die Strömung an ihm, so daß die beiden anderen kräftig zu ziehen hatten, aber sie schafften es. Frona sah, daß sie eine Minute lang kräftig diskutierten, mit viel Gestikulieren und Winken von seiten des Barons, und dann band sich St. Vincent los und kam zum Ufer zurück.

»Brrr«, schlotterte er, als er das Ufer heraufkam. »Es ist unmöglich.«

»Aber warum sind die anderen nicht zurückgekommen?« fragte sie mit einem Anflug von Unwillen in der Stimme.

»Sie sagten, sie wollten es noch einmal versuchen. Der Baron ist ein Hitzkopf, weißt du.«

»Und mein Vater ist ein Trotzkopf«, lächelte sie. »Aber ist es nicht besser, wenn du dich umziehst? Im Zelt sind trockene Sachen.«

»Oh nein.« Er warf sich neben sie auf den Boden. »In der Sonne ist es warm.«

Eine Stunde lang sahen sie den beiden Männern zu, die in der Entfernung zu zwei kleinen Punkten geworden waren; sie hatten es geschafft, bis zur Mitte des Flusses zu kommen und hatten sich dabei fast eine Meile flußaufwärts gearbeitet. Frona verfolgte sie mit dem Fernglas, obwohl sie oft hinter den hohen Eisschollen verschwanden.

»Es war unfair«, hörte sie St. Vincent sich beklagen, »daß sie sagten, sie würden nur noch einen Versuch machen. Sonst wäre ich nicht umgekehrt. Trotzdem werden sie es nicht schaffen – absolut unmöglich.«

»Ja ... nein ... ja! Sie drehen um«, verkündete sie »Aber hör mal! Was ist das?«

Ein leises Rumpeln, wie entfernter Donner, kam von der Mitte des Eises. Sie sprang auf. »Gregory, es kann doch nicht sein, daß der Fluß bricht!«

»Nein, nein; bestimmt nicht. Es ist schon vorbei.« Der Lärm, der von flußaufwärts gekommen war, war nach unten verschwunden!

»Aber dort! Dort!«

Ein zweites Rumpeln, tiefer und gefährlicher klingend als zuvor, hob an und brachte die Rotkehlchen und Eichhörnchen zum Schweigen. Als es ihnen gegenüber war, klang es wie eine Eisenbahn auf einem entfernten Gleis. Ein drittes Rumpeln, das fast wie ein Brüllen klang und länger dauerte, fing oben an und ging vorüber.

»Oh, warum beeilen sie sich nicht!«

Die beiden Punkte waren stehengeblieben, anscheinend beratend. Frona richtete das Fernglas hastig flußauf- und -abwärts. Obwohl es wieder rumpelte, sah sie keine Veränderung. Das Eis lag still und bewegungslos. Die Rotkehlchen hatten ihren Gesang wieder aufgenommen, und die Eichhörnchen schnatterten in alter Frische.

»Keine Angst, Frona.« St. Vincent legte schützend den Arm um sie. »Wenn es irgendeine Gefahr gibt, dann wissen sie es besser als wir, und dann beeilen sie sich auch.«

»Ich habe nie gesehen, wie das Eis auf einem großen Fluß brach«, gestand sie und schickte sich drein, abzuwarten.

Das Rumpeln kam in Abständen immer wieder, aber es gab keine weiteren Zeichen von Unruhe, und so arbeiteten sich die beiden Männer mit viel Mühe langsam wieder ans

Ufer. Das Wasser lief ihnen vom Körper, und sie zitterten, als sie heraufkamen.

»Endlich!« Frona hielt die Hände ihres Vaters gefaßt. »Ich dachte, ihr kommt nicht mehr zurück!«

»Na, na. Geh und mach etwas zu essen«, lachte Jakob Welse. »Es gab keine Gefahr.«

»Aber was war los?«

»Der Stewart-River ist aufgebrochen, und sein Eis floß unter dem Yukon-Eis durch. Wir konnten das Kratzen und Brechen unter uns fühlen.«

»Ah! Und es war fürchterlich! Fürchterlich!« rief der Baron. »Und dieser arme, arme Mann, dem wir nicht helfen können!«

»Doch, das können wir. Wir werden es nach dem Essen mit den Hunden versuchen. Mach schnell, Frona.«

Aber die Hunde waren ein Fehlschlag. Jakob Welse wählte die Leithunde, weil sie intelligenter waren, und mit Nahrungsbündeln auf dem Rücken wurden sie auf das Eis getrieben. Sie verstanden nicht, was man von ihnen verlangte. Immer, wenn sie versuchten, zurückzukommen, wurden sie mit Stöcken, Steinen und Rufen wieder hinausgetrieben. Das verwirrte sie nur, und sie zogen sich außer Reichweite zurück, wo sie ihre nassen, kalten Pfoten hoben und herzzerreißend zum Ufer hinüberheulten.

»Wenn sie es nur einmal schaffen würden, dann hätten sie verstanden und es wäre ein Kinderspiel. Ah! Wirst Du wohl? Los! Hau ab, Miriam! Los geht's! Es reicht, wenn einer losläuft.«

Jakob Welse schaffte es schließlich, Miriam, den Leithund von Fronas Gespann, auf die Spur zu schicken, die er und der Baron gelegt hatten. Der Hund lief mutig weiter, stolperte, kletterte, kroch, und manchmal schwamm er; aber als er den Punkt erreicht hatte, an dem die beiden umgekehrt waren, setzte er sich hilflos hin. Später lief er im Bogen zum Ufer zurück und ging weiter oben an Land. Eine Stunde später trottete er ins Lager, ohne Lebensmittelbündel. Daraufhin beschlossen die beiden anderen Hunde, die bis jetzt außer Reichweite gewartet hatten, die Dinge auf ihre Art zu lösen, indem sie ihre Nahrungspakete gegenseitig auffraßen; damit war der Versuch gescheitert, und sie wurden zurückgerufen.

Während des Nachmittags wurde der Lärm lauter und häufiger, und am Abend rumpelte es ununterbrochen. Am nächsten Morgen jedoch hatte es vollkommen aufgehört. Der Fluß war um acht Fuß gestiegen, und an vielen Stellen überschwemmte das Wasser das Eis. Viele Risse und Brüche waren entstanden und entstanden laufend neu.

»Das Eis, das sich druntergeschoben hat, hat sich zwischen den Inseln angestaut. Deshalb ist der Fluß gestiegen. Außerdem hat es sich an der Mündung des Stewart-River gestaut. Wenn das durchbricht, wird es darunterrutschen und auf den unteren Stau treffen.«

»Und dann? Und dann?« fragte der Baron aufgeregt.

»Dann wird ›La Bijou‹ wieder schwimmen.«

Als es heller wurde, suchten sie nach dem Mann am anderen Ufer. Er hatte sich nicht bewegt, aber als Antwort auf ihre Schüsse winkte er schwach.

»Wir können nichts tun, bis das Eis bricht, Baron, und dann müssen wir es mit ›La Bijou‹ versuchen. St. Vincent, Sie bringen besser Ihre Decken hier herauf und schlafen hier. Wir brauchen drei Paddel, vielleicht können wir McPherson noch gewinnen.«

»Nicht nötig«, erwiderte der Journalist rasch. »Der Kanal da hinten ist gefroren wie Diamant, bei Tagesanbruch bin ich hier.«

»Und ich? Wieso nicht ich?« fragte Baron Coubertin.

Frona lachte. »Denken Sie daran, daß Sie noch keine Übungsstunde erhalten haben.«

»Und morgen wird dazu wenig Zeit sein«, fügte Jakob Welse hinzu. »Wenn es bricht, geht es sehr schnell. St. Vincent, McPherson und ich werden die Mannschaft bilden müssen. Tut mir leid, Baron. Bleiben Sie noch ein Jahr bei uns, und Sie werden es gelernt haben.«

Aber Baron Coubertin war nicht zu trösten und schmollte während der nächsten halben Stunde.

24

»Aufwachen! Ihr Langschläfer, wacht auf!«

Frona war schon beim ersten Ruf von Del Bishop aus den Decken; aber bevor sie einen Rock anziehen und in die Mokassins schlüpfen konnte, hatte ihr Vater hinter dem Trennvorhang schon die Zeltbahnen zurückgeschlagen und stolperte nach draußen.

Der Fluß war gebrochen. Im grauen Morgenlicht konnte sie sehen, wie das Eis leicht gegen das Ufer rieb; an einigen Stellen hatte es sich sogar hochgeschoben und einige Fuß landeinwärts verlagert. Hundert Schritt weiter verschwand das weiße Feld in der trüben Dämmerung und dem grauen Himmel. Leises Splittern und Gurgeln kam flüsternd aus dem Dunkel und dazwischen ein leises, mahlendes Geräusch.

»Wann wird es losgehen?« fragte sie Del.

»Nicht zu spät. Sehen Sie dort!« Er zeigte mit dem Fuß auf das Wasser, das unter dem Eis hervorkam und gierig auf sie zukroch. »Einen Fuß pro Minute steigt es. Gefahr?« fuhr er fort. »Jedenfalls nicht für unser Leben. Es muß fort. Diese Inseln«, er winkte mit der Hand unbestimmt flußabwärts, »können dem Druck nicht mehr lange standhalten. Wenn sie das Eis nicht loslassen, wird das Eis sie geradewegs aus dem Flußbett reißen. Bestimmt! Aber ich muß zurück. Wir liegen tiefer. Noch fünfzehn Zoll bis zum Hüttenboden; McPherson und Corliss sind dabei, die wichtigsten Dinge an sicheren Plätzen zu verstauen.«

»Sagen Sie McPherson, er soll sich bereithalten«, rief ihm Jakob Welse nach. Und dann zu Frona: »Jetzt muß St. Vincent über den hinteren Kanal kommen.«

Der Baron, zitternd mit seinen nackten Füßen, zog die Uhr heraus. »Zehn Minuten vor drei«, klapperte er mit den Zähnen.

»Würden Sie nicht besser hineingehen und Ihre Mokassins anziehen?« fragte Frona. »Sie haben Zeit genug.«

»Und dieses Schauspiel vermissen? Hören Sie!«

Von irgendwoher kam ein helles knackendes Geräusch,

verschwand dann wieder. Das Eis bewegte sich. Langsam, ganz langsam floß es abwärts. Kein Durcheinander, kein ohrenbetäubendes Donnern, kein Schauspiel der Kräfte: nur eine leise Flut weißer Oberfläche, eine ordentliche Prozession, so dicht gepackt, daß kein Wasser sichtbar war. Es war irgendwo darunter, aber man konnte das nur vermuten. Ein leises Summen oder ersticktes Mahlen war zu hören, aber so leise, daß man sich anstrengen mußte, um es wahrzunehmen.

»Ah! Wo ist das großartige Schauspiel? Ein Reinfall!«

Der Baron schwang ärgerlich die Fäuste zum Fluß hin, Jakob Welse zog die Brauen zusammen, als ob er das grimmige Lächeln in seinen Augen verbergen wolle.

»Ha! Ha! Ich lache! Ich schnippe mit den Fingern! Seht! Ich nehme den Kampf auf!«

Als diese Herausforderung seine Lippen verlassen hatte, trat Baron Coubertin auf eine Eisscholle, die sich langsam an seinen Füßen vorbeigeschoben hatte. Es kam so unerwartet, daß er schon fort war, bevor Jakob Welse ihn erreichen konnte.

Das Eis gewann an Geschwindigkeit, das Summen wurde lauter und bedrohlicher. Wie ein Zirkusreiter kunstvoll balancierend, wirbelte der Franzose den Uferrand entlang. Fünfzig unsichere Fuß weit trieb er so, wobei sein Stand zunehmend unstabil wurde, dann sprang er leichtfüßig ans Ufer. Er kam lachend zurück und wurde für seine Mühe von Jakob Welse mit zwei oder drei der ausgesuchtesten Sätze bedacht, die er in seinem Vokabular finden konnte.

»Wofür das?« fragte Coubertin überrascht.

»Wofür?« Jakob Welse machte ihn grimmig nach und zeigte auf den Strom zu ihren Füßen.

Eine große Eisscholle hatte sich mit der Spitze in das dreißig Fuß tiefe Flußbett gebohrt und versuchte sich aufzurichten. Die Eisflut dahinter staute sich, und das Eis brach wie Papier. Dann kippte die Scholle vollends um und zeigte ihre verschlammte Unterseite. Aber nun wurde sie vom Druck erfaßt, Scholle auf Scholle türmte sich auf; wie von Geisterhand hochgeschleudert, stieg sie mit

Schlamm und Dreck in die Luft, fiel auf die treibende Masse darunter und verstreute Splitter bis zu den Füßen der Zuschauer. Von dem Treibeis seitlich erfaßt, wurde sie zu Stücken zerrieben und verschwand.

»Gott!« Baron Coubertin sagte dieses Wort mit Ehrfurcht und Scheu.

Frona faßte seine Hand auf der einen Seite und die ihres Vaters auf der andern. Das Eis floß jetzt in großer Geschwindigkeit an ihnen vorbei. Irgendwo unterhalb rammte eine große Scholle das Ufer, der Boden schwankte unter ihren Füßen. Eine andere folgte, näher an der Oberfläche, und als sie zurücksprangen, stieg sie auf und donnerte mit einer Tonne Boden auf dem Rücken unaufhaltsam weiter. Eine andere, die wie eine große Hand landeinwärts faßte, riß drei große Kiefern aus dem Boden und trug sie fort.

Es war jetzt hell geworden, die treibende Flut reichte jetzt von Ufer zu Ufer. Mit dem Druck des Wassers dahinter war die Geschwindigkeit des Eises betäubend geworden. Das Ufer wurde die ganze Seite entlang gerammt und bearbeitet, und die Insel wackelte und riß an ihren Fundamenten.

»Oh, großartig! Großartig!« Frona sprang auf und nieder. »Wo ist jetzt Ihr Reinfall, Baron?«

»Ah!« Er schüttelte den Kopf. »Ich hatte unrecht. Ich bin untröstlich. Aber welches Schauspiel! Schaut!«

Er deutete flußabwärts, wo einige Inseln in der Biegung des Flusses lagen. Dort teilte sich der meilenbreite Strom und teilte sich nochmals – was für Wasser gut ist, aber nicht für dichtgepacktes Eis. Die Inseln reckten der weißen Flut ihre spitzen Köpfe entgegen und warfen die Schollen hoch in die Luft. Aber da Scholle auf Scholle drückte und sie sich gegenseitig aus dem Wasser schoben, türmten sie sich mahlend und pressend, splitternd und krachend immer höher auf, bis ganze Eisberge sich aufs Land schoben und zwischen die Bäume krachten.

»Ein wahrscheinlicher Platz für einen Stau«, sagte Jakob Welse. »Hol' das Fernglas, Frona.« Lange und konzentriert schaute er hindurch. »Es wächst und dehnt sich aus. Eine Scholle zur richtigen Zeit und am richtigen Platz ...«

»Aber der Fluß fällt!« rief Frona.

Das Eis war sechs Fuß unter den Rand des Ufers gefallen, Baron Coubertin markierte die Stelle mit einem Stock.

»Der Mann liegt immer noch dort, aber er bewegt sich nicht.«

Es war ein klarer Tag, und die Sonne brach im Nordosten durch. Abwechselnd richteten sie das Fernglas über den Fluß.

»Schauen Sie! Ist das nicht wundervoll?« Coubertin deutete auf die Markierung, die er gemacht hatte. Das Wasser war um einen weiteren Fuß gefallen. »Ah! Zu dumm! Zu dumm! Der Stau; es wird keinen geben!«

Jakob Welse sah ihn ernst an.

»Ah! Oder doch?« fragte er und schöpfte wieder Hoffnung.

Frona sah ihren Vater fragend an.

»Staus sind nicht immer etwas Schönes«, sagte er mit einem kurzen Lachen. »Es kommt immer darauf an, wo sie stattfinden und wo man selber ist.«

»Aber der Fluß! Schauen Sie! Er fällt; ich kann es mit eigenen Augen sehen!«

»Nicht zu spät.« Er richtete das Fernglas auf die mit Inseln durchsetzte Biegung und sah, daß die Eisberge inzwischen gewachsen und näher aneinandergedrückt waren. »Gehen Sie ins Zelt, Coubertin, und ziehen Sie die Mokassins an, die am Ofen stehen. Gehen Sie. Sie versäumen nichts. Und du, Frona, machst Feuer und kochst Kaffee.«

Eine halbe Stunde später war der Fluß zwar um zwanzig Fuß gefallen, aber das Eis strömte mit unverminderter Kraft dahin.

»Jetzt fängt der Spaß an. Hier, werfen Sie mal einen Blick dort hinüber, Sie hitzköpfiger Gallier. Auf den linken Kanal, Mann. Da geht's jetzt los!«

Coubertin sah, wie sich der linke Kanal schloß, und wie eine große weiße Barriere sich zwischen den Inseln erhob. Das Eis davor wurde langsamer und kam zum Stillstand. Dem folgte sofort das Ansteigen des Flusses. Er stieg sehr schnell, als ob nur der Himmel ihn stoppen könne. Die Eisschollen fingen unruhig an, sich aneinander zu reiben und kamen über die Kante des Ufers gekrochen, gleich hinter dem schmutzfarbenen Wasser, das als Wegbereiter vorneweg kam.

»Mon Dieu! Das ist aber nicht nett!«

»Aber wundervoll, Baron«, stichelte Frona. »Mittlerweile sollten Sie Ihre Füße aus dem Wasser nehmen.«

Er machte einige Schritte rückwärts, und zwar genau im richtigen Augenblick, denn eine kleine Lawine von Eisschollen ergoß sich auf eben die Stelle, die er verlassen hatte. Die steigende Flut hatte das Eis inzwischen fast brusthoch über die Insel gehoben, so daß es wie eine Wand vor ihnen stand.

»Aber es wird bald zurückgehen, sobald die Barriere bricht. Sehen Sie, es steigt schon nicht mehr so rasch. Sie ist gebrochen.«

Frona beobachtete die Barriere. »Nein, sie ist nicht gebrochen.«

»Aber das Wasser steigt nicht mehr so gut.«

»Es hat aber auch nicht aufgehört zu steigen.«

Für einen Augenblick war der Baron sprachlos. Dann hellte sich sein Gesicht auf. »Ah! Ich habe es. Irgendwo weiter oben ist noch ein Stau. Bin ich nicht schlau?«

Sie ergriff seine aufgeregte Hand und hielt sie fest. »Aber hören Sie! Nehmen wir an, die obere Barriere bricht und die untere hält?«

Er sah sie fest an, bis er die volle Bedeutung ihrer Worte begriff. Das Blut schoß ihm ins Gesicht, und mit einem tiefen Luftholen richtete er sich auf und warf den Kopf zurück. Mit einer umfassenden Bewegung, als wolle er die ganze Insel einfangen, sagte er: »Dann sind Sie und ich, das Zelt, die Boote, die Hütten, Bäume, alles, und auch ›La Bijou‹ – Puff! beim Teufel!«

Frona schüttelte den Kopf. »Es ist zu dumm!«

»Dumm? Pardon. Großartig!«

»Nein, nein, Baron; das meinte ich nicht. Aber daß Sie kein Angelsachse sind ... Diese Rasse könnte sehr stolz auf Sie sein.«

»Und Sie, Frona, was wären Sie für eine wundervolle Französin!«

»Wieder beim Thema, wie? Sich selbst mit Blumensträußen überschütten, wie?« Del Bishop grinste sie an und wollte so schnell weiter, wie er gekommen war. »Aber kommt, schickt euch! In einer Hütte dort unten sind einige kranke Männer. Ihr werdet gebraucht; wir müssen sie herausholen. Und nehmt euch nicht den ganzen Tag Zeit!« rief er über die Schulter zurück, als er zwischen den Bäumen verschwand.

Der Fluß schwoll immer noch an, wenn auch langsamer, und sobald sie die höhergelegenen Stellen verlassen hatten, wateten sie knöcheltief im Wasser. Als sie sich zwischen den Bäumen hindurchwanden, kamen sie zu einem Boot, das im Herbst zuvor an Land gezogen worden war, Drei ›chechaquos‹, Neulinge, die es geschafft hatten, bis hierher übers Eis in das Land vorzudringen, hatten sich hineinverkrochen samt ihren Zelten, Schlitten und Hunden. Aber das Boot war dem Eisstrom gefährlich nahe, der kaum ein Dutzend Fuß entfernt tobte, raste und sich überschlug.

»Los, raus da! Ihr Narren!« rief Jakob Welse ihnen zu, als er vorbeilief.

Del Bishop hatte ihnen »abhauen, zum Teufel« zugerufen, als er vorbeigerannt war, und das hatten sie nicht verstanden. Einer von ihnen wandte ihnen ein naives, erschrecktes Gesicht zu. Ein anderer lag untätig und kraftlos über der Seite, als sei er bewußtlos. Der dritte, mit dem Gesicht eines Büroangestellten, saß vor- und rückwärtsschaukelnd im Boot und sagte vor sich hin: »Oh Gott! Oh Gott!«

Der Baron blieb bei ihm stehen und schüttelte ihn. »Verdammt!« schrie er ihn an. »Ihre Beine, Mann! Nicht Gott, sondern Ihre Beine! Ah! Raus hier! Ja, los! Beeilung! Schneller! Schickt euch! Weg vom Ufer! In den Wald, unter die Bäume, egal wohin!«

Er versuchte ihn herauszuziehen, aber der Mann schlug wild nach ihm und blieb sitzen.

»So lernt man die Landessprache kennen«, erklärte er

Frona stolz, während sie weiterliefen. »›Schickt euch!‹ Ein gutes und starkes Wort! Sehr angemessen.«

»Sie sollten mit Del reisen«, lachte sie. »Er würde Ihren Wortschatz beträchtlich erhöhen.«

»Sie sprechen aber nicht so.«

»Ich könnte es auch, wenn ich wollte.«

Sie kamen an eine Lichtung, auf der nahe am Wasser eine Hütte stand. Auf ihrem flachen Dach aus Lehm lagen in Decken gehüllt zwei kranke Männer, während Bishop, Corliss und Jakob Welse im Innern herumplantschten und die Kleidersäcke und sonstigen Ausrüstungsgegenstände zusammensuchten. Eigentlich war das Wasser nur ein paar Fuß tief, aber da der Boden gegen die Kälte etwas ausgehoben worden war, stand das Wasser in der Hütte hüfthoch.

»Haltet den Tabak trocken«, sagte einer der Männer auf dem Dach mit schwacher Stimme.

»Zum Teufel mit dem Tabak!« wies ihn sein Kumpel zurecht. »Schaut nach dem Mehl. Und dem Zucker«, fügte er noch hinzu.

»Das ist nur, weil Bill nicht raucht, Miss«, erklärte der erste Mann. »Aber haben Sie bitte ein Auge drauf, ja?« flehte er.

»Hier. Jetzt haltet den Mund.« Del stellte die Dose neben ihn, und der Mann ergriff sie, als sei sie ein Sack mit Goldstücken.

»Kann ich irgend etwas tun?« fragte Frona und sah zu ihnen hinauf. »Nein. Sie haben Skorbut. Nichts als Gottes Land und rohe Kartoffeln können ihnen helfen.« Del Bishop sah sie einen Moment an. »Was machen Sie überhaupt hier? Gehen Sie zurück, wo das Land höher ist.«

Aber da wölbte sich mit einem Krachen und Ächzen die Eiswand nach innen. Eine fünfzig Tonnen schwere Scholle kippte über und blieb vor der Hüttentür liegen. Eine kleinere Scholle rutschte gegen die vorstehenden Eckpfosten. Die Hütte wackelte; Corliss und Coubertin waren drinnen.

»Nach Ihnen«, hörte Frona den Franzosen sagen. Ihr Vater lachte amüsiert auf. Der höfliche Franzose kam als letzter heraus und zwängte sich zwischen den Balken und der Eisscholle hindurch.

»Sag, Bill, wenn die untere Barriere dort hält, sind wir verloren«, rief der Mann mit dem Tabak seinem Gefährten zu.

»Ja, das stimmt«, kam die Antwort. »Unterhalb von Nulato hab' ich die Bixbie-Insel so sauber gefegt gesehen wie den Küchenboden meiner alten Mutter.«

Die Männer kamen schnell zu Frona gelaufen.

»Hier können wir nicht bleiben. Wir müssen sie in Ihren Schuppen hinübertragen, Corliss.« Während er noch sprach, war Jakob Welse leichtfüßig auf das Hüttendach geklettert und sah zu der großen Barriere hinunter. »Wo ist McPherson?« fragte er.

»Der sitzt seit einer Stunde wie versteinert auf dem Firstbalken.« Jakob Welse winkte mit dem Arm. »Es bricht! Da geht es hin!«

»Kein Küchenboden dieses Mal, Bill, mit allem Respekt vor deiner alten Mutter«, rief der mit dem Tabak.

»Stimmt«, antwortete der unerschütterliche Bill.

Es schien, als ob der ganze Fluß aufstehen und sich flußabwärts schieben würde. Durch die zunehmende Bewegung brach die Eiswand an tausend Stellen, und flußauf- und -abwärts hörte man, wie Bäume entwurzelt wurden und niederkrachten.

Corliss und Bishop hatten sich Bill aufgeladen und gingen los in Richtung McPhersons Hütte. Jakob Welse und der Baron waren gerade dabei, sich den anderen über die Schultern zu legen, als ein riesiger Eisklotz herüberdrückte und die ganze Hütte breitseits zerschmetterte. Frona sah es und stieß einen Warnschrei aus, aber die zusammengefügten Balken wurden wie ein Kartenspiel weggeschoben. Sie sah, daß Coubertin und der kranke Mann von den Trümmern fortgeschleudert wurden und daß ihr Vater zusammen mit den Balken zu Boden fiel. Sie rannte hin, aber er stand nicht auf. Sie zog an ihm, um seinen Mund über Wasser zu halten, aber auch dann ragte sein Kopf kaum aus dem Wasser. Dann ließ sie los und tastete mit den Händen umher, bis sie feststellte, daß sein rechter

Arm zwischen zwei Balken eingeklemmt war. Sie konnte sie nicht bewegen, stemmte aber einen der Dachbalken dazwischen, der den Lehm und das Moos getragen hatte. Er war kaum dicker als ein menschlicher Arm und nicht das richtige Werkzeug, denn als sie ihr Gewicht auf das freie Ende legte, bog er sich durch und knackste. Angesichts dieser Warnung rutschte sie einige Fuß weiter nach innen, legte sich vorsichtig wieder auf den Balken, bis sie spürte, daß etwas nachgab und Jakob Welses dreckverschmiertes Gesicht über dem Wasser erschien.

Er holte einige Male tief Luft und stieß dann aus: »Das schmeckt ja gut!« Und dann, nachdem er sich rasch umgeschaut hatte, sagte er zu Frona: »Del Bishop hat doch fast immer recht.«

»Was meinst du?« fragte sie verblüfft.

»Weil er vorausgesagt hatte, daß du für dieses Land wie geschaffen bist.«

Er gab ihr einen Kuß, dann spien beide lachend den Schlamm aus, den er noch auf den Lippen gehabt hatte. Coubertin kam um eine Ecke des Trümmerhaufens gelaufen.

»So einen Mann hat es noch nie gegeben!« rief er spöttisch. »Er ist durchgedreht, verrückt! Man kann es nicht anders sagen! Er hat sich den Schädel aufgeschlagen, als er heruntergefallen ist, und sein Tabak ist verschwunden. Jetzt jammert er seinem Tabak nach.«

Der Schädel war zum Glück nicht gebrochen, sondern hatte nur einen fünf Zoll langen Schnitt davongetragen.

»Sie werden warten müssen, bis die anderen zurückkommen. Ich kann nichts tragen.« Jakob Welse wies auf seinen rechten Arm, der lose herunterhing. »Nur verrenkt«, erklärte er. »Nichts gebrochen.«

Der Baron nahm eine würdige Haltung ein und zeigte auf Fronas Fuß. »Ah! Das Wasser ist gegangen, und geblieben ist ein Juwel der Fluten, eine kostbare Perle!«

Ihre schon abgetragenen Mokassins waren durch das Wasser vollends ruiniert worden. An einer Stelle schaute ein kleiner, weißer Zeh aus dem Schlamm hervor.

»Da bin ich in der Tat wohlhabend, Baron; denn ich habe noch neun weitere.«

»Das wird keiner bestreiten! Keiner!« rief er.

»Was sind Sie doch für ein lächerlicher, närrischer, liebenswerter Geselle!«

»Ich küsse Ihre Hand.« Er kniete sich galant in den Schlamm.

Sie entzog ihm die Hand und fuhr ihm mit beiden Händen durch seine Locken. »Was soll ich mit ihm tun, Vater?«

Jakob Welse zuckte die Schultern und lachte; sie aber drehte Coubertins Gesicht nach oben und küßte ihn auf die Lippen. Jakob Welse wußte, daß er dabei den größeren Teil der Freude empfand.

Der Fluß war jetzt auf seinen normalen Winterstand gefallen, schob aber immer noch seine Eismassen zum Meer hin. Während des Fallens hatte er aber am Ufer einen zwanzig Fuß hohen Wall von Eisklötzen hinterlassen. Sie lagen zwischen den gefällten und den noch stehenden Bäumen verstreut, und die schlammüberzogenen Blumen und Gräser glichen dem titanischen Auswurf eines Nordlandmonsters. Die Sonne war nicht faul. Durch das dampfende Tauwasser wurden die Eisberge von Schlamm und Schutt befreit, bis sie hell, wie aufgehäufte Diamanten, blitzten oder ein leuchtend-durchsichtiges Blau zeigten. Da sie aber übereinandergetürmt lagen, wie es der Zufall fügte, brachen immer wieder blitzende Minarette und glänzende Türme donnernd in die Fluten. In einer der Lücken, die so entstanden waren, lag ›La Bijou‹. Um sie herum standen, bis auf die Chechaquos und die Kranken, die restlichen Bewohner der Trennungsinsel.

»Nee, nee, Bursche; zwei Mann reichen vollkommen.« Tommy McPherson sah sich um und suchte Unterstützung. »Wenn da drei drinsitzen, wird es verdammt eng.«

»Drei oder nichts«, sagte Corliss. »Wir brauchen drei Mann, und Sie wissen es.«

»Nee, nee; zwei reichen vollkommen, sag ich.«

»Ich fürchte fast, wir müssen wirklich mit zweien auskommen.«

Der Schottisch-Kanadier zeigte offen seine Befriedigung.

»Das geht schon, und ich weiß auch, daß ihr eure Sache gut machen werdet.«

»Und einer davon sind Sie, Tommy«, fuhr Corliss unbeirrt fort.

»Nee, da sind noch viele andere außer mir.«

»Nein, sind da nicht. Coubertin hat das noch nie gemacht. St. Vincent kann offensichtlich nicht über den Kanal kommen; Mr. Welses Arm erlaubt es ihm auch nicht. Bleiben nur noch Sie und ich, Tommy.«

»Ich will nicht störrisch erscheinen, aber dieser Enakssohn paßt doch viel besser. Er hat genug Kraft in den Armen für einen guten Ruderschlag.« Der Schotte konnte Del Bishop zwar nicht besonders gut leiden, aber er kannte seine Stärke. So ergriff er die Chance, sich selbst herauszuhalten, indem er den anderen in die Bresche schob.

Del Bishop trat in die Mitte des kleinen Kreises, schwieg, sah jeden einzelnen Mann genau an und fragte dann ohne lange Vorrede: »Ist hier jemand, der mich einen Feigling nennen will?« Wieder sah er allen in die Augen. »Oder ist hier jemand, der auch nur andeuten will, daß ich jemals wie ein Schurke gehandelt hätte?« Wieder blickte er in die Runde. »Gut und schön. Ich hasse das Wasser, aber ich habe noch nie Angst davor gehabt. Ich kann nicht schwimmen, bin aber schon öfter über Bord gegangen, als mir lieb war. Ich kann kein Ruder schwingen, ohne mir am Rücken weh zu tun. Was das Steuern angeht – nun, Experten sagen, daß der Kompaß zweiunddreißg Striche hat, aber wenn ich losfahre, hat er mindestens dreißig mehr. Und so sicher wie Gott die kleinen Äpfel gemacht hat, so wenig kann ich mit einem Paddel umgehen. Ich habe bis jetzt jedes verdammte Kanu umgeworfen, in das ich meinen Fuß gesetzt habe. Ich hab' sogar schon einmal in zwei zu gleicher Zeit Löcher getreten. Im Canyon bin ich gekentert, und unterhalb von White Horse hat man mich herausgezogen. Ich kann nur mit einem einzigen Mann im Takt rudern, und das bin ich selber. Aber, Herrschaften, wenn man mich braucht, dann nehme ich meinen Platz in ›La Bijou‹ ein und fahr mit ihr zur Hölle, falls sie nicht unterwegs kentert.«

Baron Coubertin warf die Arme empor und rief: »So sicher wie Gott die kleinen Äpfel gemacht hat, so sicher sind Sie ein Mann!«

Tommy war bleich geworden, und vor der Stille, die jetzt eingetreten war, suchte er Zuflucht im Reden. »Ich will nicht abstreiten, daß ich ein guter Ruderer bin und daß ich auch zu steuern verstehe; aber bevor dieser Trupp richtig unterwegs ist, haben wir hier den nächsten Stau. Es ist umsonst, und deshalb finde ich, wir sollten warten, bis der Fluß frei ist.«

»Es hat keinen Zweck, Tommy«, ermahnte ihn Jakob Welse. »Du kannst hier keine Entschuldigungen erfinden.«

»Aber hören Sie! Ich habe es nicht nötig, mich beschimpfen zu lassen ...«

»Es reicht!« sagte Corliss. »Sie kommen mit.«

»Ich werde nichts dergleichen tun. Ich werde ...«

»Halt den Mund!« Del war mit ledernen Lungen und metallischen Stimmbändern zur Welt gekommen, und als er den Schotten derartig anschrie, verstummte dieser und sank in sich zusammen.

»Ruhe! Hört her!« Im Gegensatz zu Dels Sirene klang Fronas Stimme wie aus purstem Silber, als sie zwischen den Bäumen hindurchplätscherte. »Offenes Wasser! Offenes Wasser! Wartet einen Augenblick, ich komme zu euch!«

Drei Meilen stromaufwärts, wo der Yukon in einem großen Bogen von Westen herüberkam, war ein Fleckchen Wasser zu sehen. Es schien zu unwahrscheinlich, um glaubhaft zu sein, nachdem dieser Winter so hart gewesen war; aber McPherson, der keinerlei Phantasie besaß, versuchte sofort einen kräftigen Rückzug.

»Warten wir noch ein bißchen, nur noch ein bißchen«,

protestierte er, worauf ihn Del am Kragen nahm. »Ich habe meine Pfeife vergessen.«

»Dann wirst du hier bei uns warten, Tommy«, spottete Del. »Und ich geb dir gerne einen Zug aus meiner Pfeife ab, falls deine, die dir da aus der Tasche guckt, nicht funktioniert.«

»Ich hatte den Tabak gemeint.«

»Dann nimm diesen.« Er drückte ihm seinen Tabaksbeutel in die zitternden Hände. »Du ziehst dir besser deinen Mantel aus, komm, ich helfe dir. Und nebenbei, Tommy, wenn du nicht wie ein Mann handelst, werde ich keinen Finger für dich rühren. Das ist sicher.«

Corliss hatte sein schweres Flanellhemd ausgezogen, um mehr Bewegungsfreiheit zu haben. Als Frona zu ihnen trat, war klar, daß auch sie etwas abgelegt hatte, denn ihre Jacke und ihr Rock waren fort, das Unterkleid aus schwarzem Stoff endete auf halber Wadenlänge.

»Sie sind richtig«, bemerkte Del.

Jakob Welse sah sie besorgt an und ging zu ihr hinüber, wo sie die Griffe der verschiedenen Paddel prüfte. »Du willst doch nicht …?« setzte er an.

Sie nickte.

»Sie sind ein gutes Mädchen«, unterbrach McPherson. »Was mich betrifft, so habe ich eine Frau zu Hause, von den drei Kleinen ganz zu …«

»Fertig?« Corliss hob das Boot am Bug an und sah zurück. Coubertin ergriff das Heck und Del mit dem zögernden Tommy die Mitte. Eine flache Eisscholle, die schräg ins Wasser ragte, diente als Landungssteg.

»In den Bug mit Ihnen, Tommy!«

Der Schotte grunzte, spürte dann Bishops schweren Atem hinter sich und gehorchte. Frona glich sein Gewicht aus, indem sie sich ins Heck setzte.

»Ich kann steuern«, versicherte sie Corliss, der erst jetzt bemerkte, daß sie auch mitkam.

Er sah Jakob Welse an, als wolle er dessen Zustimmung, und dieser nickte.

»Los! Beeilung!« Del wurde ungeduldig. »Wir haben nicht viel Zeit!«

25

›La Bijou‹ war die genaue Umsetzung all dessen, was die Seele des Erbauers an zarten und feinen Gefühlen beherbergte. So leicht wie eine Eierschale und ebenso zerbrechlich, boten ihre Dreiachtelzoll-Häute keinerlei Schutz vor den treibenden Eisschollen, auch wenn sie nicht größer als ein menschlicher Kopf gewesen wären. Sie hatte auch kein freies Wasser unter sich, denn der Fluß war voller Eisstücke, die von größeren Schollen stammten und von diesen abgerieben und abgesplittert waren. Und hier fand Fronas geschicktes Steuern Corliss' Vertrauen.

Es war ein gewaltiges Bild: Der schwarze Fluß zwischen seinen kristallenen Wänden; dahinter die grünen Wälder, die sich bis zu dem wolkenüberzogenen Sommerhimmel streckten; und über dem Ganzen, wie ein Höllenfeuer, die heiße Sonne, die auf die Erde herunterbrannte. Ein gewaltiges Bild, aber Corliss' Gedanken waren bei seiner Mutter und immerwährenden Tee-Empfängen, den weichen Teppichen, den zimperlichen Dienstmädchen aus Neu-England, den Kanarienvögeln im Fenster, und er fragte sich, ob sie dies hier verstehen würde. Als er an die Frau dachte, die hinter ihm im Boot saß, und als er das Heben und Senken ihres Paddels spürte, ließ er vor seinem geistigen Auge die Frauen Revue passieren, die er bei seiner Mutter gesehen hatte – alles blasse, glitzernde Gespenster, dachte er, Karikaturen jener Rasse, die die Erde bevölkert hatte, und die fortfahren würde, sich die Erde untertan zu machen.

›La Bijou‹ fuhr knapp an einer treibenden Scholle entlang, bog in einen sich schließenden Kanal ein und schoß wieder ins Freie, als die Wände hinter ihr zusammenprallten. Tommy schauderte.

»Gut gemacht!« bewunderte sie Corliss.

»Diese verrückte Frau!« kam es von Tommy aus dem Bug. »Warum konnten wir nicht noch warten?«

Frona hörte das und lachte ihn herausfordernd an. Vance sah über seine Schulter zurück und fühlte sich fast verhext durch ihr Lachen. Ihre Mütze war eben dabei, herunterzurutschen, und ihr frei fliegendes Haar, das in der Sonne glänzte, gab ihrem Gesicht denselben Rahmen, den er auf dem Weg bei Dyea gesehen hatte.

»Wie gerne würde ich singen, wenn ich nicht meinen Atem für Wichtigeres bräuchte«, sagte Frona. »Zum Beispiel das ›Schwertlied‹ oder den ›Anker-Shanty‹.«

»Oder den ›Ersten Shanty‹«, antwortete Corliss. »›Mir gehörte die Frau, als es dunkler wurde‹«, summte er bedeutungsvoll.

Sie tauchte rasch das Paddel auf der gegenüberliegenden Seite ein, um einem gezackten Eisbrocken auszuweichen und schien nicht zuzuhören. »Ich könnte immer so weiterfahren.«

»Ich auch«, stimmte Corliss zu.

Aber sie ging auch darauf nicht ein, sondern sagte statt dessen: »Vance, weißt du, daß ich froh bin, daß wir wieder Freunde sind?«

»Es ist nicht meine Schuld, daß wir nicht noch mehr sind.«

»Sie kommen aus dem Takt, mein Herr«, ermahnte sie ihn, und er beugte sich wieder über seine Arbeit.

›La Bijou‹ fuhr in einem Winkel von fünfundvierzig Grad gegen die Strömung und folgte deshalb einem Kurs, der geradewegs über den Fluß führte. Sie würden so das andere Ufer genau gegenüber dem Abfahrtspunkt erreichen und von dort in stillerem Wasser stromaufwärts fahren. Noch lagen allerdings eine Meile schroffer Küste und einige hundert Schritt großer Felsen inmitten einer starken Strömung zwischen ihnen und dem Mann, der gerettet werden sollte.

»Laßt uns langsamer machen«, sagte Corliss, als sie einen Strudel durchfuhren und unter das mächtige Packeis am Ufer getrieben wurden.

»Unglaublich, daß es Mitte Mai ist.« Frona blickte nach oben, auf die sorglos aufeinandergetürmten Eisklötze. »Kommt es dir wirklich so vor?«

Er schüttelte den Kopf.

»Mir auch nicht. Ich weiß zwar, daß ich, Frona, in Person hier sitze, in einem Peterborough-Kanu und mit zwei

Männern um das liebe Leben rudere; im Jahre des Herrn achtzehnhundertachtundneunzig, Alaska, Yukon-River; das ist Wasser und das dort Eis; meine Arme sind müde, mein Herz schlägt einige Takte schneller, und ich schwitze – trotzdem scheint mir alles wie ein Traum. Denk nur! Vor einem Jahr noch war ich in Paris!« Sie holte tief Luft und sah übers Wasser auf das jenseitige Ufer, wo sich Jakob Welses Zelt wie ein ausgebreitetes Taschentuch vom grünen Wald abhob. »Ich glaube nicht, daß es diesen Ort gibt«, fügte sie hinzu. »Paris gibt es nicht.«

»Und ich war vor zwölf Monaten in London«, überlegte Corliss. »Aber ich bin wiedergeboren worden. London? Das existiert für mich jetzt nicht. Unmöglich. Wie kann es so viele Menschen auf einem Platz geben? Dies hier ist die wirkliche Welt, und wir wissen aus Erfahrung, daß es hier wenig Menschen gibt. Wie könnten hier sonst so viel Eis und Wasser und Himmel sein? Tommy, glaube ich, denkt gerne an einen Ort, der Toronto heißt. Er irrt sich. Dieser Ort existiert nur in seinem Kopf, eine Art von Erinnerung an ein früheres Leben. Natürlich ist er anderer Meinung. Das ist nur natürlich, denn er ist weder Philosoph, noch kümmert er sich darum ...«

»Still, quatschte nicht so viel!« flüstert Tommy heiser. »Euer Gequassel wird das da oben über unsere Köpfe bringen!«

Das Leben ist kurz in diesem Nordland, und die Erfüllung folgt der Prophezeiung immer auf dem Fuße. Ein warnendes Zittern wurde in der Luft spürbar, und die in allen Regenbogenfarben glitzernde Wand über ihnen wakkelte. Die drei Paddel griffen gleichzeitig ins Wasser. ›La Bijou‹ machte einen Satz vorwärts. Breitseite nach Breitseite blitzte und krachte, und tausend gefrorene Tonnen donnerten hinter ihnen ins Wasser. Das verdrängte Wasser schwappte in einem schäumenden, aufrechten Kreis nach außen, und ›La Bijou‹ tauchte bei dem Versuch, davonzukommen, durch die Wasserwand und rutschte halb voll Wasser in das folgende Wellental.

»Hab' ich's nicht gesagt, ihr quasselnden Narren!«

»Sitz still und schöpf!« wies ihn Corliss scharf zurecht.

»Sonst wird keine Gelegenheit mehr sein, uns irgendwas zu sagen.«

Er schüttelte zu Frona hin den Kopf, und sie zwinkerte zurück; dann kicherten beide vor sich hin, wie Kinder, die ein gefährliches, aber glimpflich abgelaufenes Erlebnis hinter sich haben.

Scheu, den drohenden Eisbrüchen entlang, schob sich ›La Bijou‹ durch den letzten Strudel. Die Spitze eines Felsens ragte wild aus dem Wasser – eine gewaltige Masse nackten Gesteins, von den Jahrhunderten genarbt und zernagt; voller Haß auf den Fluß, der ständig an ihm nagte; voller Haß auf den Regen, der häßliche Striemen über sein grimmiges Haupt zeichnete; und voller Haß auf die Sonne, die ihm das schützende und kleidsame Grün verweigerte, das sie auf sonst jedem Untergrund sprießen ließ. Die ganze Kraft des Flusses warf sich gegen ihn, wütete wild an seinen Fundamenten und strömte wieder in die Flußmitte zurück. Die ganze Längsseite des Felsens entlang krachten die Wellen dagegen, und die Spalten und ausgewaschenen Höhlen legten Zeugnis von dem ewigen Kampf ab.

»Jetzt! Legt euch ins Zeug! Gebt das Beste!«

Das war der letzte Befehl, den Corliss geben konnte, denn in der Hölle, die sie jetzt durchfuhren, klang eine menschliche Stimme wie das Zirpen einer Grille in einem Erdbeben. ›La Bijou‹ jagte vorwärts und hinein in den Aufruhr. ›Auf und nieder, auf und nieder‹ – die Paddel arbeiteten in rhythmischer Stärke. Das Wasser kräuselte sich und zerriß, dann zog es wieder gleichzeitig in alle Richtungen. Die zerbrechliche Eierschale, die nicht in alle Richtungen gleichzeitig folgen konnte, empfing heftige Schläge und wurde durch den Widerstand, den sie dem Wasser entgegensetzte, ständig umhergeworfen. Nervös nach links und nach rechts tanzend, wurde sie nur durch Fronas eiserne Hand auf Kurs gehalten. Einen Schritt entfernt grinste sie ein Spalt in dem Felsen an. ›La Bijou‹ tanzte und schoß vorwärts, aber das Wasser, das unter ihr hindurchfloß, hielt sie ständig an einer Stelle. Jetzt kamen sie von dem Spalt los, dann fielen sie wieder zurück, einen

Schritt vor, einen zurück, und der Spalt verlachte ihre Mühe.

Nach fünf Minuten, von denen jede einer Ewigkeit glich, waren sie an dem Spalt vorüber. Nach zehn Minuten lag er hundert Fuß achtern. ›Auf und nieder, auf und nieder‹, bis Himmel und Erde und Fluß eins wurden und das Bewußtsein zu einem dünnen Strich zusammenschmolz – ein schäumender Streifen, mit einem Rand aus grinsendem Felsen und zähnefletschendem Wasser. Diese dünne Linie faßte alles zusammen. Irgendwo darunter war der Anfang aller Dinge; irgendwo darüber, jenseits des Getöses und des Aufruhrs, lag das Ende aller Dinge, dorthin wollten sie, dafür arbeiteten sie.

Immer noch hielt Frona die Eierschale mit sicherer Hand auf Kurs. Was sie an Fortschritt gewannen, hielt und erweiterte sie Zoll um Zoll, ›auf und nieder‹; und wenn Tommys zitternde Seele nicht gewesen wäre, hätten sie es geschafft. Eine Eisscholle, die von der Strömung untergetaucht worden war, stieg unter dem Schlag seines Paddels plötzlich auf, drehte ihre scharfe Kante einmal um und wurde wieder in die Tiefe gezogen.

In diesem Augenblick sah er sich selbst, mit aufwärts fließendem Haar und ertrinkenden Händen, die ins Nichts griffen, wie er mit den Füßen voraus tiefer und tiefer sank. Er starrte mit weit aufgerissenen Augen auf diese düstere Vision, und sein erhobenes Paddel weigerte sich, noch einen Schlag zu tun. Im nächsten Moment grinste der Riß sie wieder boshaft an, und gleich darauf trieben sie wieder in den Wasserwirbeln unter den aufragenden Eiswänden.

Frona lag mit zurückgeworfenem Kopf im Boot und schluchzte in die Sonne; in der Mitte des Bootes lag keuchend Corliss mit ausgebreiteten Gliedmaßen; und im Bug saß nach Luft schnappend, erschöpft und zitternd der Schotte. ›La Bijou‹ rieb sanft mit dem Rand am Eis und kam schließlich zum Stillstand. Die regenbogenfarbene Eiswand stand wie eine Säule aus einem Feenmärchen über ihnen; die Sonne, die von unzähligen Facetten zurückgeworfen wurde, hüllte sie in die schönsten Farben.

Silberne Bäche rannen ihre strahlenden Flanken herunter, und in ihrer klaren, durchsichtigen Tiefe schien sich Schicht um Schicht das Geheimnis von Leben, Tod und ewiger Mühe zu entfalten – die azurblau schimmernden Visionen, die sich hier auftaten, versprachen unendliche Ruhe und Rast.

Der oberste Eisklotz, der einen mächtigen Umfang und eine ebensolche Höhe hatte, schwankte über ihren Köpfen leicht hin und her, wie ein Weizenbündel im warmen Sommerwind. Aber Corliss sah unbekümmert zu ihm hinauf. Nur so daliegen, an der Grenze des Mysteriums, einfach daliegen, die Luft in tiefen Zügen einsaugen und sonst nichts tun – mehr wollte er jetzt nicht. Ein Derwisch, der sich rasend im Kreis dreht, bis alles um ihn herum verschwimmt, ist imstande, das Universum zu verstehen und die Existenz Gottes zu beweisen. Ein Mann, der das Paddel schwingt ohne aufzuhören, kann ebenso seine Beschränkungen ablegen und sich über Zeit und Raum hinausbewegen. Das war's, was Corliss verspürte.

Aber nach und nach beruhigte sich sein wild pulsendes Blut wieder, die Luft war nicht mehr nektarsüß, die Wirklichkeit mit ihren drängenden Aufgaben rückte ihm wieder ins Bewußtsein.

»Wir müssen hier herauskommen«, sagte er. Seine Stimme klang wie die eines Mannes, dem zu viele verschiedene Getränke die Kehle versengt hatten. Das erschreckte ihn, aber er hob nur ein zitterndes Paddel und fing an zu rudern.

»Ja, laßt uns um alles in der Welt fort von hier.« Fronas Stimme schien aus weiter Ferne zu kommen.

Tommy hob den Kopf von den Knien und sah sich um. »Ich fürchte, wir müssen's aufgeben.«

»Fang an zu rudern!«

»Ihr wollt es doch nicht noch einmal versuchen?«

»Fang an!« wiederholte Corliss.

»Bis es Ihnen das Herz zerreißt, Tommy«, bekräftigte Frona.

Wieder kämpften sie sich an der Eiswand entlang, und die Welt um sie versank bis auf einen schmalen Schaumstreifen und das kochende Wasser samt der drohenden Spalte. Diesmal kamen sie daran vorbei, Zoll um Zoll, und von weitem lockte die breite Biegung. Dazwischen stand nur noch, wie eine Barriere aus Haß, die felsige Bastion, um deren Fundament die Strömung tobte. ›La Bijou‹ begann zu tanzen und zu springen, die starke Strömung hielt sie wieder an einem Ort fest. Es schien unmöglich vorwärts zu kommen. ›Auf und nieder, auf und nieder‹, endlose Zeit voller Qual und Mühe, bis sogar der Schaumstreifen verschwand und verfloß. Ihre Seelen fingen an im Rhythmus der Anstrengung zu schwingen. Das ewige Heben und Senken der Paddel hatte aus ihnen Zeitmesser der Ewigkeit gemacht. Vor und hinter ihnen glitzerte die Ewigkeit, und dazwischen schwangen sie in einem gigantischen Takt. Sie waren keine Menschen mehr, sondern Rhythmus. Sie tauchten ein, bis ihre Paddel den Grund berührten, aber sie merkten es nicht. Sie bemerkten nicht mehr, wenn das Boot zwischen den Eisschollen hindurchschwang, und sie sahen es nicht, wie sich die Wellen drohend über ihnen aufbäumten.

›La Bijou‹ drehte sich auf den Fluß hinaus, und ihre Paddel hielten sie im Winkel gegen die Strömung, um zurückzukehren. Als Zeit und Raum sie wieder eingeholt hatten und als die Trennungsinsel vor ihnen wie die Ankündigung einer neuen Welt auftauchte, nahmen sie den langen, leichten Paddelschlag auf, bei dem Atem und Kräfte zurückkehren können.

»Ein dritter Versuch wäre nutzlos gewesen«, sagte Corliss mit leiser, spröder Stimme.

Frona antwortete: »Ja; unsere Herzen hätten das nicht ausgehalten.«

Das Leben, die angenehmen Lagerfeuer und ein Schläfchen im mittäglichen Schatten kamen Tommy wieder in den Sinn, als das Ufer näher kam, und vor allem Toronto, das gesegnete Toronto mit seinen Häusern, die sich nie bewegten, und seinen geschäftigen Straßen. Jedesmal, wenn er den Kopf senkte und das Paddel mit einem gewaltigen Streich ins Wasser tauchte, wurden die Straßen breiter, wie in einem Teleskop, und jedesmal, wenn er das Paddel durchzog und den Kopf hob, kam die Insel näher. Sein Kopf senkte sich, und die Straßen hatten Lebensgröße; er hob sich, und Jakob Welse und die beiden anderen standen am Ufer, nur drei Bootslängen entfernt.

»Hab' ich's nicht gleich gesagt?« rief er ihnen triumphierend zu.

Da drehte Frona das Kanu parallel zum Ufer, so daß Tommy plötzlich die ganze Strecke flußaufwärts vor Augen hatte. Er hielt mit seinem Paddelschlag auf halbem Weg inne, und das Paddel fiel mit einem Klappern ins Boot.

»Nimm es auf!« Corliss' Stimme war scharf und erbarmungslos.

»Nichts dergleichen werde ich tun!« Tommy wandte seinem Quälgeist ein trotziges Gesicht zu und knirschte voller Wut mit den Zähnen.

Das Kanu schwamm mit der Strömung flußabwärts. Frona hielt es nur auf Kurs. Corliss kroch auf den Knien nach vorne.

»Ich möchte dir nicht weh tun, Tommy«, sagte er mit leiser, gepreßter Stimme, »also ... nimm das Paddel wieder auf, dann bist du ein braves Kind.«

»Tu' ich nicht.«

»Dann werde ich dich töten«, fuhr Corliss in derselben leidenschaftslosen Art fort. Dabei zog er gleichzeitig sein Jagdmesser aus der Scheide.

»Und wenn ich's trotzdem nicht tu'?« fragte der Schotte, der sich gleichzeitig zusammenkauerte.

Corliss drückte leicht das Messer an ihn. Die Stahlspitze drang genau da, wo das Herz war, in Tommys Rükken, fuhr leicht durch den Stoff des Hemdes und biß in die Haut. Sie blieb da aber nicht stehen, wurde auch nicht schneller, sondern behielt ihr gleichmäßiges Tempo bei. Der Schotte zuckte zurück.

»He! He! Mann! Hör auf!« schrie er. »Ich gebe auf!«

Fronas Gesicht war bleich geworden, aber sie nickte zustimmend mit dem Kopf.

»Wir werden es auf dieser Seite versuchen und von oben auf der anderen Seite herunterfahren«, rief sie ihrem

Vater zu. »Was? Ich kann nichts verstehen! Tommy? Oh, eine kleine Herzschwäche. Nichts Ernstes.« Sie grüßte mit erhobenem Paddel. »Wir sind bald zurück, Vater. Bald.«

Der Stewart River war ganz offen. Sie fuhren ungefähr eine Viertelmeile auf ihm aufwärts, bevor sie die Mündung überquerten und dann dem Yukon aufwärts folgten. Aber als sie etwa auf der Höhe des Mannes auf der gegenüberliegenden Seite waren, sahen sie sich einem anderen Hindernis gegenüber. Eine Meile weiter oben hielt sich eine wilde, unfruchtbare Insel krampfhaft im Flußbett fest. Ihr unteres Ende verjüngte sich zu einer Sandbank, die den Fluß bis hinunter zu den großen Felsen teilte. Außerdem hatten einige hunderttausend Tonnen Packeis eine glitzernde Wehr entlang der Sandbank aufgerichtet.

»Wir werden das Kanu hinübertragen müssen«, sagte Corliss, als Frona vom Ufer wegsteuerte.

›La Bijou‹ schoß über den schmaleren Flußarm zur Sandbank und schlüpfte in eine kleine Eisgasse, wo die Eiswände weniger stark überhingen. Sie landeten auf einer herausragenden Eisscholle, die ohne Stütze dreißig Fuß auf das Wasser hinausragte. Wie weit ihr anderes Ende in den Eismassen begraben war, konnte man nur vermuten. Sie kletterten auf die Spitze, wobei sie das Kanu hinter sich herzogen, und überblickten das Chaos. Scholle war auf Scholle getürmt. Riesige Blöcke lagen auf anderen und dienten doch nur als Sockel für noch größere. Das Ganze flirrte und flimmerte in der Sonne wie gigantische Juwelen.

»Ein hübsches Plätzchen für einen kleinen Spaziergang«, spottete Tommy, »und der nächste Eisstau kommt in Null Komma nichts.« Er setzte sich entschieden hin. »Nein, vielen Dank, ich gehe nicht weiter.«

Frona und Corliss kletterten weiter, das Kanu zwischen ihnen. »Die Perser haben ihre Sklaven mit Peitschen in den Kampf getrieben«, bemerkte sie, als sie über die Schulter zurückblickte. »Ich habe das vorher nie verstanden. Wäre es nicht besser, du würdest zu ihm zurückgehen und ihn holen?«

Corliss scheuchte ihn mit einem Tritt auf, den er wimmernd einsteckte, und zwang ihn, vorauszugehen. Das Kanu war nicht besonders schwer, aber durch seine sperrigen Maße auf den steilen Anstiegen und Stufen doch eine Prüfung für ihre Kräfte. Die Sonne brannte auf sie herunter. Der weiße Glanz schmerzte ihre Augen, der Schweiß rann aus jeder Pore, der Atem wurde ihnen knapp.

»Oh, Vance, wenn ich doch ...«

»Was?« Er wischte sich den Schweiß von der Stirn und schleuderte ihn mit einer flinken Bewegung von der Hand.

»Ich wünschte, ich hätte mehr zum Frühstück gegessen.«

Er grunzte zustimmend. Sie hatten die mittlere höchste Erhebung erreicht, konnten den offenen Fluß sehen und dahinter, ganz deutlich, den Mann mit seinem hilfeheischenden Signal. Unter ihnen, grün und friedlich, lag die Trennungsinsel. Sie sahen zu der großen Biegung des Yukon hinauf, der träge dahinterfloß und den Eindruck erweckte, als sei er nicht in der Lage, im nächsten Augenblick eine todbringende Flutwelle zu schicken. Zu ihren Füßen fiel das Eis sanft zu einer kleinen Schlucht ab, über die die Sonne einen breiten Schatten warf.

»Gehen Sie weiter, Tommy«, bat Frona. »Wir haben schon die Hälfte geschafft. Da unten ist das Wasser.«

»An das Wasser denken Sie?« murrte er, »dabei führen Sie einen jungen Mann in den Tod!«

»Vermutlich haben Sie einmal eine große Sünde begangen, Tommy«, sagte sie mit einem tadelnden Kopfschütteln, »sonst hätten Sie nicht so viel Angst vor dem Tod.« Sie seufzte und hob das Kanu an ihrem Ende hoch. »Nun, vermutlich muß das so sein. Sie verstehen es nicht zu sterben ...«

»Und ich will auch nicht sterben«, unterbrach er sie stürmisch.

»Aber für alle Menschen kommt die Zeit zum Sterben, manchmal ist es das einzige, wofür man lebt. Vielleicht ist jetzt diese Zeit gekommen.«

Tommy rutschte vorsichtig über eine Kante und sprang auf einen breiten Vorsprung hinunter. »Das klingt ganz gut«, grinste er nach oben; »aber glauben Sie nicht, daß ich genügend Verstand besitze, um das selbst zu entscheiden? Wieso soll ich nicht mein eigenes Lied singen?«

»Weil Sie nichts davon verstehen. Es waren schon immer die Starken, die für Leute wie Sie den Ton angegeben haben. Sie sind es, die Ihresgleichen gelehrt haben, wann und wie Sie zu sterben haben, und die Sie zum Sterben geführt und Sie zum Sterben gepeitscht haben.«

»Sie machen es prima«, stimmte er zu. »Es klingt gut. Es steht mir nicht zu, mich zu beklagen, wo Sie doch so eine Staatsaktion daraus machen!«

»Du machst es wirklich gut«, lachte Corliss, als Tommy durch einen Sprung außer Sicht geriet und am Grund der Schlucht gelandet war. »Welch ein rechthaberischer Mensch! Der würde noch auf dem Weg zum Jüngsten Gericht zu streiten anfangen.«

»Wo hast du das Paddeln gelernt?« fragte sie ihn.

»College – Übung«, antwortete er kurz. »Aber schau – ist das nicht schön? Sieh nur!«

Das schmelzende Eis hatte unten in der Schlucht einen kleinen Teich gebildet. Frona legte sich der Länge nach hin und tauchte ihre erhitzten Lippen in die frische Kühle. Als sie so lag, wandte sie ihre zerrissenen Mokassins (oder vielmehr ihre Fußsohlen, denn sowohl Strümpfe als auch Mokassinsohlen hingen in Fetzen) nach oben. Sie waren ganz weiß und vom Eis zerschnitten und zerschrammt. Hier und da bluteten sie, und von einer der Zehen floß gleichmäßig ein kleiner Blutstrom.

»So klein und hübsch«, spottete Tommy. »Kaum zu glauben, daß sie einen starken Mann zur Hölle führen können.«

»So wie du schimpfst, geht es anscheinend ziemlich schnell«, brummte Corliss ärgerlich.

»Vierzig Meilen in der Stunde«, gab Tommy zurück, als er weiterging, denn er mußte das letzte Wort haben.

»Moment. Du hast zwei Hemden. Gib mir eins.«

Der Schotte schaute ihn neugierig an, bis er verstand. Dann schüttelte er den Kopf und ging weiter.

Frona rappelte sich auf. »Was ist?«

»Nichts. Setz dich.«

»Aber was ist?«

Corliss drückte sie mit beiden Händen auf der Schulter nach hinten. »Deine Füße. Du kannst in diesem Zustand nicht weitergehen. Sie sind völlig zerfetzt. Schau!« Er fuhr mit einer Hand über die Sohle und hielt sie blutverschmiert hoch. »Wieso hast du nichts davon gesagt?«

»Oh, es hat nicht gestört – nicht sehr.«

»Gib mir einen deiner Röcke«, forderte er sie auf.

»Ich ...« Sie stockte. »Ich habe nur einen.«

Er sah sich um. Tommy war zwischen den Eisschollen verschwunden.

»Wir müssen weiter«, sagte Frona und versuchte aufzustehen.

Er hielt sie zurück. »Keinen Schritt, bis du verbunden bist. Auf geht's, schließ' die Augen.«

Sie gehorchte, und als sie sie wieder öffnete, war er nackt bis zur Hüfte und dabei, sein in Streifen gerissenes Unterhemd um ihre Füße zu binden.

»Du warst hinter mir, und ich wußte nicht ...«

»Bitte entschuldige dich nicht«, bat sie. »Ich hätte auch etwas sagen können.«

»Ich entschuldige mich nicht; ich schimpfe dich aus! Jetzt den andern. Heb ihn hoch!«

Ihre Nähe stachelte ihn an, und seine Lippen berührten leicht denselben kleinen, weißen Zeh, der Baron Coubertin einen Kuß eingebracht hatte.

Obwohl sie ihn nicht zurückzog, errötete sie, und sie fühlte einen Schauer, wie sie ihn zuvor erst einmal gefühlt hatte. »Du nützt deine Güte aus«, wies sie ihn zurück.

»Dann werde ich es doppelt tun.«

»Bitte nicht«, flehte sie.

»Und warum nicht? Wenn ein Schiff sinkt, bringt das die verlorenen Seelen zusammen. Dies hier ist eine Art von verlorenem Unternehmen, also warum nicht?«

»Aber ...«

»Aber was, Miss Prim?«

»Oh! Vor allem, weil ich es nicht verdiene, wie du weißt! Auch wenn es da keine anderen Gründe gäbe, wäre es unter den gegebenen Umständen ...«

Er machte den letzten Knoten und ließ ihren Fuß los. »Der verdammte St. Vincent, ich weiß! Komm weiter!«

»Ich würde genauso denken, wenn ich du wäre«, lachte sie und ergriff ihr Kanuende. »Aber du hast dich verändert, Vance. Du bist nicht derselbe Mann, den ich auf der Dyea-Spur getroffen habe. Vor allem hattest du damals noch nicht das Fluchen gelernt.«

»Nein, ich bin nicht derselbe; dafür danke ich Gott und dir. Aber ich glaube, ich bin ehrlicher als du. Ich lebe immer gemäß meinen Auffassungen.«

»Gib zu, daß du jetzt unfair bist. Du verlangst zuviel in dieser Lage ...«

»Nur einen kleinen Zeh.«

»Oder aber es ist möglich, daß du für mich Gefühle hast, wie sie ein großer Bruder hat. In diesem Fall kannst du, wenn du es willst ...«

»Sei still«, unterbrach er sie grob. »Sonst mache ich einen gewaltigen Narren aus mir.«

»... alle meine Zehen küssen«, beendete sie ihren Satz.

Er knurrte vor sich hin, gab aber keine Antwort. Die Anstrengung ließ sie bald heftig nach Luft schnappen, und so setzten sie ihren Weg schweigend fort.

Bald kletterten sie den letzten Hang zum offenen Wasser hinunter, wo McPherson auf sie wartete.

»Del haßt St. Vincent«, sagte sie plötzlich entschlossen. »Wieso?«

»Ja, sieht so aus.« Er sah sie neugierig an. »Und wo er auch hingeht, schleppt er ein altes russisches Buch mit sich herum, das er nicht lesen kann, aber das er auf irgendeine Weise für St. Vincents Schicksal hält. Und, Frona, er hat einen solch festen Glauben daran, daß ich nicht vermeiden kann, selbst daran zu glauben. Ich weiß nicht, ob du zu mir kommst, oder ob ich zu dir komme, aber ...«

Sie setzte das Ende des Kanus ab und brach in Lachen aus. Er war verärgert, sein Gesicht rötete sich aus verletztem Stolz.

»Falls ich ...«, setzte er an.

»Dummkopf!« lachte sie. »Sei nicht lächerlich! Und vor allem, tu nicht so würdevoll. Es paßt nicht so recht zu deinem Aufzug – verwirrtes Haar, ein mörderisches Messer im Gürtel, und nackt wie ein Pirat, der in den Kampf zieht. Sei wild, grimmig, fluche. Egal was, aber bitte nicht so würdevoll. Ich wollte, ich hätte meine Kamera hier. Dann könnte ich später sagen: ›Dies, meine Freunde, ist Corliss, der große Erforscher der Arktis, wie er gerade seine ›Durchquerung des finsteren Alaskas‹ abschließt.‹«

Er deutete mit unheilverkündendem Finger auf sie und fragte drohend: »Wo ist dein Rock?«

Unwillkürlich sah sie an sich hinunter. Sein zerfetzter Zustand ließ sie erschrecken, hochrot hob sie den Kopf.

»Du solltest dich schämen!«

»Bitte, bitte, sei nicht würdevoll!« lachte er. »Wirklich, es steht dir jetzt nicht gerade besonders gut. Wenn ich jetzt meine Kamera hier hätte ...«

»Sei still und geh weiter«, sagte sie. »Tommy wartet. Ich wünsche, daß die Sonne dir den Rücken verbrennt«, keuchte sie rachsüchtig, als sie das Kanu über den letzten Eisklotz hoben und ins Wasser gleiten ließen.

Zehn Minuten später kletterten sie über den Eisrand auf das feste Ufer, das zu einem Hügel anstieg. Das Zeichen der Verzweiflung flatterte immer noch. Darunter lag ein Mann, lang ausgestreckt. Er lag ganz still. Sie fürchteten zuerst, zu spät gekommen zu sein, bis er den Kopf leicht hob und stöhnte. Seine grobe Kleidung war völlig zerrissen, durch die Reste seiner Mokassins sah das schwarze, zerschnittene Fleisch seiner Füße hindurch. Sein Körper war dünn und hager, ohne Speck oder Muskeln, und die Knochen schienen kurz davor zu sein, die Haut zu durchstechen. Als Corliss den Puls suchte, öffneten sich flatternd seine Lider. Er starrte sie an. Frona schauderte.

»Mann, das ist ganz schön grausam«, murmelte McPherson, als er eine Hand über einen ausgetrockneten Arm gleiten ließ.

»Du gehst zum Kanu, Frona«, sagte Corliss. »Tommy und ich werden ihn hinuntertragen.«

Aber sie preßte entschlossen die Lippen zusammen. Obwohl der Abstieg durch ihre Gegenwart einfacher war, war der Mann reichlich durchgeschüttelt, als sie das Boot erreicht hatten – so sehr, daß die letzten Funken von Bewußtsein in ihm erwachten. Er öffnete die Augen und flüsterte rauh: »Jakob Welse ... Nachricht ... von draußen.« Er zerrte schwach an seinem offenen Hemd, und über seine eingefallene Brust sahen sie einen Lederriemen laufen, an dem zweifellos die Tasche mit der Botschaft hing.

An jedem Ende des Kanus war noch Platz, aber Corliss in der Mitte war gezwungen, mit dem Mann zwischen seinen Knien zu paddeln. ›La Bijou‹ schwang sanft vom Ufer weg. Es ging flußabwärts, und sie hatten nicht viel zu tun.

Vances Arme, Schultern und Rücken in hellem Rot erweckten Fronas Mitgefühl. Zwar freute sie sich: »Mein Fluch ist in Erfüllung gegangen«, aber dann streckte sie sanft die Hand aus und berührte einen der verbrannten Arme. »Wir werden eine kühle Creme darüberstreichen, wenn wir zurück sind.«

»Mach weiter«, ermutigte er sie. »Das fühlt sich gut an.«

Sie spritzte eine Handvoll eiskalten Wassers über seinen Rücken, was ihn nach Luft schnappen ließ. Tommy drehte sich um und sah sie an.

»Wir haben heute eine verdammt gute Tat begangen«, bemerkte er erfreut. »Jemandem in Not die Hand zu reichen, gefällt den Augen Gottes.«

»Hat noch jemand Angst?« lachte Frona.

»Nun«, überlegte er, »etwas mulmig war mir schon, zweifellos, aber ...«

Er stockte und schien plötzlich zu Tode erschrocken. Seine Augen starrten entsetzt über Fronas Schultern. Und dann sagte er langsam und fast verträumt: »Großer allmächtiger Gott!«

Ihre Köpfe wirbelten herum. Um die Biegung kam eine Wand aus Eis geschwommen, und eben als sie sich umschauten, rammte sie an der rechten Flanke den Eisrand am Ufer, riß die dort aufgetürmten Schollen los, wirbelte sie in die Luft und schob sie dann mit großer Geschwindigkeit vor sich her.

»Großer Gott! Großer Gott! Wie Ratten in der Falle!«

Tommy stocherte hektisch mit seinem Paddel im Wasser. »Im Takt!« herrschte ihn Corliss an, und schon schoß ›La Bijou‹ davon.

Frona steuerte fast im rechten Winkel zur Strömung, geradewegs auf die Trennungsinsel zu; aber als die Sandbank, über die sie das Kanu getragen hatten, unter dem Anprall von Millionen von Tonnen zermalmt wurde, warf Corliss ihr einen besorgten Blick zu. Sie lächelte, schüttelte den Kopf und ließ das Boot aus dem Ruder laufen.

»Wir schaffen es nicht«, flüsterte sie, während sie zurückschaute, wo das Eis noch einige hundert Fuß entfernt war. »Unsere einzige Chance ist, uns geradeaus davonzumachen und gleichzeitig ein wenig zum Ufer zu steuern.«

Sorgfältig arbeitete sie sich Zoll um Zoll nach innen, wobei sie einen so spitzen Winkel wie nur möglich verfolgte, gleichzeitig aber achtete sie darauf, daß der Abstand zu der Eiswand hinter ihnen nicht kleiner wurde.

»Ich halt' das Tempo nicht durch«, jammerte Tommy einmal; aber das Schweigen von Corliss und Frona schüchterte ihn ein. Er paddelte ergeben weiter.

Direkt vor der Eiswand schwamm eine einzelne große Scholle, die mehrere Fuß dick und viele hundert Fuß breit war. Sie rief zu beiden Seiten des Flusses eine Flutwelle hervor, die sich der eigentlichen Eiswand vorauswälzte. Tommy erblickte sie zuerst und wäre vor Schreck fast über Bord gefallen, wenn ihn Corliss nicht zwischen zwei Paddelschlägen festgehalten und zum Weiterpaddeln genötigt hätte.

»Wir können uns davorhalten«, keuchte Frona; »aber wir brauchen Zeit, um zu landen, und dann holt sie uns ein.«

»Wenn sich eine Möglichkeit bietet, rasch ans Ufer«, riet Corliss; »und sobald wir auflaufen, raus und laufen.«

»Eher klettern. Ich bin froh, daß mein Rock so kurz ist.«

Vom linken Ufer zurückgeworfen, wurde das Eis nach rechts gezwungen. Die Eisscholle davor steuerte direkt auf die Trennungsinsel zu. »Falls du zurückschaust, gebe ich dir eins mit dem Paddel über«, drohte Corliss.

»Schon gut«, brummte Tommy.

Aber Corliss schaute zurück und Frona ebenfalls. Der große Eisberg rammte die Insel und erschütterte sie wie ein Erdbeben. Auf fast fünfzig Fuß Länge wurde die Insel zerstört. Einige Fichten schwankten wild und kippten, und wo sie versanken, erschien ein Berg aus Eis, der hochstieg, wieder sank und wieder stieg. Darunter, aber noch einige Fuß entfernt, rannte Del Bishop ans Ufer. Durch den Lärm hindurch konnten sie schwach sein »Beeilt euch! Beeilt euch!« hören. Dann kräuselte sich der Eisrand am Ufer, und er sprang zurück, um nicht ins Wasser gerissen zu werden.

»Zur nächstbesten Öffnung«, keuchte Corliss.

Frona öffnete den Mund, um etwas zu sagen, ließ es dann aber und nickte mit dem Kopf, um zu zeigen, daß sie verstanden hatte. Sie paddelten in schnellem Rhythmus unter der regenbogenfarbenen Wand entlang und suchten eine Stelle, von der sie rasch aufs Land entkommen konnten. Die ganze Länge der Trennungsinsel suchten sie so ab, aber vergebens, während hinter ihnen das Ufereis zersplitterte.

Als sie hinter der Insel den Kanal zur Roubeau-Insel überquerten, fanden sie sich einer Öffnung im Ufereis direkt gegenüber. ›La Bijou‹ schoß in voller Fahrt hinein und schob sich zur Hälfte auf eine abschüssige Scholle. Die drei sprangen zusammen hinaus, aber während Corliss und Frona das Kanu ergriffen, um es höher hinaufzuziehen, sah Tommy, der vor ihnen war, sofort zu, daß er sich selbst rettete. Es wäre ihm auch gelungen, wäre er nicht ausgerutscht und auf halber Höhe gefallen. Er erhob sich wieder halb, rutschte wieder und fiel erneut hin. Corliss, der am Bug des Kanus zog, trampelte über ihn hinweg. Tommy langte nach oben und faßte nach dem Bootsrand. Das brachte beide fast zum Stillstand. Corliss blickte zurück und schrie ihn an, loszulassen, aber Tommy wandte nur ein mitleidheischendes Gesicht nach oben, wie das eines Ertrinkenden und klammerte sich noch fester an. Hinter ihnen donnerte das Eis. Die ersten Wellen der Zerstörung waren spürbar nahe. Sie versuchten verzweifelt, das Kanu hochzuziehen, aber die zusätzliche Last war zu viel, so fielen sie beide auf die Knie. Der kranke Mann im Kanu setzte sich plötzlich auf und lachte wild los. »Bei meiner Seele!« stieß er aus und lachte wieder.

Die Roubeau-Insel schwankte unter dem ersten Stoß, und das Eis unter ihren Füßen erzitterte. Frona ergriff ein Paddel und hieb damit auf die Knöchel des Schotten. Das löste seinen Griff. Corliss riß das Kanu in einer wahnsinnigen Anstrengung hoch, Frona riß er mit sich, so gerieten sie aus der unmittelbaren Gefahrenzone. Die Eiswand zerkrümelte wie ein Keks. Unter ihren Trümmern verschwand Tommy wie ein Stein im Wasser.

Atemlos fielen sie zu Boden. Aber eine riesige Eisscholle tauchte aus der zermalmten Masse auf und hing drohend über ihnen. Frona versuchte auf die Beine zu kommen, sank aber wieder auf die Knie; es blieb Corliss überlassen, sie zu packen und mit dem Kanu fortzuzerren. Wieder fielen sie zu Boden, diesmal unter den Bäumen, wo die Sonne durch die grünen Fichtennadeln auf sie schien, wo über ihnen die Rotkehlchen sangen und eine Grillenkolonie in der Wärme zirpte.

26

Frona wachte langsam auf, wie von einem langen Traum. Sie lag da, wo sie niedergesunken war, quer über Corliss' Beinen, der auf dem Rücken lag und sorglos sein Gesicht der Sonne zuwandte. Sie rutschte höher. Er atmete regelmäßig mit geschlossenen Augen. Dann öffnete er sie und sah sie an. Er lächelte, und sie sank wieder zu Boden. Jetzt drehte er sich auf die Seite, und sie sahen sich beide an.

»Vance.«

»Ja.«

Sie streckte die Hand aus, die er umfaßte; ihre Lider senkten sich. Der Fluß rumpelte immer noch weiter, man konnte ihn irgendwo in der Ferne hören, aber es erschien ihnen nur wie ein Geräusch aus der Erinnerung. Eine sanfte Mattigkeit umfaßte beide. Golden schien die Sonne auf sie durch das lebendige Grün, und das gesamte Leben auf der warmen Erde schien zu jubilieren. Schweigen war das Schönste. Fünfzehn lange Minuten lagen sie schläfrig da, dann erwachten sie wieder.

Frona setzte sich auf. »Ich ... ich hatte Angst.«

»Nein, du nicht.«

»Ich hatte Angst davor, Angst zu haben«, beharrte sie und nestelte an ihren Haaren.

»Laß es offen. Dieser Tag verdient es.«

Sie gehorchte und schüttelte es mit einer drehenden Kopfbewegung als golden schimmernden Vorhang um ihren Kopf.

»Tommy ist weg«, sagte Corliss langsam, als ihm der Wettlauf mit dem Eis wieder einfiel.

»Ja«, antwortete sie. »Ich hab' ihm mit dem Paddel auf die Knöchel gehauen. Es ist schrecklich. Aber es besteht die Möglichkeit, daß wir im Kanu einen besseren Mann haben, und um den müssen wir uns sofort kümmern. Hallo! Schau mal dort hin!« Durch die Stämme, nur wenige Schritte entfernt, schimmerte die Wand einer Hütte. »Niemand in Sicht. Sie muß verlassen sein, oder die Bewohner, wer immer sie sind, sind unterwegs. Schau nach unserem Mann, Vance. Ich bin etwas ordentlicher gekleidet – ich gehe hinüber und schaue nach.«

Sie umkreiste die Hütte, die für diese Gegend ungewöhnlich groß war und erreichte die Vorderseite, die zum Fluß schaute. Die Tür stand offen, und als sie innehielt, fing sie mit einem einzigen Blick das ganze Szenarium ein, das sich ihr bot. Zuerst sah sie eine Menge Leute, die anscheinend wegen einer ernsten Angelegenheit zusammengekommen waren. Als sie klopfte, machten sie automatisch Platz, so daß zwischen ihnen eine Gasse frei wurde, die zwischen ihren aneinandergepreßten Körpern bis zum Ende des Raumes führte. Dort saßen, in langen Reihen, zu beiden Seiten einige Männer. Zwischen ihnen, an der Wand, stand ein Tisch. Dieser Tisch schien im Mittelpunkt des allgemeinen Interesses zu stehen. Da sie aus der

Sonne kam, schien ihr die Beleuchtung trübe und schwach. Aber schließlich erkannte sie einen bärtigen Amerikaner, der am Tisch saß und mit einem großen Kalfaterholz daraufhämmerte. Und ihm gegenüber saß St. Vincent. Sie hatte gerade Zeit, seinen erschöpften und müden Gesichtsausdruck zu bemerken, bevor ein Mann von anscheinend skandinavischer Abstammung an den Tisch schlurfte.

Der Mann mit dem Kalfaterholz hob die rechte Hand und sagte ohne Ausdruck: »Sie schwören höchst feierlich, daß alles, was Sie vor diesem Gericht aussagen ...« Er hielt plötzlich inne und fixierte den Mann vor ihm. »Nehmen Sie den Hut ab!« brüllte er, und ein leises Kichern ging durch die Menge, als der Mann gehorchte.

Jetzt begann er von vorne. »Sie schwören höchst feierlich, daß alles, was Sie vor diesem Gericht aussagen, die Wahrheit ist, die reine Wahrheit und nichts als die Wahrheit, so wahr Ihnen Gott helfe?« Der Skandinavier nickte und ließ die Hand sinken.

»Einen Augenblick, meine Herren.« Frona kam durch die Gasse, die sich hinter ihr schloß, nach vorne.

St. Vincent sprang auf und streckte die Arme nach ihr aus. »Frona«, rief er, »oh, Frona, ich bin unschuldig!«

Das kam so unerwartet, daß es sie wie ein Schlag traf, und für einen Augenblick waren ihr in diesem trüben Licht nur die Gesichter bewußt, die wie ein weißer Ring um sie herumstanden. Woran unschuldig? dachte sie, und als sie St. Vincent ansah, der immer noch die Arme ausgestreckt hielt, verspürte sie ein unangenehmes Gefühl. Woran unschuldig? Er hätte etwas mehr Beherrschung zeigen können. Er hätte warten können, bis er angeklagt worden war. Sie wußte nicht, daß ihm irgend etwas zur Last gelegt wurde.

»Mit dem Gefangenen befreundet?« fragte der Mann mit dem Kalfaterholz. »Irgend jemand soll einen Stuhl nach vorne bringen.«

»Moment ...« Sie stolperte zum Tisch und legte eine Hand auf die Platte. »Ich verstehe nicht. Das ist alles neu für mich ...« Aber ihre Augen fielen auf ihre Füße, die in schmutzige Lumpen gehüllt waren, und sie erinnerte sich, daß sie einen kurzen und verschmutzten Rock trug, daß ihr Ellbogen durch ein Loch im Ärmel sah und daß ihr Haar offen und lang herunterhing. Ihre Wange und ihr Hals schienen an einer Seite mit einer eigenartigen Substanz bedeckt. Sie fuhr mit der Hand darüber, und getrockneter Schlamm fiel zu Boden.

»Schon gut«, sagte der Mann nicht unfreundlich. »Setzen Sie sich. Uns geht es ebenso. Wir verstehen es nicht. Aber Sie können mir glauben, daß wir es herausfinden werden. Also setzen Sie sich.«

Sie hob die Hand. »Einen Augenblick ...«

»Hinsetzen!« donnerte er. »Das Gericht darf nicht gestört werden!« Leises Murmeln ging durch die Menge, und Widerspruch wurde laut. Der Mann hämmerte auf den Tisch, um die Ruhe wieder herzustellen. Frona aber blieb entschlossen stehen.

Als die Unruhe sich gelegt hatte, wandte sie sich an den Mann am Tisch: »Herr Vorsitzender, ich vermute, daß es sich hier um eine Versammlung der Goldsucher handelt.« (Der Mann nickte.) »Da ich eine gleichberechtigte Stimme in der Gemeinde besitze, verlange ich, gehört zu werden. Es ist wichtig, daß ich gehört werde.«

»Aber Sie sind nicht dran, Miss ... äh ...«

»Welse!« kam die prompte Antwort von einem halben Dutzend Stimmen.

»Miss Welse«, fuhr er fort, wobei er sichtlich mehr Respekt zeigte, »es tut mir leid, Sie darüber aufklären zu müssen, daß Sie nicht an der Reihe sind. Sie setzen sich besser hin.«

»Das werde ich nicht tun«, antwortete sie. »Ich habe eine Frage von Vorrang vorzubringen, und falls ich nicht gehört werde, werde ich an die Versammlung appellieren.«

Sie überflog die Menge mit den Augen. Rufe wurden laut, daß man sie reden lassen solle. Der Vorsitzende gab nach und bedeutete ihr, fortzufahren.

»Herr Vorsitzender, meine Herren. Ich weiß nicht, um welche Angelegenheit es hier geht, aber ich weiß, daß es etwas Wichtigeres zu tun gibt. Draußen vor der Hütte liegt ein Mann, der möglicherweise an Hunger stirbt. Wir haben ihn über den Fluß herübergeholt. Wir hätten Sie nicht belästigt, aber es war uns nicht möglich, unsere eigene Insel zu erreichen. Dieser Mann, von dem ich spreche, benötigt sofortige Hilfe.«

»Ein paar von denen an der Tür sollen hinausgehen und nach ihm schauen«, befahl der Vorsitzende. »Und Sie, Doc Holiday, gehen mit und sehen nach, was Sie für ihn tun können.«

»Verlang' eine Unterbrechung«, flüsterte St. Vincent ihr zu.

Frona nickte. »Und, Herr Vorsitzender, ich stelle den Antrag, daß die Verhandlung unterbrochen wird, bis für den Mann gesorgt ist.«

Rufe wie »Keine Unterbrechung!« und »Weitermachen!« waren das Ergebnis, und damit war der Antrag verworfen.

»Nun, Gregory«, sagte sie mit einem Lächeln, als sie sich neben ihn setzte, »was ist passiert?«

Er faßte nach ihrer Hand. »Glaub' ihnen nicht, Frona. Sie wollen« – er schluckte hart – »mich umbringen.«

»Warum? Ganz ruhig. Erzähl'.«

»Ja, letzte Nacht«, begann er eilig, schwieg aber, um dem Skandinavier zuzuhören, der vorhin vereidigt worden war und jetzt mit großer Bedächtigkeit aussagte.

»Ich schnell aufwachen«, sagte er. »Ich gehe zu Tür. Ich höre einen Schuß mehr.«

Er wurde von einem rotgesichtigen Mann in einem ausgebleichten Mackinaw-Mantel unterbrochen: »Was dachten Sie?«

»Was?« fragte der Zeuge, und auf seinem Gesicht zeichnete sich Unverständnis ab.

»Als Sie zur Tür kamen, was war Ihr erster Gedanke?«

»Ach so«, seufzte der Mann, und seine Stimme drückte erleichtertes Verständnis aus. »Ich habe keine Mokassins. Ich dachte, es verdammt kalt.« Sein zufriedener Ausdruck wandelte sich zu naiver Überraschung, als ein großes Gelächter seiner Aussage folgte, aber er fuhr fort. »Ich hören einen Schuß mehr, und ich laufen Weg hinunter.« Da drängte sich Corliss durch die Menge. Frona konnte nicht mehr hören, was der Mann weiter sagte.

»Was ist los?« fragte der Ingenieur. »Irgendwas Ernstes? Kann ich etwas tun?«

»Ja, ja.« Sie ergriff dankbar seine Hand. »Versuch' irgendwie schnell über den hinteren Kanal nach Hause zu kommen, und sag' meinem Vater, er solle schnell hierherkommen. Sag' ihm, daß Gregory St. Vincent in Schwierigkeiten steckt; daß er angeklagt ist ... Wessen bist du denn angeklagt, Gregory?« fragte sie.

»Mord.«

»Mord?« fragte Corliss.

»Ja, ja. Sag ihm, daß er des Mordes bezichtigt wird; daß ich hier bin; und daß ich ihn brauche. Und sag ihm auch, er solle mir etwas zum Anziehen mitbringen. Und, Vance«, sie drückte seine Hand und sah rasch zu ihm auf – »geh kein Risiko ein, aber ... aber versuch' es zu schaffen.«

»Oh, ich werd's schon richtig machen«, sagte er mit einem beruhigenden Kopfnicken. Dann bahnte er sich mit den Ellbogen einen Weg zur Tür.

»Von wem wirst du verteidigt?« fragte sie St. Vincent.

»Von niemandem.« Er schüttelte den Kopf. »Sie wollten jemanden bestimmen. So einen Anwalt, der aus den Staaten geflüchtet ist, Bill Brown, aber ich habe ihn abgelehnt. Er hat sich jetzt auf die andere Seite geschlagen. Es ist Lynchjustiz, und sie haben sich schon entschieden. Sie wollen mich haben.«

»Ich wünschte, wir hätten Zeit, darüber zu sprechen.«

»Aber Frona, ich bin unschuldig. Ich ...«

»Pst!« Sie legte ihm die Hand auf die Schulter, um ihn zum Schweigen zu bringen, und richtete ihre Aufmerksamkeit auf den Zeugen.

»Der Zeitungsbursche kämpfen wie wild; aber Pierre und ich ihn ziehen in eine Ecke. Er schreien und stehen dort ...«

»Wer hat geschrien?« unterbrach der Vorsitzende.

»Er. Der Bursche hier.« Der Skandinavier zeigte direkt

auf St. Vincent. »Und ich machen Licht. Die Tranlampe überallhin zertrümmert, aber ich haben eine Kerze in der Tasche. Ist immer gut, eine Kerze in der Tasche«, versicherte er ernsthaft. »Und Borg liegen auf dem Boden tot. Die Frau sagen, er hat es getan, und dann sie sterben auch.«

»Wer hat es getan?«

Wieder zeigte der anklagende Finger auf St. Vincent. »Er. Der Bursche hier.«

»Hat sie das?« flüsterte Frona.

»Ja«, flüsterte St. Vincent zurück, »das hat sie. Aber ich kann mir nicht erklären, was sie dazu getrieben hat. Sie mußte wohl den Verstand verloren haben.«

Der rotgesichtige Mann in dem ausgebleichten Mantel nahm den Zeugen ins Kreuzverhör, aber obwohl Frona aufmerksam zuhörte, kam nicht viel Neues dabei heraus.

»Sie haben das Recht, den Zeugen ins Kreuzverhör zu nehmen«, erklärte der Vorsitzende St. Vincent. »Irgend etwas, was sie ihn fragen wollen?«

Der Journalist schüttelte den Kopf.

»Tu' es«, drängte ihn Frona.

»Wozu?« fragte er resigniert. »Es ist doch umsonst. Das Urteil war fertig, bevor der Prozeß begonnen hatte.«

»Einen Augenblick, bitte.« Fronas scharfer Befehl hielt den Zeugen zurück. »Sie wissen also nicht vom eigenen Augenschein, wer den Mord begangen hat?«

Der Skandinavier starrte sie mit einem dümmlichen Ausdruck im Gesicht an, als warte er darauf, daß der Sinn ihrer Frage zu seinem Verstand durchdringe.

»Sie haben nicht gesehen, wer es getan hat?« fragte sie noch einmal.

»Ah, doch. Der Bursche dort«, beantwortete der Zeigefinger die Frage. »Sie sagen, er hat es getan.«

Ein allgemeines Lächeln war die Antwort.

»Aber Sie haben es nicht gesehen?«

»Ich hören schießen.«

»Aber Sie haben es nicht selbst gesehen?«

»Ah, nein; aber sie sagen ...«

»Das genügt, danke«, sagte sie freundlich, und der Mann trat ab.

Der Richter zog seine Notizen zu Rate. »Pierre La Flitche!« wurde ausgerufen.

Ein schlanker, dunkelhäutiger Mann, klein und mit eleganten Bewegungen, trat in den freien Raum vor dem Tisch. Er sah gut aus, mit schnellen, beredten Augen, die freimütig in die Runde blickten. Sie blieben einen Augenblick auf Frona ruhen, in offener Bewunderung, und sie lächelte und beugte grüßend den Kopf, denn sie mochte ihn auf den ersten Blick. Es schien, als seien sie alte Bekannte. Er lächelte freundlich zurück, wobei seine Oberlippe eine Reihe makelloser, strahlend weißer Zähne entblößte.

In Beantwortung der üblichen Formalitäten erklärte er, daß sein Name der seines Vaters sei, eines Nachkommen der französischen Pioniere. Seine Mutter – das sagte er mit einem Schulterzucken und einem breiten Lächeln – war ein Halbblut. Er war irgendwo draußen geboren worden, unterwegs bei einer Jagd, er wußte nicht, wo. Ah, ›oui‹, er wird von anderen als ›old timer‹ bezeichnet. Er war in den Tagen von Jack McQuestion in das Land gekommen, über die Rockies, vom Great Slave Lake.

Als er aufgefordert wurde zu erzählen, was er von dem Verhandlungsgegenstand wisse, überlegte er einen Augenblick, so, als wolle er den Punkt finden, mit dem er am besten beginnen könnte.

»Im Frühling ist es gut, wenn man bei offener Tür schläft«, begann er mit klarer und wohlklingender Stimme, die hin und wieder eine Andeutung des Akzents seiner Vorfahren trug. »Und so schlafe ich in der letzten Nacht. Aber ich schlafe wie die Katze. Ein fallendes Blatt, der rauschende Wind – meine Ohren erzählen mir alles, die ganze Nacht. Deshalb, der erste Schuß, er schnipste leicht mit dem Finger, »und ich bin wach, sofort und ich bin an der Tür.«

St. Vincent lehnte sich zu Frona vor. »Es war nicht der erste Schuß.«

Sie nickte, den Blick immer noch auf La Flitche gerichtet, der höflich wartete.

»Dann noch zwei Schüsse«, fuhr er fort, »schnell, bumbum, genau so. ›Borgs Hütte‹, sage ich zu mir selbst und renne die Spur hinunter. Ich denke, Borg tötet Bella, und das schlecht. Bella ist ein gutes Mädchen«, erklärte er mit einem unwiderstehlichen Lächeln. »Ich mag Bella. Also renne ich. Und John rennt aus seiner Hütte, wie eine fette Kuh, mit großem Lärm. ›Was ist los?‹ fragt er, und ich sage: ›Ich weiß nicht.‹ Und dann kommt etwas, peng! aus der Dunkelheit und wirft John um, und wirft mich um. Wir fassen gleichzeitig überallhin. Es ist ein Mann. Er ist in Unterwäsche. Er kämpft. Er weint. ›Oh! Oh! Oh!‹ Genau so. Wir halten ihn fest, und dann, ziemlich schnell, hört er auf. Dann stehen wir auf, und ich sage: ›Komm mit zurück.‹«

»Wer war der Mann?«

La Flitche wandte sich halb um und sah St. Vincent an.

»Weiter.«

»Also. Der Mann will nicht zurück; aber John und ich sagen ›Doch!‹, und so kommt er mit.«

»Hat er etwas gesagt?«

»Ich frage ihn, was los ist; aber er weint, er ... heult, ›huusch, huusch‹, so.«

»Hatte er etwas Besonderes an sich?«

La Flitche hob fragend die Augenbrauen.

»War irgend etwas Außergewöhnliches an ihm, etwas Unnormales?«

»Ah, ›oui‹! Er hatte Blut an den Händen.« Ungeachtet des sich erhebenden Gemurmels im Raum fuhr er fort, wobei seine Art zu reden seiner Aussage geradezu dramatisches Gewicht gab. »John macht Licht, und Bella stöhnt, wie ein Seehund, wenn er angeschossen ist, genau so. Und Borg liegt in der Ecke. Ich sehe ihn an. Er atmet nicht.

Dann öffnet Bella die Augen, und ich sehe sie an, und ich weiß, daß sie mich erkennt, mich, La Flitche. ›Wer war es, Bella?‹ frage ich. Und sie rollt den Kopf auf dem Boden hin und her und flüstert ganz leise: ›Er tot?‹ Ich weiß, sie meint Borg, und ich sage ›ja‹. Dann stützt sie sich auf einen Ellbogen und sieht sich schnell um, in großer Eile, und als sie Vincent sieht, schaut sie nicht mehr herum, sieht nur noch Vincent an. Dann zeigt sie auf ihn, einfach so.« Indem er seine Worte mit der entsprechenden Geste begleitete, drehte sich La Flitche um und deutete mit einem Finger auf den Angeklagten. »Sie sagt: ›Er, er, er.‹ Und ich sage: ›Bella, wer war es?‹ Und sie sagt: ›Er, er, er, St. Vincha, er tat es.‹ Und dann« – La Flitche ließ seinen Kopf kraftlos nach vorne fallen, hob ihn dann wieder und entblößte seine prachtvollen Zähne, als er seine Aussage abschloß: »Tot.«

Der Mann mit dem roten Gesicht, Bill Brown, unterzog den Viertel-Mischling dem üblichen Verhör. Das Ergebnis war die Feststellung der Tatsache, daß dem Tod Borgs ein schrecklicher Kampf vorangegangen sein mußte. Der schwere Tisch war zerschmettert, der Stuhl und das Bett zersplittert und der Ofen umgeschmissen. »Noch nie habe ich so etwas gesehen«, schloß La Flitche seine Beschreibung des Durcheinanders. »Nein, noch nie.«

Brown reichte ihn mit einer Verbeugung an Frona weiter, wofür er mit einem Lächeln von ihr voll entschädigt wurde. Sie hielt es für nicht unklug, mit dem Anwalt auf gutem Fuße zu stehen. Sie versuchte auf Zeit zu spielen, bis ihr Vater kam, und damit sie mit St. Vincent darüber sprechen konnte, was wirklich geschehen war. Also stellte sie Fragen, Fragen und nochmals Fragen an La Flitche. Nur zweimal schien etwas von Bedeutung dabei herauszukommen.

»Sie haben vom ersten Schuß gesprochen, Mr. La Flitche. Nun, die Wände einer Blockhütte sind ziemlich stark. Wenn Ihre Tür geschlossen gewesen wäre, glauben Sie, Sie hätten diesen ersten Schuß hören können?«

Er schüttelte den Kopf, aber seine dunkeln Augen zeigten, daß er den Punkt ahnte, auf den sie hinauswollte.

»Und wenn die Tür von Borgs Hütte geschlossen gewesen wäre, hätten Sie es dann gehört?«

Wieder schüttelte er den Kopf.

»Dann also, Mr. La Flitche, meinen sie nicht den ersten Schuß, der tatsächlich gefeuert wurde, wenn Sie vom ersten Schuß sprechen, sondern den ersten Schuß, den Sie gehört haben?«

Er nickte, und obwohl sie ihre Punkte gemacht hatte, konnte sie nicht erkennen, daß sie das irgendwie weitergebracht hätte.

Wieder arbeitete sie sich an einen Höhepunkt heran, obwohl sie die ganze Zeit das Gefühl hatte, daß La Flitche genau wußte, worauf sie hinauswollte.

»Sie sagen, es sei sehr dunkel gewesen, Mr. La Flitche.«

»Ah, ›oui‹, sehr dunkel.«

»Wie wußten Sie, daß es John war, den Sie getroffen haben?«

»John macht viel Lärm, wenn er rennt. Ich kenne diesen Lärm.«

»Konnten Sie so viel sehen, daß Sie sehen konnten, daß es John war?«

»Ah, nein.«

»Dann, Mr. La Flitche«, fragte sie triumphierend, »wollen Sie bitte erklären, wie Sie wissen konnten, daß an den Händen von Mr. St. Vincent Blut war?«

Seine Lippen öffneten sich zu einem betörenden Lächeln. Er machte eine kleine Pause. »Wie? Ich spürte etwas Warmes auf seinen Händen. Und meine Nase – ah, der Rauch des weit entfernten Lagerfeuers, das Kaninchenloch, die Spur des Elchs, der vorübergegangen ist – erzählt mir nicht meine Nase davon?«

Er warf den Kopf zurück und führte mit angespanntem Gesicht, geschlossenen Augen und zitternden Nasenflügeln vor, wie alle Sinne bis auf einen abgeschaltet wurden und sein ganzes Bewußtsein auf einen einzigen Gegenstand gerichtet war. Dann öffnete er langsam die Augen und sah sie träumerisch an. »Ich rieche das Blut an seinen Händen, das warme Blut, das heiße Blut an seinen Händen.«

»Das kann er, das stimmt bei Gott!« rief jemand aus.

Frona war so beeindruckt, daß sie unwillkürlich auf St. Vincents Hände sah. Auf den Manschetten seines Flanellhemdes sah sie rostbraune Flecken.

Als La Flitche aus dem Zeugenstand trat, kam Bill

Brown zu ihr herüber und schüttelte ihr die Hände. »Es ist nicht mehr als recht und billig, daß ich den Anwalt der Verteidigung begrüße«, sagte er gutgelaunt und überflog seine Notizen, die den nächsten Zeugen betrafen.

»Aber finden Sie nicht, daß es mir gegenüber etwas unfair ist, wie das Verfahren abläuft?« fragte sie lebhaft. »Ich hatte keine Zeit, mich vorzubereiten. Ich weiß bis jetzt nur das, was ich von Ihren beiden Zeugen gehört habe. Finden Sie nicht auch, Mr. Brown«, ihre Stimme nahm einen schmeichelnden Tonfall an, »daß es angebracht wäre, die Verhandlung bis morgen zu unterbrechen?«

»Hm«, überlegte er mit einem Blick auf seine Uhr. »Wäre keine schlechte Idee. Es ist sowieso schon fünf Uhr, und die Männer müssen ihr Abendessen kochen.«

Sie dankte ihm ohne Worte, wie es manche Frauen können; aber als er ihr in die Augen sah, erblickte er dort mehr Zufriedenheit, als Worte hätten ausdrücken können.

Er trat wieder an seinen Platz und sprach zu der Versammlung. »Nach Beratung der Verteidigung und der Anklage, und angesichts der späten Stunde und der Unmöglichkeit, dieses Verfahren heute innerhalb zumutbarer Zeit abzuschließen, möchte ich mir die Freiheit nehmen, einen Antrag auf Verschiebung bis morgen früh acht Uhr zu stellen.« »Die Mehrheit ist dafür«, verkündete der Vorsitzende, kam von seinem erhöhten Platz herunter und machte sich daran, das Feuer anzufachen, denn als Mitbesitzer der Hütte war er auch der Koch für seine Gefährten.

27

Frona wandte sich St. Vincent zu, als die letzten Zuschauer den Raum verließen. Dieser ergriff wie ein Ertrinkender ihre Hände.

»Glaub' mir, Frona. Versprich es mir.«

Sie errötete. »Du bist aufgeregt«, sagte sie, »sonst würdest du so etwas nicht sagen. Nicht, daß ich es dir vorwerfe«, lenkte sie ein. »Diese Situation kann wohl nur aufregend sein.«

»Ja, und ich weiß, daß ich wie ein Narr handle, aber ich kann nicht anders. Es war eine fürchterliche Anstrengung. Und als wäre Borgs Ende nicht schon schrecklich genug gewesen, muß ich mich auch noch als Mörder verantworten und werde fast gelyncht! Vergib mir, Frona. Ich bin nicht ganz bei mir. Natürlich weiß ich, daß du mir glauben wirst.«

»Dann erzähle es mir, Gregory.«

»Vor allem: diese Frau, Bella, hat gelogen. Sie muß verrückt gewesen sein, als sie beim Sterben diese Aussage machte, nachdem ich für sie und Borg gekämpft habe. Das ist die einzige Erklärung ...«

»Fang ganz vorne an«, unterbrach sie ihn. »Denk dran, daß ich überhaupt nichts weiß.«

Er setzte sich bequemer hin und rollte sich eine Zigarette, während er mit den Ereignissen der vorhergehenden Nacht begann.

»Es muß ungefähr ein Uhr morgens gewesen sein, als ich vom Anzünden der Tranleuchte erwachte. Ich dachte, es sei Borg; ich fragte mich, was er vorhatte und wäre fast wieder eingeschlafen, als ich, ich weiß nicht warum, meine Augen öffnete. Zwei fremde Männer waren in der Hütte. Beide trugen Masken und Pelzmützen, deren Ohrenklappen heruntergeschlagen waren, so daß ich außer ihren durch die Sehschlitze glitzernden Augen von ihren Gesichtern nichts sehen konnte.

Zuerst konnte ich keinen Gedanken fassen, außer dem, daß Gefahr drohte. Ich lag einen Augenblick still und überlegte. Borg hatte meine Pistole geliehen. Ich hatte keine anderen Waffen. Mein Gewehr war an der Tür. Ich beschloß, es mir irgendwie zu holen. Aber ich hatte kaum die Füße auf dem Boden, als sich einer der Männer umdrehte und gleichzeitig auf mich schoß. Das war der erste Schuß, und den hat La Flitche nicht gehört. Erst in dem Kampf danach wurde die Tür aufgestoßen, und so konnte er die letzten drei Schüsse hören.

Nun, ich war dem Mann ganz nah, und mein Sprung

aus dem Bett kam so unerwartet, daß er mich verfehlte. Im nächsten Augenblick rollten wir auf dem Boden herum und kämpften miteinander. Natürlich war Borg aufgewacht, und der zweite Mann kümmerte sich um ihn und Bella. Dieser zweite Mann hat sie getötet, denn der andere, den ich hatte, hatte natürlich beide Hände voll zu tun. Du hast die Beschreibung der Hütte ja gehört. Daher kannst Du Dir ein Bild von dem Kampf machen. Wir rollten herum und stießen alles um, Regale, Tisch, Stühle – bis alles zerschmettert war.

Oh, Frona, es war schrecklich! Borg kämpfte um sein Leben, Bella half ihm, obwohl sie verwundet war und stöhnte. Und ich konnte ihnen nicht helfen. Aber schließlich, nach kurzer Zeit, konnte ich den Mann bezwingen, mit dem ich kämpfte. Ich hatte ihn auf den Rücken gezwungen, hielt seine Arme mit den Knien unten und war dabei, ihn zu erwürgen, als der andere seine Arbeit getan hatte und sich mir zuwandte. Was konnte ich tun? Zwei gegen einen, und ich war außer Atem! Deshalb schafften sie es, mich in die Ecke zu schleudern und zu verschwinden. Ich gestehe, daß ich dadurch etwas durcheinander gewesen sein mußte, denn sobald ich etwas Atem geschöpft hatte, bin ich ihnen nach. So wie ich war, ohne Waffen. Dort stieß ich mit La Flitche und John zusammen, und – den Rest kennst Du. Nur«, er zog verwundert die Brauen hoch, »weiß ich nicht, wieso Bella mich beschuldigt hat.«

Er sah sie flehend an, und obwohl sie mitfühlend seine Hand drückte, schwieg sie, während sie das Für und Wider der Tatsachen abwog, die sie gehört hatte.

Sie schüttelte langsam den Kopf. »Es ist eine dumme Geschichte, es kommt darauf an, sie zu überzeugen ...«

»Aber, mein Gott, Frona! Ich bin unschuldig! Ich bin sicher kein Heiliger, aber ich habe kein Blut an den Händen!«

»Gregory, ich bin doch nicht hier, um dich zu verurteilen«, sagte sie sanft. Unglücklicherweise ist das die Aufgabe der Männer bei dieser Versammlung, und das Problem ist: wie kann man sie von deiner Unschuld überzeugen? Die beiden Hauptbelastungspunkte gegen dich sind Bellas letzte Worte und das Blut an deinem Hemd.«

»Der ganze Platz schwamm in Blut«, rief St. Vincent leidenschaftlich aus und sprang auf. »Ich sag' dir, er schwamm! Wie hätte ich vermeiden können, damit in Berührung zu kommen, wenn ich um mein Leben kämpfen mußte? Kannst du meinen Worten nicht glauben ...«

»Komm, komm, Gregory. Setz' dich. Du bist wirklich außer dir. Wenn es nach mir ginge, könntest du frei und unbescholten von hier fortgehen. Aber diese Männer – du kennst das Gesetz des Mobs – wie sollen wir sie überzeugen? Verstehst du das nicht? Du hast keine Zeugen. Die letzten Worte einer sterbenden Frau sind heiliger als die eines lebenden Mannes. Kannst du einen Grund nennen, weshalb eine Frau, die stirbt, lügen sollte? Hatte sie einen Grund, dich zu hassen? Hast du ihr oder ihrem Mann etwas angetan?«

Er schüttelte den Kopf.

»Für uns ist das sicherlich unerklärlich; aber die Goldsucher brauchen keine Erklärung. Für sie ist das offensichtlich. Es liegt bei uns, das Offensichtliche zu widerlegen. Können wir das?«

Der Journalist sank verzweifelt auf seinen Stuhl, wobei sein Kopf nach vorne sank und die Schultern herabfielen. »Dann bin ich wirklich verloren.«

»Nein, so schlimm steht es noch nicht. Du wirst nicht hängen. Das kannst du mir glauben.«

»Aber was kannst du tun?« fragte er entmutigt. »Sie haben ihre eigenen Gesetze.«

»Zuallererst: der Fluß ist offen. Das bedeutet eine ganze Menge. Der Gouverneur und die Gebietsrichter können jeden Augenblick mit einer Polizeitruppe hier sein. Und hier machen sie bestimmt Station. Außerdem können wir auch selbst etwas tun. Der Fluß ist offen, und wenn es zum Schlimmsten kommen sollte, so ist Flucht auch ein Ausweg; zudem ist das das Letzte, das sie erwarten.«

»Nein, nein; unmöglich. Was sind wir zwei gegen so viele?«

»Da sind noch mein Vater und Baron Coubertin. Vier entschlossene Menschen, die zusammenhelfen, können Wunder vollbringen, Gregory, Liebling. Glaub mir, es wird gut ausgehen.«

Sie küßte ihn und fuhr ihm mit der Hand durch das Haar, aber sein besorgter Blick verschwand nicht.

Jakob Welse kam lange vor der Dunkelheit über den hinteren Kanal, und mit ihm Del, der Baron und Corliss. Während Frona sich zurückzog, um in einer der kleineren Hütten, die ihr vom Besitzer bereitwillig zur Verfügung gestellt wurde, ihre Kleider zu wechseln, kümmerte sich ihr Vater um den Boten.

Die Nachrichten waren von größter Bedeutung; von so großer, daß Jakob Welses Gesicht, lange nachdem er sie gelesen und noch mal gelesen hatte, düster und besorgt war; aber er verbarg diese Besorgnis, als er zu Frona zurückkehrte. St. Vincent, der in einer der benachbarten Hütten eingeschlossen wurde, bekam die Erlaubnis, mit ihnen zu sprechen.

»Es sieht schlecht aus«, sagte Jakob Welse, als sie sich verabschiedeten. »Aber seien Sie versichert, St. Vincent, gut oder schlecht, so lange ich noch eine Hand im Spiel habe, werden Sie nicht aufgehängt. Ich bin sicher, daß Sie Borg nicht getötet haben, hier ist meine Hand.«

»Das war ein langer Tag«, bemerkte Corliss, als er mit Frona zu ihrer Hütte hinüberging.

»Und morgen wird er noch länger«, antwortete sie müde. »Und ich bin so schläfrig.«

»Du bist eine tapfere kleine Frau. Ich bin stolz auf dich.« Es war zehn Uhr, und er sah in der trüben Dämmerung auf das Eis, das beständig an ihnen vorüberfloß. »Bei diesen Schwierigkeiten«, fuhr er fort, »kannst du immer auf mich zählen.«

»Immer?« fragte sie mit einem leicht ironischen Unterton.

»Wenn ich der Held eines Melodramas wäre, würde ich sagen: ›Bis zum Tode!‹, aber da ich das nicht bin, wiederhole ich: Immer.«

»Du bist so gut zu mir, Vance. Ich werde das nie gutmachen können ...«

»Dz! Dz! Ich bin nicht käuflich. Liebe ist Dienen, glaube ich.«

Sie sah ihn lange an; aber während ihr Gesicht sanft und friedlich aussah, war sie in ihrem Herzen besorgt und bekümmert, was sie sich nicht erklären konnte. Die Ereignisse des Tages und der ganzen Zeit, seit der sie sich kannten, gingen ihr durch den Kopf.

»Glaubst du an gute Freundschaft?« fragte sie schließlich. »Denn ich hoffe, daß wir stets gute Kameraden bleiben.« Und während sie das sagte, merkte sie, daß es nicht ganz das ausdrückte, was sie sagen wollte und was sie begehrte. Als er den Kopf schüttelte, verspürte sie einen kleinen, freudigen Stich im Herzen.

»Kameradschaft?« fragte er. »Wenn du weißt, daß ich dich liebe?«

»Ja«, bestätigte sie leise.

»Ich fürchte, daß deine Erfahrung mit Männern und ihr Wissen über sie sehr begrenzt ist. Glaub' mir, wir sind anders. Kameradschaft? Aus der Kälte kommen und sich bei dir an den warmen Kamin setzen? Gut. Aber auch dann, wenn ein anderer Mann mit dir am Feuer sitzt? Nein. Kameradschaft würde bedeuten, daß ich mich mit dir über dieselben Dinge freue, und wenn ich mir vorstelle, daß du ein Kind auf dem Arm hättest, ein Kind von einem anderen Mann, das leicht meines hätte sein können, das mich mit den Augen des anderen Mannes ansieht und aus dessen Mund der andere lacht – glaubst du, ich könnte mich mit dir darüber freuen? Nein, nein; Liebe kann nicht zu Freundschaft umgeformt werden.«

Sie legte ihre Hand auf seinen Arm.

»Glaubst du, ich bin im Unrecht?« fragte er, weil ihn ihr eigenartiger Gesichtsausdruck verwirrte.

Sie weinte leise.

»Du bist müde und überanstrengt. Also, gute Nacht. Du mußt zu Bett.«

»Nein, geh' noch nicht.« Sie hielt ihn zurück. »Nein, ich bin eine Närrin. Du hast recht, ich bin müde. Aber hör' zu, Vance. Es gibt viel zu tun. Wir müssen unsere Pläne für morgen machen. Komm mit herein. Vater und Baron Coubertin sind zusammen drin, und wenn es zum Schlimmsten kommt, müssen wir vier große Taten vollbringen.«

»Spektakulär«, meinte Jakob Welse, als Frona kurz ihren Plan erläutert und allen vieren ihre Rolle dabei zugewiesen hatte. »Aber die Überraschung sollte es ermöglichen, daß es gelingt.«

»Ein ›coup détat‹!« war das Urteil des Barons. »Großartig! Ah! Der Gedanke daran macht mir warm. ›Hands up!‹ Das rufe ich, und zwar sehr wild. Aber was soll ich tun, wenn sie nicht die Hände hochnehmen?« fragte er Jakob Welse.

»Dann schießen Sie. Niemals bluffen, wenn Sie hinter einer Pistole sind, Coubertin. Erfahrene Männer haben bestätigt, daß das ungesund ist.«

»Und du kümmerst dich um ›La Bijou‹, Vance«, sagte Frona. »Vater denkt, daß morgen weniger Eis ist, falls es sich nicht heute nacht wieder staut. Alles, was du tun mußt, ist, das Kanu am Ufer, vor der Tür, bereitzuhalten. Natürlich wissen wir nicht, was passieren kann, bis St. Vincent angerannt kommt. Dann hinein mit ihm und ab – Dawson! Dann also gute Nacht und auf Wiedersehen, schon jetzt, denn morgen früh werde ich dazu keine Gelegenheit haben.«

»Und bleiben Sie im linken Kanal, bis Sie um die Biegung sind«, riet ihm Jakob Welse; »dann folgen Sie der schnellsten Strömung. Jetzt aber fort und in die Decken. Es sind siebzig Meilen bis Dawson, und Sie müssen es in einer Etappe schaffen.«

28

Jakob Welse wurde ehrerbietig behandelt, als er bei der Versammlung der Goldsucher aufstand und das Verfahren kritisierte. Während in der Vergangenheit derartige Versammlungen eine legitime Funktion erfüllt hätten, so führtc cr aus, als es keine Gesetze in diesem Land gab, so sei diese Zeit jetzt doch vorbei. Denn jetzt gebe es Gesetze, und gerechte Gesetze. Die Herrschaft der Königin habe gezeigt, daß sie mit diesem Land und seinen Gegebenheiten zurechtkomme, und an ihrer Stelle die Macht in die Hand zu nehmen, bedeute, in dieselbe Dunkelheit zurückzufallen, aus der sie soeben gekommen seien. Ein derartiges Verhalten könne nur »kriminell« genannt werden, und er verspreche, so sagte er in klaren, sachlichen Worten, daß er eine aktive Rolle bei der Verfolgung jedes einzelnen der Anwesenden spielen werde, falls etwas Ernsthaftes das Ergebnis dieser Versammlung sei. Am Schluß seiner Ausführungen beantragte er, den Gefangenen an das Distriktsgericht zu überweisen und die Versammlung aufzulösen. Dies wurde jedoch ohne Diskussion abgelehnt.

»Siehst du«, sagte St. Vincent zu Frona, »es gibt keine Hoffnung.«

»Doch, gibt es. Hör zu!« Und schnell erzählte sie ihm ihren Plan.

Er hörte mit gemischten Gefühlen zu, zu niedergeschlagen, um ihren Enthusiasmus zu teilen. »Es ist Wahnsinn, das zu versuchen«, wandte er ein, als sie fertig war.

»Und es sieht ganz nach Gehängtwerden aus, wenn wir es nicht versuchen«, antwortete sie etwas verärgert. »Du willst doch kämpfen?«

»Natürlich!« antwortete er hohl.

Die ersten Zeugen waren zwei Schweden, die von dem Zwischenfall mit dem Waschzuber erzählten, als sich Borg zu einem seiner Anfälle hatte hinreißen lassen. So belanglos dieses Ereignis eigentlich war, bekam es doch im Licht der nachfolgenden Geschehnisse eine große Bedeutung. Es eröffnete der Vorstellungskraft ein weites Feld. Nicht so sehr was gesagt wurde bekam Gewicht, sondern vielmehr das, was nicht gesagt wurde. Von Frauen geborene Männer, selbst die rauhesten Gesellen, kannten das Leben gut genug, um diese Bedeutung einschätzen zu können – ein ganz gewöhnliches Vorkommnis, das nur in einer einzigen Weise gedeutet werden konnte. Die Köpfe wurden wissend genickt und geschüttelt, als diese Geschichte erzählt wurde, und in der ganzen Runde wurde eifrig geflüstert.

In der Folge wurden weitere sechs Zeugen gehört, die alle den Tatort sorgfältig inspiziert und die ganze Insel abgesucht hatten, und die alle darin übereinstimmten, daß nicht die geringste Spur von den beiden Männern gefunden werden konnte, die von dem Gefangenen in seiner eigenen Aussage erwähnt worden waren.

Zu Fronas Überraschung ging Del Bishop in den Zeugenstand. Sie wußte, daß er St. Vincent nicht leiden konnte, konnte sich aber nicht vorstellen, daß er etwas wußte, das in dieser Angelegenheit von Bedeutung sein konnte.

Nachdem er vereidigt und Alter und Nationalität festgehalten worden waren, fragte ihn Bill Brown nach seinem Beruf.

»Pocketminer, Goldtaschensucher«, gab er mit einem angriffslustigen Blick in die Runde zur Antwort.

Dazu muß gesagt werden, daß nur eine kleine Schicht der Goldsucher nach Goldtaschen sucht und daß eine sehr große Gruppe der anderen Goldsucher diese Methode vollkommen ablehnt.

»Pocket-miner!« spottete ein väterlich aussehender Mann in einem roten Hemd, der in den frühen Fünfzigerjahren auf den kalifornischen Goldfeldern seine ersten Schüsseln ausgewaschen hatte.

»Ja«, bestätigte Del.

»Hör mal, junger Freund«, fuhr der Unterbrecher fort, »willst du mir erzählen, daß du auf diese Art jemals etwas gefunden hast?«

»Ja«, sagte Del knapp.

»Dann glaubt ihm kein Wort«, schloß der andere.

Del schluckte kräftig und hob mit einer raschen Bewegung den Kopf.

»Herr Vorsitzender, ich möchte eine Erklärung abgeben. Ich möchte nicht mit der Würde des Gerichts kollidieren, aber ich gebe hiermit die klare, einfache und deutliche Erklärung ab, daß ich nach dieser Versammlung jedem, der frech wird, eine draufgebe. Verstanden?«

»Sie sind nicht dran«, erklärte der Vorsitzende und schlug mit seinem Holz auf den Tisch.

»Und Sie kriegen auch eins«, rief Del wütend. »Das ist eine verdammt armselige Ordnung, die Sie hier aufrechterhalten wollen! Wie ich Gold suche, hat nichts mit dem Verfahren zu tun, wieso schließen Sie dann nicht solche Fragen aus? Ich werde mich nach dem Prozeß mal mit Ihnen beschäftigen, Sie Topfschlecker!«

»So, werden Sie, wie?« Der Vorsitzende wurde rot im Gesicht, ließ sein Holz fallen und sprang auf.

Del trat vor, um ihn gebührend zu empfangen, aber Bill Brown griff ein und hielt sie auseinander.

»Ruhe, Gentlemen, Ruhe!« bat er. »Dies ist nicht die Zeit für solche Auseinandersetzungen. Und vergessen Sie nicht, daß Damen anwesend sind!«

Die beiden Männer brummten und ließen voneinander ab. Bill Brown fragte jetzt: »Mr. Bishop, wir haben gehört, daß Sie den Angeklagten gut kennen. Würden Sie dem Gericht bitte etwas über seinen allgemeinen Charakter erzählen?«

Del grinste breit. »Nun, um das Wichtigste zu erzählen: Er ist ein äußerst streitsüchtiger Mensch ...«

»Halt! Das lasse ich nicht zu!« Der Angeklagte war aufgesprungen und zitterte vor Ärger. »Sie werden nicht auf diese Weise über mich herziehen! Ein Verrückter, den ich nur einmal im Leben gesehen habe, soll über meinen Charakter aussagen?«

Der Goldsucher wandte sich ihm zu. »Also Sie kennen mich nicht, wie, Gregory St. Vincent?«

»Nein«, antwortete St. Vincent kühl. »Ich kenne Sie nicht, Freundchen.«

»Ich bin nicht Ihr Freundchen!« rief Del sehr erregt.

Aber St. Vincent schenkte ihm keine Beachtung, sondern wandte sich an die Menge. »Ich habe diesen Kerl bis jetzt erst einmal getroffen, und das war für einige kurze Momente in Dawson.«

»Bevor ich fertig bin, werden Sie sich an noch mehr erinnern«, grinste Del; »also still, und lassen Sie mich weiterreden. Ich bin zusammen mit ihm im Jahre 1884 ins Land gekommen.«

St. Vincent betrachtete ihn mit plötzlichem Interesse.

»Jawohl, Mr. Gregory St. Vincent. Ich sehe, Sie beginnen sich zu erinnern. Ich trug damals einen Backenbart und nannte mich Brown, Joe Brown, damals.«

Er grinste boshaft, und der Journalist schien das Interesse zu verlieren.

»Ist das wahr?« flüsterte Frona.

»Ich fange an, ihn zu erkennen«, murmelte er langsam. »Ich weiß nicht ... nein, es ist verrückt! Der Mann muß tot sein!«

»Sie sagten, 1884, Mr. Bishop?« fragte Bill Brown.

»Ja, 84. Er war ein Zeitungsfritze, der um die Welt reisen sollte, durch Alaska und Sibirien. Ich war in Sitka von einem Walfänger weggelaufen – deshalb der Name Brown –, und ich ließ mich von ihm für vierzig pro Monat anheuern. Nun, er bekam mit mir Streit ...«

Ein Kichern, das nirgends begonnen hatte, sich aber von Mann zu Mann rasch ausbreitete und lauter wurde, begleitete seine Aussage. Sogar Frona und Del selbst mußten lächeln. Das einzige unbewegte Gesicht war das des Gefangenen.

»Er stritt sich aber auch mit dem alten Andy in Dyea, mit Häuptling George bei den Chilcoots, und mit dem Händler in Pelly, und so ging das die ganze Reise. Er hat uns in jede Menge Schwierigkeiten gebracht, ganz besonders mit seinen Frauengeschichten. Er war ständig drauf und dran ...«

»Herr Vorsitzender, ich erhebe Einspruch«, warf Frona ein, die mit ruhigem Gesicht und beherrscht aufgestanden war. »Es besteht keine Notwendigkeit, die Liebesaffären von Mr. St. Vincent hier in dieses Verfahren einzubringen. Sie haben hier keinerlei Bedeutung. Keiner der Männer hier hat eine so reine Weste in dieser Beziehung, daß er das Recht hätte, darüber eine Untersuchung durchzuführen. Deshalb beantrage ich, daß die Anklage sich darauf beschränkt, den Sachverhalt, soweit er diesen Fall betrifft, aufzuklären.«

Bill Brown erhob sich selbstgefällig und lächclnd. »Herr Vorsitzender, wir unterstützen den Antrag, den die Verteidigung zuletzt vorgebracht hat. Alles, was wir bis jetzt gehört haben, hat Bedeutung für diesen Fall. Alles, was wir weiterhin hören wollen, ebenfalls. Mr. Bishop ist unser Hauptzeuge, seine Aussage ist der entscheidende Haken. Es muß berücksichtigt werden, daß wir von dem Mord an Borg keinen Augenzeugen haben. Wir können nur die Umstände klären. Es ist für uns besonders wichtig, ein Motiv aufzuzeigen. Dazu ist es notwendig, den Charakter des Beschuldigten zu erhellen. Das haben wir hier vor. Wir haben vor, seine gotteslästerliche und wollüstige Natur auszubreiten, die in einer abscheulichen Tat und in der Gefahr für seinen Hals ihren Höhepunkt gefunden hat. Wir haben vor, zu zeigen, daß in ihm kein Fünkchen Wahrhaftigkeit steckt; daß er ein ganz außergewöhnlicher Lügner ist; daß nichts, was er hier sagt, von einer Jury geglaubt werden darf. Wir haben vor, all dies zu zeigen und es zusammenzuweben, Faden für Faden, bis ein Seil entsteht, das lang genug ist, ihn daran aufzuhängen, bevor der Tag vorbei ist. Deshalb bitte ich ehrerbietigst, daß dem Zeugen erlaubt wird fortzufahren.«

Der Vorsitzende entschied gegen Frona. Ihr Antrag an die Versammlung wurde abgelehnt. Bill Brown nickte Del Bishop zu, fortzufahren.

»Wie ich schon sagte, hat er uns ständig in Schwierigkeiten gebracht. Nun, ich bin mein ganzes Leben irgendwie mit Wasser in Verbindung gewesen – ich kann anscheinend davon nicht wegkommen –, und je mehr ich damit zu tun habe, desto weniger scheine ich davon zu verstehen. St. Vincent wußte das, und er hatte auch eine gute Hand am Paddel, trotzdem hat er mich den Box-Canyon alleine runterfahren lassen, während er selbst außenrum gelaufen ist. Ergebnis: Ich kenterte und verlor die Hälfte der Ausrüstung und den ganzen Tabak, außerdem gab er mir nachher noch die Schuld. Gleich danach legte er sich mit den Sticks-Indianern am Lake Le Barge an, und beide kamen wir dadurch in höchste Lebensgefahr.«

»Und wie kam das?« warf Bill Brown ein.

»Durch eine hübsche Squaw, die ihn zu freundlich anschaute. Nachdem wir es geschafft hatten, wegzukommen, gab ich ihm eine Lektion über Frauen im allgemeinen und Squaws im besonderen, und er versprach, sich zusammenzunehmen. Dann gab es eine heiße Zeit bei den Little-Salmon-Indianern. Er war diesmal geschickter. Ich wußte lange nicht genau, woran wir waren, aber ich erriet es. Er behauptete, es sei der Medizinmann gewesen, der sich feindlich aufgeführt habe, aber nichts bringt einen Medizinmann schneller auf die Palme als Frauen, und aller Anschein sprach dafür, daß das stimmte. Als ich es mit ihm auf väterliche Weise besprach, wurde er pampig, und ich mußte ihn mit ans Ufer nehmen und ihm eine Tracht Prügel verpassen. Darauf schmollte er und wurde erst wieder fröhlicher, als wir die Mündung des Reindeer-Rivers erreichten, wo sich ein Lager der Siwash-Indianer befand, die Lachs fischten. Aber er hat es mir die ganze Zeit nachgetragen, nur wußte ich das nicht, und wollte es mir irgendwann heimzahlen.

Nun, man kann nicht leugnen, daß er eine glückliche Hand bei Frauen hat. Er muß nur pfeifen, und sie kommen wie die Hunde angelaufen. Das ist schon eine bemerkenswerte Fähigkeit. Da war die hübscheste und lebhafteste Squaw, die man sich denken kann bei den Reindeers. Nur Bella kam ihr gleich. Nun, ich vermutete, daß er sie auch herangepfiffen hatte, denn er wollte länger im Lager bleiben als notwendig war. Da ich meine eigene Meinung über Frauen habe …«

»Das wird genügen, Mr. Bishop«, unterbrach der Vorsitzende, der, nachdem er lange vergeblich in Fronas Gesicht eine Bewegung gesucht hatte, schließlich entdeckte, wie sie nervös die Hände rang und drückte und damit ausdrückte, was ihr Gesicht nicht preisgab. »Es wird genügen, Mr. Bishop. Ich denke, wir haben genug über Squaws gehört.«

»Bitte brechen Sie die Zeugenaussage nicht ab«, flötete Frona süß. »Es scheint mir sehr wichtig zu sein.«

»Wissen Sie denn, was ich als nächstes sagen will?« fuhr Del den Vorsitzenden scharf an. »Nein, nicht wahr?

Dann halten Sie den Mund. Ich bin der Dirigent dieser Show!«

Bill Brown hielt sich bereit, um Tätlichkeiten zu verhindern, aber der Richter hielt sich zurück, und Bishop fuhr fort.

»Ich wäre schon längst mit dem ganzen Kram fertig, mit Squaws und allem, wenn Sie mich nicht unterbrochen hätten. Nun, wie gesagt, er trug es mir nach und das erste, was er tat, war, daß er mich mit einem Gewehr auf den Schädel schlug, die Squaw ins Kanu packte und abhaute. Alle hier wissen, wie das Land am Yukon im Jahre 84 aussah. Da saß ich nun, ohne Ausrüstung, alleine, tausend Meilen von nirgendwo. Nun, ich kam wieder heraus, unwichtig wie, und er auch.

Alle hier Anwesenden kennen seine Abenteuer in Sibirien. Gut«, er machte eine eindrucksvolle Pause, »ich weiß zufällig selbst ein oder zwei Dinge.«

Er schob eine Hand in die Tasche seiner dicken Jacke und zog ein schmutziges, ledergebundenes Buch von zerbrechlichem Aussehen heraus.

»Ich hab' das hier von Peter Whipples Frau – Whipple vom Eldorado. Es betrifft ihren Großonkel, oder Ur-Großonkel, ich weiß nicht genau welchen; und wenn hier einer wäre, der Russisch könnte, dann könnte er uns etwas von dieser Sibirienreise vorlesen. Da aber keiner hier ist ...«

»Coubertin! Er kann Russisch!« rief einer in der Menge.

Für den Franzosen wurde eine Gasse gebahnt und er selbst, unter Protesten und widerstrebend, nach vorne geschoben.

»Sie kennen die Sprache?« fragte Del.

»Ja, aber ganz schlecht«, wehrte Coubertin ab. »Es ist schon so lange her. Ich habe es vergessen.«

»Fangen Sie an. Wir werden nichts kritisieren.«

»Nein, aber ...«

»Fangen Sie an«, befahl der Vorsitzende.

Del öffnete das Buch auf der gelben Titelseite und schob es ihm in die Hände. »Ich habe seit Monaten darauf gewartet, jemanden wie Sie in die Finger zu bekommen«, versicherte er ihm fröhlich. »Und jetzt, wo ich Sie habe, können Sie mich nicht im Stich lassen. Also los.«

Coubertin begann zögernd: »›Der Bericht von Vater Yakontsk, mit einer kurzen Zusammenfassung seines Lebens im Benediktiner-Kloster in Obidorsky, und einer vollständigen Erzählung seiner wunderbaren Abenteuer in Ostsibirien unter den Hirschleuten.‹«

Der Baron hielt inne und wartete auf Anweisungen.

»Sagen Sie uns, wann das gedruckt worden ist«, wies ihn Del an. »In Warschau, 1807.«

Der Goldsucher drehte sich triumphierend zum Publikum um. »Habt ihr das gehört? Achtet darauf. 1807, denkt daran!«

Der Baron nahm den Anfangsparagraphen in Angriff. »›Schuld war der Tamerlan‹«, begann er, wobei er seine Übersetzung unwillkürlich in Worte faßte, die ihm geläufig waren.

Bei diesen ersten Worten wurde Frona bleich, und das blieb sie während des ganzen Vortrags. Einmal schaute sie zu ihrem Vater hinüber und war froh, daß dieser geradeaus sah, denn sie fühlte sich nicht in der Lage, gerade jetzt seinem Blick zu begegnen. Andererseits merkte sie, daß St. Vincent sie scharf beobachtete, nahm aber keine Notiz von ihm, und alles, was er sehen konnte, war ein ausdrucksloses, weißes Gesicht.

»›Als Tamerlan mit Feuer und Schwert Ostasien überrannte‹«, las Coubertin langsam, »›wurden Staaten zerrissen, Städte zerstört und Stämme wie ... wie Sternenstaub fortgeblasen. Ein riesiges Völkerheer wurde in einer breiten Front über das Land getrieben. Sie flohen vor den Eroberern‹ – nein, nein –, ›vor der wahnsinnigen Mordlust der Eroberer, schwenkten nach Sibirien, weit ... weit nach Norden und Osten, und rahmten das Polarmeer mit einem Ring mongolischer Stammesniederlassungen ein.‹«

»Überspringen Sie ein paar Seiten«, wies ihn Bill Brown an, »und lesen Sie hier und da ein bißchen. Wir haben nicht die ganze Nacht Zeit.«

Coubertin gehorchte. »›Die Menschen an der Küste

waren Eskimos, frohe Naturen, glücklich und friedlich. Sie nennen sich selbst Ukilion oder Meeresleute. Von ihnen kaufte ich Hunde und Proviant. Aber sie sind Untertanen der Chow Chuen, der Landleute, die auch als Hirschleute bekannt sind. Die Chow Chuen sind eine wilde und ungezähmte Rasse. Als ich die Küste verließ, überfielen sie mich, nahmen mir meine Sachen weg und machten mich zum Sklaven.‹« Er übersprang einige Seiten. »›Ich arbeitete mich hoch zu einem Sitz im Rat der Weisen, aber das brachte mich meiner Freiheit keinen Schritt näher. Mein Wissen war für sie von zu großer Bedeutung, als daß sie mich hatten gehen lassen wollen ... Der alte Pi-Une war ein mächtiger Unterhäuptling. Es wurde beschlossen, daß ich seine Tochter Ilswunga heiraten sollte. Ilswunga war eine schmutzige Person. Sie wollte nie baden, und ihr Verhalten war übel ... Ich heiratete Ilswunga, aber sie war nur dem Namen nach mein Weib. Dann beklagte sie sich bei ihrem Vater, dem alten Pi-Une, und er war sehr verärgert. Im Stamm wurde Zwietracht gesät, aber am Ende war ich mächtiger als zuvor, was von meiner Geschicklichkeit und meinem Wissen kommt; Ilswunga beklagte sich nicht mehr, denn ich brachte ihr Kartenspiele bei, die sie mit sich selbst spielen konnte, und andere Dinge.‹«

»Ist das genug?« fragte Coubertin.

»Ja, das reicht«, antwortete Bill Brown. »Aber einen Augenblick, bitte. Lesen Sie noch einmal das Datum der Veröffentlichung vor.«

»1807, in Warschau.«

»Moment noch, Baron«, sagte da Del Bishop. »Da Sie schon einmal hier sind, möchte ich eine oder zwei Fragen an Sie stellen.« Er wandte sich ans Publikum. »Gentlemen, Sie haben alle schon einmal mehr oder weniger von den Erlebnissen des Gefangenen in Sibirien gehört. Sie haben auch die bemerkenswerte Ähnlichkeit zwischen seiner Erzählung und den Aufzeichnungen des Vaters Yakontsk, die vor fast hundert Jahren veröffentlicht worden waren, festgestellt. Und Sie werden daraus geschlossen haben, daß da einer vom andern abgeschrieben hat.

Ich biete mich an, nachzuweisen, daß es sich um mehr als nur um Abschreiben handelt. Der Gefangene hat mich im Jahre 88 am Reindeer-River zurückgelassen. Im Herbst 88 war er in St. Michael, auf dem Weg nach Sibirien. 89 und 90 grub er, wenn man seiner Erzählung glaubt, in Sibirien Altertümer aus. 91 kam er wieder in die Zivilisation, als gefeierter Held wurde er in San Francisco empfangen. Jetzt wollen wir einmal sehen, ob der Franzose uns noch weiterhelfen kann. Sie waren in Japan?« wandte er sich an den Baron.

Coubertin, der den Jahreszahlen gefolgt war und rasch mitgerechnet hatte, konnte nur schlecht seine Überraschung verbergen. Er blickte hilfesuchend auf Frona, aber sie blieb stumm. »Ja«, sagte er schließlich.

»Und Sie haben den Gefangenen dort getroffen?«

»Ja.«

»In welchem Jahr?«

Alle streckten die Köpfe vor, um die Antwort nicht zu verpassen.

»1889«, kam es zögernd.

»Nun, wie kann das sein, Baron?« fragte Del in schmeichelndem Ton. »Der Gefangene war doch um diese Zeit in Sibirien.«

Coubertin zuckte die Schultern und meinte, das sei nicht seine Sache. Dann verließ er den Zeugenstand. Eine sofortige Pause wurde eingelegt, unter den Zuschauern wurde viel geflüstert und getuschelt.

»Es ist alles gelogen«, sagte St. Vincent, der sich zu Frona hinübergelehnt hatte, aber sie hörte nicht hin.

»Der Augenschein ist gegen mich, aber ich kann es erklären.«

Sie bewegte keinen Muskel, und er wurde vom Vorsitzenden in den Zeugenstand gerufen. Sie drehte sich zu ihrem Vater, und als er seine Hand auf die ihre legte, traten ihr die Tränen in die Augen.

»Willst du dich aus der Sache zurückziehen?« fragte er sie nach kurzem Zögern.

Sie schüttelte den Kopf, und St. Vincent fing an zu sprechen. Es war dieselbe Geschichte, die er auch ihr erzählt hatte; nur ein wenig ausführlicher, und in keinem Punkt im Widerspruch zu dem, was La Flitche und John erzählt hatten. Er gab den Zwischenfall mit dem Waschzuber wieder, der, wie er erklärte, durch einen reinen Akt der Höflichkeit und Borgs unvorhersehbaren Zornesausbruch herbeigeführt worden war. Er gab zu, daß Bella mit seiner Pistole getötet worden war, behauptete aber, er habe sie einige Tage zuvor Borg geliehen und sie nicht zurückerhalten. Was Bellas Beschuldigungen anging, so konnte er dazu nichts sagen. Er konnte nicht sagen, warum sie mit einer Lüge auf den Lippen hätte sterben sollen. Er hatte nie in der geringsten Weise ihr Mißfallen erregt, so daß auch Rache als Grund ausscheiden konnte. Es war unerklärlich. Was Bishops Aussagen anging, so hatte er keine besondere Lust, sich damit auseinanderzusetzen. Es war ein Gewebe aus Lüge, die geschickt mit wahren Stücken verwoben war. Es stimmte, daß er 1888 zusammen mit ihm nach Alaska gegangen war, aber seine Schilderung der Ereignisse, die dort eingetreten waren, war bösartig falsch. Was den Baron betraf, so gab es da ein kleines Mißverständnis betreffend der Daten, das war alles.

Als er ihn befragte, sorgte Bill Brown für eine kleine Überraschung. Aus der Erzählung des Angeklagten ging hervor, daß er mit zwei geheimnisvollen Männern gekämpft hatte. »Falls«, so Brown, »das der Fall war, wie können Sie dann erklären, daß Sie ohne irgendeine Schramme aus diesem Kampf hervorgegangen sind? Die Untersuchung von Borgs Körper hat viele Schrammen und Prellungen ergeben. Wie kommt es, daß Ihnen nichts geschehen ist, wo Sie doch einen so harten Kampf hatten?«

St. Vincent wußte das nicht, obwohl er zugab, sich am ganzen Körper steif und wie zerschlagen zu fühlen. Das mache auch nichts. Er habe weder Borg noch seine Frau getötet, so viel sei sicher.

Frona leitete ihr Plädoyer an die Versammlung ein mit einem flammenden Diskurs über die Heiligkeit menschlichen Lebens, die Schwächen und Gefahren von Indizien und die Rechte des Angeklagten dort, wo es Zweifel gab.

Dann nahm sie sich die Indizien vor, entkleidete sie des Überflüssigen und beschränkte sich auf die Tatsachen. Vor allem anderen verneinte sie, daß ein Motiv für die Tat bewiesen worden sei. So wie es jetzt sei, seien die Indizien eine Beleidigung für jeden Verstand, und sie habe genügend Vertrauen in ihren Scharfsinn, daß sie derartige Kindereien nicht als Gefährdung eines gerechten Urteils ansehe.

Andererseits leugnete sie, als sie sich mit den einzelnen Punkten der Indizien auseinandersetzte, daß es zwischen Bella und St. Vincent irgendeine Form der Intimität gegeben habe; und sie stritt ferner ab, daß es Anzeichen für einen Versuch von seiten St. Vincents gegeben habe, eine solche Intimität herzustellen. Wenn man es genau betrachte, so sei der Waschzuberzwischenfall – der der einzige Hinweis darauf sei – eine lächerliche Angelegenheit, die nur zeige, wie simple Höflichkeit eines Mannes von der verbohrten Eifersucht eines Ehemannes mißverstanden werden konnte. Sie überlasse die Schlußfolgerung ihrem gesunden Menschenverstand; sie seien ja keine Narren.

Es sei versucht worden, dem Angeklagten mangelnde Beherrschung nachzuweisen. Was John Borg betreffe, so sei das unnötig, denn jeder hätte dessen schreckliche Wutausbrüche gekannt. Jeder kenne die sprichwörtliche Unberechenbarkeit des Toten; daß sie ihn daran gehindert habe, sich Freunde zu verschaffen und ihm im Gegenteil viele Feinde eingebracht habe. Sei es deshalb nicht durchaus möglich, daß die beiden maskierten Männer derartige Feinde gewesen waren? Was das tatsächliche Motiv dieser beiden hätte sein können, könne sie nicht sagen; aber sie überlasse den Richtern das Urteil darüber, ob es in Alaska zwei Männer gebe oder nicht, denen John Borg hätte genügend Grund geben können, daß sie ihm nach dem Leben trachteten.

Es sei berichtet worden, daß von diesen beiden Männern keine Spuren gefunden worden waren; aber die Zeugen hätten nicht berichtet, daß auch von St. Vincent, La Flitche oder John keine Spuren gefunden worden waren. Es gebe auch keinen Grund, das besonders zu erwähnen, denn es sei klar, daß St. Vincent, als er den Weg hinaufgelaufen war, keine Spuren hinterließ, und auch als er mit La Flitche und John zurückkam, habe er keine hinterlassen können, denn der Weg war hartgefroren. Weiche Mokassins konnten darauf keinen Abdruck hinterlassen. Man hätte auch keine Spuren der Mörder finden können, wenn das Eis nicht sowieso gebrochen und flußabwärts gegangen sei.

Hier nickte La Flitche zustimmend, und sie fuhr fort.

Es habe viel Gerede über das Blut an St. Vincents Händen gegeben. Falls man sich die Mühe mache, in diesem Augenblick die Mokassins von Mr. La Flitche zu untersuchen, so werde man ebenfalls Blut finden. Das bedeute nicht, daß Mr. La Flitche an dem Blutvergießen beteiligt gewesen sei.

Mr. Brown habe die Aufmerksamkeit auf die Tatsache gelenkt, daß der Angeklagte bei den wilden Ereignissen weder Schramme noch Schnitt davongetragen habe. Sie sei ihm dankbar für diesen Hinweis. John Borgs Körper beweise, daß ihm übel mitgespielt worden sei. Er sei größer, stärker und schwerer gewesen als St. Vincent. Falls, wie behauptet, St. Vincent den Mord begangen und sich deshalb notwendigerweise in einem so schweren Handgemenge mit John Borg befunden habe, daß dieser dabei diese Verletzungen erlitten habe, wie komme es dann, daß er keine Spuren dieses Kampfes davongetragen habe? Das sei doch wert, berücksichtigt zu werden.

Noch etwas sei wichtig: Wieso ist er den Weg entlang gelaufen? Es sei doch unwahrscheinlich, falls er den Mord begangen habe, daß er ohne Kleidung oder irgendeine Vorbereitung zur Flucht dann zu den anderen Hütten gelaufen wäre. Es sei jedoch sehr leicht vorstellbar, daß er bei der Verfolgung der Täter blindlings, erschöpft, außer Atem und sicherlich auch aufgeregt, dem Weg gefolgt sei.

Ihre Zusammenfassung war eine vollkommene Synthese, und als sie fertig war, applaudierte ihr die Versammlung einmütig. Aber sie war verärgert und verletzt, denn sie wußte, daß dies eine Demonstration eher wegen ihres Geschlechts war als wegen ihrer Stellungnahme und der Arbeit, die sie vollbracht hatte.

Bill Brown, der etwas von einem Winkeladvokaten an sich hatte, war sich nicht zu gut, seinen Vorteil wahrzunehmen, wo er sich anbot, und wo er sich nicht anbot, kunstvoll zu argumentieren. Dabei kam ihm sein angeborener Humor zustatten, und als er die geheimnisvoll maskierten Männer von allen Seiten untersuchte hatte, waren sie zerstoben wie Seifenblasen – welch letzteren Ausdruck er auch sofort auf sie anwandte.

Sie konnten nicht von der Insel entkommen sein. So, wie das Eis drei oder vier Stunden vor dem Eisgang war, hätte es nicht versucht werden können. Der Angeklagte hatte keinen der Inselbewohner beschuldigt, während jeder von ihnen, den Angeklagten ausgenommen, beweisen konnte, daß er zur Tatzeit woanders gewesen war. Möglich, daß der Angeklagte aufgeregt war, als er den Weg hinunter und in die Arme von La Flitche und John lief. Man sollte allerdings glauben, daß er sich in Sibirien an solche Aufregungen gewöhnt hätte. Das war aber nebensächlich; Tatsache war, daß er unzweifelhaft in einem außergewöhnlichen Zustand der Erregtheit, daß er geradezu hysterisch war und daß sich ein Mörder unter solchen Bedingungen wenig darum kümmerte, wohin er rannte. So etwas war früher auch schon passiert. Viele Menschen haben zu ihrer eigenen Strafe beigetragen.

Was die Beziehungen zwischen Borg, Bella und St. Vincent anging, so appellierte er an die gefühlsmäßigen Vorurteile der Zuhörer. Er ließ das nüchterne Erörtern von Tatsachen beiseite und griff zu platten Allgemeinheiten. Er gab zu, daß Indizien niemals etwas ganz absolut beweisen konnten. Es war auch nicht notwendig, seiner Meinung nach. Es reichte, wenn sie etwas über einen vernünftigen Zweifel hinaus bewiesen. Das war geschehen, wie er bewies, als er die Aussagen nochmals darlegte.

»Und letztlich«, sagte er, »darf man Bellas letzte Worte nicht außer acht lassen. Wir wissen nichts aus eigener Erfahrung, denn wir waren nicht dabei. Wir tasten im Dunkeln, erfassen kleine Einzelheiten und versuchen, diese zu einem großen Bild zusammenzusetzen. Aber, meine Herren«, er machte eine Pause und sah von einem zum anderen, »Bella kannte die Wahrheit. Ihre Aussage ist kein Indiz. Mit schnellem, bedrängtem Atem, während das Lebensblut verebbte, die Augäpfel fast platzten vor angestrengtem Starren, sprach sie die Wahrheit aus. Kurz vor dem ewigen Dunkel, während der Tod schon in ihrer Kehle rasselte, richtete sie sich schwach auf und deutete mit zittrigem Finger auf den Beschuldigten, so, und sagte: ›Er, er, er. St. Vincha, er tat es.‹«

Bill Browns Finger deutete noch auf ihn, da stand St. Vincent auf. Er sah alt und grau aus und sah sich sprachlos um. »Feigling! Feigling!« wurde um ihn herum geflüstert. Er feuchtete sich wiederholt die Lippen an, und seine Zunge kämpfte um die richtige Position zum Sprechen. »Es ist so, wie ich gesagt habe«, sagte er endlich. »Ich habe es nicht getan. Bei Gott, ich habe es nicht getan!« Er starrte John, den Schweden an, während er um den nächsten Gedanken kämpfte. »Ich ... ich habe es nicht getan ... Ich nicht ... ich ... ich habe es nicht getan!«

Er schien in tiefe Meditation zu versinken, in der John eine übergroße Gestalt zu sein schien, und als Frona ihn an der Hand nahm und herunterzog, rief von hinten einer: »Geheime Abstimmung!«

Aber Bill Brown war sofort auf den Beinen. »Nein! Ich sage nein! Eine offene Abstimmung! Wir sind Männer, und als Männer haben wir keine Angst, zu unseren Worten zu stehen!«

Ein zustimmendes Rufen unterstützte ihn, und die offene Abstimmung begann. Einer nach dem andern, mit dem Namen aufgerufen, sprach das Wort: »Schuldig!«

Baron Coubertin kam nach vorne und flüsterte mit Frona. Sie nickte und lächelte, und er kämpfte sich durch die Menge wieder nach hinten, wo er eine Stellung an der Tür einnahm. Er sagte »Nicht schuldig!«, als die Reihe an ihn kam, ebenso wie Frona und Jakob Welse. Pierre La Flitche zögerte einen Augenblick, sah Frona und St. Vincent an und sagte schließlich klar und deutlich »Schuldig«.

Als der Vorsitzende sich erhob, ging Jakob Welse wie zufällig zur gegenüberliegenden Seite des Tisches und stand mit dem Rücken zum Ofen. Coubertin, der das gesehen hatte, zog sich von der Wand ein kleines Faß heran und stellte sich darauf.

Der Vorsitzende räusperte sich und klopfte, um die Ruhe wiederherzustellen. »Gentlemen«, verkündete er, »der Angeklagte ...«

»Hände hoch!« befahl Jakob Welse entschlossen, und einen Sekundenbruchteil später hörte man das schrille »Hände hoch, Gentlemen!« von Coubertin.

Von vorne und hinten hielten sie die Menge in Schach. Alle Hände waren oben, der Vorsitzende hielt noch sein Kalfaterholz fest. Es gab keine Unruhe. Alle standen oder saßen noch genauso wie zu dem Zeitpunkt, als der Befehl ertönte. Ihre Blicke, die hierhin und dorthin gingen, kamen immer wieder zu Jakob Welse zurück.

St. Vincent saß wie vor den Kopf geschlagen da. Frona schob ihm einen Revolver in die Hand, aber seine Finger weigerten sich, ihn zu greifen.

»Komm, Gregory«, bedrängte sie ihn. »Schnell! Corliss wartet mit dem Kanu. Los!«

Sie schüttelte ihn, und er schaffte es, die Waffe festzuhalten. Dann schüttelte und zog sie ihn, wie man einen Tiefschläfer weckt, bis er auf den Beinen stand. Aber sein Gesicht war regungslos, seine Augen wie die eines Schlafwandlers, und er bewegte sich, als habe er eine teilweise Lähmung. Sie hielt ihn immer noch fest und trat jetzt einen Schritt zurück, um ihn zum Mitkommen zu bewegen. Er versuchte es mit wackligen Knien. Kein Laut war zu hören, außer dem Atmen der Anwesenden. Einer der Männer hustete und räusperte sich. Das irritierte die andern, alle Augen richteten sich auf ihn und sahen ihn vorwurfsvoll an. Der Mann wurde verlegen und verlagerte sein Gewicht auf das andere Bein. Dann war wieder nur noch das gleichmäßige Atmen zu hören.

St. Vincent machte noch einen Schritt, aber seine Finger wurden jetzt schwach. Der Revolver fiel mit lautem Klappern zu Boden. Er machte keinen Versuch ihn wieder aufzuheben. Frona bückte sich rasch, aber Pierre La Flitche hatte schon seinen Fuß darauf gesetzt. Sie sah hoch und sah seine Hände über dem Kopf und seine Augen wie abwesend auf Jakob Welse gerichtet. Sie zerrte an seinem Bein, aber die Muskeln waren fest und hart, sein gleichgültiges Gesicht Lügen strafend. St. Vincent blickte hilflos nach unten, als wenn er das alles nicht verstehen könne.

Diese Verzögerung hatte Jakob Welse abgelenkt, und als er versuchte herauszufinden, was passiert war, und hinüberblickte, sah der Vorsitzende seine Chance. Ohne den Körper zu bewegen, schwang sein rechter Arm nach unten und traf Jakob Welse mit dem schweren Holzprügel, den er immer noch hielt, unter dem Ohr. Der Revolver ging los, als er zu Boden fiel, und John der Schwede griff sich stöhnend mit einer Hand an den Oberschenkel.

Im gleichen Augenblick wurde auch der Baron überwältigt. Del Bishop hatte einfach, immer noch mit erhobenen Händen und mit unschuldigem Blick, das Pökelfaß unter ihm fortgetreten und ihn dadurch zu Fall gebracht. Seine Kugel fuhr, ohne Schaden anzurichten, ins Hüttendach. La Flitche umfaßte Frona mit den Armen. St. Vincent war plötzlich erwacht und versuchte zur Tür zu kommen, wurde aber durch den Fuß des Mischlings aufgehalten.

Der Vorsitzende pochte mit den Knöcheln auf den Tisch und vollendete seinen unterbrochenen Satz: »Gentlemen, der Angeklagte ist für schuldig befunden.«

29

Frona war sofort zu ihrem Vater geeilt. Er erholte sich aber schon wieder. Coubertin wurde nach vorne gebracht. Er hatte ein zerkratztes Gesicht, ein verstauchtes Handgelenk und eine aufsässige Zunge. Um die Diskussion abzukürzen und Zeit zu sparen, ergriff Bill Brown das Wort.

»Herr Vorsitzender, obwohl wir den Versuch von Jakob Welse, Frona Welse und Baron Coubertin verurteilen, den

Gefangenen zu befreien und so die Justiz zu betrügen, können wir unter den gegebenen Umständen nur mit ihnen sympathisieren. Es ist nicht nötig, daß ich tiefer in diese Angelegenheit einsteige. Sie wissen es alle, und zweifellos hätte jeder von uns in einer ähnlichen Situation genauso gehandelt. Deshalb, damit wir unser begonnenes Vorhaben zügig abschließen können, beantrage ich, die Gefangenen zu entwaffnen und sie freizulassen.«

Der Antrag wurde angenommen, die beiden Männer nach Waffen durchsucht. Bei Frona wurde darauf verzichtet, nachdem sie versprochen hatte, keine Waffen mehr zu tragen. Die Versammlung verwandelte sich dann in ein Hinrichtungskomitee und strömte aus der Hütte ins Freie.

»Ich bitte um Entschuldigung, aber ich war gezwungen, so zu handeln«, sagte der Vorsitzende halb entschuldigend, halb trotzig.

Jakob Welse lächelte. »Sie haben Ihre Gelegenheit ergriffen«, antwortete er, »und ich kann es Ihnen nicht vorwerfen. Ich wünsche nur, ich hätte es geschafft.«

Aufgeregte Stimmen erhoben sich am andern Ende der Hütte. »Hier, Kerl! Laß los!« »Tritt ihm auf die Finger, Tim!« »Laß sofort los!« »Au! Weia!« »Macht ihm den Mund auf!«

Frona sah mehrere Männer bei St. Vincent und rannte hin. Er hatte sich selbst auf den Boden geworfen und kämpfte wie ein Verrückter mit Zähnen und Klauen. Tim Dugan, ein kräftiger Ire, war ihm etwas zu nahe gekommen, und St. Vincents Zähne hatten sich in seinen Arm gegraben.

»Schlag ihn, Tim! Hau drauf!«

»Wie soll ich das können, du Depp? Brecht ihm die Kiefer auseinander, schnell!«

»Einen Augenblick bitte.« Die Männer machten für Frona Platz, zogen sich etwas zurück und ließen sie mit St. Vincent und Tim alleine.

Frona kniete sich neben ihm hin. »Laß ihn los, Gregory. Bitte laß los.«

Er sah zu ihr hoch, seine Augen hatten nichts Menschliches an sich. Er atmete schwer, und aus seiner Kehle waren die seltsam keuchenden Laute zu hören, die einer von sich gibt, der völlig erschöpft ist.

»Ich bin es, Gregory.« Sie fuhr ihm sanft mit der Hand über die Brauen. »Verstehst du nicht? Ich, Frona. Laß los.«

Sein Körper entspannte sich langsam, und in sein Gesicht trat ein friedlicher Ausdruck. Sein Kiefer öffnete sich, der Mann konnte seinen Arm herausziehen.

»Jetzt hör mal zu, Gregory. Auch wenn du jetzt sterben mußt ...«

»Aber das kann ich nicht! Ich kann es nicht!« stöhnte er. »Du hast gesagt, ich könnte dir vertrauen, und daß alles gut ausgehen würde.«

Sie dachte an die Gelegenheit, die sie ihm verschafft hatten, sagte aber nichts.

»Oh, Frona! Frona!« Er weinte und schluchzte und vergrub sein Gesicht in ihrem Schoß.

»Wenigstens kannst du wie ein Mann sterben. Das ist alles was dir bleibt.«

»Kommt!« kommandierte Tim Dugan. »Tut mir leid, daß ich Sie stören muß, Miss, aber wir müssen ihn hinausbringen. Zieht ihn 'raus, Jungs! Nehmt ihn bei den Beinen, Blackey, und Du auch, Johnson.«

St. Vincents Körper straffte sich bei diesen Worten, der vernünftige Ausdruck verschwand aus seinen Augen, und seine Finger klammerten sich an Frona. Sie sah die Männer flehend an, und sie zögerten.

»Gebt mir noch eine Minute mit ihm«, bat sie, »nur eine Minute.«

»Er ist es nicht wert«, sagte Dugan abfällig, nachdem sie etwas zurückgetreten waren. »Schaut sie euch an.«

»Es ist eine verdammte Schande«, stimmte Blackey zu und warf einen Blick auf Frona, die in St. Vincents Ohr flüsterte und ihm dabei mit den Fingern durchs Haar fuhr.

Was sie sagte, konnten sie nicht hören, aber sie brachte ihn dazu aufzustehen, dann führte sie ihn. Er ging, wie ein toter Mann gehen mochte, und als sie ins Freie traten, schaute er verwundert auf den schmutzigen Yukon, der träge vorüberfloß. Die Menge hatte sich um eine große

Fichte am Ufer versammelt. Ein Junge, der ein Seil über einen der Äste warf, rutschte nach vollbrachter Tat am Stamm herunter. Er schaute schnell auf seine Hände und blies einige Male darüber. Lachen war zu hören. Einige Wolfshunde knurrten sich gegenseitig an und fletschten die Zähne. Die Männer ermutigten sie. Sie fielen übereinander her, wurden aber mit Tritten auseinandergetrieben, um Platz für St. Vincent zu machen.

Corliss kam vom Ufer zu Frona. »Was ist los?« fragte er flüsternd. »Ist es abgesagt?«

Sie versuchte, etwas zu sagen, schluckte dann nur und nickte.

»Hier herüber, Gregory.« Sie berührte seinen Arm und führte ihn zu der Kiste unter dem Seil.

Corliss, der neben ihnen ging, sah prüfend über die Zuschauermenge und faßte in seine Jackentasche. »Kann ich etwas tun?« fragte er und biß sich ungeduldig auf die Unterlippe. »Was immer du willst, geschieht, Frona. Ich kann sie in Schach halten.«

Sie sah ihn an und bemerkte, daß sein Anblick sie erfreute. Sie wußte, daß er es wagen würde, aber sie wußte auch, daß es nicht fair wäre. St. Vincent hatte seine Chance gehabt, und es war nicht richtig, noch mehr Opfer zu bringen. »Nein, Vance, es ist zu spät. Es kann nichts mehr getan werden.«

»Laß es mich wenigstens versuchen«, beharrte er.

»Nein; es ist nicht unser Fehler, daß es nicht geklappt hat, und ... und ...« Ihre Augen wurden feucht. »Bitte, verlange es nicht von mir.«

»Dann laß mich dich von hier fortbringen. Du kannst hier nicht bleiben.«

»Ich muß«, sagte sie einfach und wandte sich St. Vincent zu, der wie träumend dastand.

Blackey knüpfte den Henkersknoten in das Seil, um es dann um St. Vincents Hals legen zu können.

»Küß mich, Gregory«, sagte sie, mit ihrer Hand auf seinem Arm.

Er fuhr zusammen, als sie ihn berührte, sah die neugierigen Augen um sich herum und die gelbe, frischgeknüpfte

Schlaufe in der Hand des Henkers. Er warf die Arme hoch, wie um sie abzuwehren, und schrie auf: »Nein, nein! Ich gestehe! Laßt mich die Wahrheit erzählen, dann werdet ihr mir glauben!«

Bill Brown und der Vorsitzende schoben Blackey zur Seite, und die Menge kam näher. Rufe und Protest wurden aus der Mitte laut. »Nein, das wirst du nicht«, hörte man eine laute Jungenstimme. »Ich gehe nicht. Ich bin auf dem Baum geklettert und habe das Seil festgemacht, und ich habe das Recht, hierzubleiben.«

»Du bist noch ein Kind«, antwortete ein Mann, »und es ist nicht das Richtige für dich.«

»Das ist mir egal, und ich bin kein Kind. Ich ... ich bin an solche Dinge gewöhnt. Und außerdem bin ich auf den Baum geklettert. Schau dir meine Hände an.«

»Natürlich kann er bleiben«, sagten andere. »Laß ihn, Curley.«

»Du hast sowieso nichts zu sagen.« Gelächter kam auf, und dann wurde es still.

»Ruhe!« rief der Vorsitzende, und dann zu St. Vincent: »Fangen Sie an. Aber machen Sie es kurz.«

»Wir möchten es auch hören«, kamen Stimmen auf. »Stellt ihn auf die Kiste! Stellt ihn auf die Kiste!«

St. Vincent wurde hinaufgeholfen, und er begann mit großer Bereitwilligkeit.

»Ich habe es nicht getan, aber ich habe gesehen, wie es geschah. Es waren nicht zwei Männer – nur einer. Er hat es getan, und Bella half ihm.«

Ein dröhnendes Gelächter war die Folge.

»Nicht so schnell«, warnte ihn Bill Brown. »Bitte schildern Sie, wie Bella diesem Mann geholfen hat, sich selbst zu töten. Fangen Sie ganz vorne an.«

»In jener Nacht, bevor er starb, baute Borg seine Alarmanlage auf ...«

»Alarmanlage?«

»So habe ich es genannt – es war eine Blechpfanne, die so am Türriegel befestigt war, daß sie hinunterfallen mußte, wenn die Tür geöffnet wurde. Er machte das jede Nacht, so als hätte er Angst, daß etwas passieren könnte –

was ja tatsächlich auch eingetreten ist. In der Nacht des Mordes wachte ich auf, weil ich das Gefühl hatte, daß jemand herumlaufe. Die Tranlampe brannte niedrig, und ich sah Bella an der Tür. Borg schnarchte, ich konnte ihn deutlich hören. Bella nahm die Pfanne von der Tür ab. Sie tat das sehr vorsichtig. Dann öffnete sie die Tür, und ein Indianer kam leise herein. Er hatte keine Maske auf. Ich würde ihn sofort wiedererkennen, wenn ich ihn jemals wiedersehen würde, denn er hatte eine Narbe, die ihm quer über die Stirn lief bis zu einem Auge.«

»Ich vermute, Sie sind aus dem Bett gesprungen und haben Alarm geschlagen?«

»Nein, habe ich nicht«, antwortete St. Vincent mit einem ergebenen Kopfschütteln, so, als sei er auf das Schlimmste gefaßt und wolle es rasch hinter sich bringen. »Ich lag einfach da und wartete.«

»Und was dachten Sie?«

»Daß Bella mit dem Indianer unter einer Decke steckte und daß sie Borg ermorden wollten. Ich war mir darüber sofort sicher.«

»Und Sie taten nichts?«

»Nein.« Seine Stimme wurde leise, und er sah zu Frona, die neben ihm an der Kiste lehnte und sie festhielt. Sie schien davon nicht weiter berührt zu sein. »Bella kam zu mir herüber, aber ich schloß die Augen und atmete gleichmäßig. Sie hielt die Tranlampe über mir, aber ich spielte den Schlafenden, so daß sie getäuscht wurde. Dann hörte ich ein Schnarchen, wie es ein Erwachender von sich gibt. Dann schrie einer, und ich sah hinüber. Der Indianer stach mit einem Messer auf Borg ein. Borg versuchte das mit den Armen abzuwehren und ihn zu packen. Als sie so stritten, kam Bella von hinten und warf ihre Arme um seinen Hals. Sie drückte ihm das Knie ins Kreuz und zog ihn nach hinten. Zusammen drückten sie ihn dann zu Boden.«

»Und was taten Sie?«

»Ich sah zu.«

»Hatten Sie einen Revolver?«

»Ja.«

»Den, von dem Sie vorher behauptet hatten, daß ihn sich John Borg ausgeliehen hatte?«

»Ja, aber ich habe nur zugeschaut.«

»Hat John Borg um Hilfe gerufen?«

»Ja.«

»Können Sie uns seine Worte berichten?«

»Er rief: ›St. Vincent! Oh, St. Vincent! Oh, mein Gott! Oh, St. Vincent, helfen Sie mir!‹« Er schauderte bei der Erinnerung daran und sagte: »Es war schrecklich!«

»Das glaube ich auch«, grunzte Brown. »Und was taten Sie?«

»Ich habe zugeschaut«, war die verbissene Antwort. Aus der Menge kam ein empörtes Gemurmel. »Borg schüttelte sie irgendwann ab und kam auf die Füße. Er schleuderte Bella mit einem Arm quer durch die Hütte und wandte sich dem Indianer zu. Dann kämpften sie miteinander. Der Indianer hatte das Messer fallengelassen; das Geräusch von Borgs Schlägen war entsetzlich. Ich dachte, er würde den Indianer totschlagen. Das war, als das Mobiliar zertrümmert wurde. Sie rollten herum und knurrten und kämpften wie wilde Tiere. Ich wunderte mich, daß der Indianer unter Borgs Gewicht nicht zerdrückt wurde. Aber Bella nahm das Messer und stach ihren Mann mehrmals in den Rücken. Der Indianer hatte ihn umfaßt, so hatte er die Hände nicht frei. Deshalb trat er mit den Beinen seitlich aus. Er muß ihr die Beine gebrochen haben, denn sie schrie auf und fiel hin. Obwohl sie immer wieder versuchte, aufzustehen, schaffte sie es nicht. Dann fiel auch Borg wieder hin, mit dem Indianer unter sich, geradewegs über den Ofen hinweg.«

»Hat er noch weiter um Hilfe gerufen?«

»Er bat mich, zu ihm zu kommen.«

»Und?«

»Ich sah zu. Er schaffte es, den Indianer abzuschütteln und stolperte zu mir herüber. Er war blutüberströmt. Ich konnte sehen, daß er sehr schwach war. ›Geben Sie mir Ihren Revolver‹, sagte er, ›schnell, her damit.‹ Er tastete blind herum. Dann schien sein Geist wieder etwas klarer zu werden, und er langte über mich hinweg zu meinem

Halfter an der Wand und nahm meinen Revolver heraus. Der Indianer ging wieder mit dem Messer auf ihn los, aber er versuchte nicht, sich dagegen zu wehren. Statt dessen ging er zu Bella hinüber, während der Indianer noch an ihm hing und auf ihn einstach. Er schien ihn zu irritieren und zu belästigen, deshalb schüttelte er ihn ab. Er kniete hin und drehte Bellas Gesicht nach oben. Sein eigenes Gesicht war mit Blut überströmt. Er konnte nichts sehen. Deshalb wischte er sich das Blut von den Augen, dann setzte er ihr den Revolver auf die Brust und drückte ab.

Der Indianer wurde wild, als er das sah, ging mit dem Messer wieder auf ihn los und trat ihm gleichzeitig den Revolver aus der Hand. Dabei wurde das Regal mit der Tranlampe umgestoßen. Sie kämpften im Dunkeln weiter, und weitere Schüsse fielen, wenn ich auch nicht weiß, von wem. Ich kroch aus dem Bett, aber in ihrem Kampf stießen sie gegen mich, und ich fiel über Bella. Dabei geriet das Blut auf meine Hände. Als ich aus der Tür rannte, fielen noch ein paar Schüsse. Dann traf ich La Flitche und John, und … und den Rest haben die schon erzählt. Das ist die Wahrheit, ich schwöre es!«

Er blickte auf Frona hinunter. Sie hielt die Kiste, und ihr Gesicht trug einen gesammelten Ausdruck. Er blickte über die Menge und sah Ungläubigkeit. Viele lachten.

»Warum haben Sie diese Geschichte nicht gleich erzählt?« fragte Bill Brown.

»Weil … weil …«

»Nun?«

»Weil ich hätte helfen können.«

Mehr Gelächter kam auf, und Bill Brown wandte sich von ihm ab. »Gentlemen, Sie haben dieses Hirngespinst gehört. Es ist eine noch wildere Geschichte als die erste. Zu Beginn seines Prozesses haben wir angekündigt, daß wir beweisen werden, daß er kein wahres Wort spricht. Das haben wir geschafft. Euer Urteil ist dafür der Beweis. Aber wir haben nicht erwartet, daß er selbst das auch beweisen würde. Und sogar noch erfolgreicher. Daß er es getan hat, daran besteht kein Zweifel. Was haltet ihr von ihm? Eine Lüge nach der anderen hat er uns erzählt; er ist als notorischer Lügner entlarvt worden; sollen wir denn dann diese letzte und geradezu erschreckend unmögliche Lüge glauben? Gentlemen, ich kann nur dazu auffordern, daß Sie ihr Urteil bekräftigen. Und denen, die geneigt sind, ihm zu glauben – und davon wird es einige wenige geben –, denen möchte ich folgendes sagen: Falls seine Geschichte wahr ist, falls er mit John Borg als Gastgeber das Brot gebrochen hat, falls er in seinen Decken geruht hat, falls er, ungerührt, die Stimme des Mannes gehört hat, der ihn um Hilfe rief, falls er dagelegen und dieses Schlachtfest mitangeschaut hat, ohne daß er, wie es sich für einen Mann gehört, eingriff – lassen Sie mich feststellen, Gentlemen, daß das ein Vergehen ist, das ebenfalls des Strickes würdig ist. Wir können keinen Fehler machen. Was soll es also sein?« »Tod!« »Hängt ihn auf!« »Hinauf mit ihm!« waren die Zurufe.

Plötzlich aber wurde die Aufmerksamkeit der Menge auf den Fluß gelenkt. Sogar Blackey nahm von seiner offiziellen Aufgabe Abstand, denn dort kam ein großes Floß, das an beiden Enden mit einem langen Ruder gelenkt wurde, nahe am Ufer um das Ende der Trennungsinsel. Als es gerade auf gleicher Höhe mit ihnen war, wurde seine Nase gegen das Ufer gelenkt, und während das freie Ende in den Fluß hinausschwang, um den zu erwartenden Kreis zu vollführen, wurde ein Tau ans Ufer geworfen und mehrere Male um den Baum geschlungen, an dem St. Vincent aufgeknüpft werden sollte. Unter einer kühlenden Abdeckung aus Fichtenzweigen lugte rotes, rohes Elchfleisch, in Stücke geschnitten, hervor. Und wegen dieser Ladung blickten die beiden Männer auf dem Floß voller Stolz zu den Männern am Ufer hinauf.

»Wir wollen nach Dawson damit«, erklärte einer von ihnen, »und die Sonne ist schon ziemlich heiß.«

»Nein«, sagte sein Kamerad auf eine entsprechende Frage, »wir wollen nicht hierbleiben und verkaufen. In Dawson bekommen wir anderthalb Dollar pro Pfund, und deshalb wollen wir da schnellstens hin. Aber wir haben da einige Stücke eines Mannes, die wir hierlassen wollen.«

Er drehte sich um und zeigte auf einen lockeren Haufen Decken, die schwach die Umrisse eines Menschen zeigten. »Wir haben ihn heute morgen aufgelesen, ungefähr dreißig Meilen den Stewart aufwärts, denke ich.«

»Braucht dringend einen Doktor«, sagte der andere, »und das Fleisch wird schlecht. Wir haben keine Zeit zu verlieren. Sieht aus, als ob er mit einem Grizzly Bekanntschaft gemacht hat, völlig zerschlagen und zerkratzt. Wahrscheinlich auch innerlich verletzt, wie's aussieht. Wo sollen wir ihn hinlegen?«

Frona, die neben St. Vincent stand, sah zu, wie der verletzte Mann an das Ufer und die Böschung hinaufgetragen wurde. Eine braune Hand erschien unter den Decken und fiel herunter. Ein braunes Gesicht wurde sichtbar. Die ihn trugen, blieben stehen, bis entschieden war, wohin er gebracht werden sollte. Frona fühlte plötzlich einen schmerzhaften Griff am Arm.

»Schaut! Schaut!« St. Vincent beugte sich nach vorn und zeigte aufgeregt auf den Verletzten. »Schaut! Diese Narbe!«

Der Indianer öffnete die Augen. Über sein Gesicht zog ein verzerrtes Grinsen des Erkennens.

»Das ist er! Das ist er!« St. Vincent, der vor Aufregung zitterte, drehte sich zu der Menge um. »Ich rufe alle als Zeugen auf! Das ist der Mann, der John Borg getötet hat!«

Diesmal lachte niemand, denn St. Vincents Verhalten war zu ernsthaft. Bill Brown und der Vorsitzende versuchten den Indianer zum Sprechen zu bringen, vermochten es aber nicht. Ein Goldsucher aus Britisch-Kolumbien wurde herangeholt, aber sein Chinook machte keinerlei Eindruck. Dann wurde La Flitche gebeten. Der gutaussehende Mischling beugte sich über den Mann und sprach mit ihm in kehligen Lauten, die er nur der Erbschaft seiner Mutter verdankte. Es klang alles gleich, aber es wurde deutlich, daß er verschiedene Sprachen versuchte. Er erhielt jedoch keine Antwort und richtete sich entmutigt auf. Plötzlich aber, als sei ihm etwas eingefallen, machte er einen erneuten Versuch. Sogleich zeigte sich auf dem Gesicht des Indianers Verständnis, und seine Lippen formten dieselben Laute.

»Er ist ein Stick vom Oberen Weißen River«, erklärte La Flitche.

Mit zusammengezogenen Brauen und zögernden Worten, als er längstvergessene Vokabeln zusammensuchte, stellte er ihm Fragen. Für die anderen war es wie Pantomime – bedeutungsloses Grunzen und Armwedeln und Gesichtsausdrücke, die Verwirrung, Überraschung und Verständnis zeigten. Hin und wieder zeigte das Gesicht des Indianers leidenschaftliche Züge, und La Flitche zeigte Sympathie. Immer wieder, durch Blicke und Gesten, wurde auf St. Vincent Bezug genommen, und einmal wurde ein Lachen hörbar.

»So? Es ist alles gut«, sagte La Flitche, als der Indianer den Kopf zurücksinken ließ. »Dieser Mann sagt die Wahrheit. Er kommt vom Weißen Fluß, von ganz oben. Er versteht nichts. Er ist sehr überrascht, daß hier so viele weiße Menschen sind. Er hatte nicht geglaubt, daß es so viele weiße Menschen auf der Erde gibt. Er stirbt bald. Er heißt Gow. Vor langer Zeit, vor drei Jahren, kam dieser John Borg in Gows Land. Er jagt, er bringt viel Fleisch ins Lager, deshalb lieben ihn die Sticks. Gow hat eine Squaw, Pisk-ku. Als Borg gehen will, geht er zu Gow und sagt: ›Gib mir deine Squaw. Wir handeln. Ich gebe dir viele schöne Sachen.‹ Aber Gow sagt nein. Pisk-ku ist eine gute Squaw. Keine Frau näht Mokassins wie sie. Sie gerbt das Leder am besten und macht es weich. Er liebt Pisk-ku. Aber John Borg sagt, es ist ihm gleich, er will Pisk-ku. Dann entsteht ein großer Kampf, und Pisk-ku geht mit Borg fort. Sie will nicht, geht aber trotzdem. Borg nennt sie Bella. Er gibt ihr viele schöne Sachen, aber sie liebt immer nur Gow.« La Flitche deutet auf die Narbe, die dem Indianer von der Stirn zum linken Auge läuft. »Das hat John Borg getan.

Lange Zeit stirbt Gow fast. Dann wird es besser, aber sein Kopf ist krank. Er kennt niemanden. Weder seinen Vater, noch seine Mutter. Er ist wie ein kleines Kind. Dann, eines Tages, plötzlich, klick! und sein Kopf ist wieder gut. Er kennt Vater und Mutter, er erinnert sich an Pisk-ku, er erinnert sich an alles. Sein Vater sagt, John Borg ist flußabwärts. Dann geht auch Gow flußabwärts. Frühling und Eis: sehr schlecht. Er hat große Angst, es gibt so viele Weiße, und als er hierherkommt, ist es Nacht. Keiner sieht ihn, aber er sieht alle. Er ist wie eine Katze, die in der Nacht sieht. Irgendwie kommt er direkt zu John Borgs Hütte. Er weiß nicht warum, aber er weiß, daß das, was er zu tun hat, etwas Gutes ist.«

St. Vincent drückt Fronas Hand, aber sie schüttelt seine Finger ab und tritt einen Schritt zur Seite.

»Er sieht Pisk-ku, die die Hunde füttert, und er spricht mit ihr. In der Nacht kommt er, und sie öffnet die Tür. Dann wissen wir, was geschah ... St. Vincent tut nichts. Borg tötet Bella. Gow tötet Borg. Borg tötet Gow, denn Gow stirbt schnell. Borg hat einen starken Arm. Gow ist krank, alles ist kaputt. Gow ist das egal. Pisk-ku ist tot.

Danach geht er zum Festland. Ich sage ihm, das kann nicht sein, alle hier sagen, daß es nicht sein kann. Er lacht und sagt, es ist so und was ist, kann auch sein. Es war zwar schwierig, aber er kommt hinüber. Er ist sehr krank. Er kann nicht gehen, er kriecht nur. Nach langer Zeit kommt er zum Stewart-River. Er kann nicht mehr weiter, also legt er sich hin zum Sterben. Zwei weiße Männer finden ihn und bringen ihn hierher. Es ist ihm egal. Er stirbt trotzdem.«

La Flitche bricht ab, aber keiner sagt etwas. Dann sagt er: »Ich denke, Gow ist ein verdammt guter Mensch.«

Frona geht zu Jakob Welse: »Bring mich fort, Vater. Ich bin so müde.«

30

Am nächsten Morgen hackte Jakob Welse, trotz seiner Riesenfirma und seiner Millionen, den Tagesvorrat an Feuerholz, zündete sich eine Zigarre an und ging die Insel hinunter, um Baron Coubertin zu suchen. Frona wusch das Frühstücksgeschirr, hing die Kleidung zum Lüften auf die Leine und fütterte die Hunde. Dann nahm sie ein zerfleddertes Bändchen von Wordsworth aus ihrem Kleidersack und setzte sich am Ufer bequem zwischen zwei Fichtenwurzeln. Aber sie öffnete das Buch nur; ihre Augen sahen geradeaus, über den Yukon, zu dem Wirbel unterhalb der Felsen, zu der Biegung oberhalb davon, und zu der Sandbank, die mitten im Fluß lag. Die Rettung und der Wettlauf mit dem Eis waren ihr noch gut in Erinnerung, obwohl ihr hier und dort einige Stücke fehlten. Der Kampf bei dem Eisspalt war fast nicht zu begreifen, er war ihr endlos vorgekommen. Und das Rennen hinunter, an der Trennungsinsel entlang bis zur Roubeau-Insel war etwas, was ihr Verstand ihr zwar erzählte, von dem sie selbst aber nichts mehr wußte.

Sehnsucht überfiel sie, und sie verfolgte Corliss' Taten während dieser drei Tage. Sie vermied sorgsam, an eine andere Person zu denken, deren Name sie auch nicht nennen wollte. Es war mit ihr etwas Schreckliches verbunden, womit sie, wie sie wußte, sich früher oder später beschäftigen mußte. Im Augenblick aber bevorzugte sie, es beiseite zu schieben. Sie war im Kopf und am Körper steif und zerschlagen. Wille und Aktivitäten waren ihr etwas Abscheuliches in diesem Moment. Es war sogar schöner, jetzt an Tommy zu denken. Den Tommy mit der scharfen Zunge und dem Hasenherzen; sie beschloß, daß seine Frau und Kinder nicht zu kurz kommen sollten, wenn dieses Land den Welses seinen Tribut zollte.

Das Knacken eines Fußes auf einem trockenen Weidenzweig ließ sie aufsehen. Sie blickte direkt in die Augen von St. Vincent.

»Du hast mir zu meiner Rettung nicht gratuliert«, fing er leicht an. »Aber du mußt gestern abend auch todmüde gewesen sein. Ich weiß, daß ich es war. Und außerdem hattest du noch diese schwere Paddelei auf dem Fluß.«

Er beobachtete sie sorgsam, um durch irgendwelche Anzeichen herauszufinden, wie ihre Haltung und Stimmung war.

»Du bist eine Heldin, Frona, jawohl, das bist du«, sagte er mit einem gewissen Pathos. »Nicht nur, daß du den Boten gerettet hast, nein, du hast auch durch die Verzögerung des Prozesses mein Leben gerettet. Wenn am ersten Tag noch ein einziger Zeuge in den Zeugenstand getreten wäre, hätten sie mich gehängt, bevor Gow erschienen wäre. Feiner Kerl, der Gow. Schade, daß er sterben muß.«

»Ich bin froh, daß ich helfen konnte«, sagte sie und überlegte, was sie noch sagen sollte.

»Und natürlich bin ich zu beglückwünschen ...«

»Dein Prozeß ist kaum etwas, das einen Glückwunsch wert ist«, sagte sie schnell und sah ihm direkt in die Augen. »Ich bin zwar froh, daß es so ausging, aber du kannst nicht von mir verlangen, dich zu beglückwünschen.«

»Ooohh!« antwortete er gedehnt. »Das ist es also, was dich sticht.« Er lächelte gutgelaunt und machte Anstalten, sich zu setzen. Sie machte ihm aber keinen Platz. So blieb er stehen. »Ich kann das sicher erklären. Wenn da einige Frauen im Spiel waren ...«

Frona hatte sich nervös die Hände gerieben, aber bei diesen Worten brach sie in Lachen aus.

»Frauen?« fragte sie ironisch. »Frauen?« wiederholte sie. »Sei nicht kindisch, Gregory.«

»So, wie du dich während des Prozesses mir gegenüber verhalten hast«, sagte er vorwurfsvoll, »hätte ich gedacht ...«

»Ach, du verstehst überhaupt nichts«, sagte sie resigniert. »Du verstehst das einfach nicht. Schau mich an, Gregory, und hör mir gut zu. Deine Gegenwart schmerzt mich. Deine Küsse tun mir weh. Die Erinnerung an sie brennt noch auf meinen Wangen, und meine Lippen fühlen sich beschmutzt an. Und warum? Wegen ein paar Frauen, die du mir ›erklären‹ könntest? Wie wenig du doch verstehst! Aber soll ich es dir denn sagen?«

Männerstimmen kamen vom Wasser herauf, und das Geräusch von Rudern im Wasser. Sie warf schnell einen

Blick hinunter und sah Del Bishop, der einen Stocherkahn gegen die Strömung lenkte und Corliss, der sich am Ufer in das Schlepptau legte.

»Soll ich dir sagen weshalb, Gregory St. Vincent?« sagte sie wieder. »Sagen, weshalb deine Küsse mich erniedrigt haben? Weil du das Gesetz von Brot und Decke gebrochen hast. Weil ein Mann dich als Gast aufgenommen hat, dem du zugeschaut hast, als er um sein Leben kämpfte, und keinen Finger gerührt hast. Mir wäre lieber, du wärst gestorben, weil du ihn verteidigt hast; dann hätte ich wenigstens eine gute Erinnerung an dich. Ja, mir wäre sogar lieber gewesen, du hättest ihn tatsächlich umgebracht. Das hätte wenigstens bewiesen, daß in deinem Körper Blut fließt.«

»So, das ist also das, was du Liebe nennst?« begann er rachsüchtig, getrieben von dem zwickenden, qualmenden Teufel in sich. »Eine Schönwetter-Liebe, in der Tat. Aber, mein Gott, wir Männer müssen immer wieder lernen!«

»Ich dachte, du hättest schon guten Unterricht gehabt«, gab sie zurück; »was ist denn mit den anderen Frauen?«

»Aber was willst du jetzt machen?« fuhr er fort, ohne sie zu beachten. »Mit mir kann man nicht so umspringen. Du kannst mich nicht einfach wegwerfen. Das mache ich nicht mit, ich warne dich. Du hast es gewagt, in diesem Land Dinge zu tun, die ein schlechtes Licht auf dich werfen würden, wenn sie bekannt würden. Ich habe Ohren. Ich habe nicht geschlafen. Es wird kein Kinderspiel sein, Dinge zu erklären, die du vielleicht als gar nicht so schlimm ansehen würdest.«.

Sie sah ihn mit einem Lächeln an, das trotz seiner Kälte Mitleid ausdrückte. Das stachelte ihn erst recht an.

»Ich bin zwar jetzt ganz unten, man kann Witze über mich machen und mich bemitleiden, aber ich verspreche dir, daß ich dich mitnehmen werde. Meine Küsse haben dich also erniedrigt? Wie mußt du dich dann erst in Happy Camp auf dem Dyea-Weg gefühlt haben?«

Als wäre das die Antwort, kam Corliss mit dem Schleppseil auf sie zu.

Frona grüßte ihn. »Vance«, sagte sie, »der Bote hat meinem Vater wichtige Nachrichten gebracht, so wichtig, daß er gehen muß. Er fährt heute nachmittag mit Baron Coubertin in ›La Bijou‹ los. Wirst du mich nach Dawson bringen? Ich würde am liebsten sofort aufbrechen.

Er ... er hat mich an dich denken lassen«, setzte sie hinzu und deutete auf St. Vincent.